www.tredition.de

Klaus Rose

DU BIEST BRINGST MICH UM

ISBN
Paperback   978-3-7497-9199-6
Hardcover   978-3-7497-9200-9
e-Book   978-3-7497-9201-6

Verlag und Druck: tredition GmbH
Halenreie 40-44, 22359 Hamburg

KLAUS ROSE

DU BIEST BRINGST MICH UM

Liebesdrama

Der Autor:
Klaus Rose, Jahrgang 1946, kommt 1955 als Flüchtling nach Aachen. Nach dem Studium lebt er in München. Er kehrt nach Aachen zurück, wird zweifacher Vater und engagiert sich als Kommunalpolitiker. Nach dem Renteneintritt verbringt er die Freizeit mit dem Schreiben seiner Romane.

Das Buch:

Die Trennung von seiner Frau Andrea stürzt Georg in eine schwerwiegende Lebenskrise. Er weiß weder ein noch aus und ähnelt bald einem Leichnam in der Totenstarre, wodurch sein Selbstvertrauen schwindet. Seine Höllenqualen werden unerträglich, trotz allem scheitern alle Befreiungsversuche aus dem Elend.

Als die bildhübsche Karla wie ein Blitz aus heiterem Himmel seinen Weg kreuzt, da wähnt sich Georg in einem Traum. Für ihn ist Karla mehr als ein Wesen aus Fleisch und Blut, sondern ein Engel, der ihn auf den Gipfel der Glücksseligkeit hievt.

Anfangs ist alles wunderbar, aber bald ziehen Gewitterwolken der Bedrohung am Liebeshimmel auf, denn ohne große Vorwarnungen wendet sich das Glück ab, da Karla die Spielregeln der Verbundenheit misshandelt und sich Georg aus blinder Verliebtheit nicht wehrt. Er nimmt ihre Rücksichtslosigkeiten hin.

Gegen Karlas geringschätzige Behandlung hilft auch kein respektabler Sex, denn Georgs sanftmütige Charakterzüge erweisen sich als Hemmschuh für eine ausgewogene Beziehung. Diese Karla braucht einen Mann, der ihr zeigt, wo der Hammer hängt.

Doch solch ein Typ Mann ist Georg nicht, denn er setzt auf das Mittel Einfühlsamkeit, womit er seine Liebste in eine Machtstellung manövriert, die sie für ihre Erniedrigungen ausnutzt. Als Georg aufmuckt, indem er Karlas Kinderwunsch ignoriert, hängt das Damoklesschwert der Trennung über der instabilen Verbindung.

Die Lage spitzt sich bis zum Beziehungschaos zu. Und erschwerend kommt hinzu, dass sich Georg durch die Geburt seiner Kinder einer Sterilisation unterzogen hatte. Er ist also unfruchtbar, außerdem fehlt es ihm an der Willenskraft, den Eingriff rückgängig zu machen.

Nichtsdestotrotz ist von einem Auseinandergehen keine Rede, doch bis zu dem Schritt ist der Grad schmal, denn Karla treibt Georg mit aberwitzigen Scharmützeln in die Ausweglosigkeit. Sogar eine Therapie verschafft Georg keine Verschnaufpause. Diese Furie will einfach nicht aus seinem Kopf.

Schlussendlich macht Karla kurzen Prozess und beendet den Beziehungskrieg, wonach sich Georg als Schürzenjäger entpuppt. Von Karla enttäuscht, stürzt er sich in aussichtslose Liebesabenteuer, doch er sehnt sich in Wahrheit nach Karlas Nähe.

Werden die ungleichen Charaktere zu ihrer Liebe zurückkehren? Bekommen sie eine neue Chance, durch die sie in ein ruhiges Fahrwasser geraten?

Wenn wir bedenken, dass wir alle verrückt sind, ist das Leben erklärt.

Mark Twain

Für Liebhaber guter Liebesdramen

1

Lustlos stehe ich am Fenster und beobachte ein Streu-
fahrzeug, das die verschneite Fahrbahn beackert. Hinter
dem fährt ein Fiat Panda mit Sommerbereifung.

Urplötzlich stellt sich der kleine Italiener quer, sodass
sein Motor bestialisch aufheult. Das war's dann wohl,
denke ich, denn der in eine dicke Lammfelljacke und einen Schal eingemummelte Fahrer steigt aus und schiebt
seinen Kleinwagen beiseite, womit er den Verkehr zum
Erliegen bringt.

„Kaum fällt Schnee, schon spielen die Autofahrer verrückt", murre ich ungemütlich. „Macht keinen Mist und
lasst eure Kisten vor der Haustür stehen."

Ich bin gereizt, denn ich habe wegen der Schmerzen im
Bein schlecht geschlafen. Meine Gefühlswelt gleicht den
Furchen in meinem Bartstoppelacker. Der Grund für die
Schmerzen ist eine Osteomyelitis, die man im Volksmund
Knochenfraß nennt. Der Facharzt im Uni-Klinikum hat
mich nach der Untersuchung mit dem Befund heimge-
schickt, ich solle weiterhin die Gehhilfen benutzen und
mein Antibiotikum schlucken.

„Zu mehr als dem Antibiotikum hat mir der Quacksalber
nicht geraten", erkläre ich meiner Partnerin die Diagnose,
dann spekuliere ich: „Mein Bein ist nicht zu retten. Bald
wird es unterhalb des Knies amputiert."

Aber Lena besänftigt mich und fordert mich auf, mich zu
mäßigen: „Nun warte doch ab. Zieh bitte keine voreiligen
Schlüsse."

Und wem verdanke ich den haareraufenden Zustand? Natürlich einem Knochenklempner, denn der Kunstfehler unterlief ihm mit einer Fehldiagnose, und das ausgerechnet an meiner Person. Daher ist es wenig verwunderlich, dass ich alle Halbgötter in Weiß hasse, also knurre ich ungemütlich: „Hätte ich mich nicht der Gewaltfreiheit verschrieben, würde ich solche Stümper abmurksen."

Lange Rede, kurzer Sinn. Der Knochenfraß hat sich in mein Bein verbissen, doch da ich nicht zimperlich bin, würge ich ein selbstvernichtendes Antibiotikum mit der dazu nötigen Verachtung in mich hinein.

Auch das Sauwetter macht krank. Nach dem Schneefall ist es diesig und trüb. Das Licht fällt matt durch das Fenster zur Straße ins Zimmer, wie gesiebt. Von weit her höre ich die Glocken der Pfarrkirche San Sebastian läuten. Die Tage werden kürzer und ich lechze nach Zerstreuung. Bringt mich eine Illustrierte auf positive Gedanken, eventuell das Fernsehprogramm?

Ich schnappe mir die Tageszeitung und blättere darin, dabei schlage die Seite mit der Programmübersicht auf und gehe die Sendeanstalten durch.

„Ach, du grüne Neune. Den Scheibenkleister sehe ich mir nicht an", murmele ich vor mich hin.

Dünnhäutig, und das bin ich mittlerweile, erregt mich die Dreistigkeit der von mir gegen eine Belohnung zum Abschuss freigegebener Programmgestalter.

„Zum Teufel mit der Glotze", meckere ich. „Was denken sich die Minderbemittelten bei ihren bescheuerten Seifenopern?"

Mir bleibt nur die Ablenkung versprechende Alternative, und die heißt Lesestoff auftreiben. Also erhebe ich mich, dann schleppe ich meine müden Knochen zum Bücherregal, wobei mir zwei an der Wand hängende Portraits der Künstlerinnen Frida Kahlo und Tina Modotti ernst dreinblickend zusehen. Es sind Zugeständnisse an die Frauenbewegung und meine Lebenspartnerin.

Und wie ich vor dem Regal stehe, durchwühle ich es nach einem Krimi, dabei springt mir ein abgewetztes Mäppchen ins Auge. Es sieht wie ein Fotoalbum aus. Wem gehört es? Ist es von Lena oder von mir?

Es ist tatsächlich ein uraltes Fotoalbum, das ich hervorkrame und hineinstiere. „O je", murmele ich gequält. Nur mühsam kann ich meine Tränen in Schach halten.

Aber weshalb stöhne ich beim Anblicken der Bilder in dem Album? Weshalb treiben sie mir die Tränen in die Augen?

Der Inhalt des Albums bringt mich aus der Fassung. Er versetzt mir mehrere Stiche in der Herzregion, denn durch die Aufnahmen brechen verheilt geglaubte Wunden in mir wieder auf. Die Fotos zeigen Karla und mich als verliebtes Paar während eines wunderschönen La Gomera Urlaubs. Damals war mein Glück vollkommen, denn ich hatte meine ganz große Liebe an meiner Seite, deshalb hatte mir die Welt zu Füßen gelegen.

Aber als ich mir die Fotos länger ansehe, bin ich verstört. Mit Kummerfalten im Gesicht kommt mir in den Sinn, dass die von zerstörerischen Begleiterscheinungen durchwobene Liebesverbindung das Gegenteil einer Traumverwirklichung war. Es war ein Spektakel, das sich zwischen Gut und Böse abgespielt hatte, mit abrupten Schwankungen hin und her, daher war es kein Baden in Milch und Honig gewesen.

Mein Gott, wie abgöttisch hatte ich diese Frau geliebt. Ich war besessen von Karlas Ausstrahlung, mit der sie eine Woge an Glücksgefühlen in mir erzeugt hatte. Eine derartige Seelenmassage erlebt man nur ein Mal. Und sie ist vergleichbar mit den Auswirkungen eines Sechsers im Lotto, die ich durch Karlas Intensität empfunden hatte.

O ja, mir hatte alles an dieser Beziehung gefallen. Es hatte vielen Gemeinsamkeiten gegeben, die sich durch ausschweifende Sexeskapaden und Fitnessbeweise geäußert hatten. Um unser Wohlbefinden zu verbessern, waren wir frühmorgens aufgestanden und durch den Wald gejoggt. Oft hatten uns stundenlange Fahrradtouren in die nähere Umgebung vergnügt.

Besonders angetan war ich von Karlas Temperament, verbunden mit ihrem lockeren Auftreten, und natürlich von ihrer überschäumenden Herzlichkeit Ihre fantastische Figur mit den fraulichen Rundungen hatte mich willenlos gemacht. Von Karlas verschmitztem Lächeln war eine unerklärliche Zauberkraft ausgegangen. Und ihr wagemutiger Wuschelkopf hatte mich zu Begeisterungsstürmen hingerissen. Stand sie vor mir, hatte ich sofort eine Erektion bekommen.

Es ist schon merkwürdig, dass ich gerade jetzt, da ich in der Ehe mit der jetzigen Partnerin Lena wunderbar Fuß gefasst habe, mich an die schmerzhafte Tragödie mit Karla erinnere. Erfüllen die Gedanken an meine tragischste Lebensphase einen tieferen Sinn? Schließlich war es mir in dem Zeitabschnitt mit Karla vergönnt, die Erfüllung meines Lebens in einem Rausch der Liebe zu finden.

Ich bin dermaßen vertieft in die Urlaubsbilder, dass ich zusammenzucke, als meine Partnerin mich anstößt. Die steht dicht hinter mir und dröhnt: „Mensch, Georg. Was hast du in der Hand? Was bedeutet die Anspannung in deiner Körperhaltung?"

Lena ist resolut und sie ist eine selbstbewusste Frau. Sie trägt das Herz am rechten Fleck, allerdings ist sie eifersüchtig. Aus gutem Grund hatte ich es nicht darauf ankommen lassen, mich auf ein Gespräch mit ihr über meine Vergangenheit mit Karla einzulassen. Dem Thema bin ich bewusst ausgewichen.

Weiß der Kuckuck, warum ich in dem Moment, als mich Lena überrascht hat, den Gesprächsfaden über den Inhalt des Albums aufnehme.

„Ruhig Blut, Lena", wiegele ich ab. „Das Album ist ein Erinnerungsstück an meine Ex-Freundin Karla. Das hat nichts zu bedeuten."

Doch Lena ist von Natur aus misstrauisch, denn sie zieht mürrisch die Augenbrauen hoch und fragt mich herausfordernd: „Triffst du diese Karla noch? Denkst du oft an sie?"

Solche Fragen sind mir zuwider, trotzdem beantworte ich sie wahrheitsgemäß: „Gottbewahre. Die Geschichte ist Schnee von gestern."

Doch mit dem Schnee von gestern habe ich Lena nicht überzeugt, denn sie setzt nach: „Herrgott noch mal! Du bist unglaublich weit weg von mir", resümiert sie mit finsterer Miene. „Warum? Sag's mir, Georg. Was ist mit dir los?"

Ich zucke ahnungslos mit den Schultern. „Was soll mit mir los sein?"

Aber Lena lässt nicht locker: „Im Moment bist du ein Brief mit sieben Siegeln, irgendwie ein anderer Mensch. So wie jetzt stellt dein Verhalten ein Problem für mich dar. Es ist verdammt schwer überhaupt Zugang zu dir zu finden."

Ganz falsch liegt sie nicht, denn allzu oft ertappe ich mich, wie ich der Vergangenheit nachhänge. Dann verstricke ich mich in Zufälligkeiten, die vor Jahren eine unerwartete Katastrophe ausgelöst hatten, denn einem derartigen Naturereignis hatte das Aufeinandertreffen mit Karla geglichen. Hätte sich mein Leben ohne die verhängnisvolle Begegnung anders entwickelt?

Das bleibt eine Spekulation. Zumindest wären die aufgetretenen Versagensängste ausgeblieben, und ich hätte den alltäglichen Stress durch das Bangen und Zittern um Karlas Gunst vermieden. Die Spuren der Tragik hätten an mir keinen Halt gefunden, und der Schmerz wäre an mir abgeprallt. Wäre ich in der Zeitspanne vor der Begegnung mit Karla an eine Frau wie Lena geraten, dann wäre mir viel Kummer erspart geblieben.

Ja, ja, die große Liebe kann charismatisch schön und doch grausam sein. Das macht sie so einmalig. Trotzdem war ein Fehler, das Abenteuer mit Karla einzugehen, das weiß ich im Nachhinein. Mit viel Tamtam hatte sich angekündigt, dass diese Bindung ein Unglück auslöst. Aus Vernunftgründen hätte ich besser die Finger von Karla gelassen, doch das sagt sich so leicht, denn Karla hatte mich mit ihrem zuckersüßen Lächeln als Waffe verhext, und mich in eine malerische Wunderwelt gehievt. Den gigantischen Zustand kannte ich nur aus berauschenden Träumereien.

Allerdings hatte ich mich bei Karlas Beurteilung gewaltig geirrt, denn schon bald rüttelte der Albtraum an der Tür zum Liebeshimmel und verunstaltete abscheuliche Gewitterwolken. Mit Blitz und Donner hatte mich Karla in angsteinflößende Talsohlen geschickt, um mir danach feine Nadelstiche zu versetzen, ständig tiefer, bis hin zu einem kräftigen Stoß mitten ins Herz. Und ich Idiot hatte mir eingebildet, die Gebrauchsanweisung für das galaktische Wesen zu kennen.

Leider befand ich mich, wie ein orientierungsloser Wanderer, auf einem morschen Holzpfad. Tagtäglich hing das Damoklesschwert der Trennung über unseren Köpfen, trotz sexueller Übereinstimmung. Dennoch wandelte ich pausenlos durch den Himmel in die Hölle, mehrmals hin und zurück, und das stand im krassen Widerspruch zur erwähnten Stimmigkeit beim Sex.

Nach meinem Geschmack hatte Karla die Spielregeln der Liebe grundlos misshandelt, und diese Rücksichts-losigkeit hätte ich Hampelmann nicht hinnehmen dürfen, aber mein Verhaltensmuster war das Relikt meiner blinden Hörigkeit. Seinerzeit war ich eine Marionette. Zog Karla an meiner Schnur, dann tanzte ich nach ihrer Pfeife. Verdiente der Beziehungshorror einen Namen, dann würde Schinderei fantastisch zu dem Spektakel passen. Und in dem Zusammenhang erinnerte ich mich an mein geschundenes Herz.

„Wir gehören für immer zusammen."

Den Spruch hatte Karla oft gepredigt, doch er war nur daher gebrabbelt. Im weiteren Verlauf wechselte sie zur Geringschätzigkeiten über. Was hatte ihr entwürdigendes Verhalten möglich gemacht? Weshalb hatte ich mich von meiner Partnerin so erniedrigen lassen?

Diese Fragen standen wie Marterpfähle im Raum, denn ich hatte sie mir immer wieder gestellt, doch die Antwort war mir verwehrt geblieben. Aber okay, ähnliche Desaster sind auch manch anderem verliebten Mann passiert.

Dass in dem oft leichtfertig daher gesagten viel Wahrheit steckt, das hatte mir das bildhübsche Monster mit unglaublicher Härte vor Augen geführt. Sie hatte mich eingewickelt mit neckischen Sprüchen, und mich geblendet mit ihrem Herumtänzeln und ihrer Gewandtheit. Ob es ihre süßen Grübchen waren, oder ihre pralle Weiblichkeit, sie hatte mich mit ihren Vorzügen eingelullt. Und ich Wehrloser hatte Karla auf Gedeih und Verderb angehimmelt.

Und das war das Problem, denn meine Huldigungen führten dazu, dass sich Karla wie eine Königin fühlte. Ich hatte sie auf einen Sockel gestellt und ihr die gewünschten Lobeshymnen geliefert. Dass das naiv und unbedarft war, wollte ich partout nicht einsehen.

Karla war demnach keine gute Fee aus einem Bilderbuchmärchen, sondern eine Frau mit Haken und Ösen. Ihre Ansprüche an mein Verständnis für sie, die waren total überzogen. Unsere Vorstellungen von der Liebe klafften wie unterschiedliche Weltwirtschaftssysteme auseinander. Und da das so war, hätte mir oft der Kragen platzen müssen.

„Rutsche mir den Buckel runter. Denke ja nicht, dass ich auf dein verwerfliches Spiel eingehe."

Genau das hätte ich sagen müssen, war sie mit ihrer Herabwürdigung mal wieder zu weit gegangen. Ich aber hatte klein beigegeben und mich ergeben, ja, ich hatte sogar resigniert. Wo war mein Stolz abgeblieben?

Den hatte Karla systematisch untergraben. Aber kann ich der hübschen Frau ankreiden, sie hätte den Beziehungskollaps wissentlich verursacht? War Karla wirklich so hinterhältig?

Na ja, hinterhältig wäre übertrieben, ganz so verwerflich war Karla dann doch nicht, obwohl sie mit ihrer Vorgehensweise die Zerstörung meines Liebestraumes bewirkt hatte.

Jedenfalls war es so gekommen, wie es nach dem Trennungsspektakel kommen musste. Die Turbulenzen mündeten in ein Aufbäumen meinerseits, aber leider auch in die Kälte meiner Gefühle, und die richtete sich gegen alle Frauen, auch gegen die, die mich bewunderten.

Besonders zwei verwundete Opferlämmer können ein trauriges Lied darüber singen, denn sie waren die Leidtragenden an der Geschichte. Sie machten schmerzvolle Erfahrungen mit mir, also mit einem Mann, der von seiner Verzweiflung aufgefressen wurde.

Doch das Thema auszubreiten würde zu weit führen. Dazu später mehr. Ich werde den Verwicklungen nicht vorgreifen.

Fest steht jedenfalls, und dazu gibt es keine zwei Meinungen, dass mich meine Liebe zu Lena aus meiner Lebenskrise herausgeholfen hat. Aber bin ich mir meiner Gefühle so sicher? Bin ich tatsächlich über meine Zuneigung zu Karla hinweg?

Beim Nachdenken darüber gerät mein Blutdruck in Wallung. Auch jetzt, rund dreißig Jahre nach dem Beziehungstaumel, spüre ich das Verlangen nach Karlas anschmiegsamem Körper und ihren Zärtlichkeiten, aber auch den Zorn durch meine Adern fließen.

Um Himmels Willen. Das darf doch nicht wahr sein. Liebe das Satansweib immer noch?

Es ist an der Zeit, meinem unbelehrbaren Gefühlszustand auf den Grund zu gehen, prompt beschäftigt mich eine geniale Eingebung: Die Jahre des Wahnsinns mit dem Vamp und die Qualen für mein Herz schreibe ich mir von der Seele.

Jawohl, ich verfasse einen Rechenschaftsbericht über Karlas und meine Unzulänglichkeiten. Das Versickern der Quelle an einst sprudelnde Gefühle gilt es zu verhindern, daher werde ich analysieren, was das Liebesband durchtrennt hat, und wodurch die grenzenlose Liebe so unverhofft ins Grab gelegt wurde.

Dass das für mich unangenehm werden kann, darüber darf ich mir nichts vormachen, vor allem dann, sollte meine Schuldfrage eine übergeordnete Rolle spielen. Trotz allem ist die Idee phänomenal. Eine bessere hatte ich lange nicht mehr.

Durch die Aufarbeitung stehe ich lichterloh in Flammen, denn ich brenne auf die Widergabe der Liebesquerelen, obwohl ich durch dessen Wirren an eine Schmerzgrenze stoßen könnte. Vielleicht helfe ich von ähnlichen Kapriolen Betroffenen durch eine Veröffentlichung bei deren

Rettungsversuchen, und so mancher Leidtragende zieht seinen Nutzen aus dem Liebesgefecht?

Mein Ziel ist klar umrissen. Ich werde mich an den Computer setzen und einen Roman über die des Nachdenkens würdige Dramaturgie der gescheiterten Liebe verfassen. Dessen einzigartige Verquickungen, mit denen mir Karla den Verstand geraubt hatte, bringe ich als Vergangenheitsbewältigung zu Papier.

* * *

Dann soll es so sein, denn ich bin gewappnet. Inzwischen habe ich den nötigen Abstand zu meinem Schicksalsschlag und stürze mich bedenkenlos in mein persönliches Waterloo. Und um dessen Bedeutung zu durchleuchten, bedarf es einer Zeitreise.

Erinnern Sie sich an die achtziger Jahre? Nicht mehr so gut?

Nun gut, dann helfe ich Ihnen auf die Sprünge, denn es war der 26. April des Jahres 1986, an dem sich die verhängnisvolle Tschernobyl-Katastrophe ereignete, und der Atomunfall hatte die westliche Welt erschüttert.

Folgerichtig mache ich einen Sprung in den Herbst des abscheulichen Jahres. In der Aachener Region war als einzige Maßnahme der Sand auf den Spielplätzen ausgetauscht worden, nichtsdestotrotz tat die Politik, als wäre Tschernobyl ein Fliegenschiss.

Auch ich war Politiker als Stadtrat der Grünen, daher machte ich das Todschweigen des Debakels nicht mit und sorgte für mächtig Rabatz. Zum festen Bestandteil meiner Kleidung gehörte der Sticker: *Atomkraft - nein danke.*

Schon damals hatte mich mein Bein durch den Knochenfraß außer Gefecht gesetzt, doch leider war ich ein Bruder

Leichtfuß, denn mir fehlte als freier Mitarbeiter die Krankenversicherung als Lebensgrundlage, also war das Finanzdesaster vorprogrammiert.

Und obwohl ich mich gewaltig nach der Decke gestreckt hatte, war ich auf keinen grünen Zweig gekommen. So hatte ich, aus der Not geboren, mit meiner kurzfristigen Arbeitsaufnahme das Ende des Geldproblems eingeläutet, daher hockte ich nach sechswöchiger Pause wieder am Arbeitsplatz in Herberts Umweltbüro.

Meine Aufgabe zum Einstieg bestand aus der Kontrolle langweiliger Koordinatenreihen, weswegen ich ärgerliche Laute von mir gab.

„Ich hasse Schlampereien, liebe Kollegen. Die Flüchtigkeitsfehler waren sicher vermeidbar."

Um mich zu beruhigen, wechselte ich die Kühlkompresse über meinem Unterschenkel, doch das ohne die gewünschte Wirkung, denn mein Unmut hatte sich in mir festgefressen.

„So bitte nicht, werte Kollegen", schnauzte ich rückhaltlos. „Erledigt den Krempel gefälligst allein."

In mir brodelte es, wie in einem Wasserkessel vor dem erlösenden Pfiff, als mein Chef Herbert den Kopf durch die einen Spalt geöffnete Tür steckte und sich räusperte: „Mensch, Georg. Hör auf mit dem Herumkrakeelen."

Er lächelte verschmitzt.

Dann fragte er mich, wobei er sich die viel zu dominantgeratene Nase rieb: „Liegt deine miese Laune an deinem Bein, oder ist dir ist eine andere Laus über die Leber gelaufen?"

Der unrühmliche Herbst übte seinen feuchten Abgang. Es war das Wetter zur Flucht in den sonnigen Süden. Doch das nicht für mich, denn die mit Spannung erwartete Bundestagswahl '87 warf unübersehbare Schatten voraus.

Eine Armee an Parteifratzen ohne politische Aussagekraft hing auf zig Plakatwänden überall im Stadtbild herum.

Zerknirscht starrte ich durchs Bürofenster auf einen Regenbogen. Und das tat ich in dem Büro, das in einem heruntergewirtschafteten Anbau mit vor Nässe triefenden Wänden angesiedelt war. Durch die Feuchtigkeit wellten sich die Planunterlagen, außerdem entsprach nur die Zeichenmaschine dem gehobenen Fortschritt. Der Computer befand sich damals in der Entwicklung. Aber auch der Anblick kahler Bäume vor den Fenstern hellte das Gesamtbild nur unwesentlich auf. Und obwohl ich im Umweltschutz arbeitete, worauf ich als Grüner sehr stolz war, glich der Büroalltag einer Keimzelle der Monotonie, gelegentlich von Trouble unterbrochen.

Vor allem aber war ich von meinem chaotischen Privatleben gestresst, denn das verlief alles andere als in ordnungsgemäßen Bahnen.

* * *

Bevor ich mich in mein Zuckermäulchen Karla verliebt hatte, beschäftigte mich ein schwerwiegendes Problem, das meine vollste Aufmerksamkeit erforderte. Zu einem Verlierer passend, erwischte mich ein Absturz in den Suff. Mit der Gefahr vor Augen, in die Abhängigkeit des Alkoholismus abzugleiten, näherte ich mich einem verhängnisvollen Abgrund, denn nächtelang hatte ich meine Ängste vor dem Alleinsein in einem riesigen Meer an Bier ertränkt.

Jetzt fragen Sie sich sicher, warum?

Ja, warum eigentlich? War es nicht eher so, dass mich zwei putzmuntere Kinder unterstützten, dass ich einen gutbezahlten Job besaß und einer reizvollen politischen Herausforderung nachging?

Aber der Anlass für meine Sauferei lag auf der Hand: Mir steckte die Trennung von meiner Frau ganz tief in den Knochen. Ausreichend Beweismaterial in Form von leeren Bierkästen stand haufenweise vor meiner Tür. Im Bekanntenkreis galt ich als hoffnungsloser Fall, denn durch die Sauferei war mein Selbsterhaltungstrieb unter die Räder gekommen.

Wohin aber hatte sich meine warnende innere Stimme Alfred verkrochen? Warum hatte er mich in solch einer heiklen Situation kläglich im Stich gelassen?

Ach Gott, was für eine Frage. Ich selbst hatte Alfreds übliche Proteste mit enormen Promillewerten auf barbarische Weise mit Alkohol betäubt.

Ich war so weit abgerutscht, dass ich mich im End-stadium des Deliriums bewegte, und im flehenden Tonfall nach meiner Frau gerufen hatte: „Wo bist du, Andrea?“ Danach hatte ich abstoßend gelallt. „Warum hilfst du mir nicht?“

Aber meine Ex-Frau war nicht in der Lage, mein inniges Flehen zu erhören, denn sie war nicht mehr bei mir. Für sie existierte ich nur noch als Vater ihrer Kinder, ansonsten war ich für sie gestorben.

Davon geknickt, hatte ich die Saufexzesse bis an die Belastbarkeitsgrenze vorangetrieben, bis die mir heilige Umwelt vor meinen glasigen Augen verschwamm. Und das passierte ausgerechnet einem Grünen. Sogar mein Arbeitsplatz war in Gefahr geraten.

Aber ein Donnerwetter meines Chefs, der mir kräftig den Kopf wusch, brachte mich zur Besinnung.

„Himmelherrgott“, schimpfte er unheilschwanger. „Nun schenke dir das dämliche Gewäsch. Vor allem hör endlich mit dem Selbstmitleid auf.“

Wutentbrannt hatte mich Herbert zur Brust genommen, und beschwichtigend ergänzt: „Wem hilfst du mit der Sauferei? Dir etwa? Zeige Charakter und denke an deine Kinder."

Die Kopfwäsche wirkte, mit positiven Folgen als Konsequenz, denn trotz aller Querelen war meiner Frau und mir das äußerst Seltene geglückt. Wir hatten uns ohne Schlammschlacht, also friedvoll getrennt, und eine annehmbare Freundschaft zueinander aufgebaut, die meine Kinder, Julian sieben, und Anna fünf Jahre alt, regelrecht beflügelt hatte.

Ich hatte zwei herrliche Kinder gezeugt. Mit Julian ein nachdenkliches Geschöpf mit blondem Schopf, und mit Anna einen Hurrikan an Temperament. Befanden sie sich bei mir, vergaß ich meine vertrackte Situation, denn die Schmuckstücke waren mein EIN und ALLES.

Weiß der Aasgeier, was mich geritten hatte. Es war wohl eine Art Selbstüberschätzung. Weshalb sonst hatte ich das Zusammenleben mit Frau und Kindern leichtfertig aufs Spiel gesetzt? Es kann nur eine geistige Umnachtung gewesen sein.

Sexuell war die Zeit bis zur Trennung zähflüssig abgelaufen. Es war ein langweiliger Trott. Das tägliche Einerlei. Die Macht der Gewohnheit, ohne jegliche Überraschungen, nur mittelmäßige Pflichtübungen, auf die ich gut und gerne verzichtet hätte.

Dennoch war Andrea das Passstück zu meinem ausgefüllten Leben. Und obwohl ich die Gründe für die Trennungskatastrophe gern verdränge, bei der bei mir eine andere Frau, oder bei Andrea irgendein Blödmann die Auslöser waren, wollte ich die Seitensprünge nicht über-bewerten.

Einen Augenblick mal, hieß meiner nicht Ilona?

Eigentlich war's eine harmlose Romanze, aber gerade diese Nebensächlichkeit ließ meinen Frust in einem noch trostloseren Licht erscheinen.

Bleibt die Feststellung, und an der komme ich bei dem Beziehungswust nicht vorbei, dass die wahren Gründe für die Trennung nicht auf den dummen Seitensprüngen beruhten, sondern sie lagen auf der Ebene der Abnutzungserscheinungen. Wir hatten uns nichts mehr zu sagen und lebten, ohne den anderen zu bemerken, eigensinnig aneinander vorbei.

Dennoch war der Frust vergessen, wenn die Kinder bei mir waren. Das war an drei Abenden pro Woche der Fall. Mit den Kids lag ich vor dem Einschlafen auf meiner riesigen Matratze, dabei schmiegte sich Julian links, und Anna rechts in meine Arme. Stundenlang erzählte ich ihnen selbstkreierte Geschichten, bis sie vor Müdigkeit eingeschlafen waren.

Toll fanden sie die Storys von dem von mir erfundenen kleinen Ritter mit der verrosteten Rüstung, der allen Gefahren heroisch trotzte. Sie liebten seine Heldentaten, mit denen er alle Gegner in die Flucht schlug. Ich dachte jede freie Minute an meine Unternehmungen der vergangenen Jahre mit den Kids.

So zum Beispiel an den zweiwöchigen Urlaub in Südfrankreich, als wir mit dem Campingbus an einem AKW entlang knatterten. Als Atomkraftgegner schmetterten wir alle möglichen Antiatomkraftlieder bei seinem Anblick, und natürlich die Lieder der Friedensbewegung.

„Was sollen wir trinken, sieben Tage lang", sangen wir, und so weiter, bis wir in Avignon angekommen waren und aus Erschöpfung aus dem Bus schwankten.

Die Protestlieder bereiteten uns viel Freude. Wir kannten die Strophen in und auswendig, denn auf unzähligen Demos, an denen wir teilgenommen hatten, bestimmten die Lieder unsere Abläufe.

Den diesjährigen Sommerurlaub hatte ich mit meinen Kindern in der traumhaften Toskana zugebracht, und dort in Siena, aber auch in Pisa und San Gimignano. Wir konnten uns nicht satt sehen an den wunderbaren Bauten und Denkmälern, die für unvergessliche Wochen gesorgt hatten.

Und wegen der Kinder hatte ich mir beim Alkoholkonsum Selbstbeherrschung auferlegt, obwohl Rückschläge zum rauen Tagesgeschäft gehörten, doch aus Liebe zu ihnen hatte ich die Finger endgültig von dem Teufelszeug gelassen und die Sauferei in den Griff bekommen. Allein die Vorstellung, ich wäre als ein Suffkopf vor meinen Kindern herumtorkelt, die hätte mir das Herz gebrochen.

2

Trotz Trennungsschmerz und meinem Unverständnis über eigene Fehler, ich Narr hatte den Traum von der großen Liebe nie aufgegeben. Irgendwann läuft mir das Geleestück eines Frauenzimmers über den Weg, von dem ich nächtelang geträumt hatte. Von der Wunschvorstellung war ich wie beseelt.

Und dazu kam es, denn total unerwartet kehrte Hoffnung in mein Innenleben ein. Gerade noch rechtzeitig war meine Retterin in der Person der unwiderstehlichen Karla auf der Bildfläche erschienen. Und die verlieh meinem Lebensgefüge einen vielversprechenden Sinn.

Sofort faszinierte mich die wunderbar anzusehende, betörend weibliche, und wahnsinnig hübsche Frau mit ihrem braungelockten Wuschelkopf. Besonders war ich angetan von ihrem temperamentvollen und einnehmenden Wesen.

Sie war dreißig Jahre jung, und wie der Zufall es wollte, geschah unsere Begegnung im Supermarkt direkt um die Ecke. In dem hatte es booing gemacht.

Und das „Booing" hatte mich wachgerüttelt. Mit Karla hatte mich eine gewaltige Explosion erschüttert, mehr als ein beliebiger Paukenschlag.

Es war ein elektrisierender Stromstoß, der meine Daseinsberechtigung umgekrempelte. Was folgte war eine Rückbesinnung auf den positiven Wert der Liebe, denn Karla hatte mein aus den Fugen geratenes Unterbewusstsein repariert. Auf den Punkt war ich hellwach, sogar aufgedreht und tatendurstig, wie zu meinen besten Tagen. In grenzenlose Euphorie versetzt, fragte ich mich: Wer soll mich aufhalten, geschweige meinen wiedergewonnenen Elan bremsen?

Pah! Ich wüsste nicht wer.

Mein siegessicheres Selbstbewusstsein hatte jubiliert. Ich war wieder intakt und sah mich als Glücksgriff für die Frauen, denn das in sich zusammengesunkene und bemitleidenswerte Häufchen Dreck, das ich vorher war, das gab es nicht mehr. Das Kapitel gehörte zu meiner bedauernswerten Vergangenheit. Endlich lag mir eine Frau mit ihrer schier unbeschreiblichen Schönheit zu Füßen.

Schnapp dir das Fabelwesen. Wer außer dir hätte das Zeug dazu? Mit einer ähnlichen Bewunderung für Karla, wie ich sie empfand, hatte mich mein zu mir zurückgekehrter Alfred aufgeputscht. Der war rechtzeitig von seiner Alkoholvergiftung genesen.

Jener besagte Alfred war mein innerer Schweinehund. Sie kennen sicher das Ekel Alfred Tetzlaff aus der Fernsehserie: *Ein Herz und eine Seele.*

Ja? Kennen Sie? Na sehen Sie. Eben an jenen Tetzlaff dachte ich bei der Vergabe des Namens an meinen inneren Randalierer, denn so wie dieser Tetzlaff führte sich mein Alfred in mir auf. Zwischendurch gestatten Sie mir eine Frage. Krakelt auch in Ihnen ein derartiges Prachtexemplar?

Doch zurück zu Karla. Durch sie hatten die Nächte der neuentflammten Liebe gehört, nicht mehr dem betäubenden Alkohol. Danach hatte ich mit dem Prachtweib gefrühstückt, und vor der Arbeit waren wir in den Wald zum Joggen gefahren, sodass mein Blutdruck irrational triumphiert hatte. Der Routinescheck verlief zufriedenstellend.

„Na also, Georg. Es geht doch."

Diese Bestätigung bekam ich von meinem Hausarzt. Er war ein guter Freund aus gemeinsamen Kinderladentagen.

Aber Frischverliebte brauchen Zuneigung, vor allem ausreichend Zeit, doch die fehlte mir meistens. Durch den Mangel konnte ich Karlas hochgeschraubte Ansprüche nur leidlich erfüllen. Ihr sexueller Nachholbedarf prägte die ruhelosen Nächte. Mein durch Karla hervorgerufenes Schlafdefizit begann an meinen Gesichtszügen zu zehren und ich machte mir berechtigte Sorgen, doch Karla hatte mich mit ihrem Charme eingewickelt.

Ihr zuliebe hatte ich sogar meine Bereitschaft signalisiert, meine Lebensideale hinzuschmeißen. Zu denen gehörten unter anderem die Arbeit und die Kinder. Ich wäre sogar aus der Politik ausgestiegen, nur auf die auf-regenden Nächte wollte ich nicht verzichten, dafür waren sie viel zu schön.

Doch trotz der Verschleißerscheinungen wirkte ich jünger, daher überhäufte man mich mit Komplimenten.

„Mensch, Georg. Nenne mir eine Person, die dir deine achtunddreißig Jahre ansieht? Ich hätte dich auf dreißig Jahre geschätzt."

Das hatte mir manche Verehrerin in meine aufnahmebereiten Ohren geflötet. „Du siehst aus wie Udo Lindenberg in jungen Jahren."

Die Schmeichelei ging runter wie Öl. freilich hatte sie auch realistische Züge, denn ich hatte große, dunkelblaue Augen und einen wohlgeformten Mund. Dazu besaß ich ein markantes Profil. Nur meine Nase war eine Idee zu spitz geraten.

Von dem Schönheitsfehler lenkte mein Alfred süffisant ab, der ekelhaft in mir schäkerte: Und wenn schon, Georg. Damit wirst du uralt.

Ich trug mein schulterlanges, dunkelblondes Haar lässig hinter die Ohren gesteckt, und das so geschickt, dass es mein sympathisches Gesicht nicht verdeckte. Mein aufgeweckter Blick und meine aufmerksame Art kamen gut an. Besonders beliebt war mein freundliches Wesen. Ich fand mich aufregend und nutzte jede Chance, mich ins begehrliche Licht zu rücken, weswegen mich grünangehauchte Frauen wie die Mücken umschwärmten.

Allerdings war ich klein, gerade mal einen Meter und siebzig Zentimeter. Damit war ich kein Herkules, aber viel wichtiger war, dass ich durchtrainiert und gertenschlank daherkam. Nur ein kleiner Bauchansatz ärgerte mich ab und an, doch wegen dem brauchte ich mich nicht zu verstecken, bei meiner rundherum sympathischen Erscheinung.

War mein jugendliches Charisma der Erfolg dieser Ausstrahlung? Oder beeinflussten meine Streifenhose, die abgewetzten Turnschuhe und meine obligatorische Cord-jacke, also Klamotten, die ich wie eine zweite Haut an meinem Körper trug, die verjüngende Aura? Ich sah mächtig alternativ aus.

Und diese Äußerlichkeiten prägten meine Erfolgsbilanz. Das Zitat eines Presseartikels bestätigte mich: *Es sind keine Blütenblätter, die sich um seine Konturen ranken, sondern reichlich Haare!*

Zugegeben, es war eine gelungene Glosse, gedacht als Anspielung auf meinen Nachnamen Blume. Zwar kein sonderlich origineller Aufhänger, aber er hatte Pfiff.

Trotz allem gefiel mir mein Outfit, obwohl mich mancher Neider als Auslaufmodell bezeichnete, doch das hatte mich einen Dreck geschert.

In dem eher konservativen Gremium Stadtrat tätigte mein Äußeres den Zwischenruf: „Herr Blume, was sagen Sie dazu? Wir veranstalten eine Geldsammlung für Sie."

Dermaßen humorlos hatte der Choleriker Bauer von der Gegenseite gestichelt. „Gehen Sie dann zum Friseur und kaufen sich vernünftige Schuhe?

„Ha, ha. Selten so gelacht", hatte ich gekontert. „Wann lassen Sie die Pointe aus dem Sack? Bitte geben Sie mir ein Zeichen, wann über den Kalauer gelacht wird?"

Grobschlächtige Ratsherren fanden die Äußerung witzig und wollten sich die Seele aus dem Hals lachen. Die Reaktion meinerseits war sarkastisch: „Wann hat die Wahl der Schuhe je eine Entscheidung im Rat beeinflusst? Meines Wissens noch nie. Oder sehe ich das etwa falsch?"

Schlussendlich war mein Ratsantrag gescheitert, eine Gleichstellungsstelle im Rathaus einzurichten, trotz heftiger Proteste der Frauengruppe.

Und das führte dazu, dass der CDU-Ratsherr Bauer und ich verbal aneinander geraten waren, wobei ich mit meiner Krücke zugeschlagen haben soll, was natürlich auf kolossaler Übertreibung beruhte und ich auch heute noch vehement bestreite.

Jedenfalls war der hochgepuschte Vorgang ein Eklat, der bis dato einmalig in der politischen Geschichte der Kleinstadt Würselen war, weshalb der Bürgermeister die Ratssitzung abgebrochen hatte.

Tja, da saß ich mit meinen Krücken als Hilfswerkzeuge, die nun wahrlich kein Handwerkzeug des Teufels darstellten.

Aber das Kind war nun mal in den Brunnen gefallen, wie den Reaktionen im Ratssaal zu entnehmen war. Ich dagegen fand meine Knochenmarksentzündung viel schlimmer, als den hochgepuschten Streitvorfall, doch das war natürlich nur meine Wahrnehmung.

So hatte ich die Auseinandersetzung bereits beim Verlassen des Rathauses vergessen, da sich, bis auf böse Blicke, nichts Spektakuläres ereignete. Ich zischte mir mit einem Kollegen in meiner Stammkneipe ein schnelles Bier, danach machte ich mich auf den Weg ins vertraute Heim.

3

Dem verträumten, alten Eckhaus, in dem ich mit Karla wohnte, sah man die Hektik nicht an, die sie gelegentlich darin verbreitete. Es strahlte Ruhe aus. Doch mit der Ruhe war's bald vorbei, weil Karla die Widergabe der Ereignisse um den Antrag von mir forderte.

Sie reagierte aufgebracht vor Mitgefühl mit den verarschten Frauen, als ich ihr den Ablauf wahrheitsgetreu vorgetragen hatte. Karla stotterte zerknirscht: „Wäre ich auf der Empore gewesen, hätte ich die Pappnasen zur Sau gemacht."

Das überschäumende Temperament ging in Karla durch, wobei auch ihr der typische Frauenvorwurf entfuhr: „Die Männer haben nur Angst um ihre Macht, besonders diese machtgeilen Scheißkerle."

So emotional war sie meistens. Andauernd bewegte sich Karla am Limit. Aber diesmal war der Ausbruch kurzlebig. Einem besonderen Abend stand nichts im Wege. Wir tranken randvolle Gläser Wein, den Roten aus der Toskana, schon blickte ich in verständnisvolle Augen. In Karlas wunderschönen Augäpfeln spiegelte sich unbändige Leidenschaft, ja blinde Vertrautheit wider. Sie nahm mich verführerisch in die Arme und strich mir zärtlich übers lange Haar.

„Ich liebe dich. Gegenüber anderen Männern bist du viel einfühlsamer", flüsterte sie mir beschwipst ins Ohr. „Du bist ein Mann mit Verständnis für die Frauen."

Ihre Bestätigung erwärmte meine Sinnesorgane. Aus ihrem betörenden Mund trafen mich ihre Worte mitten ins Herz. Daher gab's keine Zurückhaltung, als wir zu weit vorgerückter Stunde aufstanden und uns aneinander rieben.

„Bewege dich nicht", flüsterte ich.

Meine Stimme klang zärtlich, aber fest. Mit der rechten Hand drückte ich Karlas Hüften an mich, mit der anderen hob ich ihren langen Rock an. Den ließ ich in Hüfthöhe los und schob meine linke Hand liebkosend in ihr aufreizendes Höschen.

„Bleibe ruhig", flüsterte ich und verfrachtete ihren Rock mit zitternden Fingern bis zu ihren Schultern hinauf, dann zog ich ihren knapp sitzenden Schlüpfer die Oberschenkel abwärts. Behutsam streifte ich das süße Teil über ihre Füße, dabei verwirrte ihr nacktes Fleisch meine Sinne.

„Dein Hintern ist phantastisch", hauchte ich, vor Aufregung heiser klingend. Ich küsste und streichelte ihn. Meine Hand verbreitete eine wohlige Kühle auf ihrer warmen Haut. Ihre Knie bebten, als wir uns langsam auf mein Bett gleiten ließen, wobei sie auf dem Bauch lag und ich ihre prallen Hinterbacken knetete.

Ich schnurrte wie eine schmusebedürftige Katze: „Du bist schön. Weißt du das?"

Gefühlvoll drehte ich Karla zu mir um.

Danach erforschte ich ihre Bereitschaft, sich mit mir zu vereinigen. „Spürst du's? Du bist nass und offen", hatte ich im Genussrausch hervorgepresst.

Karla wand sich unter meinen tastenden Fingerkuppen. Geil und nach Liebe wimmernd, streckte sie mir ihren Prachtkörper entgegen.

„Ja, Georg, schön langsam, bitte hör auf, mir kommt's gleich", stöhnte sie.

„O ja, mache bitte weiter, nicht nachlassen, ja, steck ihn rein, jetzt schneller, o ja."

Wir liebten uns hemmungsloser denn je. Und noch ausgelaugt vom Liebesorkan, lächelten wir uns ausgepowert an und staunten über unsere Erschöpfung. Doch bevor wir in einen tiefen Schlaf versanken, summte mir Karla einen letzten Liebesschwur zu.

„Mein Liebling. Ich liebe dich mehr als mich selbst", hörte ich sie flüstern.

* * *

Flugturbulenzen sind eine Bagatelle gegen das, was sich nach der Nacht ereignet hatte. Der Blick in die Zeitung gehörte in die Kategorie, Horror vom Feinsten, ähnlich einem perfekt inszenierten Gruselkabinett. Absurd, anmaßend, beleidigend, all das kam mir wie eine harmlose Beschreibung vor.

Und die Ungeheuerlichkeit traf mich mit der Wucht des Vorschlaghammers, als ich am Frühstückstisch die Lokalseite aufschlug.

Was war das...?

Die Überschrift über ein Ereignis nach der gestrigen Ratssitzung sprang mir ins Auge.

WUT UND EMPÖRUNG NACH DER ATTACKE, so lautete die Überschrift.

„Was hat das zu bedeuten?" Das war meine Reaktion, denn ich war baff.

„Diverse Wahlplakate der SPD sollen wir Grüne beschmiert haben", erläuterte ich das Gelesene. „Glaubst du das? In einer Presseerklärung wirft uns der SPD-Sprecher Grießmann faschistische Methoden vor und ich, Georg Blume, wäre gar kriminell."

„Das glaubt er doch selbst nicht."

„Hör zu, Karla. Er fordert mich auf, dass ich mich für die Vorfälle im Rat entschuldigen müsse. Außerdem wäre es angebracht, mich von der Plakataktion zu distanzieren. Was soll der Scheiß?"

Mir war der Appetit gründlich vergangen, deshalb hatte ich wie ein Papagei gekreischt: „Was nimmt sich das Ekelpaket raus? Nein, mein Freund, das wird nichts. Ich reagiere auf deine Frechheit. Eine Klarstellung muss raus, und das möglichst schnell."

Mit dem Wortlaut erklärte ich Karla die gebotene Dringlichkeit, denn nach dem ersten Schlückchen Kaffee stand ich auf, dann besprach ich am Telefon die notwendigen Schritte mit der grünen Fraktion, dabei formulierte ich in einer Gegendarstellung, dass ich Bauer zwar mit der Krücke bedroht hätte, ihn jedoch keinesfalls berührt habe. Allein auf meine Drohgebärden täten die ungerechtfertigten Anschuldigungen beruhen.

Diesen Wortlaut hatte mir die Fraktion abgesegnet, dann hatte ich die Erklärung an den Chefredakteur der Lokalpresse weitergegeben.

„Korrigieren sie ihren Fehler in der Berichterstattung", hatte ich ihn aufgefordert und das Gespräch beendet. Danach hatte ich erleichtert durchgeschnauft: „Okay, das ist erledigt."

Prompt erregte mich der unsinnige Angriff des Abgeordneten. „Grießmann ist ein Arschloch", beschrieb ich den Wichtigtuer. „Als Kinder hatten wir im Sandkasten gespielt, schon da kehrte er den Arztsohn fast abartig heraus. Diesen Minderwertigkeitskomplex konnte er nicht übertünchen. Daher wunderte es mich umso mehr, wie schnell er in seiner Partei ans Ruder kam? In ihr steht sein Name für Fleiß und Beharrlichkeit. Dennoch ist er ein Egoist, weshalb man ihm besser aus dem Weg geht."

„Jetzt reicht es mir", antwortete Karla und rollte mit den Augen, worauf ich ergänzte: „Schon gut. Ich langweile dich."

„Ja, das tust du. Ich will nichts mehr über den Kerl hören."

„Na gut. Ich mache es kurz", vervollständigte ich meine Erklärung, „denn es stellt sich die berechtigte Frage, woher sich der Wichtigtuer das Recht nimmt, uns Grüne in die faschistoide Ecke zu schieben? Das ist plumpes Wahlkampfgetöse und passt zu ihm. Er hält es für einen genialen Schachzug."

Das war ausführlich genug. Ich dachte insgeheim: Die Runde hat Grießmann verloren. Zwar nicht durch einen k.o. Sieg, aber den durfte ich auch nicht erwarten, schon gar nicht in der ersten Runde.

Kaum war mein Kopf freigepustet, da fing mich mein Fluchtinstinkt an zu peinigen, obwohl der dicke Batzen Haushaltsrede anstand. Die gehörte in ein Textgewand gekleidet. Nach der Rede würde ich den Stress in die Schublade packen, erst dann war das Werk für das Jahr 1986 vollbracht.

* * *

Die Angriffe auf meine Person schaukelten sich auf den Gipfel der Gemeinheit hoch. Die Gerüchteküche um die Auseinandersetzung im Rat kochte.

Das ahnte ich selbstverständlich nicht, als ich mich auf den Weg zum Bäcker machte, um frische Brötchen einzukaufen.

Und wieder zurück im Treppenhaus, lag die abonnierte Tageszeitung parat. Die hob ich auf, doch schon beim Blick auf die Vorderseite erstarrte ich.

„Zum Teufel mit der Sensationspresse", protestierte mein Gerechtigkeitssinn.

Ich stürmte ungeschickt die Stufen hinauf, wegen der Krücken, und in Karlas Reich eingetreten, schimpfte ich kolossal: „Du kannst den Unfug lesen, den der Schmierfink Reuter geschrieben hat. Für den ist es amtlich, dass ich zugeschlagen habe. Und schau, ein Foto von mir auf der Titelseite."

Danach gönnte ich mir eine Beruhigungsphase, dann rasselte ich den Text unter der Abbildung runter: „Das Bild zeigt Georg Blume, den Fraktionschef der Grünen im Rat", las ich Karla vor.

Schließlich ergänzte ich: „Blume ist gegen den CDU Ratsherren Günther Bauer handgreiflich geworden. Der Leidtragende war außerdem Manager des Fußballclubs Alemannia Aachen."

Und weitere Textzeilen verdaut, schimpfte ich auf den Verfasser: „Reuter hat nicht alle Tassen im Schrank. Wie sonst kann er mich verurteilen und an den Pranger stellen?"

Wutentbrannt stapfte ich mit Karla die wenigen Stufen in meine Mansarde hinauf. Wir wohnten in übereinanderliegenden Wohnungen. Dort goss ich uns Kaffee ein. Den hatte ich bereits vor dem Gang zum Bäcker aufgesetzt.

Beim Kaffeetrinken las ich den Zeitungsbericht auf der Kommunalseite zum Tathergang vor: Nach Auskunft zuverlässiger Quellen hat Herr Blume den Streit angezettelt, stand darin. Er hat seinen Standpunkt mit seiner Krücke schlagkräftig untermauert. Damit schadet er der Debatte um die Frauengleichstellung.

Um Gotteswillen!"

Karla klang, als würde sie gleich hyperventilieren. „Der Schreiberling hat vor, dich fertig zu machen, anders kann ich den Artikel nicht deuten", meckerte sie, denn sie verstand die Welt nicht mehr.

Dann ergänzte sie ihren Angriff auf die Presse: „Unter keinen Umständen darfst du den Mist unwidersprochen hinnehmen."

Ich hörte auf Karla, denn ich rief, in der von der Zeitungsnotiz herauf beschworenen Untergangsstimmung, bei Chefredakteur Reuter in seiner Lokalredaktion an. Und der meldete sich teilnahmslos: „Ja, hier Reuter. Was gibt's, Herr Blume?"

„Das wissen Sie genauso gut wie ich", fluchte ich wie ein Scheunendrescher durch die Leitung. „Spucken Sie aus, warum Sie sich an den Spekulationen gegen mich beteiligen. Ich hatte ihre Neutralität erwartet, doch dank ihrer Mithilfe arten die Verleumdungen zur Hetzkampagne gegen mich aus."

Erst nachdem ich mich entladen hatte, wurde meine Tonlage vertretbarer. „Außerdem ist nichts von Ihrem Geschmiere wahr", setzte ich meine Angriffe fort. „Es ist das Papier nicht wert, auf dem es gedruckt wurde, denn die Auseinandersetzung war harmlos. Noch dazu haben Sie das grimmigste Foto von mir aufgestöbert. Auf dem ähnele ich einem Meuchelmörder."

„Na, na, Herr Blume", räusperte sich Reuter, um sich danach jovial zu geben: „Wenn's so harmlos war, dann verstehe Ihre Aufregung nicht. Sie haben nichts zu befürchten, war's so, wie Sie behaupten."

„Behaupten? Pah, das klingt geradezu abfällig aus Ihrem Mund", motzte ich. Dann brüllte ich in die Sprechmuschel: „Es war so, Herr Reuter! Ach was, Sie können mich mal."

Ich beendete das Gespräch und donnerte das Gerät auf die Konsole. Durch Reuters Ignoranz war ich zurecht verbiestert, weshalb ich mich Karla mit vor Zorn gerötetem

Gesicht zuwandte: „Den Schmierfinken zu beschimpfen ist zwecklos. Er ist nicht besser als andere Presseheinis. Wenigstens wurde die Gegendarstellung in vollem Wortlaut abgedruckt."

Da erst hatte mich mein, zwar mit einem Fragezeichen, aber dick umrandetes Machwerk versöhnlich gestimmt.

Während ich noch mehrere Sekunden am altertümlichen Schrank mit dem Telefonapparat lehnte, klingelte das abermals und eine vertraute Stimme begrüßte mich. Es war meine von mir getrennt lebende Frau.

„Hey, Georg", sagte sie.

Und ich grüßte ebenfalls: „Hey, Andrea."

Danach fragte sie mich, und das ängstlich: „Wie konnte das passieren? Weshalb stehst du wegen einer Schlägerei in der Zeitung? Mir wurde mulmig, als ich das mit dem Handgemenge gelesen hatte. Hast du tatsächlich zugeschlagen?"

„Ach was", wiegelte ich ab. „Die Auseinandersetzung war harmlos und unnötig, aber wegen der Frauen nehme ich sie auf meine Kappe."

„Muss das sein?"

„So ist es", bekräftigte ich meinen Standpunkt. „Zudem nützt es nichts, wenn ich den Vorwurf abstreite. Gerade du solltest aus gemeinsamer Zeit wissen, wie gemein sich die Presse im Verdrehen von Tatsachen gebärdet."

Mit dieser Erklärung vermittelte ich die Zuversicht, mit der ich sie bat: „Ich habe eine Bitte. Erzähle nichts den Kindern. Meine knifflige Situation erkläre ich ihnen besser selbst."

Das war's dann auch. Mehr hatten wir uns nicht zu sagen. Tendenziös für Getrenntlebende. Aber der Anruf war Balsam auf meine Wunden, hatte sie mich wenigstens in den schwärzesten Stunden meines Politikerlebens nicht ganz vergessen.

Dennoch stimmte mich der Anruf nachdenklich. Ich grübelte, erneut von Fluchtgedanken erfasst, dann eröffnete ich Karla einen erlösenden Vorschlag.

„Ich muss schleunigst raus aus dem Irrenhaus", wurde ich deutlich. „Wir verduften und verbringen das Wochenende am Meer."

„Am Meer?"

Karla zog erstaunt ihre Schultern hoch und machte große Augen.

„Ja, an Hollands Küste", betonte ich unmissverständlich. „Aus den Augen, aus dem Sinn. Nur in den Dünen mit ihrer Abgeschiedenheit finden wir viel Ruhe und Abstand. Nach Arbeitsschluss düsen wir zur Halbinsel Walcheren hinauf."

Nun strahlte Karla, ähnlich einem reich beschenkten Kind.

„Deine Idee ist phänomenal", freute sie sich. „Aber du lässt die Grünen im Stich."

„So mit Wut vollgestopft, wie ich jetzt bin, kann ich keine Hilfe sein", wiegelte ich ab.

„Trotzdem werden sie sauer sein. Doch was soll's. Wir fahren einfach."

Karla hatte den Kurztrip zur abgemachten Sache erklärt, so hatte ich ihr beim Gehen zugerufen: „Wer weiß, was mich am Arbeitsplatz erwartet? Vielleicht stempeln mich sogar meine Kollegen zu einem heimtückischen Schläger ab?"

Das war Gott sei Dank nicht so, obwohl der spektakuläre Pressebericht für Zündstoff unter ihnen gesorgt hatte. Die Kollegen behandelten mich unvoreingenommen, dadurch wurde es ein ansprechender Arbeitstag.

Direkt nach Feierabend machte ich mich auf den Weg zu den Kindern. Damit erfuhren auch sie den wahren Sachverhalt der mir vorgeworfenen Tat, ehe sie durch falsche Quellen versaut werden konnten.

„Stellt euch vor, euer Vater soll ein Schläger sein", beklagte ich mich bei ihnen und betrieb Aufklärung über die zum Sachlage.

Und eben diese endete mit dem Stoßseufzer: „Ist das nicht absurd?"

Vorher hatte ich Julian und Anna den Schund aus der Zeitung vorgelesen, dabei hatten sie vor Unverständnis ihre Köpfe geschüttelt.

Daher verwunderte es mich wenig, dass mich mein Sohn beruhigte: „Ach, Alter", stöhnte er, als er mich drückte. „Die Story ist doch erstunken und erlogen."

Na und erst die kecke Anna. Die setzte prompt die Wohltat obendrauf: „Warum solltest du Jemanden schlagen? Uns hast du nie geschlagen."

So gut, so schön. Ich pfiff in schweren Stößen die Luft aus der Lunge, denn nun konnte ich mein Anliegen nicht mehr zurückhalten.

„Aber nun zu was anderem", begann ich meine Änderung im Wochenendfahrplan, bei der ich mich wie ein Vaterlandsverräter fühlte.

„Das gemeinsame Wochenende fällt leider flach

Und mit folgendem Wortlaut versuchte ich von meinen Schuldgefühlen abzulenken: „Die Hetze der Presse macht mich fix und fertig, daher verschwinde ich mit Karla an Hollands Küste. Bitte nicht böse sein."

„Por, ne, Alter", stöhnte Julian abermals. „Was wird aus der Geschichte vom kleinen Ritter?"

Ja, das war traurig, weshalb ich sein Stöhnen nachahmte: „Ach, Julian. Auch ich hatte mich tierisch drauf gefreut.

Am Meer denke ich mir eine spannende Episode aus, das verspreche ich dir."

Als Julian und Anna die Kröte runtergeschluckt hatten, fand sich auch Andrea mit der neuen Wochenendregelung ab.

Trotz allem fiel es mir schwer, meine Tränen zu unterdrücken, was Anna beobachtet hatte, die mich tröstete: „Bitte nicht weinen, Papa. Den Mist bekommst du wieder hin."

* * *

Meine wunderbaren Kater trugen die von den Kindern aus einer spaßigen Laune heraus gewählten Namen Tyron und Tyson. Gleich nach Feierabend, und weil Rosa verreist war, brachte ich sie zu Andrea und meinem Nachwuchs.

Tyson, ein kräftiger, schwarzweißer Kater, lebte seit der Trennung bei mir. Und Tyron hatte ich vor wenigen Monaten aufgenommen, wegen Tysons Trieb zur Geselligkeit. Ihn schmückte ein dem Tiger ähnelndes Fell, mit dem er pfiffig aussah. Dazu bewegte er sich wie ein kleiner Tollpatsch.

Der Abschied von den Kindern schmerzte. Mein Gefühlschaos glich einer Achterbahn. Dem Anstieg folgte jedes Mal das mit Karacho hinunterrauschen. In einsamen Stunden befürchtete ich, ein Leben ohne Julian und Anna würde mich umbringen. Ich litt an Höllenqualen allein bei der Vorstellung, sie könnten sich eines Tages von mir abwenden.

Doch die Aussicht auf eine Rückkehr zur Familie sank täglich, denn meine Annäherung an Karla war angewachsen. Und zu allem Unglück hatte Andrea ein Verhältnis zu einer Flasche von einem Mann begonnen.

„Mein Gott, ich verstehe dich nicht. Der Typ ist eine Zumutung", warf ich ihr in einem Anfall an Größenwahn vor.

Andrea aber wies die Vorwürfe zurück: „Du kennst ihn doch gar nicht, außerdem ist das meine Sache. Was geht's dich an?"

Mit der Herabwürdigung des Freundes hatte ich frisch verheilte Wunden aufgebrochen, so war Andreas Ablehnung mir gegenüber verständlich, obwohl sie meine Misere verschlimmerte. War der Traum von der gemeinsamen Zukunft ausgeträumt?

Es sah ganz so aus.

Umso mehr klammerte ich mich an meine Kinder. Tränenüberströmt sagte ich melodramatisch zu ihnen, als ich sie zum Abschied drückte: „Lieber Julian, liebe Anna. Was immer auch passiert, ich bin für euch da, darauf gebe ich euch mein Ehrenwort."

Ich wischte mir die Tränen weg und schloss die Haustür hinter mir, dann kehrte ich wieder in meine Mansarde zurück.

In meiner Bleibe war eine Stunde seit dem Besuch bei den Kindern vergangen, da machte mich die Warterei auf Karla ungeduldig. Ich rieb mich unruhig an meinem Ledersofa und wartete.

Ich wartete und wartete, dabei grunzte ich gereizt: „Ach Gott. Wo bleibst du bloß?"

Das späte Erscheinen Karlas war allerdings normal. Es lag an ihrem zeitraubenden Job als schlechtbezahlte Sozialarbeiterin. Doch als Wartender schiss ich in meiner Hektik auf ihre geistig behinderte Kinderschar. Ihre vereinnahmende Tätigkeit, die keine regelmäßige Arbeitszeit zuließ, konnte mich mal. Ansonsten war Karlas unstete Lebensführung kein Problem für mich, denn auch ich pflegte ein chaotisches Privatleben zu führen.

Doch weil es unser Abreisetag war, war ich durch ihr zu langes Wegbleiben ungehalten und zeterte: „Beeile dich, Karla. Nimm dir wenigstens heute die nötige Zeit für mich."

Es wurde fünf Uhr, danach schlug die Kirchturmuhr sechs Mal. Die Zeit schlich zähflüssig dahin. Ich blickte zum wiederholten Male auf die Wanduhr. Danach hörte ich, dass die Kirchturmuhr sieben Uhr ankündigte und von Karla keine Spur. Mein Puls raste. Ich geriet in Rage und fluchte: „Verdammter Mist! Mit wem und wo treibst du dich herum?"

Erst kurz nach sieben stapfte Karla die Treppe zu mir in meine Mansarde hinauf, wo ich sie abfing, durch das Warten total aufgedreht.

„Na endlich", raunzte ich sie an. „Mach hin, lass uns losfahren,".

Karla stemmte beide Arme in die Hüften und glotzte ratlos, dabei fixierte sie mich mit ihren Pupillen. „Herr je, mein Schatz", spottete sie. „Warum sofort? Ich darf doch wenigstens zur Tür herein."

Daraufhin warf sie ihren bezaubernden Wuschelkopf in den Nacken, doch ich bedrängte sie noch energischer, nur die Abreise im Kopf. Meine Hartnäckigkeit hatte mir meine Mutter mit der Muttermilch eingeflößt.

„Das Wesentliche ist gepackt", bestimmte ich wie ein Feldwebel. „Wir brechen auf."

Aber Karla schüttelte mich mit gerunzelter Stirn ab, als sie mir antwortete: „Aha, daher weht der Wind. Du hast eine Panikattacke. Oder hat deine Eile andere Gründe?"

Immerhin hatte ich Karla wachgerüttelt. Ihre träge Einstellung löste sich in Luft auf, je mehr sie über meinen Vorschlag nachgedacht hatte.

„Überlege ich's mir recht, warum eigentlich nicht", sagte sie in einem versöhnlichen Tonfall. „In drei Stunden wären wir in Domburg. Weit ist es ja nicht."

Trotz allem ließ sie bange Minuten verstreichen, bis ihr Einverständnis wie aus einem prall gefüllten Wasserschlauch aus ihr herausplatzte: „Jawohl, eurer Ehren, ich bin einverstanden. Gib mir zehn Minuten, in denen mache ich mich frisch."

Karla umarmte mich feurig, dabei vergaß ich fast den Grund der Flucht. Dann stimmte sie auf dem Weg zur Dusche markerschütternde Laute an. „Marmor, Stein und Eisen bricht, aber unsere Liebe nicht", trällerte sie die rockigen Elemente der Edelschnulze vor sich hin.

In dem Moment fiel es mir wie Schuppen aus den Haaren, dass unsere Verbindung nicht auf Rosen gebettet war, aber sie war ausbaufähig, zumindest aus dem hohlen Bauch heraus beurteilt.

Nach zehn Minuten saßen wir im Campingbus, dann brausten wir mit den auf dem Dach festgezurrten Rädern in Richtung Holland davon.

4

Die Liebe ist ein Boogie-Woogie der Hormone. Das musikalische Zitat Henry Millers regte meine Gedankenwelt an, als in Höhe Maastricht die Dunkelheit die Oberhand gewann. Das Licht der Scheinwerferkegel des Busses spiegelte sich auf der Fahrbahn. Es bildete sich ein gefährliche Glitzern in den Spurrillen, weswegen meine Nervosität aufflackerte.

Da hatte Karlas Anschmiegsamkeit längst den Siedepunkt überschritten, denn mit ihrem Kopf auf meine rechte Schulter gelegt, erzeugte sie eine wohlige Wärme. Mehr allerdings mit ihrem gefühlvollen Streicheln über meine Oberschenkel, und das ohne die geringste Spur von Müdigkeit.

Sie wäre jedoch nicht die berüchtigte Karla, hätte sie sich mit dem Streicheln über meine Schenkel begnügt, denn unverzüglich fing sie an, den Hosenschlitz meiner Streifenjeans zu bearbeiten. Mehr noch, ihr Streicheln gewann an Verlangen und entwickelte sich zum zarten Kneten.

Karlas Schnurren klang wie das einer Katze, die ihren Schmusebedarf anmeldet: „Wie findest du das? Ist das schön?"

Doch es blieb nicht beim Kneten, denn Karla war es tatsächlich gelungen, den Reißverschluss meiner hautengen Jeans herunterzuziehen, wonach sie auch meinen Slip abwärts geschoben hatte. Dann fuhr sie mir gefühlvoll mit

ihren forschenden Fingern über meine pulsierende, sei-
dige Härte.

Meine Sinne stöhnten: „Was machst du? Bitte, hör auf.
Wie soll ich in dem Zustand weiterfahren?"

Ich lief Gefahr, wegen der schätzenswerten Aufdringlichkeit, die Kontrolle über das Fahrverhalten des Busses
zu verlieren. Prompt drängte sich ein Parkplatzschild in
mein eingeschränktes Blickfeld. Nun war's nicht mehr
weit bis zu meiner Rettung. Aber wollte ich überhaupt gerettet werden?

Hochgradig erregt bog ich auf den einsamen Rastplatz
ab und brachte den Bus mit einer herben Bremseinlage
zum Stehen, übrigens stand nicht nur mein Bus. Und als
hätten wir einen längeren Liebesentzug hinter uns, dementsprechend hastig waren wir in den Schlafbereich ge-
klettert und hatten uns übermütig auf das einladende Bett
geworfen, nebenbei hatte ich die Fenstergardinen zugezo-
gen. Danach wehrte ich die Zärtlichkeiten Karlas nicht ab.
So hatte uns ihre überquellende Leidenschaft zu einer
nicht endenden Ekstase verholfen.

Nach dem Befreien vom Druck auf die glühenden Sexu-
alorgane, entwickelten sich gestammelte Sprachfetzen.

„Magst du mich noch?"

„Du Dummerchen, natürlich mag ich dich, sonst wäre
ich längst nicht mehr bei dir."

„Ich weiß."

Für mich war es ein wunderbarer Dialog.

Später tuckerten wir gemütlich über den Ring um Ant-
werpen herum. Erst in Richtung Bergen op Zoom fuhren,
schaltete ich das Autoradio ein.

„Über der Küste Hollands offenbart sich ein wolken-ar-
mer Himmel. Es weht eine leichte Westbrise und die
Temperaturen bewegen sich um die zwölf Grad Marke",

raunte es aus den Lautsprecherboxen, was sich außerordentlich gut für uns anhörte.

„Und nun die Musik einiger Rocklegenden. Ach was sage ich, und nun das Beste der Sechziger und Siebziger Jahre", plärrte der Rundfunksprecher, bevor die Gruppe Steppenwolf mit ihrem Superhammer „Born to be wild" tempogeladen loslegte.

Uns hielt nichts auf den Sitzen, angefacht von den schrillen Gitarrensolos. Wir stampften den Rhythmus des Schlagzeugs mit den Füßen und den Händen.

Der knallharte Song hatte eine explosionsartige Wirkung in uns ausgelöst, wonach unsere Powerstimmung bei dem Rock-Epos „Paranoid" der Superband Black Sabbath ungeahnte Höhen erreichte. Schließlich flippten wir total aus, als uns der „Highway Star" von Deep Purpel um die Ohren schwirrte.

„Oh Mann! Das ist der phantastischste Rock aller Zeiten", jauchzte ich in einem Anfall an Wahn, und drehte beim „Street fighting man", der Rolling Stones das Autoradio auf volle Pulle.

„Es ist der totale Wahnsinn, Karla. Was sagst du zu dem tollen Sender?"

Zwanzig Minuten waren vergangen, angetrieben von den Doors, schon irrte der Bus rhythmisch wippend an der Oosterschelde entlang. Im wahren Vollrausch trieb es ihn dem Ziel entgegen.

Und noch angetan von der Klasse der Songs, trudelten wir in Middelburg ein. Nach der Uhr am Armaturenbrett war es kurz nach Mitternacht, dennoch hatte mich die Sehnsucht nach einem Lotterbett übermannt.

Doch ein Zimmer als Absteige ließ unsere Planung nicht zu, denn aus Sparsamkeit wollten wir die Nächte im Campingbus verbringen, wozu besaß er eine Standheizung, und jetzt das.

Aber ich wusste genau, woher das hemmungslose Verlangen rührte, verspürte ich abermals das verräterische Ziehen im Bereich meiner Lenden.

„Rücke näher, du Göttin über die Fleischeslust. Ich bin wahnsinnig heiß auf dich", lag ich Karla verlangend in den Ohren. „Suchen wir ein Liebesnest. Bist du einverstanden? Bitte, sag ja."

Und zu meinem Glück empfand Karla ähnlich. Die stupste mich temperamentvoll in die Seite und hauchte mir ihr Einverständnis zu: „Warum nicht, du geiler Bock. Dein Vorschlag ist phänomenal. Es gibt nichts schöneres, als einen herrlichen Fick."

Mit Argusaugen suchten wir in der Ortsmitte nach einem Babylon für Sünder, was Karla skeptisch stimmte, und sie mich fragte: „Meinst du, gegen Mitternacht hat noch eine Liebeslaube geöffnet?"

Wir fanden das gesuchte Objekt. Und das in einem heruntergekommenen Etablissement mit entsprechendem Flair. Dort nahmen wir das erstbeste Doppelzimmer und erneut brach der Sturm aufflammender Liebe über uns herein, wobei unsere Leidenschaft die Müdigkeit besiegte. Ich war nur noch von Liebe und Entzücken umringt, und ergab mich, mit offenen Augen daliegend, dem Entspannungsprozess.

Meine rührende Liebesbeteuerung geriet zum Schmankerl der Nacht. „Ich liebe dich, du zuckersüße Karla. Du bist die wunderbarste Frau auf der Welt."

* * *

Die Wellen unbegreiflicher Energiestöße waren abgeflaut, weniger meine durch die Hetzattacken ausgelöste Unruhe. Die hatte wieder Besitz von mir ergriffen und arbeitete in mir, denn ich war ihr Gefangener.

Vorsichtig stand ich auf, dann wusch ich meinen Penis und zog mich an. Die schläfrige Karla schaute mir mit sich verfinsterndem Blick dabei zu. Aber warum? Fühlte sie sich verletzt?

Ich meldete den ungewöhnlichen Wunsch, mir ein Bier genehmigen zu wollen, zaghaft an: „Ich verschwinde nach unten in die Kneipe auf ein Bierchen ", säuselte ich liebevoll. „Bis gleich, Liebste."

Ich strich ihr zärtlich über die Locken und hoffte auf einen Minimalfunken an Verständnis, aber Karla reagierte fassungslos. Barsch zog sie die Bettdecke über den Kopf. So trollte ich mich, ohne weitere Worte zu verlieren.

Als ich im Parterrebereich ankam, hatte ich unverdientes Glück. Die Tür zum Lokal stand sperrangelweit offen. Ich ging hinein, bestellte ein Bier und setzte mich an einen Tisch. Die an der Theke herumlungernden schrägen Vögel beachteten mich nicht. Sie erinnerten mich an Zuhälter, denn sie trugen ihre Haare vorn kurz gestutzt und hinten bis weit über die Schultern herabhängend.

Ohne Verzögerung brachte mir der Barkeeper das bestellte Bier. Und schon der erste Schluck und der sternenklare Himmel, der mir durch das Fenster in tiefster Verbundenheit zublinzelte, versetzten mich in Trance. Dazu passte ein Jimmy Hendrix Stück in Hintergrund.

„Hey Joe", schmalzte der unwiderstehliche Jimmy so einfühlsam, dass ich mich mit offenen Augen in Vergangenheitsträumen verfing. Wie lange war ich jetzt mit Karla zusammen? Wo hatten sich damals unsere Wege gekreuzt?

Meine Liebesgeschichte mit Karla hatte in einer stinknormalen Supermarktkette begonnen. Aber das Merkwürdige daran war, dass der Laden nur wenige Meter von dem Haus mit meiner Wohngemeinschaft entfernt lag, und sich bis dato nie der Kontakt zu der tollen Frau ergeben hatte.

Jedenfalls stand ich mit einem Einkaufswagen an der Kasse, besser gesagt, es war eine lange Schlange zur Kasse. Und Karla stand wie ein Schönheitsmonument mit ihrem Einkaufswagen vor mir. Sie trug eine hellblaue und figurbetonte Jeans, dazu eine zu ihr passende Jeansjacke. Unter der Jacke lugte ein mit einem Aufdruck versehenes T-Shirt hervor. Sie sah toll aus in dieser Montur, außerdem lag sie mit ihrer Aufmachung auf meiner alternativen Linie.

Ich konnte mir einen bewundernden Pfiff durch die Zähne nicht verkneifen, wegen dem ich mich schämte, dann hatte ich Karla wie vernarrt angestiert.

Und auch die hatte mich registriert, das hatte mir ihre verlegene Röte verraten, sobald sich unsere Blicke trafen. Was für Augen, hatte ich mich gewundert, von ihrem sanften Augenaufschlag fasziniert. Solch dunkle Pupillen und unergründliche Augenhöhlen hatte ich noch nie bewundert, dazu Karlas volle Lippen und ihr feuriger Blick. Alles an ihrer wunderschönen Gestalt verwirrte mein Innenleben.

„Entschuldige bitte. Darf ich dich was fragen?"

Verwegen hatte ich meine Hemmschwelle überwunden und die Frau mit der sympathischen Ausstrahlung angesprochen.

„Nur zu", hatte Karla freundlich geantwortet und mich geknufft.

„Wohnst du hier in der Nähe?"

„Ja, ein paar Häuser weiter."

Der Anfang war geschafft. Aber es ging weiter, denn bei jenem weltbewegenden Zusammentreffen stand mir der Zufall Pate, denn der Inhalt unserer Einkaufswagen war fast identisch. Bis auf die Katzendosen der gleiche Kram.

Aus Karla platzte ein verwunderter Aufschrei lauthals heraus: „Wagentausch!"

„Dann übernimmst du meine Raubtiere", antwortete ich cool.

Wir lachten hemmungslos über die mehr zufällige Gemeinsamkeit.

„Ich bin der Georg. Wartest du bitte draußen auf mich?" Fluchs war mir diese verwegene Frage über die Lippen gekommen, wobei ich mich noch geschüttelt hatte vom herzhaften Lachen.

Daraufhin stellte sich das Fabelwesen als Karla vor und nickte mir freundlich zu, wobei sie die leicht untermalten Samtaugen senkte.

Mein Draufgängertum war belohnt worden, denn vor dem Geschäft hatten wir uns zu einem Abendessen im griechischen Szenelokal Labyrinth verabredet und uns danach verabschiedet.

Alles war easy, denn das Treffen im Labyrinth fand statt. Beim fragwürdigen Genießen einer üppigen Grillplatte, plauderten wir über unsere positiven, sowie negativen Lebenserfahrungen, wobei mich Karlas Offenheit in Erstaunen versetzte. Mir war keinerlei Misstrauen entgegengeschlagen. Karla hatte mich mit ihrer liebenswerten Aufgeschlossenheit endgültig für sich gewonnen.

Ich erzählte Karla einige Storys über meine Frau, dann über die Kinder und über meine politische Tätigkeit, aber auch meine Sterilisation hatte ich nicht verschwiegen. Mit meinem Geschwafel hatte ich das Gespräch dominiert und somit wenig über Karlas Vergangenheit erfahren.

Daher war es unbegreiflich, dass ich hinterher vergessen hatte, mich auf ein weiteres Treffen mit der Traumfrau zu verabreden. Es war kurz nach Zwölf, als wir uns mit einer innigen Umarmung getrennt hatten.

„Ach, Georg. Du bist ein Volltrottel. Dein Missgeschick hat die Höchststrafe verdient."

Mit dem Vorwurf überwarf mich mein von Karla restlos begeisterter Alfred.

Dennoch war sie weg, aber ich Vollidiot wollte diese Frau unbedingt wiedersehen. Immerhin war mir ihr Nachname nicht entfallen und auch das Haus, in dem sie wohnte, das hatte ich mir gemerkt.

Am nächsten Tag packte ich kurzentschlossen meine Chance beim Schopf, und stand zwiespältig gestimmt vor Karlas Tür.

Ich klingelte.

Würde sie mir öffnen?

Ich hörte eine Person die Treppe heruntereilen.

War es Karla?

Es war tatsächlich meine Traumfrau, die im Türrahmen vor mir stand, und ich registrierte es mit großer Freude, dass sie mich in ihre Wohnung bat.

In der öffnete ich die Knöpfe meiner Jacke und zog sie aus, dann warf ich sie lässig über eine Stuhllehne. Als ich mich hingesetzt hatte, lud ich sie sofort ein, mit mir auf eine Geburtstagsfete zu gehen.

„Hm", sagte sie, den Kopf hin und herwiegend, dann lachte sie. „Wann holst du mich ab? Ich habe nichts anderes vor."

Ich klatschte vor Begeisterung in die Hände. „Acht Uhr stehe ich vor deiner Tür", sagte ich mit einem Jauchzen in der Stimme.

Die Fabelfrau hatte meine Bestrebungen unterstützt und meine Einladung mit Kusshand angenommen, ja ich hatte mir sogar eingebildet, sie hatte sich mein Kommen gewünscht.

Als wir auf der Fete erschienen, schwappte die Begeisterung über.

„Mensch, Georg. Wo um alles in der Welt hast du diesen Kracher aufgetrieben?"

Das war der Wortlaut der mir am häufigsten gestellten Frage. Karla, immerzu Karla. Mein Freundeskreis war von der Ausstrahlung meiner Begleiterin überwältigt. Sie war der Mittelpunkt aller Spekulationen.

Ich jedoch hatte genießerisch von uns abgelenkt. Wir kannten uns eben, das musste genügen, das Wie sollte unser Privatgeheimnis bleiben.

Meine Gedanken schwelgten in Bilderbuchträumen. Schemenhaft fühlte ich mich in ein Liebesuniversum zurückversetzt, doch Karla knuffte mich unverhofft und verfrachtete mich in die raue Gegenwart.

Ich sprang auf und kuschelte mich mit der Sehnsucht eines Süchtigen an sie, dabei glotzte Karla verlegen aus der Wäsche. Doch da sich nur wenige Gäste im Lokal befanden, wie erwähnt lauter Zuhälter, war mein Überfall in Ordnung gegangen.

Fragend hielt ich ihr mein leeres Glas entgegen. „Bitte trink mit mir noch ein Schlückchen?"

Mit Karlas Einverständnis rief ich den Kellner an den Tisch und bestellte zwei Gläser Heineken. Als die vor uns standen, trank ich einem großen Schluck, dann küsste ich Karla begehrend auf ihren Mund, was mich in prickelnde Erregung schaukelte. Mein Körper vibrierte durch Karlas Berührungen. Sie erfühlte an der Ausbuchtung in meiner Hose, dass sich mein Schwellkörper ständig vergrößerte.

Und um den zu befriedigen, forderte ich Karla zu einem weiteren Schäferstündchen auf, dabei kniff ich sie schalkhaft in die rechte Wange.

„Trinke aus, bezauberndes Vögelchen", gurrte ich wie ein balzendes Taubenmännchen. „Ich will dich ficken, bis dir mein Sperma aus den Ohren quillt."

Karla schmunzelte vielsagend und ich bezahlte hastig, dann stiegen wir die Treppe zum Zimmer im dritten Stock hinauf, wo uns erneut das Himmelreich der Liebe zu Füßen lag.

„Ach wäre es schön, könnte das Wochenende bis in alle Ewigkeit so weitergehen", seufzte ich in freudiger Erwartung.

Mein Gott, was war in mich gefahren? Was trieb mich zu den Beischlafbedürfnissen an? Ich hatte keine Erklärung für meine Besessenheit.

Nach dem Liebesakt verweilten meine Gedankenspiele bei den Kindern. Doch das nur kurz, dann beherrschte Karla wieder meine Gehirnströme. Ich fühlte mich ihrer Liebe sicher, was mich in ein vor Begeisterung aus allen Nähten platzendes Schlaraffenland beförderte. Mein Zustand war viel zu schön, um wahr zu sein.

Also wollte ich die Momente der großen Verliebtheit für immer festhalten. Aber geht eine auf Sex basierende Beziehung erfreulich und unbeschwert weiter? War mein Hochgefühl gar ein Trugschluss?

* * *

Unsanft hatte uns das Hupkonzert eines Lieferwagens geweckt, trotzdem fühlten wir uns wunderbar ausgeschlafen. Draußen war es für die Jahreszeit angenehm mild. Es waren zwar noch nicht die zwölf Grad, die der Radiosprecher prophezeit hatte, aber das würde sich entwickeln. Unsere Herzen schlugen stürmisch, denn der Strand von Domburg lag zum Greifen nahe. An dem hatte ich zwei Wochen mit meiner ersten, großen Liebe verbracht.

Nach dem Frühstück fuhren wir in Begleitung der Morgensonne durch die Küstenlandschaft. Die war unendlich fotogen. Touristenansammlungen machten sich rar in dieser Jahreszeit. Die Insel lebt in einem langsamen Rhythmus.

In Abgeschiedenheit wollten wir uns an Strandwanderungen heranwagen, eventuell Radtouren unternehmen. Aber würden solche Touren mit meinem kranken Bein möglich sein? Höchstens mit der nötigen Gelassenheit und sehr viel Muße.

Wir parkten den Bus hinter den Dünen auf einem Parkplatz und bewaffneten uns mit Badetüchern, dann stürmten wir ans Meer. Mit hochgekrempelten Jeans, aber immer darauf bedacht, dass mein Verband nicht nass wurde, wateten wir bibbernd durch die zurückweichende Brandung.

Irgendwann wurde uns kalt und wir begannen zu frieren, so suchten wir uns eine geschützte Mulde, die angenehm windstill war. In ihr ergaben wir uns freizügig der wärmenden Sonnenbestrahlung, denn nicht ein unerwünschter Besucher ließ sich blicken.

Doch was war das?

Mein Glücksspender rührte sich fordernd. Meine Sinne spielten Roulett. Alle Anzeichen standen auf Sturm, denn abermals überwältigte mich die Begierde. Karlas genüssliches Räkeln, bei dem sich ihre spitzen Brüste unwiderstehlich unter dem Pulli abzeichneten, hatte mich erregt.

„Schäme dich. Du bist ein schlimmer Finger", keuchte Karla, als ich mich über sie geschoben und sie mich neckisch abgeworfen hatte. Sie grinste verführerisch, dabei ertastete sie meine Erregung.

Daraufhin antwortete ich ihr mit einem kleinen Scherz: „Verflixt! Woran hast du mich durchschaut?"

„Natürlich am Knüppel in deiner Hose", entgegnete sie mit ausdrucksstarker Bewunderung. „Willst du mich damit erschlagen?"

Ich hatte gelacht, dennoch war ich schwer aufzuhalten, denn ich versuchte ihr die Hose auszuziehen, doch Karla blockte mich ab. „Nicht hier, Georg", zischte sie. „Ich traue der Einsamkeit nicht. Wir verziehen uns besser in den Bus."

Wir richteten unsere Klamotten, dann zerrte mich Karla herausfordernd aus der Mulde. Und in Windeseile hatten wir unseren Campingbus erreicht.

Als wir in den Bus eingestiegen waren, streiften wir uns gegenseitig die Klamotten vom Leib, dann berührte ich Karla überall mit meiner Zunge. Ich saugte an ihren Brüsten, dann knetete ich an ihren Pobacken und leckte an den Innenseiten ihrer Oberschenkel, um danach ihre nach Vereinigung verlangende Scham zu liebkosen.

Karla streichelte meinen Kopf, den sie auf ihre Scham gedrückt hatte, dabei hauchte sie ihre Liebeswünsche: „Ja, Georg, so ist es gut. Ja, so brauche ich es. Vernasche mich, ich bin so geil."

Karla war unanständig schön in ihrer Sinnlichkeit. Sie fraß mich brutal und doch zärtlich auf und erstickte mich mit ihrem wunderschönen Körper. Und genau das hatte ich bei ihr gesucht und deswegen liebte ich diese Frau. Der uns freundlich gesonnene Feuerball am Himmel lächelte uns als Verbündeter durch die Fenstergardinen zu, dann herrschte Stille.

Als ich erwachte, fragte ich Karla mit verschlafener Stimme: „Haben wir lange geschlafen?"

„Zwei oder drei Stunden", antwortete sie.

Karla graulte mir die Nackenhaare. Sie übergoss mich mit einen Schwall an Schwärmereien.

„Du gehörst zu mir", säuselte sie. „Mit dir ist das Leben ein unbeschreiblicher Traum. Ich könnte unseren weiteren Lebensweg in einem endlosen Urlaub mit dir verbringen."

Damit lag Karla ausnahmslos richtig, denn meine Anspannung war wie weggeblasen. Ich war unbeschwert und fühlte mich unwiderstehlich. Nie zuvor hatte ich die positive Abwechslung durch die Liebe als notwendiger empfunden. Ohne den Wochenendausflug wäre ich kaputtgegangen, denn der wichtigste Aspekt der Reise hieß Abstand gewinnen, und das klappte hervorragend an Karlas Seite.

* * *

Erfolg soll man feiern, was wir ausgiebig taten, denn durch eine kleine Radtour bestätigte sich mein körperlicher Aufwärtstrend. Nicht ein einziges Mal hatte mein entzündetes Bein verrücktgespielt.

Am hereinbrechenden Abend, es war kalt geworden, verdrückten wir uns in den aufgewärmten Bus. Als wir mit Wein in soliden Ikea-Gläsern anstießen, funkelte die gewaltige Heerschar der Sterne vom Firmament. Beim zweiten Glas begann die Planung des nächsten Tages, bei der kam ein Ausflug mit dem Fahrrad nach Zierikzee heraus.

Während des Gesprächs fiel uns nicht auf, dass ein anderer Campingbus an der Flanke unseres Busses anhielt. Aus dem sprangen zwei junge Männer. Und die bemerkt, kletterten wir ins Freie.

Die Insassen stellten sich mit Frank und Bernd aus dem Saarland vor, dabei verwiesen sie auf einen Kasten Bier in ihrem Bus.

Ein Wort ergab das andere, woraus sich eine Plauderei entwickelte, deren Fortsetzung sich in unserem Bus abspielte. Bei der war ich nicht mit Blindheit gestraft, denn umgehend registrierter ich Franks Bewunderung für Karla. Auffälliger, als er es tat, konnte man eine Frau nicht anhimmeln. Vor Geilheit fielen ihm seine Glubschaugen aus dem Gesicht.

Die Burschen hatten reichlich Bier getankt und rissen fragwürdige Witze. Ansonsten schwafelten sie nur Blech, ohne Tiefgang, zusätzlich eingerahmt von kreischendem Gelächter. Frank glühte wie eine voll aufgedrehte Kochfeldplatte im Elektroherd. Der Kerl hatte Feuer gefangen und balzte, ähnlich einem geisteskranken Auerhahn, um Karla herum.

Karla vorn, Karla hinten.

„Du siehst irre gut aus, Karla."

Nach diesen Worten lächelte er sie an und schleimte ungeniert: „Möchtest du noch ein Bier?"

Zuerst der Wein, nun die zweite Flasche Bier. Ich sah Karla an, dass sie betrunken wurde. Ihre übermütige Stimmung nahm riskante Züge an.

„Erzähl bitte weiter", forderte sie Lobhudeleien. „Findest du wirklich, dass ich gut aussehe?"

„Einfach toll."

Karla gackerte, wie es ein Freudenmädchen gegenüber Freiern tut: „Meinst du das ehrlich? Das finde ich echt stark."

Ich aber tönte ratlos dazwischen: „Könnte es sein, dass ich euer Liebesgeflüster störe? Nun gut. Ich kann mich jederzeit verdrücken."

„Sei kein Spielverderber", giftete Karla.

Letztendlich war auch mein abschließender Versuch, Karla in die Realität zurückzuholen, zum Scheitern verurteilt.

„Ach Gottchen", flüsterte ich ihr aufgebracht ins Ohr. „Werde wieder vernünftig. Mehr Charme als ich hat dein Frank wohl kaum unter der Mütze."

Nichtsdestotrotz blieb es bei beiderseitig schmachtenden Blicken. Es war ein Flirt auf Teufel komm raus, sodass der zweite Gast, dieser Bernd, entsetzt auf das überzogene Geschwafel reagierte. Er wendete sich angewidert ab und verdrückte sich wortlos aus unserem Bus in den ihm Gehörenden.

Ich räusperte mich, denn ich hatte die Schnauze gestrichen voll.

„Nun ist es aber genug", murrte ich unheilschwanger. „Dann geht euch eben an die Wäsche. Den armen Bernd habt Ihr ja vergrault."

Doch mein Murren bewirkte keinen Abbruch des lüsternen Gesülzes, denn das Drama gewann an Fahrt und bekam den absurden Anstrich. Und ich gab in der Rolle des unbeteiligten Zuschauers die denkbar miserabelste Figur ab.

Verärgert schwang ich mich aus meinem von zu vielen Zigaretten verräucherten Bus und stakste auf meinen Krücken durch die Dünen in die grimmige Mondscheinnacht hinaus an den Strand.

Unterwegs brummelte ich verdattert vor mich hin: „Ich wette, die Arschlöcher haben meinen Abgang nicht mal bemerkt."

Aber unausweichlich kam Beklemmung in mir auf. War ich etwa eifersüchtig?

Das ungewohnte Gefühl kratzte an meinem Männerstolz, weswegen ich fluchte: „Geh zum Teufel, Karla! Ich brauche dich nicht."

In den siebziger Jahren war ich mit den Liebschaften locker und flockig umgegangen, denn damals entsprach die freie Liebe dem modernen Zeitgeist. Bei dem standen die Kommunarden Fritz Teufel, Rainer Langhans und Uschi Obermaier im Mittelpunkt. Für die Spießbürger waren diese Aktivisten in das öffentliche Interesse gerückt. Fritz und Rainer waren die bösen Buben und hatten für sehr viel Wirbel gesorgt.

Auch ich hatte die freie Liebe in meiner Münchner Wohngemeinschaft, in der ich in jungen Jahren zuhause war, mit Wonne praktiziert. Warum denn nicht, wenn's im Einvernehmen geschah.

Damit war Schluss, nachdem mich Andrea zum Vater gemacht hatte. Meine Ansichten über die freie Liebe hatten sich gezwungenermaßen gedreht. Was vorher gut war, das war auf einmal tabu. Anstatt weiterhin ungezügelt drauflos zu vögeln, war ich besitzergreifend geworden, jedenfalls hätte ich Karla mit der neugewonnenen Einstellung niemals mit anderen Männern geteilt.

Die unbequeme Wahrheit war, ich war zum Spießer mutiert, so was kann passieren, obwohl ich mir nie vor-stellen konnte. Nun gut, ganz so schlimm war's dann doch nicht.

O Gott, in die sechziger Jahre wollte ich nicht abschweifen, dennoch machte ich mich auf eine Zeitreise. Bei der führten mich meine Gedanken bis zu dem Zeitpunkt vor etwa sieben Monaten zurück. Wie war es mit mir und Karla weitergegangen?

Die Trennung von meiner Frau hatte mich und meine Katze von Würselen nach Aachen verschlagen. Da eine große Wohnung nur schwer zu realisieren war, hatte ich mich mit zwei kleinen Zimmern in einer Hausgemeinschaft im Frankenberger Viertel begnügt. Die mussten vorübergehend für mich, meine Katze und die Kinder reichen.

Bei Marlene und Peter, die später im Thailändischen Ka o Lak durch den Tsunami ums Leben kamen, war ich durch meine politische Präsenz so was wie der Hahn im Korb. Beide waren sachkundige Bürger für die Grünen in

Ausschussgremien und standen somit voll hinter mir. Sie begrüßten auch, dass ich weiterhin den Fraktionsvorsitz für die Grünen im Rathaus der Stadt Würselen innehatte und dort für Furore sorgte.

Das mit dem neuen Wohnsitz in Aachen klappte wunderbar, denn niemand im politischen Umfeld nahm Anstoß an der Wohnsituation. Man ignorierte ihn, als gäbe es ihn nicht, und da das in anderen Parteien ähnlich praktiziert wurde, blieb ich unbehelligt.

Demnach hatte ich eine praktikable Lösung gefunden, mit der sich die Kinder arrangierten, aber Karla war mit ihrer Wohnsituation unzufrieden. Mit ihrem Alleinleben wollte sie sich nicht anfreunden. So keimte in ihr die vielversprechende Hoffnung auf, die sie mir alsbald mit Schmackes unter die Nase rieb.

„Hör gut zu, Georg. Ich habe das Alleinleben satt. Wir ziehen zusammen."

Es war ein Befehl, der keinen Widerspruch duldete, denn sie wusste, dass der Speicher über ihrer Wohnung leer stand. Nur eins der drei Zimmer wurde von Rosa für ihre Malkurse genutzt. Sie war die Künstlerin, die in Parterre hauste. Allerdings hatte es das Dachgeschoss nötig, neu hergerichtet zu werden.

Wir sprachen Rosa auf die gebotene Dringlichkeit an. Und die trat die Rechte an der Dachetage problemlos an mich ab. Nach Karlas Vorstellungen ließe sich das Speichergeschoss zu einer sechzig Quadratmeter Wohnung ausbauen, was mich veranlasst hatte, sie begeistert zu umarmen.

„Prima wäre das, sollte es klappen", klönte ich ausgelassen. „Die Wohnung wäre ideal für mich."

Ohne Umschweife kontaktierte ich den Hausbesitzer. Und dem war meine gewinnende Art sympathisch.

„Das ist ein brauchbarer Vorschlag, Herr Blume", sagte er. „Der Plan zur Wohnraumgewinnung hört sich überzeugend an."

Er hatte sich über die Dreizimmerwohnung gefreut, die in seinem Haus entstehen würde. Als Vermieter könnte er Mietmehreinnahmen einsacken und alles ohne eigenen Aufwand. Was wollte er mehr?

Wir einigten uns auf folgenden Vertrag: Der Vermieter übernimmt die Materialkosten der Sanierung und gewährt mir Mietfreiheit in Höhe der Aufwendungen. In der Phase des permanenten Wohnungsmangels war das in Ordnung.

„Das ist ein guter Deal."

Alle sahen es so, die ich zurate gezogen hatte. Somit war der Mietvertrag unterschrieben und ich konnte mich mit der Planung der Einrichtung beschäftigen.

Tags drauf begannen die Instandsetzungsarbeiten und Karla unterstützte mich nach Kräften, doch von da an plagten uns schwer auszuhaltende Stresssymptome.

Ich hatte eins der Zimmer mit einer Wärmedämmung zu verkleiden und mit Raufasertapete zu versehen. Die Decken und viele Wände in anderen Zimmern mussten verputzt werden. Dazu hatte ein Klempner eine Kloschüssel, eine Duschkabine, und die Anschlussleitungen für die Küche zu installieren.

Und aus dem Gröbsten raus, standen die Streicharbeiten auf dem Programm. Alles sollte weiß aussehen. Das war eine Menge Arbeit. Tagsüber hielt mich mein Bürojob auf Trab, nachts die neue Wohnung.

Wie ein angeschlagener Boxer, der angezählt werden musste, war ich stehend k.o., praktisch hatte ich schlaff in den Seilen gehangen. Noch dazu war die Anspannung auf die höchste Stufe angewachsen. Die hörte man knistern, da unser Nervengewand eine Massenkarambolage nach der anderen vollführte.

Nach der Fertigstellung lud ich Karla ins Kalymnos zum Essen ein. Das war bis weit in die neunziger Jahre ein beliebtes griechisches Restaurant im Viertel.

Doch mein Wunsch nach einer Feier stellte sich als folgenschwerer Fehler heraus, denn wegen der Schieflage unserer Beziehung unterlief mir eine unkontrollierte Bemerkung.

„Weshalb sind wir eigentlich noch zusammen?" Das brummte ich zynisch. „Doch wohl nur wegen der Wohnung?"

Ich war völlig von der Rolle. Glaubte ich tatsächlich an den von mir ausgesprochenen Quatsch? Hatte ich ihn geäußert, weil ich von unserer Krise ablenken wollte?

Im Grunde genommen war das, was ich in den Raum gestellt hatte, sowieso piep egal, denn Karla hatte nur auf irgendein Signal gewartet, wodurch sie sich abreagieren konnte.

Sie sprang wutentbrannt auf und ließ mich allein mit den Tellern Moussaka und Suvlakia am Tisch sitzen. Wie ein Komet, ohne einen Schweif zu hinterlassen, stürmte sie aus dem Lokal, und der uns freundschaftlich verbundene Wirt schaute ihr verblüfft hinterher.

Es war aus und vorbei. Den Umzug in die neue Wohnung zog ich ohne Karlas Hilfebeteiligung durch. Sie hatte mich im Stich gelassen. Karla war für mich nicht mehr ansprechbar.

Und so blieb es unabsehbare Zeit. Nicht einmal ein zaghaftes Klopfen und mehrere Blumensträuße, die ich vor ihre Tür legte, konnten sie zu einem Lebenszeichen bewegen. Zwar wohnte ich nun über ihr, doch weiter von ihr entfernt, als je zuvor. Was war bei den Instandsetzungsarbeiten so miserabel verlaufen?

Darüber zermarterte ich mir mit Selbstvorwürfen den überlasteten Kopf, doch der nie resignierende Alfred redete mich stark. Sacke wegen Karlas Verwirrkapriolen nicht wieder in den Suff ab. Neuerliche Saufgelage hast du nicht nötig.

Ich dagegen lief Gefahr, meine Vorsätze aus Verzweiflung über Bord zu werfen.

In Windes Eile hatte sich unsere Trennung herumgesprochen. Und jeder der glaubte, unsere Beziehung auch nur ansatzweise beurteilen zu können, der wollte sie nicht wahrhaben.

„Wie das? Warum hast du dich von Karla getrennt? Ihr seid doch gerade erst zusammengezogen", staunten sie und schoben mir die Verantwortung zu.

Im Zeitlupentempo verflogen Tage, in denen hatte sich Karla in Luft aufgelöst. Eines Abends besuchte mich meine Frau, da waren zwei lange Wochen vergangen.

Wir setzten uns in mein Wohnzimmer, und sofort kam Leben in die verfahrene Kiste, als ich meine Frau fragte: „Was möchtest du trinken?"

„Was kannst du mir denn anbieten?" Das hatte sie mir geantwortet.

„Ich habe Bier und Rotwein vorrätig. Du kannst aber auch ein Glas Wasser oder Orangensaft bekommen."

„Dann nehme ich den Rotwein."

Nachdem ich Andrea ein Glas Rotwein eingeschenkt hatte, gönnte ich mir eine Flasche Radler, danach begannen wir unsere angeregte Unterhaltung, wobei gemeinsame Vergangenheitserlebnisse neu auflebten.

„Ach Gott", sagte Andrea. „Wie viele Monate ist es her, dass wir in netter Atmosphäre solch einen schönen Abend miteinander verbracht haben?"

„Tja, Andrea, das ist lange her", antwortete ich, dabei hätte ich sie am liebsten umarmt.

Dazu plärrte Wolfgang Niedecken als Frontmann der Kölner Rockband BAP aus dem Hintergrund sein: „Verdammt lang her".

Wir waren uns einig, was dagegen zu tun, prompt passierte das, was ein Unbeteiligter normalerweise mit einer Unmöglichkeit abtun würde. Karla riss die Tür auf, und stand mitten im Raum.

„Hallo Andrea. Hallo Georg", flötete sie spitz. „Wie geht's euch? Ist mit der Wohnung alles okay?"

Karla tat so, als sei nichts vorgefallen. Für sie war ihr Auftritt selbstverständlich. Sie setzte sich zu uns, ohne zu fragen und schüttete sie sich ein Glas Wein ein. Dreist, nicht wahr?

Sie nippte am Glas, dann mischte sie die lockere Unterhaltung auf.

„Klasse, Georg", sagte sie. „Gut sieht es bei dir aus. Die Einrichtung passt vorzüglich in die kleine Wohnung. Was meinst du, Andrea?"

Ich glaubte zu träumen, oder war mir tatsächlich der Leibhaftige in der Gestalt Karlas erschienen?

Meiner Frau sah man ihre Ratlosigkeit an der Nasenspitze an, weshalb sie sich ohne große Abschiedsworte zurückzog. Sie ließ uns allein, denn Karla hatte sie bewusst vertrieben.

Das wäre die Chance für ein Wiederaufleben meiner Ehe gewesen, dachte ich. Doch die war vertan. Durch Karlas Auftauchen hatte es sich Andrea anders überlegt und war gegangen. Hatte Karla die Gefahr gespürt, die von Andrea ausgegangen war?

Als sich Karla an mich kuschelte, seufzte ich mit großer Erleichterung in der Stimme: „Sage mir bitte eins. Was fange ich mit dir an?"

„Papperlapapp", antwortete Karla. „Das ist ganz einfach. Du musst mich nur lieben."

Aber ihre Antwort stellte mich nicht zufrieden, weswegen ich am Ball blieb: „Aber oft solltest du mich nicht so abweisend behandeln. Ist das klar? Manchmal tickst du doch nicht sauber."

Mir war vor Wut der Kragen geplatzt, doch ich hätte Karla übers Knie legen sollen, sprichwörtlich natürlich, immerhin hatte ich sie hart angepackt, vielleicht härter, als sie es verdient hatte, aber ich meinte meine Anklage ehrlich.

Aber anders als noch vor Wochen nahm mir Karla meine Äußerung nicht krumm. Sie war wieder bei mir und es war unübersehbar, dass sie froh darüber war. Mit ihrem Einlenken hatte sie die erste Krise von uns abgewendet, so folgte eine wunderbare Zeit, in der Karla ihre unübertroffene Anschmiegsamkeit bewies. So war es war wieder wie in unseren besten Tagen, oder besser, wie in den beispiellosen Nächten.

Allein hockte ich auf der Terrasse des geschlossenen Strandrestaurants und beobachtete die Lichtsignale der vorbeifahrenden Schiffe, wobei ich grübelte: Wo schlafe ich bloß in der bescheuerten Nacht? Ziehe ich in ein Hotelzimmer? Wohl kaum, aber ich werde auf keinen Fall in meinem Campingbus schlafen. Herrgott noch mal, Karla. Warum tust du mir das an?

Und in diese ungemütliche Gewissheit platzte Alfred mit einer seiner Belehrungen hinein, ziemlich ekelhaft, so wie er es immer tat: Was willst du sonst machen. Na? Irgendwann musst du schließlich zu deinem Bus zurück. Er erkannte nur den für mich abscheulichsten Ausweg aus der Misere.

Doch das war keine Lösung für mich. Meine könnte in etwa so aussehen: Ich hole kurzerhand meinen Schlafsack aus dem Bus und übernachte hier auf der Terrasse. Aber was erwartet mich am Bus? Ich hatte rasende Angst vor einer unliebsamen Überraschung.

Woraufhin mich Alfred eiskalt auskonterte: Mach was du willst, du Dussel. Meines Wissens hast du sowieso nie auf mich gehört.

Plötzlich alarmierte mich ein Geräusch. Was war das? Es hörte sich an wie ein Scharren durch den weichen Sand. Ich lauschte, dabei untersuchte ich in der Dunkelheit den auf mich zu bewegenden Schatten.

Und einen Augenaufschlag später stand meine geliebte Karla einige Meter vor mir.

„He, Georg", moserte sie frech: „Wo bleibst du? Was meinst du, wie lange ich schon auf dich warte?"

Sie hatte echte Entrüstung vorgetäuscht, aber ihre Fragen waren unsicher über ihre schwerfälligen Lippen gequollen.

Schwankend stand sie mir bei schwachem Mondlicht gegenüber, dabei erkannte ich ihr lichterloh gerötetes Gesicht. Woher stammte das Erröten? War es ein sicheres Vorzeichen, dass Karla diesen Frank vernascht hatte? Und das sogar in meinem Bus?

Nichts wird so heiß gegessen, wie es gekocht wurde, schwafelte Alfred. Was wollte er mir sagen? Sollte ich den Seitensprung als ungeschehen abtun?

Meine Liebe suchte nach Ausflüchten. Woran kann ihr Erröten sonst liegen? Ja, klar. Es hat womöglich mit ihrem Bierrausch zu tun?

Ich erhob mich unsicher, da drückte mich Karla fest an ihren Körper. Mit der Kraft einer Betrunkenen verwahrte sie mich in ihrem Schraubstock, dabei polemisierte sie holperig: „Mensch, Georg. Ich brauche dich. Du darfst mich nicht allein lassen."

„Verdammt noch mal. Wie kann man so scheinheilig sein", meuterte ich ablehnend und schob sie von mir. „Du Biest machst es dir verdammt leicht."

Zurecht fühlte ich mich verarscht. Doch da war sie wieder, Karlas betörende Stimme. Mit ihrer Wortwahl verstand sie es, mich wie ein hilfloses Baby einzuwickeln. „Es tut mir leid", säuselte sie. „Es war nicht so wie du denkst."

Ich fühlte mich wehrlos. Noch dazu konnte ich ihr nicht ausweichen, und das umso weniger, als sie mich sanft gegen die gläserne Terrassenwand schob.

Doch mit der Körpernähe begnügte sich Karla nicht, denn sie ging bis an die Grenze der Unverschämtheit. Behutsam öffnete sie meine Gürtelschnalle und zog mit ihren geübten Händen den Reißverschluss herunter, danach streifte sie meine Jeans abwärts bis auf die Knöchel. Und nachdem mein Unterhöschen das gleiche Schicksal ereilt hatte, ging Karla langsam vor mir auf die Knie...... .

Wir waren völlig durch den Wind, als wir mehrere Minuten später vor unserem Campingbus standen. Und da die von der Saar anscheinend schliefen, legten wir uns in unsere Schlafkoje, aber mein jämmerlicher Versuch, endlich Schlaf zu finden, war zum Scheitern verurteilt. Zu mächtig glühte das Erlebte in mir nach. Was mochte sich zwischen Karla und Frank abgespielt haben?

Diese Frage beschäftigte mich permanent. Sie grub sich tief in meine Seelenwände ein, wie ein Presslufthammer in eine Teerdecke. Doch irgendwann war ich eingeschlafen, ohne eine konkrete Antwort erhalten zu haben.

* * *

Lag es am Durcheinander von Wein und Bier, oder an der kurzen Nacht? Ich fühlte mich, nachdem ich aufgewacht war, wie gerädert.

Die Spätherbstsonne stand schon als glühender Feuerball hoch am Himmel. Nur durch die schattenspendenden Bäume, ein Gemisch aus Laub und Nadelbäumen, die man rund um den Parkplatz platziert hatte, konnte ich ein paar mickrige Stunden durchschlafen.

Gott sei's gelobt. Frank und Bernd hatten sich in Luft aufgelöst, aber das verhinderte weder die Anspannung, noch den angestauten Ärger, der sich in mir breit gemacht hatte. War meine Verstimmung berechtigt?

Nach mir kroch Karla aus dem Bus. Sie schaute verlegen auf den von den Saarländern verlassenen Platz. Da war bei mir der Vorhang gefallen und mir wurde klar, dass das frühzeitige Verschwinden der Saarländer eine Absprache zwischen Karla und Frank gewesen sein muss.

Karla sah nicht gut aus, denn sie hatte einen mordsmäßigen Kater. Zeugnis von diesem Zustand legte ihr blasses und zerknittertes Gesicht ab. An Bier und Wein in großen Mengen war sie nicht gewöhnt, obwohl wir keine Kostverächter waren. Mein Hang zum Trinken ist ja hinlänglich bekannt.

Als sich unsere Blicke am Frühstückstisch trafen, vermieden wir aus Sturheit die notwendige Aussprache, obwohl in mir die Ungewissheit brodelte. Ich stocherte ohne dabei Lust zu empfinden im Früchte Müsli herum, und auch der Kaffee schmeckte fad, denn für mich war jegliche Form der Nichtbeachtung verheerend.

Ich fühlte mich auf einem Pulverfass und wurde ungeduldig, sogar richtiggehend wütend, schließlich tobte mein Sturm der Entrüstung über Karla hinweg.

„Zum Donnerwetter. Ich hasse deine Eskapaden, du Luder!"

Weit über Zimmerlautstärke hatte ich geschrien: „Was soll ich von dir halten? Mach, dass du Land gewinnst. Meinst du, ich habe jetzt noch Bock auf dich? Aber wie ich dich kenne, trage ich an allem die Schuld." Und wie reagierte die zusammengestauchte Karla?

Die antwortete nicht, ja, sie stierte mit ihren glasigen Augen durch mich hindurch, als sei ich eine Wand aus Glas.

Mein Wanken äußerte sich in der Körperhaltung. Ich hatte die Füße zu mir auf den Stuhl geholt und spielte an meinen Socken herum, dabei zupfte ich Flusen ab, meine Beine scharf angewinkelt, aber ich zauderte.

So mögen wenige Minuten vergangen sein, bis ich meinen Schweigevorsatz durchbrach und nach dem rettenden Strohhalm griff, und das war die leidige Verständnisschiene.

Ich fragte erstaunlich aufgeräumt: „Woher soll ich wissen, was dir Frank bedeutet hat?"

Da Karla schwieg, ergänzte ich: „Bitte schweige mich nicht tot. Nur durch eine Aussprache vergessen wir den abscheulichen Abend. Pech und Schwefel halten auch zusammen. Wenn du willst, dann bin ich das Pech. Frank existiert nicht. Hörst du? Das Thema ist erledigt. Lass uns nach Vlissingen radeln."

Karla hatte die Augenbrauen hochgezogen. Mit dieser Mimik schacherte sie: „Dann stell dein vorwurfsvolles Gesicht ab."

Und so passierte das, was ich mir ganz und gar nicht erhofft hatte, denn alles weitere verlief nach einem vorhersehbarem Muster ab. Karla bekam Oberwasser. Sie hatte den Machtkampf für sich entschieden, was leider für viele unerfreulichen Anlässe in der Vergangenheit galt.

Trotz allem dachte ich mir im Stillen, der Klügere gibt nach und unterdrückte meinen verärgerten Unterton. So wurde ich mutig und forderte Karlas Zustimmung für den weiteren Verlauf des Abschiedstages.

„Bitte gib dir einen Ruck und lass uns aufbrechen. Ist das okay? Wenigstens eine kleine Radtour muss noch möglich sein."

Mein Einlenken erzielte die gewünschte Wirkung, denn Karla versuchte nun ihrerseits die entstandenen Wirren des Gefühlsdschungels zu entflechten.

„Du gute Güte", sagte sie. „Was soll zwischen Frank und mir vorgefallen sein? Es lag am Bier, dass ich mich in deinen Augen daneben benommen hatte."

Konnte ihre Erklärung tatsächlich die Wahrheit sein? Und was konnte sie mit dem sich daneben benommen meinen?

Die Begründung klang gestelzt, merkwürdig unterkühlt, eher unglaubwürdig, sogar ein bisschen verzweifelt. Aber warum, wenn angeblich nichts war? Und was konnte ich tun? Den Liebeskrempel hinschmeißen?

Ob das richtig war, das wusste ich nicht, deshalb hatte ich nachgegeben. Nach Karlas Version war ihr Techtelmechtel harmlos gewesen. In meiner Verfassung war ich nur allzu gern bereit, Karla diese Beschreibung abzukaufen. Misstrauen ist ein schlechter Berater, hatte ich mir gedacht. Womöglich war meine Verdächtigungsstrategie sogar unangebracht?

Unsere Liebe war den Versuch wert, den Albtraum zu vergessen. Aber würde mir das gelingen? Ich hegte berechtigte Zweifel mit dem unsichtbaren Splitter des Seitensprungs unter die Haut.

Trotz längerem Zögern hatte mein nachgiebiger Charakter gewonnen, daher beendete ich meine Vorwürfe. Ich hatte mich Karla geöffnet und sie umschmeichelt: „Meine Gefühle für dich gleichen einem lodernden Flammenmeer. Bitte lass uns wieder zusammenrücken. Mit etwas

Verständnis füreinander wird es eine wunderschöne Radtour."

Alsbald umgab uns ein laues Lüftchen, denn wir redeten wieder miteinander. Als sei nichts vorgefallen, warfen wir uns in die Radmontur und machten die Fahrräder flott, dann radelten wir nebeneinander durch die anheimelnde Dünenlandschaft. Meine Liebesschwüre und das anhaltende Traumwetter hatten uns aus der Erstarrung verholfen. So war der Start in den zweiten Tag zwar durchwachsen verlaufen, aber im Endeffekt erstaunlich gut gelungen.

„Versetze deinen Bewegungsapparat in Trab", trieb ich Karla an. „Du erlebst eine Sensation, denn die Radtour lohnt sich."

In Unserer Lage mussten positive Taten her. Der Frust gehörte raus aus den Knochen. Daher strampelten wir uns, gegen die sturmartigen Windböen von der Nordsee ankämpfend, in eine passable Grundstimmung. Und die führte in Vlissingen zu Karlas erster Berührung. Schwer atmend sank sie mir in die Arme.

„Alle Achtung, Georg! Für einen Kranken warst du eine Klasse für sich", tönte Karla mit dem Blick auf meinen Allgemeinzustand, und vor allem auf mein Bein gerichtet. Ihre Bemerkung strotzte vor Hochachtung, die sie durchaus ehrlich meinte, denn Fitnessbeweise standen bei ihr hoch im Kurs.

„Du bist der blanke Wahnsinn", lobte sie meine Ausdauer. „In dir schlummern die hervorragenden Voraussetzungen für einem Radrennfahrer."

Und das stimmte, denn was meine Ausdauerwerte betraf, da konnte mich niemand überbieten. Dermaßen gewappnet hielt ich bei Karla die wertvollsten Trümpfe in Händen.

Der Ausflug endete mit einem Spaziergang durch die Stadt und mit einer geruhsamen Heimfahrt, dabei ging mir die nicht aufgearbeitete Komödie nicht aus dem Kopf. Ich hoffte inständig, dass unsere Liebe keinen Schaden genommen hatte. Aber wie konnte ich verhindern, dass sich derart niederschmetternde Vorkommnisse wiederholen?

Darüber ausgiebig nachzudenken, damit hatte ich genug zu tun.

Anscheinend war der Schaden gering, denn als wir in der Schlafkoje lagen, hörte ich Karlas Herz geheimnisvoll schlagen, und das schlug, wie sie mir tausendfach versicherte, nur für mich.

Durch diese zufriedenstellende Aussage zweifelte ich nicht mehr an Karlas Aufrichtigkeit, trotz allem war diese Frau ein Wildpferd, das es zu zähmen galt.

Unsere dreistündige Heimfahrt durch das Nachbarland Belgien behinderte kein Stau, doch bei der Ankunft in Aachen bedeckten Regenwolken den Himmel. „Es wird regnen", sagte Karla und ich antwortete: „Dann beeilen wir uns eben."

Aus Angst vor dem sich andeutenden Platzregen und rechtzeitig vor dem zu Bett gehen der Kinder, holten wir die Katzen bei Andrea ab, dabei gebärdeten sich meine Kids wie kunterbunte Freudenbecher, die meine Frau mit überschäumender Ausgelassenheit abgefüllt hatte. Sie bestürmten mich orkanartig mit ihren Wochenenderlebnissen.

Ich ging intensiv auf sie ein, so jagte eine spannende Erzählung die Nächste. Doch trotz der Genugtuung über die Kinder, verbarg sich hinter der Situation auch Bedrückung, denn Andreas neuer Freund beobachtete uns dabei.

Okay, mein Geschmack ist er nicht, wertete ich den Mann als unbedeutend ab. Aber meine Beurteilung hatte keine Bedeutung, denn er war allein Andreas Angelegenheit.

Trotzdem konnte ich den Mund nicht halten, denn die ernüchternde Erkenntnis veranlasste mich, meiner Ex unbemerkt zuzuflüstern: „Was findest du an der Trantüte?" Worauf mich meine Frau entrüstet anblaffte: „Halt du dich da raus, du Vollidiot."

Und den Vollidioten verstand ich dann überhaupt nicht, denn früher hätte sie solch ein Früchtchen nicht mal mit ihrem Arsch angeguckt.

Umso mehr gefiel mir die Unbekümmertheit meiner Kinder. Ihre Lebensfreude registrieren zu dürfen, ließ meine Verlustangst in den Hintergrund rücken, obwohl ich viel über die Probleme alleinstehender Väter beim Kontakt zu ihren Kindern gelesen hatte. Warum klappte deren Verhältnis zu den Kindern nicht genauso gut, wie beispielsweise bei mir?

„Mensch, Georg, ich habe schrecklichen Kohldampf", stöhnte Karla, wir hatten gerade die Katzen in mein verträumtes Heim gebracht.

„Ich auch. Lass uns gut essen gehen", bestätigte ich ähnliche Gelüste. „Dein Wunsch sei mir Befehl."

Wir stürmten in das Lokal unseres Lieblingsgriechen in der Nähe, denn Christos hatten wir seit Karlas unrühmlichen Abgang nie wieder aufgesucht.

Er strahlte über alle Backen, als wir seine Taverne betraten. Und das tat er noch, als er wie ein Irrwisch in die Küche verschwand. Zuvor hatte er uns zugeworfen: „Gleich bin ich bei euch."

Als er sich mit dem obligatorischen Glas Wein zu uns gesetzt hatte, verhehlten wir ihm nicht, dass wir wieder glücklich miteinander waren, und weiter erzählten wir ihm, wie schön das Leben sein kann und vieles mehr. Die zurückgewonnene Liebe machte Christos euphorisch. Er spendierte einen Ouzo, danach einen Zweiten und einen Dritten.

„Prost Christos, prost Karla, prost Georg!"

Beim ausgelassenen Anstoßen klirrten die Gläser, bis wir uns nach dem Essen mit „Kalinichta" von Christos verabschiedet hatten. Dann kehrten wir mächtig angeheitert in unsere Behausung zurück, in der Karlas Gefühlsschale zu einem Eisklumpen gefror.

Wir hatten uns in ihr Hochbett begeben, da richtete sich Karla ruckartig auf und stierte mich mit einem Gesichtsausdruck an, der nicht dazu angetan war, der Zuspitzung der Lage entgegenzutreten.

„Hör zu, Georg. Ich wünsche mir ein Kind", sagte sie aufgewühlt. Ihr Traum von einem eigenen Kind war neu entflammt.

Und sie verstärkte sogar noch ihren Druck: „Vielleicht schon bald?"

Mir standen die Haare zu Berge. „Nein, Karla", flehte ich meine Angebetete an. „Nicht das Thema Schwangerschaft."

„Doch, Georg. Wenn du mir meinen Wunsch nicht erfüllst, dann nehme ich diesen Peter aus unserer Stammkneipe. Der würde mir gern ein Kind machen", sagte Karla mit enttäuschtem Augenaufschlag, obwohl ich mich ihrem zurückweichenden Körper sehr zärtlich zu nähern versuchte.

Herrgott sakra, was für ein Dilemma. Karlas verständlicher Kinderwunsch war wieder dominant und drückte mir die Kehle zu. Zwar bemühte ich mich, ihre gequälte Stimme mit meinen Zärtlichkeiten abzuwürgen, wobei ich manche Vorahnung unterdrückte, doch damit war ich auf dem Holzweg.

So wurde ich ähnlich abweisend und antwortete: „Du willst also ein Kind von mir?"

„Ja das will ich." Karla rüttelte an mir. „Sehnlichst", betonte sie. „Ich bin scharf drauf."

„Aha", räusperte ich mich, sie mit abschlägigen Handbewegungen abwehrend. „Und das willst du, obwohl du weißt, dass ich zeugungsunfähig bin?"

„Musst du ja nicht bleiben", konterte Karla.

Ich jedoch fühlte mich am Drücker. „Bitte akzeptiere meine Sterilisation. Sie hat doch auch Vorteile."

„Und welche?"

„Wir brauchen beim Sex keine Verhütungsmittel", antwortete ich, voll von der Wirkung meiner Worte überzeugt. Dann erwähnte ich die Beispiele. „Ich benutze kein Kondom und du nimmst nicht die Pille."

Karla schüttelte den Kopf. „Du bist krank", seufzte sie. „Das sind eher Nachteile, denn durch deine Sterilisation kann ich nicht Mutter werden."

„Dann schnapp dir diesen Peter als Samenspender", fauchte ich. „Der ist bestimmt fruchtbar."

„Tue ich auch", zischte Karla mit einer Endrüstung zurück, die ich ihr nicht zugetraut hatte, wonach ich auf die Ausstrahlung unserer Liebe verwies: „Nein, das tust du nicht. Gestern hast du noch beteuert, dass wir zusammen gehören. Ja muss ich mich in Sack und Asche hüllen und Buße tun?"

Karla schaute mich entrückt an. Ihr Blick glich dem der Hebamme nach einer Totgeburt. Sie schmollte, doch obwohl sie hübsch damit aussah, verhinderte es den Austausch an wünschenswerten Zärtlichkeiten.

Das war's dann wohl, dachte ich und wendete mich ab, trotzdem sah ich aus meinem schrägen Blickwinkel, dass Karla die nackte Wand anstierte. Auf der war nur der

Schatten ihres von der Lampe angestrahlten Kopfes zu erkennen.

Aber dann. Wie der Blitz aus heiterem Himmel schlug Karla mit der rechten Hand auf die Bettdecke. „Himmelherrgott, und du stehst auch noch zu deiner Schandtat", schimpfte sie. „Mach den Eingriff rückgängig. Genau du wärst der ideale Vater für meine Göre."

Ja, ja, die verdammte Sterilisation.

Der verflixte Eingriff war ohne Zwischenfälle verlaufen. Nur vier Tage hatte er meinen Handlungsspielraum eingeschränkt.

Im Nachhinein erinnere mich daran, dass zwei Frauen von Pro Familia kurzfristig ihre Anwesenheit angekündigt hatten, natürlich auf mein Einverständnis hoffend. Und das hatte ich gegeben, woraufhin die Frauen der Sterilisation beiwohnen konnten.

Letztlich war mir die folgenschwere Endscheidung leichtgefallen. Andrea zuliebe hatte ich sie kurz nach Annas Geburt getroffen. Meine Wunschkinder existierten, ich war der Vater zweier herrlicher Kinder, und an eine Trennung dachten wir nicht im Traum. Es gab keine glücklichere Familie, wie wir seinerzeit eine waren, das war in unserem Umfeld wohlbekannt.

Und dass mich Karla mit dem Kinderwunsch neu konfrontieren würde, daran hatte ich vor der jetzigen Situation, also vor meinem Verlieben in Karla, nicht mal in einem Alptraum gedacht. Soll ich Karla zuliebe meine Sterilisation überdenken?

Bis dahin hatte ich meinen Schritt immer verteidigt und damit für richtig gehalten. Doch nach den Erfahrungen der Trennung weiß ich es besser und warne vor überhasteten Endscheidungen. Mein Handeln war voreilig. An sich ist eine Sterilisation wichtig, aber nur bei hundertprozentig funktionierenden Bindungen. Schon die kleinste

Unsicherheit macht den Eingriff blauäugig, dann lässt man gefälligst die Finger davon.

Aber nun zurück zum Beziehungsgefecht.

In dem fühlte ich mich als Verurteilter auf dem Gang zum Schafott. Gedanklich hing mir bereits die Schlinge um den Hals, daher kaute ich missmutig auf ihren Vorwürfen herum. Hatte unsere Liebe unter den gegebenen Umständen eine Chance? Ich sah sie nicht. Warum sollte Karla auf einen Sterilisierten stehen?

Und die spielte die beleidigte Leberwurst, also den Part, den sie aus dem Effeff beherrschte, doch der rief keine Bewunderung bei mir hervor.

Ich war von ihrem Getue so angewidert, dass ich mich in mein Reich im Dachgeschoss zurückzog, wo ich mich prüfend umschaute und zu meiner Zufriedenheit feststellte, dass mir die Wohnung umwerfend gelungen war.

Vom Charme der Einrichtung berührt, bewunderte ich den Wohnraum, ausgestattet mit einem dunkelbraunen Ledersofa und mit den in einem Stoff mit poppige Farben neu bespannten Sesseln. Diese Schöpfungen waren Karlas Meisterwerke.

Neben dem Sofa stand der von mir selbst restaurierte Schrank mit seinen hübschen Glasscheiben. Und unter der Dachschräge beherbergte ein aus Holz gefertigtes Regal eine Menge Bücher, einen Plattenspieler und die Stereoanlage.

Mein eigen nannte ich auch eine Sammlung an Schallplatten der angesagten Musikgruppen und Interpreten der sechziger und siebziger Jahre. Auch einen abgebeizten Schreibtisch besaß ich. Den hatte ich an der langen Wand platziert, die den gemütlichen Wohnraum vom Kinderzimmer trennte.

Aber das absolute Glanzstück war mein Ölofen mit Sichtfenster, der die gesamte Wohnung warm hielt. Noch dazu rundeten viele Plakate mit grünen Motiven das erfreuliche Gesamtbild ganz in meinem Sinne ab. Ich staunte über meine Räumlichkeiten, denn die waren ein Gedicht.

Meine Katzen hatten den Weg über die Terrasse zu mir zurückgefunden und holten sich ihre Streicheleinheiten ab. Nun lagen meine Katzen aneinander gekuschelt auf dem Ledersofa und schliefen fest.

Auch ich gehörte ins Bett, denn die folgenden Wochen versprachen eine Menge an Aufregung.

Nachdem ich mir oberflächlich das Gesicht und anschließend die Achseln gewaschen hatte, legte ich mich auf meine Matratze, dabei ratterte es in meinem Hinterkopf, als befände ich mich in einem Sägewerk.

So schlimm wie in den letzten Wochen durfte es mit Karla und mir nicht weitergehen, denn der Zustand unserer Beziehung war nur schwer auszuhalten, er war mehr als unterirdisch. Den unzumutbaren Umgang miteinander, den konnte selbst ich als anerkannter Frauenversteher nicht aushalten, und für den hatte ich mich vor der Katastrophe gehalten.

Was ich jetzt brauchte, das war ein hellwacher Kopf, um das Problem mit Karlas Kinderwunsch unter Kontrolle zu bekommen. Wir mussten begreifen, dass zu dem Thema eine totale Kehrtwende gefordert war, von mir, aber auch von Karla, sonst würden sich die Blüten unserer Liebe schlagartig schließen.

Die Pflanze meiner Liebe litt unter den Streitigkeiten, aber sie lebte in mir weiter, ja sie hatte sich in mir sogar noch verstärkt, trotz der Widerstände und Schikanen, die durch Karlas Kinderwunsch wie ein Spuk durch unser Zusammenleben geisterte.

Karlas Bild vor Augen, bekam ich einen Weinkrampf. Ich wollte gar nicht mehr aufhören zu weinen, danach wischte ich meinen Tränenfluss mit dem Handrücken weg. Und als der Weinanfall ausgestanden war, versenkte ich meinen Kopf mit all seinen verbliebenen Hoffnungen in ein kuscheliges Kopfkissen.

5

Wie ich es anfangs erwähnt hatte, stand die Bundestagswahl im Januar 1987 vor der Tür. Zu der hatte der grüne
Ortsverband den Beschluss gefasst, als Wahlwerbung diverse Werbeflächen anzumieten, dabei hatte man meine
Qualität als Kunstmaler im Hinterkopf. Ermutigt zu dem
Schritt wurde die Gruppe durch meine Jahre zurücklie-
gende Bewerbung an der Kunstakademie in München.

Kurz nach Feierabend fuhr ich, mit Farben und Pinseln
ausgerüstet, zu einer Werbefläche. Mein Wahlwerbeslo-
gan hieß: O Tonnenboom. Die Persiflage passte zwar
nicht in die Weihnachtszeit, denn es handelte es sich um
illegal abgelagerte Giftfässer im großen Stil. Der Fund
dieser Fässer im Wald eines Naturschutzgebietes der Region, hatte einige Bestürzung in der Bevölkerung hervorgerufen, so gehörte das Thema an die große Glocke gehangen.

Tatendurstig stand ich vor der Werbefläche, die diente
als Bushaltestelle. Das direkte Umfeld mit einer gegen-
überliegenden Häuserzeile wirkte unfreundlich, sehr düster und trist. Und da es spät war, galt es sich zu beeilen.

Zu Beginn ging mir das auf Umweltzerstörung hinwei-
sende Motiv locker von der Hand. Ich war bei den Schrift-
zügen auf den Giftfässern, da hörte ich ein finsteres Män-
nerorgan meutern: „Hau ab, du grüne Sau!"

Und nochmals, und immer wieder.

Ich versuchte die Stimme zu orten, aber nichts rührte
sich hinter den schmucklosen Fenstern. Der Störenfried
ließ sich nicht blicken.

„Kommen Sie raus, wenn Sie etwas von mir wollen", schmetterte ich mit mutiger Stimme gegen die abstoßende Häuserwand, aber noch bösartiger schallte es zurück: „Mach das du wegkommst!"

„Die Plakatwand ist angemietet. Ich habe das Recht sie zu benutzen", fiel mir nur eine nichtssagende Floskel ein, da flog das erste Ei, dann noch eins, insgesamt wurden es fünf, doch die trafen allesamt die Plakatwand oder zerschellten auf meiner Jutetasche.

Hastig wischte ich den Eierquark von der Plakatwand und griff zum Pinsel. Ich beschriftete den Namenszug DIE GRÜNEN zu Ende und packte die Malutensilien ein. Danach machte ich mich Hals über Kopf aus dem Staub. Unversehrt wieder zuhause, rief ich die Lokalredaktionen an. Die Chefredakteure heuchelten Verständnis für die Situation und versprachen mir hoch und heilig, über den Vorfall zu berichten.

Aber logischerweise trug ihnen ihr Job die obligatorische Frage auf: „Wie sieht's aus, Herr Blume? Haben Sie eine ihrer Krücken im Stadtrat als Schlagwerkzeug benutzt?"

„Fragen Sie Herrn Bauer. Ihm glauben Sie anscheinend mehr als mir", hatte ich beiden geantwortet, kühl wie ein Eisschrank.

„Wird Ihnen nicht zu heiß in Ihrem Gewand?"

Das war die nächste saudumme Frage, aber auch auf die hatte ich mich eingelassen und meine Antwort ergänzt: „Meines Wissens haben wir Winter, außerdem heize ich energiesparend."

Mir reichte es. Das Frage- und Antwortspiel war mir zuwider. So hatte ich die Gespräche abrupt beendet, in dem ich aufgelegt hatte.

Als ich am nächsten Morgen in den Lokalseiten der Zeitung blätterte, konnte ich mein Erlebnis dick und fett abgedruckt nachlesen.

„*WAHLKAMPF MIT ROHEN EIERN*", lautete die eine, und „*EIER NICHT NUR ZU OSTERN*" die andere lustige Überschrift.

Die Redakteure hatten es gottlob unterlassen, das Eierbombardement, wie sie es nannten, mit der Rathausattacke in Verbindung zu bringen. Dagegen hatten sie meinen Appell an die Fairness unterstützt: Die Grünen sind als Volksvertreter gewählt und haben Anspruch auf Gleichbehandlung.

Mit der Wortwahl hatten sich die Zeitungen auf meine Seite gestellt. Und die konnte ich voll und ganz unterstreichen.

Dennoch stand mir das Wasser bis zum Hals, und ich überlegte, wie ich Schadensbegrenzung betreiben könnte. Wie kommt man unbeschadet aus dem Klamauk mit der nicht stattgefundenen Rauferei heraus? Gebe ich in Gottes Namen meinen Fraktionsvorsitz auf, oder ziehe mich eventuell ganz aus der Politik zurück?

Warte ab. Mit dem Hinweis hatte mich Alfred beruhigt, wieder mal mein ruhender Pol in der Brandung. Noch ist nicht aller Tage Abend.

* * *

Grau, treuer Freund, ist alle Theorie, und grün ist des Lebens goldener Baum.

Der verheißungsvolle Spruch aus Goethes Faust hatte mich tagelang verfolgt. Ich hatte die Kinder früh ins Bett gebracht, früher als sonst, denn Karla und mich beschäftigten zwei Themen: Der Knatsch im Rathaus und ihr nicht abflauender Kinderwunsch.

Beim Rathausstreit entwickelte Karla eine bedrückende Theorie, denn sie folgerte: „Halten die Unverschämtheiten an, dann gehst du vor die Hunde. Spielen wir die Fakten durch. Ich stelle mir vor, dass du dem Gegenpart als Sprungbrett für seine Karriere dienen sollst."

„Aber warum ich?"

Ich verstand die Gründe nicht so ganz.

„Weil du ein Grüner bist. Schon das allein genügt. Macht Bauer dich mundtot, dann profitiert er von der Auseinandersetzung."

Klang diese Theorie albern?

Sie klang eher wie die Nullachtfünfzehn-Geschichte in einem Dreigroschenroman, weshalb ich Karla geantwortet hatte: „Wenn's nur so einfach wäre, aber bei der Ausstrahlung des Fieslings ist das unwahrscheinlich. Nenne mir jemanden, der seine Dreistigkeit toll findet?"

Karla holte tief Luft. „Da gibt es genug Anhänger in seiner Partei."

Das Argument mit der Ausstrahlung hatte Karla zwar nicht überzeugt, doch sie gab sich damit zufrieden. Prompt zupfte sie sich ihre Bluse zurecht und wechselte zu ihrem Lieblingsthema über.

Mit aufgeplusterten Backen bedrängte sie mich: „Gerade du solltest meinen Kinderwunsch verstehen, schließlich hast du zwei süße Kinder. Jede Frau wünscht sich eigene Kinder."

Und da ich nicht begriffsstutzig war, gestand ich meinen Fehler mit der Sterilisation ein: „Na gut. Mich unfruchtbar machen zu lassen, das war dumm von mir."

„Das war es", knurrte Karla. „Und ich bin die Unglücksrabe."

Doch wie es der Teufel es will, wurde ich ungerecht: „Aber habe ich dir die Sterilisation je verschwiegen? Nein, das habe ich nicht."

„Hast du zwar nicht, aber ... "

„Na siehst du. Warum warst du dann so dumm, diese unfruchtbare Beziehung mit mir einzugehen? Ich bin sterilisiert und mache den Eingriff nicht rückgängig."

„Jetzt wirst du gemein", zischte Karla, doch ich ignorierte den Einwand: „Was sagst du dazu? Du suchst dir einen voll im Saft stehenden Mann und gehst mit dem ins Bett."

Mein Gott, ich hatte den hirnverbrannten Vorschlag wiederholt. War ich von allen guten Geistern verlassen?

Schon bei der Vorstellung, Karla könnte sich mit irgendeinem Lüstling amüsieren, würde mir der Verstand versagen. Aber gab es eine bessere Lösung? Ich sah weit und breit keine. Jedenfalls fiel es mir nicht in den abwegigsten Gedanken ein, die Sterilisation zu revidieren.

In Karlas Augen traten Tränen. Sie schluchzte heftig, dann klagte sie bitterlich: „Du bist ein Untier. Aber mir schwirrt kein anderer Mann im Kopf herum. Dich Traummann aus meinem Leben zu verbannen, das kann ich nicht. Ich will nur dich, versteh das endlich. Also benutze solche Geschmacklosigkeiten nie wieder."

„Aber.... ."

„Nie wieder, hörst du? Sonst gehen wir für immer getrennte Wege."

Mein Entsetzen war groß. Karlas Frust hatte sich zur unüberwindbaren Klagemauer aufbaut, durch ihre Absicht der Trennung hinauf bis zur Himmelspforte. Was konnte ich dagegen tun?

Mit flehender Gehirnakrobatik suchte ich nach einem Ausweg aus der Misere. Der Einklang zwischen Karla und mir gehörte schleunigst wieder hergestellt, egal wie uns das gelingen würde, dachte ich. Das ist reine Willenssache.

Heraus kam, dass ich mir die Hemdsärmel bis über die Ellenbogen hochkrempelte und Besserung gelobte.

„Für mich gibt es nur dich", winselte ich. „Wir gehören zusammen wie Siamesische Zwillinge. Du bist ein unersetzbarer Bestandteil meiner Lebensplanung."

Danach war Schweigen angesagt. Und das Schweigen paarte sich mit Ratlosigkeit, doch bevor die zur Selbstzerstörung führen konnte, straffte ich meine Beine und den Schulterbereich. Dann rieb ich mir müde über meine abwartende Augenpartie.

Aber was war mit Karla los? Warum ging sie mich nicht an?

Und abermals stellte ich fest, wie sprunghaft Karla veranlagt war, denn ohne ein weiteres Wort zu verlieren zog sie mir die Jacke über die Schultern und drängte mich die Treppen hinunter an die frische Luft.

Draußen unternahmen wir zwar spät, aber in dem zu den Krücken passenden Tempo, einen Abendspaziergang. Bei dem kamen wir an einem wunderbaren Haus vorbei.

Karla sah es, schon schwebte sie in Bewunderung für das Objekt in höheren Sphären. Sie war hin und weg. Ihr gefiel die Vorstellung, in solch einem Haus zu wohnen.

„Ab sofort suchen wir ein Haus für uns", orakelte sie befehlshaberisch. „Was sagst du dazu?"

Und der Wunsch nach dem Traumhaus verstärkte sich noch: „Morgen gebe ich eine Annonce auf. Ist das okay für dich?"

Ich war durch mein beschwerliches Gehen auf den Krücken ins Schwitzen geraten, deshalb rieb ich mir die Schweißnässe aus den Augen.

„Alles klar, Karla", sagte ich. „Ich bin einverstanden. Das mit dem Haus könnte klappen."

Mit diesen knappen Sätzen unterstützte ich ihre Idee, prompt sahen wir wieder viel Licht am Ende des Tunnels.

Später malte uns Karla das neue Zuhause sinnbildlich aus, dabei listete sie die Anzahl der benötigten Zimmer nach ihrer Größe und Bedeutung geradezu enthusiastisch auf.

„Wir brauchen sechs Zimmer", betont sie. „Einen großen Wohnraum, unser Schlafzimmer, ein Arbeitszimmer für uns beide, ein Gästezimmer und die Zimmer für Julian und Anna."

Karla war wieder geerdet. Noch vor Stunden hätte ich ihren Stimmungsumschwung in ein Land der Fabel verwiesen. Nichtsdestotrotz neigte sie zu Übertreibungen. Mit der Neigung übertraf sie die zu sehr von sich eingenommenen Politiker. Darin war sie die nahezu perfekte Vertreterin.

Doch glücklicherweise war Karla ein Missgeschick unterlaufen, denn sie hatte das wichtigste Zimmer, nämlich das für ihr eigenes Kind, total verschwitzt. Wann würde sie ihre Nachlässigkeit bemerken?

Innerlich begrüßte ich ihr Versehen des Vergessens mit Freude, deshalb muckste ich mich nicht. Ich würde für Karla den Mond und die Sterne vom Himmel holen, ja ich würde mit ihr eine Weltreise machen und die bezahlen. Die wunderschöne Frau konnte bei mir alles erreichen, nur Vatergefühle in mir zu wecken, das sollte sie vermeiden.

Doch davon abgesehen, war unsere Gefühlswelt im Großen und Ganzen in bester Ordnung. Das von Karla gewünschte Traumhaus hatte die Krise in die Knie gezwungen und größeren Schaden abgewendet.

Als wäre es immer schon so gewesen und dadurch normal, lebten wir in einer Art Waffenstillstandszustand, was mir hervorragend in den Kram passte. Der könnte in einem überschaubaren Zeitfenster einen Friedensvertrag ermöglichen.

So in etwa sah meine Wunschreflexion auf die schwierige Konstellation aus.

Mit dem berechtigten Hoffnungsschimmer vor Augen, hauchte ich Karla ins Ohr: „Nur Geduld, mein Schatz. Für jedes Problem gibt es eine adäquate Lösung."

Und um die Dosis der Wirkung zu erhöhen, hatte ich ergänzt: „Außerdem steht unser La Gomera Urlaub vor der Tür."

6

Die Stimmung im Rathaus ähnelte der des Hochsicherheitstraktes in Stammheim, denn es knisterte im Gebälk. Ich erahnte die sich anbahnende Katastrophe, wegen meiner vermeintlichen Schläge. Die würden die Beteiligten der letzten Ratssitzung des Jahres aufwühlen, obwohl nur anödende Etatreden auf der Tagesordnung standen.

Der Sprecher der SPD verteidigte das Finanzkonzept der Mehrheitsfraktion und beendete die Rede mit dem von allen erwarteten Sparappell: „Der Sparhaushalt ist der richtungsweisende Schritt in eine bessere Zukunft, obwohl wir den Gürtel enger schnallen müssen."

Auf der Tribüne regte sich verhaltener Applaus. Von dort beobachteten mehrere Grüne und andere interessierte Bürgerinnen und Bürger den ersten Akt des Dramas: Von der Meute gehetzt.

Den Inhalten Leistens schloss sich der CDU-Sprecher an, dann war ich an der Reihe.

Trotz eines Frosches im Hals, begann ich meinen Redebeitrag mit starkem Tobak, sodass sich die Unruhe im Saal mehrte, denn meine Einleitung hatte die erwarteten Misstöne erzeugt. Dennoch setzte ich die Rede gradlinig fort, wobei in den Reihen der SPD und CDU wild gestikuliert wurde. Ein Hinterbänkler schrie: „Dreschen Sie auf mich ein, sollte ich Ihnen widersprechen?"

Dagegen schritt der Bürgermeister ein. „Beherrschen Sie sich gefälligst, Herr Kuchenkorn."

Mich aber hatte die Unverschämtheit aus der Bahn geworfen, weswegen ich meine Rede stockend vollendete. Doch die forderte weitere Schimpfkanonaden heraus, wobei sich dieser Kuchenkorn als Wortführer triumphierend in Pose warf, als er prahlte: „Was will Blume noch hier? Herr Bürgermeister, werfen Sie ihn raus."

Im Vorfeld hatte ich Komplimente eingeheimst, aber Alfred hatte Mäßigung angemahnt und mich an die goldene Regel erinnert. Wer viel will, bekommt wenig, aber erwartet man wenig, bekommt man eine ganze Menge.

Und sein Scharfsinn bewahrheitete sich, als mir der SPD-Sprecher das Fell über die Ohren zog. „Wir denken nicht im Traum daran, für Ihre hirnrissigen Vorstellungen Geld lockerzumachen", betonte er barsch.

Aber das hatte Signalwirkung.

Leisten erhob sich und reckte seine Hände zur Decke. In der Haltung ging er mich an: „Halten Sie ihr gottloses Mundwerk. Bedauerlich ist wohl eher, wie Sie auf Herrn Bauer losgegangen sind. Und Sie Halunke trauen sich uns unter die Augen."

Er beschwor einen Schwall an Verunglimpfungen herauf, woraufhin ich aufstand und mit den Krücken unter dem Arm hinausging.

Doch durch die Ausgangstür konnte ich gut hören, wie sich dieser Kollege Kuchenkorn ereiferte. „Endlich ist das Schwein weg. Ja, ist es denn zu viel verlangt, wenn uns der Anblick des Schlägers erspart bleibt? Der Mann ist eine Zumutung. Wann werden die nötigen Schritte gegen seine Anwesenheit im Rat eingeleitet?"

Vielleicht hatte ich in der mir angelasteten Ratssitzung mit meiner Krücke gedroht, ob es genauso war, das weiß ich nicht mehr, doch die Gegnerschaft hatte Schläge daraus gemacht. Das soll Politik sein? Was haben Verleumdungen in der Kommunalpolitik zu suchen?

Die Realität war brutal. Die alten Haudegen verzichteten ungern auf Gemeinheiten, doch der Gangart wollte ich mich nicht anschließen. Stattdessen machte ich mich auf den Weg ins Fraktionszimmer. War's mein bitterer Abgang aus der Politik?

Aber eine zu mir geeilte Grüne beruhigte mich: „Du machst weiter. Wir brauchen dich. Eine Aufgabe deinerseits gliche einem Schuldeingeständnis."

Ihr Wunsch war nachvollziehbar, denn sie kannte meine Wichtigkeit. Warum sollte ich nicht auf sie hören? In der Politik konnte mich nichts erschüttern. Was den Stadtrat betraf, da war ich inzwischen abgebrüht.

Viel schlimmer waren meine privaten Problemfelder. Die waren eklatant. Deswegen galt meine Aufmerksamkeit hauptsächlich Karla, denn die wollte ich um nichts in der Welt verlieren.

* * *

Reisende soll man nicht aufhalten. So lautet eine bekannte Redewendung. Mit dieser Einstellung bevölkerten Karla und ich am 9. Dezember den Brüsseler Flughafen. Sechs Uhr morgens checkten wir unsere Rucksäcke am Iberia-Schalter ein.

Der Flug mit Zwischenlandung in Madrid dauerte sieben Stunden, dann landete die Boeing 770 zwar holprig, aber doch sicher, auf der Rollbahn des Flughafens Teneriffa Süd, wo uns strahlender Sonnenschein in Empfang nahm, dazu war es fünfundzwanzig Grad warm.

Eigentlich hatte ich vor, mich nach der Ankunft in sommerliche Kleidung zu werfen, aber prompt bewies meine Pechsträhne ihre Realität, denn als wir am Gepäckband stehend auf die Rucksäcke warteten, konnte Karla ihren zwar früh vom Band nehmen, doch das Auftauchen meines Schmuckstücks ließ auf sich warten.

Ich glotzte dämlich aus der Wäsche, als das Band seinen Dienst quittierte.

Auch Karla war geschockt. Trotz allem versuchte sie mir den Wind aus den Segeln zu nehmen. „Keine Panik. Hops nicht gleich aus der Hose", redete sie mit Händen und Füßen auf mich ein. „Wir erkundigen uns beim Reklamationsbüro nach dem Verbleib."

Dessen ungeachtet war ich aus allen Wolken gefallen und beschimpfte beliebig vorbeilaufende Spanier, mit einer Krücke aufstampfend.

„Ihr Schlamper", schrie ich aufgelöst. „Kann man sich in dem Land auf nichts verlassen? Oder stehe ich mit dem Teufel im Bunde?"

Mein Gesicht war vor Zorn puterrot, als der Gepäcksachverständige uns hoch und heilig versprach, es würde nach dem Rucksack geforscht. Spätestens im Laufe des nächsten Tages träfe er am Urlaubsort ein.

Mir blieb nichts anderes übrig, als daran zu glauben. Und wegen der Dichte der Urlaubserlebnisse, raffe ich das Weiterkommen zum Zielort zusammen: Das in ein Taxi zum Hafen steigen und das Schnellboot zum Valle Gran Rey erreichen, nahm ich kaum wahr, auch nicht das im Hafen von Vueltas von Bord gehen. Das alles spielte sich in meinem geistigen Dämmerzustand ab, ebenso unser zu Fuß in Playa Eintreffen, doch trotz der Ankunft war ich ungenießbar. Der Verlust des Rucksacks hatte mir die Urlaubsstimmung gründlich vermasselt.

„Ohne Rucksack bin ich aufgeschmissen", jammerte ich. „Trifft er morgen nicht ein, fliege ich nach Brüssel zurück."

Doch Karla bewies ihre Qualität als Trostspenderin. „Lass es gut sein", seufzte sie fürsorglich. „Denke an den herrlichen Sonnenuntergang. Wir gehen gut Essen, dabei sieht die Welt wieder rosig aus."

Ihr Trost hatte mich aufgemuntert, also schüttete ich vor dem Szene Treff im Valle fünf Cuba Libre in mich hinein und lobte, was mich bewegte.

„Was für Sterne? Gegenüber Aachen funkeln sie hier viel intensiver vom Himmel. Und das Meeresrauschen. Hörst du es? Die heimische Politik soll sich ihren Knatsch sonst wo hineinstecken."

Nach der von einer angenehmen Meeresbrise geprägten Nacht, knallten wir uns, ich in den Reiseklamotten, an den Strand in die Sonne. Erst am Abend schlenderten wir zum Sebastian im Ortsteil La Calera hinauf.

Der fantastische Koch und seine deutschen Frau führten das Lokal im Alleingang, dementsprechende war Geduld gefordert, denn die Wartezeit war extrem. Aber wir wurden belohnt, denn die Gambas in Knoblauch, glühend heiß serviert, arteten zu einem Festschmaus aus. Und dazu die Kartöffelchen mit einer Salzkruste und der opulente Salat, einfach köstlich.

Danach torkelten wir die Straße an den Bananenplantagen entlang nach Playa hinunter. Und abermals vor dem Szenetreff sitzend, behielt ich die Yaya Bar, über der wir wohnten, im Auge, wobei ich den Rucksack herbeisehnte. Ich lechzte nach frischen Klamotten, da mein Körper wie eine Sau roch, doch mein Rucksack blieb verschollen.

Erst am dritten Tag ereignete sich die Sensation, denn ohne Aufsehen zu erregen, lieferte ein Lieferdienst meinen Rucksack in die Yaya Bar ab, woraufhin ich mit dem Schmuckstück ins Studio hinaufstürmte.

Ich quetschte mich in die Badehose, dann hechelte ich hinunter an den Strand und stürzte mich in die Fluten, wobei mich eine Mammutwelle erfasste, durch die ich eine

Ladung Salzwasser schluckte, doch das war mir scheißegal.

Der vierte Tag gehörte der Wanderleidenschaft. Früh
brachen wir mit dem Linienbus in die Bergwelt im Inneren der Insel auf. Zu Fuß wollten wir den Weg nach Playa
zurücklegen, was für Karla einer kleinen Wanderung
gleichkam, denn aus Stolz hatten wir auf die Wanderkarte
verzichtet. Nicht übertrieben stand mir ein Fünfzehnkilo-
metermarsch bevor, auf meinen Krücken ein schwieriges
Unterfangen, weshalb ich die Stirn runzelte.

„Warte ab", sagte ich zu meiner Partnerin. „Wir werden
sehen, wie's mir auf Schusters Rappen ergeht?"

Das Wandern durch die Bergregion hinab in das Tal des
großen Königs erzeugt ein berauschendes Gefühl. Unbe-
schwerter, als zu Fuß, kann man die Umgebung nicht genießen.

Dementsprechend verhalten gingen wir die Wanderung
an. Bei der flogen faszinierende Eindrücke nicht wahllos
vorüber, sondern sie prägen sich markant ins Gedächtnis
ein, denn die mit Palmen übersäte Landschaft wechselte
ständig ihr Gesicht. Und das galt auch für die hübschen
Dörfer und die abgelegenen Fincas.

Gegen Mittag erreichten wir einen kleinen Stausee, der
zum Baden animierte. Karla war nicht zu halten. Sie sicherte sich nach allen Seiten ab, dann zog sie sich ruck-
zuck nackt aus und sprang in das kalte Wasser des verlo-
ckend vor uns liegenden Sees.

Ich konnte ihr nicht nacheifern, wegen des Verbandes
um meinen Unterschenkel, so genoss Karla das Badever-
gnügen allein. Keine urplötzlich auftauchende Wander-
gruppe störte sie dabei.

Nach sich Karla ausgepowert hatte, legten wir uns in die
Sonne, dabei verteilte ich Wassertropfen behutsam auf

Karlas Haut. Sie blinzelte mir genüsslich zu, doch ich unterdrückte den Wunsch, die nackte Karla zwischen den Beinen mit meinem Mund zu liebkosen. Die Angst vor einer unliebsamen Überraschung hielt mich von der Versuchung ab, also beherrschte ich mich, was Karla in Erstaunen versetzte.

Während ich neben ihr lag und vor mich hinträumte, begeisterte mich die Vorstellung, mein weiteres Leben mit Karla auf der Insel zu verbringen, doch das war unmöglich. Mich hatten viele Urlaubsfahrten an traumhafte Orte geführt, wo ich gern länger geblieben wäre, aber ich war aus Verantwortung für die Kinder immer wieder heimgekehrt. Ich wollte in ihrer Nähe bleiben, denn sie waren noch klein und brauchten ihren Vater.

Aber in zwölf Jahren, wenn die Kinder groß sind, könnte ich meinen Wohnsitz nach La Gomera verlegen. Womöglich mit Karla?

Die Vorstellung bereitete mir Wohlbehagen, aber Karla lag ruhig neben mir und ahnte nichts von den Träumen. Was täte sie mir antworten, würde ich meine Gedanken offenbaren?

Die Pause war vorbei. Karla hatte sich angekleidet und wir gedachten die Wanderung fortzusetzen, aber welcher Weg führte zu unserem Ausgangspunkt? Allein die Wahl der Richtung, die wir einzuschlagen hatten, bereitete uns immense Startschwierigkeiten.

Mit unsicherer Stimme stellte ich meiner Partnerin die Frage: „Wandern wir an den herrlichen Palmen vorbei, oder ist der schmale Pfad abwärts der richtige Weg nach La Calera hinunter?"

Die vor Selbstbewusstsein strotzende Karla versuchte mich zu überzeugen: „Herr im Himmel, natürlich wandern wir linker Hand weiter. Siehst du den Bergrücken? An dem entlang führt der Weg ins Tal."

Widerspruchslos verließ ich mich auf Karlas Orientierungssinn, noch gut gelaunt. Es sollte ein geruhsamer Wandertag werden, wovon nun keine Rede mehr war. Mir schmerzten die Hände von den Griffen der Krücken und ich fluchte besorgt: „Verflixt noch mal! In welcher Einöde sind wir gelandet? Kein Widerspruch, Karla, wir haben uns verlaufen."

Karla reagierte kleinlaut: „Möglich wäre es, aber ich war mir sicher, dass ich ..... "

Weiter kam sie nicht. Denn ich hatte sie unterbrochen, um so etwas wie Zuversicht zu verbreiten: „Immer mit der Ruhe, Schätzchen. Wir fragen uns durch."

Was wiederum die genervte Karla zur Gegenfrage veranlasste: „Wen willst du denn fragen, du Dummkopf? Hier ist doch niemand."

Sie hatte die schwierige Situation erkannt, denn seit Stunden war uns keine Menschenseele in der gottverlassenen Gegend begegnet. Wir tranken mehrere Schlucke Wasser aus einem Rinnsal und stapften trotzig vorwärts, ich mit den Krücken unter den Armen, wovon mein Arzt graue Haare bekommen hätte.

Mein Unbehagen wuchs, weshalb ich mich fragte: Wie weit kann es bis La Calera noch sein?

Nach geraumer Zeit verschwand die Sonne hinter dem La Merica. Uns umgab undurchdringliche Finsternis, nur durch schimmernde Pünktchen in der Ferne erhellt.

Die Leuchtfetzen machten mich unsicher, weshalb ich fragte: „Siehst du das? Sind das Lichter?"

Die Bestätigung folgte prompt, als wir schnurstracks zu der Lichtquelle preschten. Ich erkannte im Mondschein die Konturen eines Bauernhauses. Das Gehöft lag zum Greifen nahe.

Doch kurz vor dem Haus stoppte ich abrupt. Mir war ein gehöriger Schreck in die Glieder gefahren. Hunde bellten.

Sie knurrten und fletschten ihre Beißer. Die Bestien sahen nicht wie Schmusehunde aus.

Ich baute mit meinem Körper einen Schutzwall vor Karla auf und presste gequält hervor: „Vorsicht! Zurückbleiben."

Dann versuchte ich die Kläffer zu beruhigen: „Liebe Hunde. Ihr braven Hunde", redete ich auf die Meute ein, währenddessen mich das Selbstvertrauen verließ.

Also brummte ich Abzugsparolen: „Vorwärts, Treten wir den Rückzug an. Das ist die sicherste Lösung."

Mein Vorschlag war vernünftig, doch umso bestürzter war ich, als Karla die abfälligen Bemerkungen äußerte, was wahrlich kein Schätzchen tut.

„Wenn ich das höre, gute, brave Hunde. Pah, dein Mut ist niederschmetternd."

Und einen Hauch später folgte eine weitere Verunglimpfung: „Schäme dich, du jämmerlicher Feigling."

Ich nahm die Beleidigung ungerührt zur Kenntnis, innerlich allerdings tobte ich. Frauen können ungerecht sein. Vergaß Karla jetzt vollends, dass ich derjenige war, der sich schützend vor sie gestellt hatte? Ich war allein auf das knurrende Hunderudel zugegangen, mehr oder weniger mutig.

„Du bist unmöglich", reagierte ich unwirsch. „Komm endlich. Trödeln kannst du hinterher. Wir müssen vor der Dunkelheit zurück sein."

„Elegant, wie du unsere Problematik auf den Punkt gebracht hast", spottete Karla, dann setzten wir den Abstieg fort.

Karlas miese Behandlung hatte Spuren bei mit hinterlassen, aber das genügte ihr nicht, denn sie wollte ihre Streitstimmung ausleben. Also kramte sie in Vergangenem und fand ein Reizthema.

„Das passt zu dir, mich wie Abschaum zu behandeln", brabbelte sie. „Irgendwie hast du den Schwachsinn gepachtet. Nur ein Idiot lässt sich auf Minderbemittelte wie Bauer ein."

„Na, na."

„Ne, ne, Georg. Das ist so. Normale Menschen reagieren cool auf solche Anmache."

Mir stockte der Atem. Zurecht war mir die Kinnlade heruntergeklappt. Meine blitzenden Augen vollführten Störfeuer, als ich zischte: „Ach so, ich bin nicht normal. Wer hätte das gedacht?"

Worauf Karla ihre Schultern unschuldig sinken ließ, als sie entschuldigend grunzte: „O je. Jetzt bin ich wohl zu weit gegangen? Entschuldige vielmals."

Doch mir war nicht nach einer Entschuldigung, deshalb fuhr ich ihr aufgebracht in die Parade: „Ich entschuldige gar nichts. "

Wegen der Peinlichkeit wurde Karla erst rot, dann blass. Dann biss sie sich sogar auf die Unterlippe, um mich danach anzuflehen, sich ihres Fehlers bewusst: „Natürlich bist du normal", korrigierte sie sich. „Niemand zweifelt an dir."

Ihre Augen verformten sich zu schmachtenden Herzen, als sie ihre Versöhnungsarie flötete: „Ich habe die Kontrolle über mich verloren. Nur so konnte mir die Kacke herausrutschen."

Sie sah an meinen finsteren Augen, dass ich tiefbeleidigt war. Daran änderten auch ihre weiteren Rechtfertigungsversuche nichts mehr.

„Dann bin ich eben ein Volltrottel", antwortete ich reserviert. „Schließlich weiß ich, wer das sagt. Denke du lieber an unsere beschissene Situation."

Ich wischte mir den Schweiß von der Stirn. Zu gern hätte ich die Krücken weggeschmissen, derartig heftig tobte

der Wutanfall in mir, aber auch der romantische Mondschein verhalf meinem Verständnis für Karla nicht auf die
Sprünge.

Meine Füße brannten, worüber ich fluchte: „Verflixte
Sandalen! Hätte ich wenigstens vernünftiges Schuhwerk
angezogen." Doch mit der Äußerung hatte ich höchstens
ein paar Eidechsen hinter eine Begrenzungsmauer vertrieben.

Wir schwiegen, doch das Schweigen hielt nicht lange an,
weil Karla die Schweigemauer durchbrach. Die hatte sich
lässig bei mir eingehängt und nörgelte mit bedauerndem
Blick auf mein gehandikaptes Bein: „Ich habe das Her-
umeiern satt. Es ist wohl besser, ich nehme die Heimweg-
suche selbst in die Hand."

Auch das war unfair, sogar eine Frechheit, aber Karla
hatte ihre kämpferische Ader entdeckt, denn ihre Worte
waren quälend über ihre schmollenden Lippen gequollen.
Sie war eine beachtliche Frau, doch anhand ihrer momentanen Schwächephase empfand ich Schadenfreude, weshalb ich nicht verhehle, dass sie mir genau in der Verfassung besonders gut gefiel.

Doch Alfred vergällte mir die Wonne: Verkrieche dich,
schimpfte er. Derlei frivole Gedankensprünge machen
nur die allerletzten Chauvis.

Zum ersten Mal während unseres Inselaufenthaltes hatte
er sich eingemischt, doch ich besänftigte ihn: Schon gut,
Alfred. Es war nicht so gemeint.

Eine gute Seite hatte der lächerliche Zwist, denn wieder
einmal war mir der obskure Charakter Karlas aufgefallen.
Bei der Quengelei hatte sich ihre Unsicherheit mit sehr
viel Dreistigkeit vermischt. War diese Dummdreistigkeit
eine von Karlas Schwächen? Keine Ahnung würde mein
Sohn dazu sagen.

Ich schiss darauf, auf ihrer Schwäche herumzureiten. Darin fühlte ich mich überfordert, also wollte ich meine Zweifel an ihr ablegen. Von Karlas bildschöner Hülle geblendet, sah ich nur das Gute an ihr, zu abgöttisch war ich in diese Frau verliebt. Da ahnte ich noch nicht, dass ich meine Nachsichtigkeit bedauern könnte.

Doch dazu komme ich später, denn zu meiner Freude war mir bei meinem durch die Dunkelheit in die Ferne stieren ein vertrautes Gebilde aufgefallen.

Ich hatte Karla erregt gestupst und gesurrt: „Was ist das da hinten? Ist das ein Hinweisschild?"

Mühsam durchbohrten unsere Blicke die Dunkelheit, dabei tasteten wir den Horizont abgetastet, wodurch der Hoffnungsschimmer besser erkennbar wurde, denn wir näherten uns einem Ortsschild.

Und siehe da, es stand La Calera drauf. Wir hatten mit viel Dusel den Rückweg gefunden, was den Vollmond zu einem Grinsen verleitete.

Und schon war ich zu einem Scherz aufgelegt. „Du kleine, abartige Abenteurerin", kicherte ich. „Für den Anfang war der Orientierungsmarsch gar nicht übel. Zwar nicht reif für eine Verfilmung, aber was nicht ist, das kann ja noch werden."

Folglich hatte ich mit der schwachsinnigen Äußerung ein herzhaftes Schmunzeln auf Karlas Gesicht gezaubert, wenngleich sie seufzte, jetzt aber entkrampft und erleichtert: „Du nimmst mich andauernd auf den Arm. Dafür könnte ich dich hassen."

Doch der Stoßseufzer klang wohltuend, eher wie ein Krächzen aus Ironie, und dass unwiderstehlich aus ihrem mir wohlgesonnenen Mund.

Nach einem strammen Fußmarsch erreichten wir Playa, da offenbarte mir der Blick auf die Uhr ein neuerliches Dilemma. Es war bereits weit nach Mitternacht, als ich

Karla auf ein Versäumnis ansprach: „Dreimal darfst du raten, was dir in dem Trubel entgangen ist. Gestern war mein Geburtstag."

Ich verbarg mein enttäuschtes Gesicht hinter vorgehaltenen Händen.

Da erst hatte Karla ihr Missgeschick registriert, denn sie fluchte entgeistert: „Verflixt."

Um danach den Vorwurf nachzuschieben: „Du bist gemein. Hättest du mir wenigstens einen Tipp gegeben, dann hätte mich das auf den Trichter gebracht."

Anschließend räusperte sie sich kleinlaut, das klang wie ein verstimmtes Instrument: „Okay, meine Vergesslichkeit ist nicht zu endschuldigen. Trotz der Aufregungen hätte ich ihn nicht vergessen dürfen."

Worauf ich erwidert hatte: „Hör auf zu jammern. Das hat sich erledigt. Aber mit deinem geilsten Sex könntest du das Vergessene gutmachen. Das Geschenk habe ich mir verdient."

Meine verdrossene Augenpartie hellte sich auf, denn ich hatte ihre Entschuldigung mit dem Hintergedanken akzeptiert, die gelungene Rückkehr und den verpassten Geburtstag mit viel Zärtlichkeit zu feiern.

Trotz allem hatte mir der Wandertag mit Karla einiges an Ernüchterung offenbart. Ihr zickiger Umgang mit mir, das war die Kehrseite der Medaille. Was die zu bedeuten hatte, das würde sich in naher Zukunft herausstellen.

Somit hatten sich in meine Gedankengänge erhebliche Bedenken eingeschlichen. War Karla tatsächlich die richtige Frau für mich? Und dann eine Frau, die meinen Geburtstag ignoriert hatte?

Im Bett hatte ich die lästigen Zweifel verscheucht. Immerhin lag Karla neben mir, fest an mich geschmiegt, ohne mich allerdings zu verführen. Sie wollte nur ruhig neben mir einschlafen.

Den folgenden Tag betrachtete ich als erholsamen Ruhetag. An dem sonnten wir uns, lasen unsere Romane und schmusten intensiv. Danach sprachen wir über eine neue Herausforderung, denn wir hatten uns für den kommenden Tag und zur Feier meiner Gesundung recht brauchbare Mountainbikes ausgeliehen, die meine Partnerin zu einer fünfzig Kilometer Radtour ermutigten. Bei der war allein der Berganstieg acht Kilometer lang. Das ist sicher kein Klacks, dachte ich, weil ich ausgeruht war, und mein Bein keine Schwierigkeiten mehr machte.

Am Morgen lag sie vor uns, die endlose Steigung. Karla stand voll im Saft, als sie ihre Muskeln lockerte, wobei sie übermütig wurde, ja sogar ein bisschen frech.

„Pass auf, Georg", lachte sie, wobei ihre schneeweißen Zähne aufblitzten. „Wir machen eine Wettfahrt. Bist du einverstanden?"

Ich fragte sie ungläubig: „Doch nicht etwa den Berg hinauf?"

„O doch. Bitte schlage ein", bettelte Karla. „Solltest du als Erster das Ende der Steigung erreichen, bestimmst du das Lokal, in dem wir zu Abend essen."

Dass Kräftemessen Jugend gegen Alter, das war ein interessanter Vergleich. Karla und ich lagen altersmäßig neun Jahre auseinander.

Aber das Radfahren war eine meiner Stärken, was Karla nicht bewusst war. Sie vermutete, sie hätte leichtes Spiel mit mir, was kein Nachteil für mich wäre. Würde ich sie gewinnen lassen, dann täte sie mich mit Zärtlichkeiten überhäufen, dermaßen zerrissene Gedanken verfolgten mich. Aber wusste ich überhaupt, wie sich das Rennen entwickeln würde?

Jedenfalls nickte ich und klatschte aufmunternd in die Hände: „Bist du bereit, Karla?"

„Ich bin bereit."

„Okay, die Wette gilt."

Ich eröffnete den Vergleich zurückhaltend, anders die energiegeladene Karla. Wie ein Dampfross, nur ansehnlicher, aber ebenso energisch, strampelte sie siegessicher davon.

„Warte auf mich", winselte ich ihr erbärmlich hinterher, was sich nach einem Hilferuf in ihren Ohren anhören musste. Beeindruckend perfekt ließ ich ihr meine Stärke nicht anmerken. Fast reif für den Oskar füllte ich die zurückhaltende Rolle aus.

„Georg, wo bleibst du? Du schlägst mich nie", triumphierte Karla mit beißender Verachtung.

Doch das hätte Karla unterlassen sollen, denn von da an erhöhte ich das Tempo und rückte ihr unaufhaltsam auf den Pelz. Als ich auf gleicher Höhe mit ihr verharrte, frotzelte ich: „Ist das alles? Hast du nicht mehr in petto?"

Ein verdutztes Sträuben gegen das Unvermeidliche stand Karla ins Gesicht geschrieben. Ihre Gesichtszüge hatten sich verzerrt, doch ihr unbändiger Siegeswille war bewundernswert und brachte ihre Anstrengung gebührend zur Geltung. Uns blies ein böiger Wind aus den Bergen ins Gesicht, was Karla nicht davon abhielt, ihre allerletzten Kraftreserven zu mobilisieren.

Nichtsdestotrotz zog ich davon. Tief vorgebeugt hing ich über der Lenkstange. Mein Fahrstil erinnerte an die Zeitfahrer bei der Tour de France, denn beharrlich stellte ich einen anständigen Abstand zwischen uns, den ich auf fünfhundert Meter vergrößerte, bis mein Blickfeld eingeschränkt war.

Daher vermutete ich, die Geschlagene hätte aufgesteckt und beschloss, oberhalb des Friedhofes vom Rad zu steigen, wonach ich am Straßenrand mit feuerrotem Kopf auf Karla wartete.

Und die tauchte auf. Doch was war das? Karla dachte gar nicht daran anzuhalten. Von wegen. Sie fuhr mit versteinerter Mimik an mir vorbei und verlor kein Wort. Was hatte ihr Verhalten zu bedeuten?

Karla blieb fünfzig Meter weiter stehen und riss jubelnd die Arme hoch. „Holla, juhu, fantastisch! Ich habe dich besiegt. Du hast das Ziel nicht erreicht."

Was für ein lächerlicher Kleinkinderkram, einer erwachsenen Frau unwürdig. Aber in ihrer Freude war sie wieder die begehrenswerte Erscheinung, die ich bewunderte. Aber liebte ich diese Frau?

O Gott, was für eine Frage.

Karla lebte ihre Siegertypmentalität aus, obwohl ich protestierte, doch mein berechtigter Widerstand prallte ungehört an ihr ab.

„Du hast dich verausgabt", ging Karla einen Schritt weiter und setzte eine Frechheit drauf. „Ich habe mir meine Kraft besser eingeteilt."

Feixend akzeptierte ich ihren Sieg. „Du bist eine Göttin auf Rädern", gackerte ich. „Ich hatte nicht den Hauch einer Chance."

Aber Karla reagierte entrüstet: „Du bist ein Heuchler, dazu ein schlechter Verlierer. Ich glaube, du liebst mich nicht."

Karlas Galavorstellung als Mimose war mehr ein Witz. Und die restlichen Tage endeten ohne Zwischenfälle. So beendeten wir den Urlaub mit dem Rundgang durchs Tal, dabei säuselte Karla zuckersüße Worte: „Sei nicht traurig. Wir waren nicht das letzte Mal auf La Gomera."

Unser Heimflug glich einem Fiasko, denn die Maschine hatte mit einer dreistündigen Verspätung von der Rollbahn auf Teneriffa abgehoben. Und in Madrid verstärkte sich unser Endsetzen, weil wir bei der Zwischenlandung feststellen mussten: Der Weiterflug nach Brüssel wurde gestrichen.

Warum? Was sollte der Quatsch? Aber auch dafür lag der Grund klar auf der Hand: Das Flugpersonal befand sich im Streik.

„Wahrscheinlich sitzen wir die lange Nacht im Flughafengebäude herum", gestikulierte ich fassungslos.

Doch Karla sah es rigoros: „Das mit dem Herumsitzen ist Quatsch. Die Fluggesellschaft ist verpflichtet, uns angemessen unterzubringen. Sie hat den Streik zu verantworten."

Damit lag sie richtig, denn die Verantwortlichen ließen uns mit einem Kleinbus zu einer nahe gelegenen Hotelanlage bringen, in der ich sarkastisch bemerkte: „An sich ist das Hotel nicht schlecht. Schau dir den Pool an. Anscheinend gehören solche Zwischenübernachtungen bei der Iberia zum Normalfall."

Zu später Stunde verzichteten wir auf das Schwimmen, was uns aber nicht daran hinderte, das Luxusbett für Liebeszwecke zu missbrauchen.

Am frühen Morgen brachte uns ein Bus zum Flughafen, wonach wir sofort eincheckten und das Flugzeug pünktlich abhob. Als es auf der Landebahn in Brüssel gegen elf Uhr landete, entfuhr uns ein Seufzer. Gott sei Dank hatte man unsere Rucksäcke in die richtige Maschine verladen und der Flieger hatte beide mit an Bord.

Demnach betraten wir am 23. Dezember heimatlichen Boden, worauf ich mit den aus dem Häuschen geratenen Kindern telefonierte.

„Na endlich, Alter! Du warst verdammt lange weg", grölte Julian.

Und Anna jubelte frenetisch: „Komm sofort vorbei. Wir haben uns große Sorgen gemacht."

Ich hatte den Hörer weit genug vom Ohr entfernt gehalten, sonst wäre mir die Ohrmuschel abgefallen.

Obwohl es wunderbar war, wieder in der Nähe der Kinder zu sein, und ich meine Rasselbande bei den Alltagsschilderungen gern live erlebt hätte, verzichtete ich auf den sofortigen Kontakt, denn erst einmal galt es ein Gegengewicht gegen den Bewegungsmangel zu setzen. Das viele Sitzen, sei's im Flugzeug oder auf der Fähre, hatte meinen Körper verspannt. Ein paar Runden joggen könnte weiterhelfen. Danach wollten Karla und ich den Ferienaufenthalt mit einem Essen ausklingen lassen.

Außerdem bestand Redebedarf über unsere Zukunft, und über die Streitigkeiten durch ihren Kinderwunsch. Also nahm ich mein Herz in beide Hände und vertröstete die Kleinen: „Schade, Kinder. Für ein heutiges Treffen reicht die Zeit leider nicht aus."

„Warum, Alter?", protestierte Julian. „Es ist noch verdammt früh."

„Ja schon, aber durch einige Klärungsangelegenheiten lässt es sich nicht einrichten", redete ich mich heraus.

„Och nö, Papa", stöhnte mein Töchterchen, die ich tröstete: „Bitte nicht traurig sein. Aber es sind sehr wichtige Dinge liegengeblieben."

Ich hatte mich in diesen Schwachsinn, oder war es eine Notlüge, regelrecht verhaspelt, was unfair gegenüber den Kindern war, und ganz und gar nicht zu mir passte. Was sprach dagegen, die Kinder sofort zu sehen? Und wie kam ich jetzt aus dieser blöden Lügengeschichte heraus?

Um Widergutmachung bemüht, schob ich die positive Nachricht hinterher: „Aber den Heiligen Abend feiern wir zusammen. Dann bin ich auf alle Fälle bei euch."

7

För den Heiligen Abend war ich in der Wohnung meiner Frau angekündigt, und das war wichtig. Der Verzicht auf die Kinder wäre für einen von uns unverdaulich gewesen.

Leider fand das Treffen ohne Karla statt, denn die zog es vor, den Abend mit der Schwester Gabi bei ihren Eltern zu verbringen. Ich brachte Verständnis für sie auf, obwohl es mich traurig stimmte.

Karla sah das ähnlich, deshalb verabschiedete sie mich dementsprechend: „Viel Spaß und mach's gut", sagte sie flockig. Ich hänge mich zwischendurch mal an die Strippe."

„Mach das", antwortete ich ihr und fragte zugleich: „Aber anschließend sehen wir uns?"

„Ja doch, Georg. Natürlich warte ich auf dich. Bei unseren Feierlichkeiten wird es selten spät."

Sie nahm mich in ihre Arme und drückte mich, danach stolperte sie zur Tür hinaus. Und auch ich raffte kurzerhand die Geschenke zusammen, doch zuvor verwöhnte ich meine Katzen mit einer spritzigen Leckerei. Mit Hähnchennieren, eine klitzekleine Gefühlsduselei von mir.

Schwere Kartons schleppend, traf ich bei Andrea und den Kindern ein, da hatten die sich mit der Schwiegermutter, meiner Mutter Gertrud, im Freundeskreis liebevoll Trutchen genannt, und meine Schwester um den Wohn-

zimmertisch versammelt. Die Kinder hatten vor Ungeduld auf mein Erscheinen gebrannt, was ich als Akt ihrer
Liebe deutete.

Julian wurde ernst. „Was wäre ein Weihnachtsfest ohne
dich, Alter? Voll Scheiße", sagte er. „Wir könnten den
Kladderadatsch auf den Mond schießen."

Und Anna servierte mir ihre Krönung: „Ich, Papa, hätte
dich mit Gewalt von der Scheißinsel zurückgeholt. Keine
Macht der Welt hätte mich daran gehindert."

Herrlich, nicht wahr?

Ich schaute mich neugierig in Andreas Wohnzimmer um
und registrierte den Tannenbaum. Der war ohne Firlefanz,
dafür mit echten Kerzen bestückt. Mit der Aufmachung
entsprach er Andreas Geschmack, aber wie auf wundersame Weise hörte ich keine Weihnachtsmusik.

Dazu sei erwähnt, dass ich mit einundzwanzig Jahren,
im Zuge der Volljährigkeit, aus der Kirche ausgetreten
war und Andrea zehn Jahre später. So waren die Kinder
ungetauft geblieben, denn auf den Kirchenkram hatten
wir keinen Bock. An Mangelerscheinungen hatten sie
ohne den kirchlichen Segen nicht gelitten, außerdem war
uns das kirchliche Halleluja scheißegal.

Als ich die Familie mit innigen Umarmungen begrüßt
hatte, drängten die Kinder auf die Bescherung: „Mach
hin, Papa. Spanne uns nicht auf die Folter."

Worauf ich feierlich bestimmte: „Okay, ihr Lieben, mir
soll's recht sein. Hiermit erkläre ich die Bescherung für
eröffnet."

Ich überreichte Julian die versprochene Ritterburg mit
vielen Rittern und niedlichen Pferden, damit der Ritter
mit der verrosteten Rüstung seine lang ersehnte Ritterburg beziehen konnte.

Anna bekam ihren gewünschten Kaufladen. Ich hatte das Stück aus grauer Vorzeit in mühevoller Kleinarbeit restauriert, und der Laden enthielt eine Menge Zubehör.

Das Juwel stammte vom Flohmarkt, wo ich es für einen angemessenen Batzen Geld erstanden hatte. Und danach perfektionierten Geschenke des Familienclans Annas Glück. Die hatte sie für den Kaufladen hinzugekauft.

Julian und Anna strahlten wie Honigkuchenpferde und spielten mit den Errungenschaften, dabei wurde die Familie voll eingespannt.

Meine Mutter, eine Frau um die siebzig, war nah am Wasser gebaut. Sie schluchzte heftig, dann begann sie zu weinen. Sie liebte Familienfeste, denn sie hatte ihren Mann, also meinen Vater, viel zu früh verloren. Der starb mit dreiundfünfzig Jahren in einem Sanatorium an Herzversagen. Von da an allein lebend, bedeuteten ihr die familiären Kontakte alles.

Und das betraf besonders mich, denn von klein an war ich ihr Liebling. Während meiner ausschweifenden Lebensphase in München hatte sie mich vermisst, doch ihre Besuche in der bayrischen Weißwurstmetropole zählten zu den Highlights ihres unglücklichen Lebens.

Ich brachte sie schnell wieder in die Spur, was mir ihr herzhaftes Lachen bewies. Die Feste lebten von meinen humoristischen Einlagen. Warum nicht an einem Heiligen Abend?

Nach der Bescherung stürzten wir uns auf das obligatorische Fondue. Das taten wir ohne Andreas Freund, den niemand erwähnte. Und nach dem Fondue, die Kinder beschäftigten sich weiterhin mit der Ritterburg und dem Kaufladen, kreiste die Flasche Eierlikör. Das war ein Ritual, das nur ich verstehen konnte, denn ich war derjenige, der das Teufelszeug an den Weihnachtstagen brauchte.

Alfred warnte mich: Jedes Mal bekommst du einen scheußlichen Kater. Warum tust du dir das Zeug ausgerechnet zu Weihnachten an?

Das Telefon klingelte, worauf Anna schnell reagierte und sich den Hörer schnappte. Belustigt reichte sie ihn an mich weiter und sagte: „Papa, es ist Karla für dich."

Die beichtete mir ihr trauriges Schicksal: „Wie geht es bei euch, Georg? Bei uns ist es stinklangweilig. Meine Eltern schlafen bereits."

„Na so was. Das tut mir leid. Bei uns ist der Teufel los", konnte ich ihr von unserer Seite kaum beipflichten.

„Nein, im Ernst. Unsere Feier läuft prächtig."

Ich hatte das Gespräch kaum beendet, schon wurde meine Schwester lockerer, wobei der Eierlikör seine Hemmungen abbauende Wirkung offenbarte.

Alsbald machten Schwänke über meine Missetaten die Runde. Zum Beispiel folgende Story, die meine Schwester mit Schadenfreude vortrug.

„Du, Georg, warst neunzehn Jahre alt, da hast du mit deinem R4 einen Straßenbaum gerammt, fünfzig Meter von der Geburtstagsfeier eines Freundes entfernt, und das im Vollrausch."

„Du warst mir ein schöner Bruder Leichtfuß", lachte meine Mutter.

Sigrid erzählte weiter: „Fast besinnungslos bist du am Steuer sitzen geblieben. Stellt euch mal vor, er steht mit dem verbeulten Auto vor dem Baum, die Hände am Lenkrad, den Fuß auf dem Gaspedal, und will weiterfahren.

Deine Freunde hatten das Scheppern gehört und waren hinzugeeilt. Dann hatten sie dich aus dem Wagen gezogen und weggetragen. Du hast den Segen von oben herausgefordert."

„Nicht übertreiben, Sigrid", versuchte ich abzublocken. Ihre Geschichte hatte mir wenig gefallen, obwohl mir die Verachtung im Blick meiner Schwiegermutter egal war.

„Damals war deine erste Liebe zerbrochen", ergänzte Sigrid ihren Vortrag. „Wir dachten halb so schlimm, doch dein Kummer saß grubentief, so hattest du dich hemmungslos besoffen. Am nächsten Morgen konntest du dich an nichts erinnern. Hast du das etwa vergessen?"

Ich hatte schlucken müssen, denn die Kinder hatten zugehört. Was dachten sie von mir? Die aber lachten, denn sie konnten das Ausmaß meiner Entgleisung nicht nachvollziehen.

Dann kam es noch drastischer, denn nach einer weiteren Schilderung war ich ein wahlloser Stecher. Und das war mir erst recht peinlich.

Meine Schwiegermutter räusperte sich entsetzt: „Aber Sigrid?" Und meine Mutter sprang ihr bei: „Ja ehrlich, Sigrid."

Doch meine Schwester lachte und ließ es nicht damit bewenden. „Flüchtige Liebeleien säumen deinen Weg", ratschte sie dreist drauflos. „Oft gingen die Beziehungskisten im Krach auseinander. Erinnerst du dich an Monika? Wie die bei uns angetanzt kam, und Terz gemacht hatte?"

Mein Stöhnen war unüberhörbar, als ich eingeflochten hatte: „Das Geplänkel war doch harmlos."

„Aber damit war Schluss, als du, Andrea, in Georgs Leben auftauchtest, weswegen er die Nachfolgekandidatin von Monika abservierte. Die hieß Renate und ähnelte der Porzellanpuppe in einer Glasvitrine. Doch in dich, Andrea, hatte sich Georg unsterblich verliebt. Und du hast ihm das Ultimatum gestellt, er könne nur eine haben. Andrea, du weißt das sicher noch?"

Andrea errötete, sagte aber nichts.

„Du warst siebzehn Jahre alt und ihr habt die Anfeindungen deines Vaters heroisch abgewehrt, denn dich, Georg, hatte er wegen der Verführung seiner minderjährigen Tochter angezeigt. Natürlich hatte er vor dem Jugendamt den Schwanz eingezogen."

Meine Schwiegermutter hielt es nicht mehr aus.

„Das muss nicht sein, Sigrid", jammerte sie. „Ich finde das unerträglich. Warum erzählst du ausgerechnet heute die schlimmen Geschichten?"

Und auch Andrea konnte ihren Unmut nur sehr schwer zügeln. „Lass es gut sein, Sigrid", forderte sie das Beenden des Anekdotenerzählens.

Nichtsdestotrotz kalauerte ich nun weiter: „Wir hatten uns geliebt. Stimmt doch, Andrea? Okay, es ist anders gekommen. Leider haben wir uns wegen blöder Affären getrennt. Womöglich für immer? Ich kann's nicht beschwören."

Andrea knirschte verlegen mit den Zähnen, sich dadurch ablenkend. Aber ihre Mutter schnaubte im Zorn:

„Wenn Ihr nicht damit aufhört, gehe ich."

„Verschwinde ruhig, wenn's dir nicht passt", entgegnete ich kühl.

Von den Kindern hatte ich keinen Mucks vernommen. Die umkreisten längst die himmlischen Heerscharen, denn sie hatten sich total verausgabt, was ich an ihren weggetretenen Augen erkannte.

Ich trug meine Racker nacheinander in ihre Bettchen, dabei freute ich mich auf den nächsten Feiertag, denn den würde ich mit Karla und den Kindern verbringen.

Als der Erzähldrang abgeebbt war, saßen wir noch eine geraume Weile gemütlich beieinander, dann näherten wir uns dem Wendepunkt des feuchtfröhlichen Abends.

Meine Mutter, vom Eierlikör schwer gezeichnet, löste sich in ein wimmerndes Vakuum auf. Auch das gehörte zu unseren Weihnachtsfesten. Im Nachhinein gesehen war sie toll, die verbliebene Harmonie zwischen Andrea, der Familie und mir.

Dennoch war es an der Zeit aufzubrechen, daher geleitete ich meine schwankende Schwester und meine Mutter am Arm in ihre Wohnungen.

Als ich nach dem Umweg in meine Behausung zurückkehrte, da saß Karla vor der Glotze. Sichtlich gelangweilt sah sie sich ein kirchlich angehauchtes Geschichtsdrama an.

„Du konntest dich ja überhaupt nicht von deiner Frau trennen", empfing sie mich bissig. „Zieh schleunigst zu ihr."

Bei der Äußerung blickte mich Karla nicht ein einziges Mal an, so ignorierte ich den Vorwurf, stattdessen säuselte ich die Aufforderung zu einem Liebesbeweis.

„Bitte keine Vorwürfe, mein Liebchen. Schmuse lieber mit mir."

Woraufhin Karla schmunzelte, somit war alles in Ordnung, denn ihre Kühle war nur eins ihrer perfekt initiierten Schauspielstücke.

Mit blühenden Sexphantasien begaben wir uns hinunter in ihre Wohnung, wo wir uns entkleideten. In meinem Kopf drehten sich meine Gedanken wie das Kettenkarussell bei einer Wohltätigkeitsveranstaltung, also kletterte ich ganz vorsichtig die steile Leiter zu Karlas Hochbett hinauf.

„Pass auf, dass du dich nicht verhedderst", kicherte Karla vergnügt.

Und ich, benebelt von meiner Alkoholeskapade, lachte lauthals über ihren Scherz.

Als sich Karla neben mich gekuschelt hatte, da konnte ich mich nicht mehr zurückhalten, denn mich hatte die Fleischeslust gepackt. Angetrieben von der Gier nach

Karlas splitternacktem Körper, schob ich mich über sie. Und ähnlich einem Karnickel kam ich viel zu schnell zur Sache. Wie bei einer kurzen Eruption schossen meine Spermen in Karlas Scheide hinein, dann lag ich schwer atmend neben ihr und schaute mir ihr Gesicht von der Seite an, dabei sabbelten meine Lippen die bedeutsamen Sätze: „Ich kann ohne dich nicht leben. Bitte bleib bei mir, mein Schatz."

Karla berührte mich lasch an meinem erschlafften Penis, sodass ich flüsterte: „Es ist so wunderbar mit dir. Ohne dich wäre mein Leben sinnlos."

Oh ja, die Macht der Liebe reduziert den Mann auf das Wesentliche. Wenn er schwächlich ist, dann zerstört ihn die unerfüllte Liebe.

Anders ist es bei der ausgefüllten Liebe. Für einen starken, gefestigten und lebensbejahenden Mann, kann sie eine Art Lebenselixier sein. Und zu welcher Sorte Mann könnte man mich zählen?

Mit Wehmut dachte ich an die traurige Geschichte eines Obdachlosen. Den hatte seine Frau verlassen und er hatte angefangen zu trinken, wodurch er an den Klippen der Liebe zerschellt war.

8

Das Weihnachtsfest war verpufft. Nun stand mir der Neujahrsrutsch bevor. Mit dem würde das aufregende Jahr 1986 seine Abschiedsvorstellung geben.

Hineinrutschen in das neue Jahr wollte ich mit Karla auf Erikas berüchtigter Silvesterfete. Und das ohne die Kinder, was ich zu akzeptierten hatte. Sie hatten die vorherige Silvesterfeier bei mir verbracht. Turnus gemäß war ihre Mutter dran.

Wolfgang öffnete uns die Tür.

Und den herzlich begrüßt, traten wir ein. Als wir uns umsahen, war die Überraschung groß, denn die Bude war gerammelt voll. Neben vielen Grünen tummelten sich Mitglieder der Friedensinitiative und der örtlichen Frauengruppe in den Räumen. Doch das war nicht verwunderlich, denn wir funkten seit langem auf ähnlicher Wellenlänge.

Im Gemeinschaftsraum tanzte die Meute, in der Essküche wurde in sich hineingefuttert und der Durst gelöscht. Von dort rief Erika schallend nach mir: „He, Georg! Da bist du ja endlich. Komm bitte zu mir."

Ich bildete mit Erika, sie war Lehrerin am Gymnasium, eine verschworene Gemeinschaft, weit über die Politik hinaus, denn wir wohnten kurzzeitig zusammen. Seither hockten wir gern beieinander, eine gewisse Weinsorte favorisierend. Sie war mein größter Fan in der grünen Gruppe.

Als wir am Ecktisch Platz genommen hatten, reichte mir Erika ein Glas Frascati. Wir stießen auf die Zukunft an, danach umschwärmte sie mich mit meinen grandiosen Ratsauftritten. Durch mich war Erika in den Sog unserer Partei geraten, denn wir hatten uns oft und manchmal auch heftig über den Wert der Grünen für die Politik gestritten.

„Über den Rathausknatsch verlieren wir keine Worte", betonte Erika unmissverständlich. „Von dem Arschloch Bauer lassen wir uns nicht die Laune vermiesen."

Es dauerte nicht lange, da hatte die ausgelassene Partystimmung ihren Siedepunkt erreicht. Und die hatte auch Karla gefallen, denn wild und ausgelassen tobte sie über die Tanzfläche. Sie sah betörend aus in ihrem schwarzen, figurbetonten Kleid, dazu mit ihrer Lockenpracht.

Und diese Auffälligkeit gefiel einem gewissen Roland. Der verschlang Karla mit blitzenden Augen. Er baggerte sie schmachtend und aufreizend lässig an. Und Karla sonnte sich in dieser fragwürdigen Verehrung.

Wer war dieser Roland? War er Karins Mann?

Ja natürlich, trotzdem war mir der Kerl noch nie über den Weg gelaufen.

Die aufdringliche Art dieses Schlawiners missfiel mir. Ich machte mir diesbezügliche Gedanken, aber ich blieb beobachtend im Hintergrund.

Doch irgendwann meinte Erika besorgt: „Roland ist unmöglich. Andauernd fällt er mit seinem Anbaggern aus der Rolle."

„Warum lädst du ihn ein?"

„Nun ja, wegen Karin. Aber Roland säuft zu viel."

Es dauerte nur Minuten, da blickte Karla aufgebracht zu uns rüber. Suchte sie Hilfe? In ihren Augen war Verlegenheit zu entdecken, sogar pures Erstaunen. Woher kam die Verwunderung? Wegen der Vertrautheit zwischen Erika und mir?

Währenddessen hatte Roland seine Frau vollends vergessen. Seine Blicke galten nur Karla. Mit seinem Gehabe wollte er mir meine Partnerin ausspannen, wobei er mit einem randvollen Glas für Karla in der Hand kokettierend wie ein Salonlöwe vor Karla herumtänzelte.

Seine Frau Karin reagierte sauer. Sie zog ihren Roland unmissverständlich zu sich rüber, doch der reagierte ungehalten. Mürrisch schob er sie beiseite. Mit an Sicherheit grenzender Wahrscheinlichkeit bahnten sich unschöne Reibereien zwischen den beiden an.

Beschwörend setzte sich meine Schwester neben mich. Ihre Beeinflussung ging dahin: „Unternimm was. Verhindere das Gewürge."

Hätte ich bloß auf Sigrid gehört. Eventuell wäre es mir gelungen, die Ausgeburt an Aufriss im Ansatz zu ersticken, aber leider beließ ich es beim unbeteiligten Zuschauen. Ja, ich blieb sogar untätig, als sich Karla mit einem Trick aus den Armen Rolands gewunden hatte.

Sie stampfte ungehalten mit den Füßen auf den Teppichboden und verließ die Tanzfläche, danach quetschte sie sich energisch zwischen Erika und mich.

Als Karla durchgeschnauft hatte, fragte sie uns schnippisch: „Ich störe hoffentlich nicht?"

Wie die Hühner auf der Stange, so saßen wir schweigsam nebeneinander. Wir gackerten nicht, sondern beobachteten Roland. Was würde der Möchtegerncasanova als nächstes tun? Eventuell aufgeben?

In diese Richtung hatte ich besorgt gedacht. Doch der Scheißkerl wollte nicht locker lassen, denn er zwängte sich plump an Karlas Seite, womit er mich verdrängte, dann legte er seinen rechten Arm um Karlas Hüften.

Hallo? Was in aller Welt macht der Kerl? Das ist ja wohl nicht wahr?

Verblüfft straffte ich meinen Körper. Warum bemerkte Roland nicht, welchen Unsinn er verzapfte? Allem Anschein nach lag das an seinem Alkoholpegel.

Du solltest aufpassen, Roland, rumorte es in mir. Trotz deines hohen Alkoholspiegels bringe ich wenig Verständnis für deine Entgleisungen auf.

So oder ähnlich dachte ich über meine Möglichkeiten nach, wie ich den Mistkerl zur Räson bringen könnte. Aber bisher war nichts Gravierendes passiert, denn Karla hatte ihn einigermaßen unter Kontrolle. Doch wie lange noch?

Ich hoffte inständig, der Aufdringliche kippt bald aus den Latschen, dann würde sich das Problem von selbst erledigen. Doch wusste man das vorher? Vielleicht vertrug er mehr, als mir lieb war? Schon deshalb behielt ich ihn im Auge.

Die Zeit verflog wie im Zeitraffer, gerade wegen der ungehobelten Zwischentöne. Im Handumdrehen war es zehn Minuten vor Zwölf.

Wir ergriffen die gefüllten Sektgläser und stapften auf die Straße, da ertönte das zwölf Uhr Signal und löste ein Krachen und Jaulen in der unmittelbaren Umgebung aus. In den Himmel gestiegene Raketen malten lebendige Bilder in das Sternenmeer. Gefährliche Böller explodierten zwischen unseren Beinen zu gefühlvoller Walzermusik.

Viele Paare tanzten. Und im Nu verwandelte sich die Nebenstraße in eine feiernde Menschenmasse.

„Prosit Neujahr!!!"

Karla lag in meinen Armen und ich küsste sie in grenzenloser Verbundenheit. In dieser Nacht fassten wir den Beschluss, unser hoffentlich noch ereignisreiches und langes Leben gemeinsam zu gestalten. Die große Bühne sollte unsere Zukunft werden. Danach nahmen wir uns an die Hand und schlenderten von Paar zu Paar, dabei beglückwünschten wir alle.

Doch es gab ihn weiterhin, den schrecklichen Roland. Der setzte Karla nach und brachte sich eindrucksvoll in Erinnerung. Krampfhaft suchte er nach seiner vermeintlich letzten Chance, meine Karla zu becircen.

Mit geschwollenen Augen und ekelhaft schwankend, bedrängte er Karla abermals, was an Perversität grenzte. Karin flennte vor Verzweiflung, dennoch musste sie hilflos zusehen, wie Karla unter Rolands Aufdringlichkeiten wie eine Sirene aufheulte.

Und was tat dieser Roland? Der umklammerte Karla noch fester, dabei streichelte er ihr frech über den Po.

„Nein, du Arsch, das ist zu viel", fluchte ich.

Einem Gorilla ähnelnd, stürzte ich mich auf das Ekelpaket. Ich quetsche Roland mit einer geballten Ladung Wut im Bauch an die gegenüberliegende Außenwand. Die herbeigeeilte Erika half mir nach Leibeskräften. Wir hielten ihn gemeinsam fest, um dem Mistkerl die Luft für weitere Attacken zu nehmen, bis er seine Waffen streckte.

Doch die Situation war trügerisch, denn selbst in seinem bejammernswerten Zustand mochte Roland nicht ans Aufhören denken. Theatralisch versuchte er sich von uns loszureißen, um Karla zu umarmen.

Doch nun reichte es mir. Mir brannten alle Sicherungen durch. In grenzenloser Wut und mit unerträglicher Lautstärke brüllte ich: „Du Hurenbock! Nimm deine Drecksgriffel von meiner Frau! Raus mit dir und verschwinde!"

Aber Roland lallte: „Du...Schläger. Lass mich in Ruhe, Karla gehört mir."

Von da an regierte das Chaos. Einige der Anwesenden glotzten mich mit unverständlicher Ahnungslosigkeit im Gesicht an.

Und diese Konfusion nutzte der Suffkopf. Mit letzter Kraft befreite er sich, um die sich wehrende Karla erneut zu umklammern, aber ich riss Roland von Karla weg und verpasste ihm einen kräftigen Stoß vor die Brust, sodass er der Länge nach hinfiel und vom Boden aus zu mir aufschaute. Ich stand breitbeinig über ihm, mit den Fäusten in die Hüften gestemmt.

Und um das Trauerspiel zu beenden, gedachte ich Roland mit einem Schwall an Worten den Rest zu geben. „Jetzt langt es. Du willst es anscheinend nicht anders", drohte ich ihm, worauf ich die Boxerstellung eingenommen hatte. „Bleibst du Karla nicht von der Wäsche, dann knallt es. Haben wir uns verstanden?"

Roland jaulte wie ein getretener Hund: „Was willst du? Mich erschlagen?"

Tja, was macht man mit einem sinnlos Besoffenen?

Ja richtig. Man ignoriert ihn. Ich jedoch tänzelte mit erhobenen Fäusten um ihn herum. Ich war bereit in bester Mohammed Ali Manier zuzuschlagen.

Aber in letzter Sekunde gelang es Karin ihren Roland aus meiner Schlagweite zu ziehen. Schade eigentlich, ich hätte ihm zu gern eins verpasst. Stattdessen brachte ich Verständnis für Karins verbitterten Gesichtsausdruck auf. Ich sah zu, wie sie ihren Mann in seinen Mantel zwängte, dabei war mein Mitleid für Karin turmhoch. Es muss eine Strafe sein, mit solch einem Draufgänger leben zu müssen. Arme, dumme Karin.

Als beide verschwunden waren, herrschte Totenstille. Die Partystimmung war verraucht. Aber wie von einer Lehrerin gewohnt, riss unsere Gastgeberin das Heft des Handelns an sich. Lässig übernahm sie das Kommando und wischte das Thema, Roland der Hurenbock, so elegant wie möglich vom Tisch.

Nichtsdestotrotz überschattete es die Gesprächsszenerie. „Karin hat ein schweres Los gezogen", hörte ich Gudrun tuscheln. Von allen Seiten prasselten ähnliche Sprüche auf mich herein: „Warum verlangt sie von dem Scheißkerl nicht die Scheidung?"

Ich hielt mich mit einem Kommentar zurück, denn zu meinem Leidwesen war Karla in eine Untergangsstimmung versunken. Ihr Blick ähnelte einem Fragezeichen. Wie verhalte ich mich jetzt, stand darin zu lesen, denn irgendwie war sie nicht schuldlos an dem Ausgang.

Mit dieser Ansicht im Hinterkopf, räusperte ich mich und wendete mich Karla zu: „Du hättest diesem Roland schon frühzeitig den Riegel vorschieben müssen."

„Was? Wie sollte ich?" Das war die wutschnaubende Reaktion Karlas.

Doch ich setzte gestenreich nach: „Solche Anzüglichkeiten erstickt man im Keim. Ich erwähne nur Domburg. Da hatten wir ein ähnliches Problem."

Prompt beherrschte Karlas durchaus möglicher Seitensprung meine Gedankenwelt. Seit dem Aufenthalt an der Nordsee gab es Unklarheiten. Karla hatte meine Gehirnströme nur besänftigt, aber die Wahrheit war sie mir schuldig geblieben.

Verärgert würgte ich große Gläser Portwein in mich hinein, bis ich blau durch die Bude schwankte. Es war drei Uhr in der Nacht, da drängte Karla auf den Aufbruch.

Erika brachte uns zur Tür und verabschiedete uns liebevoll: „Denke an den Neujahrsempfang. Dort sehen wir uns", warf sie mir zu.

Und die verlegene Karla knuffte sie: „Nichts für ungut, Mädel. Mach's gut."

Wegen der enormen Menge an Portwein fiel mir das Gehen auf dem Nachhauseweg schwer, also nahmen mich meine Begleiterinnen in die Mitte. Sigrid wollte uns zur Haustür geleiten.

Doch wir waren nur Minuten unterwegs, da passierte das Unvermeidbare. Karla legte jegliche Zurückhaltung ab und ließ einen Gewitterhagel an Vorwürfen auf mich niederprasseln. Laut schimpfend schleuderte sie mir bitterschmeckende Anschuldigungen ins Gesicht.

„Du bist ein Rindvieh", tobte Karla bestialisch. „Was sollte die Gemeinheit? Mir war Roland fremd. Warum hast du mich nicht aus der Zwickmühle befreit?"

„Ich..? Warum ich.....?".

Ich glotzte verwundert und gab den Schwarzen Peter zurück: „Du hättest diese Arschgeige in die Schranken verweisen müssen."

Von den Vorwürfen spielte mein Gehirn verrückt, völlig ausgehöhlt und verwirrt.

Aber Karla giftete in heller Empörung: „Och, du jämmerlicher Säufer. Andauernd trinkst du zu viel. Lass endlich die widerwärtige Sauferei."

Eigentlich sollten die Saufvorwürfe reichen, doch für Karla war das Ende des Zusammenstauchens längst noch nicht in Sicht, da sie mir einen weiteren Seitenhieb verabreichte: „Irgendwann hast du deinen Rest Verstand versoffen."

Dem hatte ich nichts entgegenzusetzen, so nahm ich mir ihre Vorwürfe schweigend zu Herzen, doch Karla wollte sich immer noch nicht beruhigen. „Du und deine Erika. Zwischen euch läuft doch was", mutmaßte sie in die unmöglichste Richtung. „Gib es doch zu, ihr habt was miteinander."

Das war zu viel. Durch Karlas Unterstellung war meine Aufnahmefähigkeit in Frage gestellt worden. Erika war eine Lesbe, das war kein Geheimnis. Karlas Behauptung war daher lächerlich, doch mit der hatte mich die Prophezeiung des guten Shaw mit seiner vom Schicksal hinausgeworfenen Schachfigur ereilt.

Trotz allem verteidigte ich mich: „Bist... du besoffen, Karla? Was soll... der Quatsch? Den Blödsinn glaubst du doch selbst nicht?"

Das war's. Von da an hielt ich die Klappe. Jede weitere Rechtfertigung wäre sinnlos gewesen.

Aber halt, das war's doch noch nicht ganz, denn der vom Portwein betäubte Alfred hatte sich labernd in mir aufgebäumt. Aber nur das lächerliche Gestammel eines Weggetretenen kam über meine Lippen.

„Ei, jei jei, hick", stotterte ich. „Ist ja alles zwecklos. Die Scheiße ist. doch... hick.. für den Arsch."

Meine Schwester hatten wir abgeliefert, nun schlingerte ich mit Karla in unser Haus. In dem hangelte ich mich, ohne Karlas Mitwirken, am Treppengeländer zu meiner Mansarde hinauf. Ich hatte die Schnauze von Karla gestrichen voll, weshalb ich gelassen registrierte, dass sie mir nicht gefolgt war.

Dennoch hatten mir die Ereignisse der Nacht viel Material zum Nachdenken geliefert. War Karla empfänglich für Umgarnungen? War sie überhaupt in mich verliebt? Oder bildete ich mir ihre Liebe nur ein?

Das wilde Durcheinander schwirrte mir durch den berauschten Schädel. Der fühlte sich an, als hätte ihn ein Axthieb in zwei Lager gespalten. Die eine Hälfte suchte ein ernstes Gespräch über die Vorfälle der Nacht, denn das war von Nöten, die andere Hälfte suchte nach mehr Liebe und Sicherheit in der Beziehung.

Doch das Gespräch konnte warten. Vorerst fühlte ich mich so, als stünde mir eine Abwrackprämie für mich zu. Mir brummte der Schädel, als hätte ich stundenlang vor einer übersteuerten Lautsprecherbox gesessen. Es pochte und brummte in mir, und das in einem monotonen Rhythmus. Der hörte sich nach einem Hammerwerk an. Auch meine Glieder verweigerten mir den Gehorsam, wie nach dem Frontalzusammenstoß.

Erneut hatte sich meine Sauferei zu meinem Martyrium entwickelt. Anstatt von Einsicht beseelt zu sein, hatte ich nichts hinzugelernt. Wie konnte ich das ekelhafte Suchtverhalten für immer abstellen?

Auf der Suche nach einer Endzugslösung brummelte ich wie eine Schnapsdrossel: „Woher kommt diese unbändige Lust auf ausschweifende Saufgelage? Wann befreie ich mich von dem Laster? Herr Gott noch mal. Was für ein beschissener Start ins neue Jahr."

Ich entließ die Katzen auf die Terrasse. Deren Angst vor den Silvesterböllern war gebannt. Dann legte ich mich mit dem unguten Gefühl aufs Bett: Was läuft eigentlich um mich herum?

Wegen meiner Verkrampfung brauchte ich eine Phase des Loslassens. Und in die rutschte ich hinein. So fiel ich in einen der Ohnmacht ähnelnden Schlaf, allerdings mit mir und meinen Problemen alleingelassen.

* * *

Gegen die Dummheit sind sogar die Götter machtlos. Die Weisheit war schon den verstaubten Griechen bekannt. Mir leider nicht, sonst hätte ich den Neujahrsempfang gemieden, denn der entwickelte sich zu einer haarigen Angelegenheit.

Wie in jedem Jahr versammelte sich die Prominenz der Stadt in der Aula des Gymnasiums, unter ihnen selbstverständlich die sogenannten Promis, oder die, die sich für unentbehrlich hielten.

Mein Erscheinen verbreite sich wie ein Lauffeuer unter den Anwesenden, prompt war die Atmosphäre vergiftet.

Nur meine Parteifreunde boten mir Rückhalt, denn die Kontrahenten der Großparteien, Frauen waren in ihren Reihen eine Mangelerscheinung, behandelten mich, als verursache ich die Pest. Sie mieden mich wie den an Lepra erkrankten Patienten.

Doch etwas anderes war ungeheuerlich, und das waren Wortfetzen mit meinem Namen, die sich im Sekundentakt auf eine ohrenbetäubende Lautstärke hochgeschaukelt hatten. Mir wurde klar, dass ich der Mittelpunkt der Veranstaltung war.

Bald bestand der Gesprächsstoff aus Unmutsäußerungen, und die stammten ausnahmslos von Teilnehmern, die mich nicht mal kannten. Bei dem höllischen Palaver ging es zweifelsohne um den Vorfall im Rathaus.

Was sollte ich tun?

Ich hätte mich zu gern in eine Wandnische verkrochen, doch dafür war's zu spät.

Schon ertönten schlimme Schimpfworte: „Schläger", hörte ich, und „Schwein!"

So hallte es durch die Aula.

Unser Bürgermeister, Schirmherr der Veranstaltung in Personalunion, der es später zu großer Berühmtheit als Heilsbringer der SPD bringen wird, den man aber auch als Witzfigur in den bekanntesten Satiresendungen verheizt hatte, befürchtete Ausschreitungen. Bildete ich mir das ein, oder war er ein bisschen blass um die Nasenspitze geworden?

Jedenfalls lag in seinen Befürchtungen der Grund, weshalb er sich unter uns Grüne gemischt hatte. Mit gewagter Freundschaftlichkeit legte er mir eine Hand auf die Schulter und versuchte mich zum Verschwinden zu überreden.

„Hör auf meinen Rat", flüsterte Karsten betulich. „Meiner Meinung nach wird die Geschichte mit deinen Schlägen in der Ratssitzung überbewertet."

„Das waren keine Schläge", widersprach ich. „Du hast es doch miterlebt."

Doch Karsten wiegelte ab: „Okay, das mag ja sein. So genau habe ich den Vorgang nicht mitbekommen, aber an deiner Stelle würde ich mich still und heimlich verdrücken."

Er sprach seinen Wunsch sehr leise aus, dabei schaute er sich sorgenvoll zur düsteren Menschenmenge um. Dann fügte er den Satz an: „Sonst könnte die Veranstaltung ein heißer Tanz werden."

Da ich mir das gut vorstellen konnte, fragte ich Karsten, und das sehr vertraulich: „Meinst du das ehrlich? Die blöde Meute legt mein Verschwinden sicher ganz falsch aus."

Einerseits wusste ich, dass Karsten ein hervorragender Parteitaktiker war, denn diese Gabe hatte er im Rat oft gegen mich ausgespielt. Dazu war er der phantastischste Redner, der mir in meiner Politikerlaufbahn je untergekommen war. Doch dass er mich schädigende Hintergedanken im Schild führen könnte, diese Schlechtigkeit traute ich ihm nicht mal in seiner Funktion als Bürgermeister zu, schon gar nicht in der derart aufgeladenen Situation.

„Du hast recht", gab ich nach. „Ich verschwinde wohl besser."

Und Martin lobte mich: „Mach das, Georg. Gut, dass du so vernünftig bist."

Mir zufrieden auf die linke Schulter klopfend, so hatte er meinen Abgang unterstützt, danach verlieh er der Stimme den letzten Tick an Mitgefühl: „Aus deinem Schlamassel kommst du wieder raus. Es ist ein Glück, dass wir uns so gut verstehen."

„Dann bis zur nächsten Ratssitzung", verabschiedete ich mich von ihm. „Viel Ärger können weder du noch ich momentan gebrauchen."

Auch darin stimmte ich mit dem Bürgermeister überein, also wandte ich mich an die grünen Gesinnungsgenossen: „Ihr seht ja, was hier los ist, daher verschwinde ich. Wir sehen uns am Montag in der Fraktionssitzung."

Prompt schaltete sich mein Ratspartner Wolfgang ein. Das tat er zwar etwas selbstherrlich, aber es war sicher gut gemeint.

„Warte", sagte er. „Ich begleite dich und demonstriere meine Solidarität. Diese Ansammlung an Arschlöchern kann mir sowieso gestohlen bleiben."

„Der Dank des Himmels ist dir gewiss."

Wir schritten zur Tat und drehten uns erst an der Ausgangstür provozierend um, dabei übernahm Wolfgang den Abschiedspart.

„Auf Wiedersehen, verehrte Damen und Herren. Anscheinend sind wir in ihrer Runde unerwünscht", rief er den uns schweigend anstarrenden Ehrengästen zu, deren Verblüffung so groß war, dass ihnen der Mund weit offen stand.

Danach vervollständigte Wolfgang seine spontane Abschiedsrede: „Aber das ist uns egal. Nur woher nehmen Sie sich das Recht, Unschuldige als Schläger zu brandmarken? Ihr Verhalten ist eine Riesenschweinerei."

Wie die siegreichen Gladiatoren in dem Römerspektakel Ben Hur rissen wir die große Doppeltür weit auf und stürmten hinaus aus der Arena.

Doch damit war der Neujahrsempfang nicht abgehakt, denn als wir das Gymnasium verlassen hatten, da war kaum zu überhören, dass sich die hochexplosive Aula in eine Räumlichkeit verwandelt hatte, die durch widerwärtigste Schimpfkanonaden glänzte.

Wolfgang schüttelte dazu den Kopf. „Die Kleinstädter sind viel kleinkarierter, als es die Großstädter vermuten", sagte er und lag damit auf meiner Linie.

„Jawohl", ergänzte ich. „Rückständige brauchen ihr Gezeter über irgendwelche Schuldige, sonst sind sie nicht zufrieden. Zum Glück wohne ich in Aachen, da geht man zivilisierter miteinander um."

Und welche Aussagekraft ging von dem Neujahrsempfang aus? Ungemütliche Ratssitzungen oder langweilige Empfänge können alles andere als Wohlfühloasen sein.

9

Halten Sie mich für übergeschnappt? Und wenn's so wäre, dann hätten Sie nicht mal Unrecht, denn am herbeigewünschten Sonntag der Bundestagswahl vollbrachte ich ein kleines Kunststück.

Am Morgen klingelte mich der Wecker schon früh aus dem Bett. Ich duschte und sprang in meine Klamotten. Dann setzte ich mich an den Frühstückstisch, an dem Karla zu mir stieß. Wir tranken den von mir vorbereiteten Kaffee, dazu servierte ich Quark, Honig, Orangensaft und ein leckeres Vollkornbrot, dabei saßen wir uns misstrauisch beäugend gegenüber.

Doch kaum waren zwei Minuten vergangen, da stellte Karla meinen Geisteszustand in Frage, obwohl wir uns im Zustand des Waffenstillstandes befanden.

„Momentan bist du von der Rolle", schimpfte sie. „Wie konntest du dich zu der Absurdität durchringen, als Wahlhelfer in deinem Wahllokal teilzunehmen? Die Wähler respektieren dich nicht. Sorgt deine Anwesenheit für einen Aufstand, was machst du dann?"

„Scheiß drauf", antwortete ich. Ich wischte mir den Mund mit einer Serviette ab und stand auf, dabei betonte ich: „Das Thema ist ausdiskutiert. Mein Endschluss steht unwiderruflich fest."

Ging es um Grundsatzfragen in unsere Beziehung und in der Politik, dann zogen wir nur noch selten an einem Strang.

Ich verließ die Tafel halb acht und fuhr mit dem Rad zum Wahllokal. Das befand sich in einem umfunktionierten Hinterzimmer der Gaststätte nur hundert Meter entfernt.

In der fanden sich auch zwei Kollegen der anderen Fraktionen und zwei städtische Angestellte als Helfer ein. Und mit denen zusammen erledigten wir die anfallenden Vorbereitungen mit der üblichen Routine. Die Kollegen akzeptierten mein Erscheinen kommentarlos, aber ihre Begrüßung fiel unfreundlich, dennoch respektvoll aus. Lag es daran, dass nach dem Streit im Rathaus neun Wochen verstrichen waren?

Kurz nach acht trudelten die ersten Wähler ein. Manche waren beim Blick in mein Angesicht verwirrt. Mehr nicht. Würde das so bleiben?

Die Spannung, die in der Luft hing und den Dunst des Raumes in klitzekleine Partikel zerschnitt, trocknete mir die Kehle aus, wovon ich ein Kratzen im Hals verspürte. Ich nahm ein Lutschbonbon aus der Hosentasche, befreite es von der Papierverpackung und steckte es in den Mund. Doch das machte mich durstig und ich lechzte nach etwas Trinkbarem, glücklicherweise standen mehrere Sprudelflaschen bereit.

Alfred kommentierte die Zurückhaltung des Wahlvolkes folgendermaßen: Glück hat meist der Tüchtige, orakelte er, und die Vergesslichkeit der Menschen ist eine zuverlässige Gabe. Heute profitierst du davon.

Jedenfalls gab es keinen Grund für eine unangebrachte Nervosität, obwohl mich ein paar ablehnende Blicke streiften.

Während der Wahl hielt ich mich bei der Vergabe der notwendigen Aufgaben diskret zurück. Ich übernahm den angenehmen Job der Stimmzettelvergabe. Den übte ich mit freundlicher Zurückhaltung aus. Welcher Partei ich angehörte, das war hinlänglich bekannt. Meine blaue

Jeans, das grüne Hemd und eine schwarze Weste standen mir ausgezeichnet. Ich sah attraktiv in den Klamotten aus. Nicht nur Karla fand die Zusammenstellung ideal. Mit der Kluft fiele ich nicht negativ aus dem Rahmen.

Dreißig Prozent der Wähler auf dem Weg zur Urne seien wahlunentschlossen, das hatten die Medien behauptet. Und ich glaubte an solche Prognosen, deshalb wollte ich das Wahlvolk nicht mit einem sie provozierenden Aussehen abschrecken.

Wo blieben die Jungwähler? Gerade ihr Stimmenanteil war wichtig. Sie stellten das Groß der Grünwähler. Waren die vor der Wahl aus meinem Wahlbezirk ausgewandert? So in der Art mutmaßte ich gedankenverloren, aber wahrscheinlich würde das Jungvolk erst spät hereinschneien. Sie gehörten weder zu den potentiellen Kirchgängern, noch zu den Frühaufstehern, also kein Grund zur Panik. Erst einmal verirrten sich ältere Leute auf ihrem Weg zur Kirche ins Wahllokal, auch Bewohner aus meiner ehemaligen Straße, denen mein Gesicht durch meinen früheren Bioladen bekannt vorkommt.

Zuvorkommend begrüßte ich eine Kundin: „Guten Tag, Frau Franken. Wie geht es Ihnen?"

Verachtet mich die alte Dame nach den Vorfällen? Wählt sie dennoch meine Partei?

Aber wenn sie keine Zeitung liest, dann hat sie vielleicht nichts von der Diskussion um den Rathausstreit mitbekommen, dachte ich, insgeheim auf ihre Stimme hoffend.

Aber da ich ehrlich zu mir war, drehte ich den Spieß um und schaute sie mir genauer an, prompt strich ich Frau Franken von der Liste der mich Wählenden. Die wählt nicht die Grünen, davon war ich überzeugt. Die Alte wählt schwarz. Das ist eine angeborene Krankheit. Aber war ich mir da so sicher?

Doch dann, na endlich, ein junges Pärchen betrat den Wahlraum. Der Mann war ähnlich wie ich gekleidet und lächelte mir freundlich zu, als ich ihm den Wahlzettel reichte. Das Paar waren viel zu früh aus dem Bett gefallen, aber sie waren die ersten Grünwähler, darin war ich mir sicher, ja sie mussten es sein.

Der erste Ansturm war abgeebbt, dadurch wurde es langweilig im Wahllokal. Ich verlegte mich aufs Nachkarten und beschäftigte mich mit Karla. Da war doch noch was?

Natürlich, der Silvesterkrach. Doch zu der Hängepartie hatte das klärende Gespräch längst stattgefunden.

Wir nahmen uns vor einigen Tagen die dafür benötigte Zeit und waren daheimgeblieben, mit einem Kännchen Kaffee und einem Stück Obstkuchen. Und was war dabei herausgekommen?

Das Gespräch war wenig aufschlussreich verlaufen, eher unverbindlich, ohne den nötigen Tiefgang und die erwarteten Überraschungen. Immerhin vertraute mir Karla im Brustton ihrer Überzeugung an: „Für mich bleibt unsere Beziehung unantastbar."

Sie ließ keine Zweifel an ihren Gefühlen aufkommen, denn ohne mir einen Zug zu gönnen, erstickte sie die Fragen nach dem tieferen Sinn der Gemeinschaft mühelos im Keim.

„Wir passen zusammen", ergänzte sie. „Niemand weist dermaßen viele Gemeinsamkeiten auf."

Ich aber hinterfragte unsere Situation und stocherte in der Vergangenheit: „Das klingt wunderschön, nun ja, das glaube ich dir sogar, aber was für ein Gaul ging auf der Silvesterfete oder beim Wochenendabstecher nach Holland mit dir durch? Und warum nervt mich dann der zwingende Verdacht, dass irgendetwas Unklares zwischen uns steht?"

Meine Zweifel hatten wieder Oberwasser gewonnen, denn die negativen Erfahrungen waren nicht verdaut. Sie nagten weiter an meiner Seelenkruste. Zwar nicht unentwegt, aber sie waren in meiner Kleidung hängen geblieben.

Um meine skeptische Einstellung zu Karla auszuräumen, bat ich sie um eine plausible Erklärung: „Welcher Antrieb verleitet dich zu deinen schäbigen Spielchen?" Das hatte ich sie knallhart gefragt. „Bitte kläre mich auf. Nur so bekämpfen wir meine lästigen Zweifel."

Doch ohne sich groß anzustrengen, wischte Karla meine berechtigten Bedenken mühelos vom Tisch.

Sie antwortete spöttisch: „Warum bist du so misstrauisch? Wo bleibt dein gepriesener Optimismus? Nein, Georg, Startprobleme gibt's in jeder Beziehung."

War ihre Antwort ein Ausweichmanöver? War es Augenwischerei?

Das mag sein, dennoch war ich angetan von ihrer Erklärung.

Nichtsdestotrotz schüttelte ich mein Trumpf-As aus dem Ärmel: „Und dein Kinderwunsch? Wie steht es damit?"

„Kommt Zeit, kommt Rat", antwortete Karla. Sie war von ihrer Überzeugungskraft wie benebelt. „Jedenfalls bleiben wir unzertrennlich. Nur das zählt."

Mit dieser alltäglichen Floskel hatte sie ihren Satzaufbau ergänzt.

Brat mir einer ne'n Storch. Das war meine im Inneren vollzogene Reaktion. Ich wollte und konnte aus Karla nicht schlau werden.

Mit wilder Entschlossenheit hatte Karla den Schlusspunkt unter das Frage- und Antwortspiel gesetzt, denn gekonnt war sie weiteren Beweggründen ausgewichen. Doch ihr Ausweichmanöver war ein halbherziges Lippenbekenntnis, mit dem ich mich nicht hätte zufrieden geben dürfen. Die Schwierigkeiten waren nicht gebannt, aber Karla hatte sie erfolgreich auf die lange Bank geschoben.

Dennoch hatten wir ein Friedensabkommen geschlossen, dem harmonische Wochen voll Verständnis und Harmonie folgten. Die finsteren Wolken hatten sich verflüchtigt und die Wintersonne sorgte für erwärmende Temperaturen. Es lief besser zwischen uns, als jemals zuvor. Nichts konnte jetzt noch zu einem Beziehungsabbruch führen.

Karla wollte mich nach Schließung des Wahllokals abholen und mich ins Rathaus begleiten, denn dort versprach das Eintreffen der Wahlergebnisse größtmögliche Spannung. Und vorausgesetzt, das Abschneiden der Grünen war erfolgreich, und diesbezüglich war ich mehr als optimistisch, dann stand eine heiße Wahlparty auf dem Programm.

Für die Mittagspause hatte sich Andrea mit den Kindern vorn in der Gaststätte angesagt. Wir wollten die dreißig Mark Wahlhelfergeld sinnlos verprassen. Wenige Märker draufgelegt, würde es für ein ausgiebiges Essen reichen. Den Kindern zu Liebe vollzogen wir unsere Treffen in nicht allzu großen Zeitabständen, nur Andrea, Julian, Anna und ich. Wann hatten wir das letzte Mal so vertraut beisammen gesessen? Das kann nicht lange her sein.

Punkt zwölf stapfte Andrea mit unseren Kindern ins Wahllokal. Sie grinste zuversichtlich und gab ihre Stimme ab. Hoffentlich die zwanzigste für die Grünen an diesem Vormittag, denn ich brauchte mindestens fünfundvierzig Stimmen zum Überspringen der zehn Prozentmarke in meinem Wahlbezirk.

„Auf Wiedersehen, Frau Blume. Tschüs Kinder."

Mit viel Freundlichkeit verabschiedeten die Wahlhelferkollegen meine Familie, wobei Julian und Anna meine

Funktion total cool fanden. Auch sie hätten gern gewählt, freilich nur die Grünen, so begeistert waren sie von den phantasievollen Wahlplakaten.

Zu dem Zeitpunkt wohnte ich bereits zwei Jahre in Aachen und damit von Andrea getrennt, doch die veränderte Wohnsituation hatte sich im Rathaus nicht herumgesprochen. Die Unterlagen für die Ausschüsse und den Stadtrat landeten weiterhin im Haus der Schwiegermutter, in dem Andrea wohnte.

Und die ließ ich aus gutem Grund an meine vorherige Adresse schicken, was auch in naher Zukunft so bleiben würde. Warum sollte ich das zum Nachteil ändern und der Gegenseite unnötige Angriffsfläche bieten? Es wäre während einer Podiumsdiskussion zur Wahl schwer für mich geworden, hätte man mich als Ehebrecher an den Pranger gestellt.

Immer mit der Wahrheit rauszurücken, das hört sich passabel an, aber wer akzeptiert persönliches Versagen? Als verantwortungslosen Eigensinn hätte mir die Gegenseite die Trennung um die Ohren gehauen. Die hätten sich vor Freude auf die Schenkel geklopft und meinen Weggang von der Familie ausgeschlachtet, das war so sicher, wie das Amen in der Kirche. Die Politik ist ein Dickicht an Verunglimpfungen.

Nach der Beendigung der Vormittagsschicht, setzten Andrea, die Kindern und ich, uns in der Gaststätte an einen Tisch, dann bestellten wir das Festmahl in drei Gängen. Das bestand aus einem Zigeunerschnitzel, aus Pommes, aus Salat, und zuvor aus einer Hühnerbrühe. Hinzu würde noch ein Eisbecher kommen. Es war der Knüller auf der Speisekarte, zumindest in dieser Lokalität. Die hatte den Ruf, sie sei gut bürgerlich und es gäbe üppige Portionen.

Unser sehnlichster Wunsch war: Die Kids dürfen unter keinen Umständen unter der Trennung leiden, und das klappte hervorragend. Uns und den Freunden war bisher keine besorgniserregende Macke an ihnen aufgefallen. Die Kids waren okay.

Als ich ins Wahllokal zurückmusste, herzten mich die Kinder beim Abschied. Wahrscheinlich war ich das erste Mal zufrieden, seitdem mich der Fluch der Handgreiflichkeiten mit diesem Ratskollegen verfolgte.

Unser Bürgermeister machte bei seinem Rundgang einen Abstecher in mein Wahllokal. Schon seit Jahren verband uns eine tiefe Freundschaft. Wir hatten unseren Verstand so manche Nacht in der gemeinsamen Stammkneipe im Alkohol ertränkt. War Karsten gerade flüssig, dann hatte er zahllose Runden geschmissen, bis in den frühen Morgen.

Inzwischen war er trocken. Aus Einsicht hatte er eine Entziehungskur beantragt und sie erfolgreich beendet, doch vor seiner politischen Karriere hatte ihn der Ruf des berüchtigten Schluckspechts verfolgt.

Hinter uns lagen wilde Zeiten, bis Karsten der Bürgermeister von Würselen wurde und ich der Fraktionssprecher der Grünen. Eigentlich unvorstellbar.

Unsere Auseinandersetzungen um ein Spaßbad hatten seiner Partei und ihm bei den Kommunalwahlen fast das Genick gebrochen. Es war ein Erfolg, den ich einer Bürgerinitiative und meiner Beharrlichkeit auf die Fahne schreiben konnte, und er bildete einen Lichtblick meiner politischen Tätigkeit.

Ich war demnach gut, so hatte der unverbesserliche Herbert Wehner Fan oft versucht, mich abzuwerben: „Warum stößt du eigentlich nicht zur SPD? Du hättest alle Chancen bei uns."

Bei dem Versuch hatte er geschmunzelt.

„Mensch, Georg, du wärst eine Bereicherung für meine Partei."

Mit derlei obskuren Sprüchen wollte mich Karsten für einen Spitzenplatz in der SPD gewinnen, doch ich hatte ihn in die Schranken verwiesen: „Nein danke. Suche dir dein schlechtes Gewissen woanders. Euer Sauhaufen gefällt mir nicht."

Diese und andere Wortgeplänkel bereiteten uns eine mordsmäßige Freude. Wir liebten unsere ausschweifenden Zukunftsdiskussionen.

Und kaum war Karsten verschwunden, stieg die Anspannung. Das Ende der Wahl nahte. Punkt achtzehn Uhr schlossen wir das Eingangsportal zum Wahllokal, schon forderte meine Zuversicht den sichtlich nervös gewordenen CDU-Kollegen heraus.

„Freuen Sie sich nicht zu früh, Herr Blume", sagte er trocken. „Ich sehe die Grünen nicht im Bundestag."

In dem Moment kam Karla durch die Gaststätte in den Wahlraum gestürmt. Da niemand wusste, dass sie meine Freundin war, hielt sie jeder für eine Grünsympathisantin. Auch Anhänger der anderen Parteien gesellten sich zu uns. Alsdann wurde die Wahlurne über zusammengeschobenen Tischen entleert, erst danach begann das Auszählen.

Das verlief anfangs zwar unbefriedigend, aber dann zog ein Hoch an dem mit Sonnenblumen verhangenen Wahlhimmel auf, denn zahlreiche Stimmzettel für die Grünen landeten auf dem sich vor mir auftürmenden Haufen.

„Noch ein Stimmzettel für Sie, Herr Blume", sagte der neidisch gewordene CDU-Kollege. Er schob uns einen weiteren Stimmzettel rüber.

Nach der Auszählung atmeten wir auf, denn der Haufen konnte sich sehen lassen. Die erhofften dreiundvierzig Zweitstimmen waren mein.

Wie von einer Tarantel gestochen sprang ich auf.

„Whauohh! Das ist ein Traumergebnis. Der Anteil an Stimmen reicht."

Karla und ich führten Freudentänze auf, wozu die Anwesenden lachten. Sogar der reserviert daher gekommene Kollege der schwarzen Fraktion, mit dem Wahlausgang unzufrieden, gönnte uns die Freude, denn er erkannte den Erfolg der Grünen ohne Umschweife an.

„Ehrlich, Blume", sagte er anerkennend. „Für mich ist der grüne Wahlerfolg eine Überraschung."

Ich setzte meine Unterschrift unter das ermittelte Wahlergebnis, dann war ich erlöst und konnte putzmunter mit Karla ins Rathaus radeln.

In dem trudelten Erika, Wolfgang, und andere Mitstreiterinnen und Mitstreiter ein. Sie hatten in anderen Wahllokalen über Würselen verstreut gesessen. Unser Freund Anton war happy, aber nicht nur er, etwa die Hälfte der Zurückgekehrten warteten mit ordentlichen Ergebnissen auf. Nur die Heimkehrer aus den CDU-Hochburgen, die unter der fünf Prozent Hürde geblieben waren, blickten ziemlich miesepetrig aus der Wäsche.

Die tröstete ich mit meinem tollen Prozentwert, denn ich schwelgte in den höchsten Tönen, da ich mit meinem Traumergebnis von 9,6 Prozent die Traummarke von zehn Prozent nur knapp verpasst hatte.

Es war kurz nach neunzehn Uhr, als das Rathaus einem brodelnden Hexenkessel glich. In extra aufgestellten Fernsehern konnte man Interviews mit den Parteigrößen verfolgen.

Unsere Christa Nickels, die regionale Kandidatin aus Geilenkirchen, wurde vor laufenden Kameras befragt:

„Wie bewerten Sie das Gesamtergebnis von über acht Prozent für Ihre Partei."

„Das ist super, Christa! Sag's Ihnen."

Anton hatte es begeistert in die Menge geschrien. Wir sahen und hörten eine strahlende Christa. Überglückliche Wortfetzen sprudelten ihr holperig über die Lippen. Ihr gelang es kaum, die Freude in halbwegs vernünftige Sätze zu fassen.

„Wir haben es geschafft, Christa!"

Es war abermals Anton, der wie ein Geisteskranker gebrüllt hatte.

Dann brachte eine Hochrechnung Ergebnisklarheit, so rollte die Glückwunschwelle an.

Zuerst drückte mir Martin die Hand, dabei bedauerte er das unselige Endergebnis, denn leider hatte es für einen grundlegenden Politikwechsel in der parlamentarischen Hauptstadt Bonn nicht ausgereicht.

„Jammerschade", raunte er. „Das ist ein rabenschwarzer Sonntag. Leider bleibt der Kohlkopf Bundeskanzler. Das Zukunftsmodell ROT-GRÜN wird bis zur nächsten Bundestagswahl warten müssen."

Schlussendlich hatten die Grünen stolze 8,3 Prozent bei ihrer ersten Teilnahme an einer Bundestagswahl eingefahren.

Aber wo war Karla abgeblieben? Die hatte sich unsichtbar im Hintergrund gehalten und erschien erst bei den Feierlichkeiten an meiner Seite.

„So ein Tag, so wunderschön wie heute, so......!"

Irgendein Idiot hatte die Fußballhymne angestimmt. Und ich sang aus voller Kehle mit. Doch völlig unvermutet ließ sich folgender Tenor nicht im Keim ersticken: Ein paar Prozentpunkte mehr hätten es mehr sein dürfen.

„Vorsicht, Freunde", stellte ich klar. „Bitte bleibt auf dem Teppich und realistisch. Unser Ziel haben wir erreicht. Wir ziehen in den Bundestag ein, damit ist das Ergebnis okay."

Erst in den Morgenstunden ließen wir das Wahlspektakel im Siegestaumel ausklingen. Da hatten begriffen: Unsere Mühen und die vielen Entbehrungen wurden belohnt.

Und noch eins war bemerkenswert: Ich hatte meinen Knatsch mit dem Kollegen Bauer total vergessen. Der Murks war in meinen Glücksgefühlen untergetaucht.

Dahinschmelzend lächelte ich, als ich zu Karla sagte: „Siehst du, mein Spatz. Politik kann Spaß machen."

10

Die darauffolgenden Tage waren Karlas Fortbildung gewidmet. Sie nahm an einem Lehrgang teil, durch den sie sich selbstständigeren und besser bezahlten Aufgaben in naher Zukunft wappnen wollte. Gestalt-Therapie nannte sich die Schose. Die dazugehörigen Abläufe genossen seitdem oberste Priorität.

Folgerichtig verbrachten wir die Abende mit diversen Rollenspielen. Auch meine Kleinen hatte sie nicht ausgeklammert. Sie hatte Julian und Anna humorvoll in ihre Experimente eingebunden. Und da es unverkrampft, also spielerisch ablief, machte es uns tierischen Spaß.

Nichts konnte den Elan der Kinder bremsen. Bei allen Rollenspielen mischten sie kräftig mit, dabei glichen sie aufgescheuchten Hühnern.

Karla hatte versucht, jede erdenkliche Verwicklung zu entschlüsseln. Und da ich unvoreingenommen war, übernahm ich männliche Gestalten, vom Manager bis hin zum letzten Penner. Nichts gegen Penner.

Manche Rollen lagen mir, so zum Beispiel Politiker, Künstler und Ingenieure. Andere weniger, wählte sie einen General oder Bankangestellten aus. Jede Szene erforderte eine Logik, die nachvollziehbar sein musste, bis ins kleinste Detail.

Karla freute sich über meinen Enthusiasmus und überschüttete mich mit Komplimenten: „Du meine Güte. Wie machst du das nur?"

„Bin ich gut?", fragte ich sie,

„Du bist ein Naturtalent. Ein Horst Buchholz könnte sich eine satte Scheibe an dir abschneiden."

Ich war zwar mit Feuereifer bei der Sache, aber Geduld war nicht meine größte Tugend. Trotz allem zog ich so manchen Nutzen aus der Spielerei, denn meine sprachliche Kreativität entwickelte sich dadurch weiter. Die wollte ich im Stadtrat und bei anderen Redebeiträgen erfolgreich einsetzen.

Doch die Spielerei hatte mich nachdenklich gestimmt, deshalb sagte ich zu Karla: „Ich finde, Politiker dürfen auch Schauspieler sein. Ihr überzeugendes Auftreten ist gefragt. Besonders eine ausgefeilte Rhetorik kann nützlich sein."

Es war fast ein ausführlicher Vortrag meinerseits, der auf unkritische Bestätigung schielte. Aber nicht genug damit, hatte ich danach eine Frage in petto: „Bin ich gut bei meinen Ratsauftritten? Oder klappt meine Performance nicht so, wie es sein sollte?"

Ich wartete ihre Antwort gar nicht ab, beseelt von dem hochtrabenden Wunsch, mich von Tag zu Tag zu steigern. Ergo forderte ich ungestüm: „Lass uns die Spiele fortsetzten. Ich übernehme die Rolle des erfolgreichen Politikers."

„Nein, Georg. Der Politiker bringt nichts mehr", wiegelte sie ab, dann lenkte sie mich in ihre Wunschrichtung: „Heute spielst du den psychisch kranken Vater einer Familie mit Eheproblemen. Dazu hat er Differenzen mit seinen Kindern durchzustehen."

Ich musterte Karla. Was war das jetzt wieder. Sollte der kranke Familienvater eine Spitze gegen mich sein?

Dann fing ich an zu lachen und blinzelte verschmitzt, als ich sagte: „Du spielst doch nicht etwa auf meine Situation an? Mach nur weiter so, du süßes Miststück."

Nach einem gemeinsamen Abendessen lümmelte ich mich aufs Sofa, aber mein Drang zur Glotze ließ mich aufstehen, prompt legte Karla ihr Veto ein.

Sie fragte mich und das klang ernst: „Nur eine konkrete Frage. Wann reichst du die Scheidung ein?"

Entgeistert heulte ich auf: „Was hast du gefragt? Ich verstehe dich nicht."

„Nun tu nicht so", pöbelte Karla. „Du hörst sehr gut. Ich will deine Scheidung."

Karlas überraschende Frage nach der Scheidung hinterließ einen Bombentrichter in meiner Gemütsverfassung. Ich hatte bisher mit dem Unmöglichsten gerechnet, nur nicht mit der Frage nach der Scheidung, dementsprechend tief saß der Schock. Mich überfielen Schauer, die meinen Oberkörper einschnürten.

Unbewusst war ich nach der Trennung von meiner Frau einer Diskussion um die Scheidung ausgewichen. Allein das Wort Scheidung auszusprechen, lehnte ich strikt ab. War's der Verdrängungseffekt?

Eindeutig nein. Aber warum dann?

Das lag daran, dass mir das Scheidungsthema erspart geblieben war. Andrea hatte mich nicht verärgert. Sie hatte keine Schritte in diese Richtung unternommen. Wir waren weder verfeindet, noch im Kampfmodus. Ich zahlte regelmäßig meinen Unterhalt, sodass sie mir als Gegenleistung die Kinder nie verweigert hatte. Die Vertrauensbasis war in Ordnung.

Warum sollte ich sie verletzen? Und warum die Scheidung als unwiderrufliche Endgültigkeit?

Nein, nein, dass widerliche Prozedere durchzuziehen, das musste nicht sein. Der Scheidungsgedanke bereitete mir Kopfschmerzen, manchmal sogar Bauchschmerzen. Woher rührten die? Wollte ich mir eine Hintertür offen halten?

Kann sein. Jedenfalls spürte Karla meine Unsicherheit und schaute mich lange und intensiv an. Dann brauste sie auf: „Und wenn ich es möchte?"

Sie donnerte mit einer Faust auf die Tischplatte und fragte mich, ohne meine Mimik aus den Augen zu lassen: „Mach den Mund auf, oder liebst du mich etwa nicht mehr?"

„Ja, doch", stammelte ich.

„Na dann."

„Aber....?"

Ich wollte mich herausreden, aber Karla hatte genug von meinen Ausflüchten.

„Was ist an einer Scheidung nicht normal?", schmetterte sie mir in mein ratloses Gesicht. „Auch ich bin geschieden. Wo liegt dein Problem?"

Karlas Entschlossenheit wirkte brutal, obwohl sie nur aussprach, was ich aus Ängstlichkeit unterdrückt hatte. Ja, sie verstärkte sogar ihre Bemühungen.

„Warum verweigerst du uns die Chance, unsere Beziehung zu legalisieren?"

Karla erhob sich und setzte sich mir auf den Schoß. Sie schlang ihre Arme um meinen Nacken, dabei kraulte sie mich verführerisch. Anschließend drängte sie mich in die Horizontale, doch mit der danach folgenden Aufforderung, versetzte sie mich in Erklärungsnotstand.

„Sei kein Feigling, Georg, deshalb geh bitte zu einem Anwalt und lass dich beraten."

Den Wunsch hatte Karla nicht unvermutet geäußert, denn unsere Verbindung hatte sich in eine Dimension verfrachtet, an der ich mächtig zu knabbern hatte, obwohl meine innere Freude riesengroß war. Spontan hätte ich Karla am liebsten umarmt, aber ich blieb zu einer Salzsäule erstarrt.

Karla bemerkte es und fragte: „Was ist mit dir? Du siehst bleich aus. Vertraust du mir nicht?"

Auf Karlas Stirn bildeten sich sorgenvolle Querfalten. Ihr Blick war starr ins Innere gerichtet. Sie wirkte hilflos, was mich aufatmen ließ.

Ganz sacht streichelte ich ihr über ihre lockige Mähne, wobei ich krampfhaft überlegte: Wie manövriere ich mich blitzschnell aus der unguten Lage?

Da gab's nur eine Lösung: Ich lenke sie irgendwie vom Scheidungsthema ab.

Und das versuchte ich in die Tat umzusetzen, indem ich Karla mit stürmischen Gefühlsausbrüchen in andere Gedanken stürzen wollte.

„Ich liebe dich", beharkte ich sie. „Wie soll ich's dir nur beweisen? Mach mit mir was du willst, aber verübe bitte keinen weiteren Überfall dieser Art."

Das Ablenkmanöver hatte ich veranstaltet, obwohl sich meine Skepsis tief in mich eingebrannt hatte, was nicht verwunderlich war, denn ich wusste, dass mein Misstrauen gegenüber Karla auf Erfahrungen beruhte.

Dass es womöglich Fanatismus war, der meine Vorsicht beherrschte, war nicht von der Hand zu weisen, schließlich sollte mir als gebranntem Kind eine kaputte Ehe für die Ewigkeit ausreichen.

An sich war zwischen Karla und mir alles gut. Gegen meine Alkoholeskapaden hatte sie harte Seiten aufgezogen. Sie hatte meine Neigung zur Sauferei verteufelt und zur Seltenheit degradiert. Hin und wieder ein Bier oder ein Glas Wein, mehr konnte ich mir nicht mehr erlauben, und das tat mir sehr gut.

Also war ich vom Saufen geheilt. Und das führte dazu, dass ich mich mit der Ehe beschäftigte. Hatte Karla ihre Bestrebungen auf eine Heirat ausgerichtet? War eine Eheschließung urplötzlich ihr erstrebenswertes Wunschprojekt? Und wenn ja, warum reizte nur sie diese kolossale Versuchung?

Karla gefiel mir, das stand außer Frage. Mit ihrer Liebe hatte sie mich aus meinem Trennungselend befreit und aus mir einen liebenswerten Menschen geformt. Mit ihrem Temperament und ihrer Zärtlichkeit war es ihr gelungen, meine brachliegenden Gefühle so positiv zu beeinflussen, dass mich mit denen zum Glücksritter umgekrempelt hatte.

Dennoch schwirrten warnende Stimmen durch mein Gemüt. Aber wovor wollten sie mich warnen? Vor einer Hochzeit mit Karla?

Prompt schlug sich Don Alfredo, Pardon Alfred, auf Karlas Seite: Du darfst sie nicht vor den Kopf stoßen. Erst durch ihre Liebe bist du in einen Jungbrunnen gefallen. Müde versuchte ich seine Stimme zu ersticken, doch die verfolgte mich. Und so sehr ich mich auch abstrampelte, ich konnte sie nicht abschütteln. Nicht ohne Grund hatte ich mir angewöhnt, mich auf keine Gefühlsduseleien einzulassen, und als das hatte ich Alfreds Unvoreingenommenheit gegenüber Karla empfunden. Die war mir ein fingerdicker Dorn im Auge.

Andererseits empfand ich gegenüber meiner Frau noch eine Menge Verehrung. Tief in meinem Inneren war da noch eine undefinierbare Wärme. Die vielen gemeinsamen Jahre hatten eine unauflösbare Schweißnaht gebildet. Aber, und das war der Knackpunkt an der Geschichte, die Verbundenheit beruhte auf der Existenz der Kinder.

Nach der Trennung hatte ich mir einen weiteren Trip mit Andrea und den Kindern gewünscht. Ähnlich früher, als wir noch kinderlos, dafür aber mit den Katzen kreuz und quer durch Südeuropa gereist waren.

Zuerst nach Spanien und Portugal, später durch Italien und Griechenland. Ein umgebauter Kastenwagen mit aufklappbarer Luke im Dach, mit Bett, Kochvorrichtung und einem Loch für die Katzen im Holzboden, diente uns als Zweitwohnsitz.

Mit Sparsamkeit und viel Zeit ausgestattet, ich war schließlich Freiberufler, hatten wir die Sommermonate zur Reisezeit erklärt. Sogar noch mit Julian in Andreas Bauch hatten wir zwei aufregende Monate in Griechenland verlebt.

Am Anfang der Reise auf Korfu, trafen wir auf Antje und Volkmar, mit denen wir uns blendend verstanden. Antje war im sechsten Monat schwanger, wie Andrea. Demnach reisten wir mit ähnlichen Voraussetzungen über das griechische Festland.

Und das, bis zu der unglücklichen Nacht, die eine unbeschreibliche Tragik auslöste.

Antje verspürte ekelhafte Schmerzen im Bauch. Und sofort eilte Volkmar mit Antje ins Krankenhaus nach Korinth, wo sie auf tragische Weise ihr Baby verlor. Eine Woche befand sie sich in einem kritischen Zustand, dann trat Volkmar mit ihr die Heimreise an.

Das traurige Erlebnis bleibt unvergessen.

Andrea und ich waren weitere Wochen in Griechenland geblieben, um nach der Rückkehr, und obdachlos, das waren wir nach der Wohnungsauflösung in München, zu Antje und Volkmar nach Wuppertal zu ziehen. So kam unser Sohn Julian mehr zufällig bei den Anthroposophen in Herdecke zur Welt.

Anfangs klappte das Zusammenwohnen unbeschwert, doch das nur ein Jahr. Danach verwickelten sich die Freunde in unüberbrückbare Streitigkeiten. Der Verlust des Kindes hatte die Wirkung eines Mühlrades, und das

rieb Volkmar auf. Seine Trauer wirkte wie ein Magenge-
schwür, und die Spannungen nagten an seiner Toleranzschwelle. So war es unvermeidlich, dass wir uns schweren Herzens trennten. Aber ohne Schuldgefühle. Dafür
mochten wir uns viel zu sehr.

Ich war mit Andrea und Julian ins Dreiländereck gezo-
gen, und Antje ging nach La Palma, Aber auch Freund
Volkmar machte sich rar. Ich sah ihn noch ein einziges
Mal, als er uns bei einem Dachausbau geholfen hatte.

Ich war innerlich zerrissen. Karla oder Andrea, wen
liebte ich wirklich? Zur Unzeit rumorte es in mir, doch
das war so unnötig, wie die Raserei auf der Autobahn. Ich
hatte es nicht in der Hand, meine Frau zur Umkehr zu bewegen. In ihrem Leben war für mich kein Platz.

Also war es für die Katz, sich Gedanken zu machen,
denn schlimm war die Konstellation mit Karla nicht. Im
Vergleich zur Tragödie des Verlustes eines Kindes waren
die Probleme mit ihr ein Klacks.

Ich war noch mit der Vergangenheit beschäftigt, als ich
mich sagen hörte: „Ich spreche mit Angelika in der Friedensinitiative über eine Scheidung."

Karla strahlte. „Das ist ein guter Gedanke", sagte sie,
dann griff sie nach meiner Jacke und zog mich mit der
rechten Hand ganz nah an sich heran.

„Mach das recht bald", sagte Karla freudig erregt. „Je
eher, je besser. Unsere Liebe hat das Besondere."

Karla und Zweifel? Vergiss es. Ich war Karlas Traum-
partner und mit ihr spielte die Musik, und die war phantastisch. Genauso gut wie eine Ouvertüre oder fetzige
Rockballade.

11

Die Spuren des langen Winters waren verflogen, denn der Frühling hatte Einzug gehalten, und ich war anderthalb Jahre mit Karla beisammen. Aber wie war unsere Beziehung verlaufen? Gut oder schlecht?

Die war nicht harmonisch ins Land gezogen, stattdessen hatten uns ellenlange Streitphasen das Zusammenleben verleidet. Immerhin hatten wir uns nicht die Köpfe abgerissen. Aber war das ein Grund zum Feiern oder gar zur Euphorie?

Beileibe nicht, denn tagtäglich entflammte Karlas Kinderwunsch als Höllenfeuer.

Und damit nicht genug, hatte meine Frau die Scheidung eingereicht, womit sie mir einen Genickschlag verpasste. Sie lieferte sich dem dämlichen Anwalt mit dem Namen Damen aus, also einem Mann, ich meiner Anwältin Angelika aus der Friedensinitiative, womit wir verdrehte Welt spielten.

War's dann Mut, oder Frechheit, jedenfalls hatte ich den Sommerurlaub, dank der regen Mithilfe der Kinder, unter Dach und Fach gebracht. Wir wollten im Campingbus nach Italien reisen, und zuerst nach Siena. Von dort an Genua vorbei zur Cote d' Azur, und über die Ardeche letztendlich nach Paris.

Meine Kinder, erprobt durch zwei Urlaubsfahrten in die Toskana und durch Südfrankreich, konnte ich für die Route begeistern. „Julian, was sagst du? Wir fahren den ganzen Tag mit dem Schlauchboot", juchzte Anna, wobei sie ihren Bruder knuffte.

Doch Julian reagierte bestimmend, denn er hatte bei Anna einen schweren Stand. Andauernd fühlte er sich von der selbstbewussten, kleinen Schwester unter Behauptungsdruck gesetzt, weshalb er antwortete: „Toll, Anna! Aber nur, wenn ich rudere."

Sie würden sich einigen, da war ich mir sicher, bisher hatte es nie Probleme gegeben. Meist waren meine Rangen die dicksten Freunde, und das besonders in der Urlaubszeit.

Nahtlos an die Fahrt mit den Kindern anschließend, wollte ich mit Karla das Wagnis Alpen in der Provence eingehen. Unser Ziel war der Grand Canyon du Verdon. Auf dessen Reize hatte uns ein Reisebericht in der Zeitschrift GEO aufmerksam gemacht. Spannend und abwechslungsreich könnte man dort die Tage verbringen, hatten wir gelesen. Jetzt hieß es abzuwarten, was solch ein Reisebericht wert war?

Mit meinem Chef hatte ich den Urlaubszeitrahmen abgestimmt. Die Bürovorausplanung ließ eine fünfwöchige Abwesenheit zu. Und im Bereich der Politik war es noch unkomplizierter, denn meine Reiseaktivitäten fielen in die zur Regeneration angedachten Ratsferien.

* * *

Bei den Grünen hatte sich eine Menge getan, und das in Form von zahlreichen Verstärkungen. Der Zuspruch durch den Wahlerfolg hielt unvermindert an. Größtenteils nahmen Frauen Kontakt zu uns auf oder sie schauten einfach mal so bei uns rein. Und obwohl sie nicht das Parteibuch beantragt hatten, waren wir dankbar für jede Mitarbeit.

Eine Frau bewies besondere Qualitäten als Shootingstar. Ihr Aufstieg glich dem Start einer Silvesterrakete. Bald rangierte sie in der Hackordnung ganz weit oben, denn niemand bremste sie in ihrem Vorwärtsdrang.

Ähnlich meiner Karla war Vera eine Powerfrau. Sie war zweiunddreißig Jahre jung, attraktiv, schlank, locker und lebensbejahend. Die Frau wurde umschwärmt von der grünen Männerszene. Und auch ich fühlte mich zu dem Prachtweib hingezogen, denn unsere Gemeinsamkeiten waren frappierend.

Wie ich lebte Vera in Scheidung und zog zwei Kinder groß, die waren im Alter meiner Kinder. Sie wäre die richtige Frau an meiner Seite, dachte ich. Nur für den Rat, oder eventuell für mehr? Warum sollte ich leugnen, dass ich einen Narren an Vera gefressen hatte?

Kaum hatten wir uns beschnuppert, war die gemeinsame Kandidatur auf den vordersten Listenplätzen der Grünen zur Kommunalwahl in einigen Monaten für sie und mich beschlossene Sache.

Wen wundert's da, dass Karlas Gefühle für mich die niedrigste Kühlschranktemperatur fuhren. Das anfängliche Feuer loderte auf Sparflamme. Unser Liebesleben lag brach. Wir schliefen zwar im selben Haus, sie unten und ich oben, das aber leider voneinander getrennt, jeder in seiner Wohnung und allein. Trug Vera die Schuld daran? Oder waren es Karlas Nörgeleien, die uns zu spalten drohten?

So bescheiden durfte es nicht weitergehen, deshalb sprach ich Karla auf ihre Lieblosigkeit an.

„Was hast du gegen mich?"

Diese dumme Frage stellte ich meiner mich abweisend beobachtenden Partnerin. Und die räusperte sich, danach antwortete sie: „Nichts, aber registrierst du mich überhaupt noch? Ich bin doch Luft für dich."

Ich schaute in die Luft. Da war nichts.

Dann antwortete ich ihr, ebenfalls mit einer Frage: „Behandele ich dich wirklich wie Luft? Mensch, Karla, lass uns das ändern."

Sie hatte meinen Wink verstanden, also schauten wir uns nach einer neuen Liebesform um. Und wir fanden den Austausch, der auf unsere persönlichen Charaktere zugeschnitten war. Den transzendenten Sex.

Über das sich Berühren und Streicheln lasen wir eine Menge. Darüber kamen wir uns wieder näher. Und die Ölmassagen der Genitalien und das Erregungsfeedback, bis hin zur liebenden Vereinigung, verstärkten unsere Verbundenheit. Auch das Nachglühen und sich Gehen lassen als rituelle Verbindung, tätigte seine Wirkung. Nun hatten wir es entdeckt, das wahre Gefühl.

Und das war urgewaltig, denn wir waren wieder eins. Wir entdeckten ungeahnte Sexgelüste. Versteckte Energien aktivierend, hörten wir zu beim Gesang unserer Herzen. Nur der Schlaf kam schlecht weg, gleichwohl fühlten wir uns ausgeruht. Das war die angenehme Folge des Entspannungserlebnisses.

Im Handumdrehen erreichten wir eine verbesserte Problemkonstellation, und das durch das Vermeiden von übereilt auftretenden Reaktionen und so manche unüberlegt aufgekommene Spannung. Unsere Einstellung zueinander gewann an Ruhe. Oft genügte ein Blickkontakt um zu wissen, wie der andere empfand. Gegenseitige Verletzungen schalteten wir aus. Nun nahm mich Karla vollends in ihr Herz auf und hielt mich darin fest, wie einen Strafgefangenen.

Wir wähnten uns glücklich, da platzte ein erschütterndes Ereignis dazwischen, diesmal in der Form eines Unglücks. Der Ex-Mann Karlas hauchte unter tragischen

Umständen sein Leben aus. Untertage hatte ihn ein Zug zerquetscht.

Sein Tod erschütterte Karla, obwohl der Kontakt zu ihm gänzlich abgerissen war. Er war als Bergbauingenieur im Steinkohleabbau tätig gewesen, mehr wusste ich nicht von ihm, denn Karla sprach ungern über ihre Ehe, außer darüber, dass sie stürmisch war, aber nur eine kurze Zeitspanne gedauert hatte.

Kurz nach dem Beschnuppern heirateten sie, und zwei Jahre darauf folgte die Scheidung. Nebenbei erwähnte sie, es sei sexuell zu Unstimmigkeiten gekommen. Aber wie die ausgesehen hatten, das hatte sie mir verheimlicht.

„Lass es raus, Karla. Rede bitte darüber."

Nur den bescheidenen Wunsch getraute ich mich zu äußern. Aber wo dachte ich hin, denn prompt bekam ich meine Abfuhr und die barsch: „Nein, Georg. Ich denke nicht daran. Lass mich bitte mit dem Schweinkram in Ruhe."

Nicht mehr und nicht weniger vertraute sie mir an. Das es um Schweinigeleien ging, das war mir neu. Was bedeuteten sie? Darüber hatte sie mich nie aufgeklärt.

Anderntags mied mich Karla. Sie zog es vor allein zu bleiben und trauerte, womit Tage vergingen, an denen lehnte sie alle Kontaktaufnahmen meinerseits kommentarlos ab. Sogar zum Begräbnis ging sie ohne mich. Ich sah sie überhaupt nicht mehr.

Nach zwei Wochen ertönte ein unerwartetes Signal, wodurch ich einen Lichtschein im finsteren Tunnel erkannte.

„Bist du da, Georg? Komm bitte zu mir runter", hörte ich Karla durchs Treppenhaus rufen. Es hörte sich wie eine Einladung an.

„Ja, Karla! Einen Moment, ich beeile mich", rief ich zurück.

Ich dachte nach: „Wie sollte ich mich verhalten? Einfach so tun, als sei nichts gewesen?"

Ich löschte die berechtigte Frage von meiner gedanklichen Festplatte und trabte die Treppenstufen zu meiner Partnerin hinunter. Auf dem Eingangspodest blieb ich kurz stehen, dann betrat ich durch die offenstehende Tür ihre Dreizimmerwohnung.

Karla saß am Tisch und in ihrem Gesicht regierte die Ahnungslosigkeit, als sie mich mit den erwartungsvoll glotzenden Augen eines Rehs anstierte.

„Möchtest du mit mir Essen", stellte sie mir eine freundliche Frage. „Ich habe für uns gekocht."

Ohne meine Antwort abzuwarten, stand sie vom Stuhl auf, stürzte auf mich zu und warf sich mir in die Arme. Sie küsste und drückte mich so vehement, dass ich von der entfachten Gluthitze fast einging.

Beide waren wir aufgewühlt, als sie mich losließ und schmunzelte: „Du siehst gut aus in der Weste und dem grünen Hemd."

Diente ihre Lobhudelei der Wiedergutmachung?

Jedenfalls wirkte Karla gefasst. Sie war die Alte, aber etwas an ihrer Erscheinung kam mir verändert vor: Sie sah noch begehrenswerter und frischer aus als früher.

„Ich habe dich vermisst", quetschte ich hervor, dann fuhr ich fort, innerlich um Fassung ringend.

„Bitte tu das nie wieder. Bitte, Karla. Sonst bringst du mich irgendwann um."

Karla war erfreut über die Äußerung. Zu gern hätte sie mich mit Haut und Haaren aufgefressen, was am Zärtlichkeitsentzug liegen musste. Und ich wäre am liebsten auf dem Teppich über sie hergefallen, aber vorsichtig, und das war ich geworden, legte ich meine Arme um ihre Hüften, dann rieben wir uns eng umschlungen aneinander.

Danach unterbrachen wir unsere Zärtlichkeitsbeweise und gingen in die Küche, wo ich erstaunt innehielt und den Tisch bewunderte.

„Mhm, wunderbar", stammelte ich bewegt. „Dein Wunderwerk sieht appetitlich aus."

Als schwachen Ersatz für entgangene Liebesfreuden bewunderte ich ihren liebevoll gedeckten Tisch.

Doch Karla reagierte misstrauisch: „Meinst du das ehrlich?"

„Dein Gemüseauflauf ist ein Gedicht", lobte ich ihr dampfendes Gericht.

Aber viel mehr versetzte mir Karlas unschuldiger Gesichtsausdruck einen Stich. So fühlte ich mich erneut von ihr verhext, da ich bombensicher spürte, dass ich die Königin an der Kochplatte verehrte. Karla besaß die Kraft eines Vulkans und den Instinkt einer Naturgewalt. Eine begehrenswertere Frau gab es nicht in meiner Vorstellungskraft.

Ich verstärkte meine Lobeshymne über ihre Kochkünste: „Und wie der Auflauf duftet. Einfach phänomenal."

Mit Genugtuung nahm Karla mein Lob in sich auf, sichtlich ergriffen. Sie rückte die Stühle um den Tisch zurecht, dann verfrachtete sie mich auf einen der Stühle.

„Bediene dich", forderte sie mich auf. „Fang ruhig schon an. Der Auflauf schmeckt hoffentlich so gut wie er aussieht."

Den geschmackvoll gedeckten Tisch krönte Karlas in Dampf gehüllter Auflauf. Dazu hatte sie ihr bestes Geschirr und Gedeck aufgelegt, außerdem standen einige Flaschen Wein mit den Gläsern bereit, die ich ihr zum Geburtstag geschenkt hatte. Und als wäre das nicht genug, hatte sie mehrere Kerzen auf dem Tisch verteilt, was dem Tischarrangement einen romantischen Touch verlieh.

Wir aßen bedächtig und sprachen wenig. Kein Wort verloren wir über Karlas Ex Mann. Diese Weisheit beherzigten wir. Und das war gut, denn Toten darf man nachtrauern, ihnen aber nichts Schlechtes nachsagen.

Als wir das Essen beendeten, da hatten sich unsere Stimmbänder gelockert. Nun beherrschten die Reisethemen unser Gespräch, so zum Beispiel der Italien- und Frankreichurlaub mit den Kindern, und dann die Reise mit Karla in die französischen Alpen.

Bedrückt sprach mich Karla auf die Länge meines Trips mit den Kids an: „Bitte bleib nicht zu lange weg", sagte sie, wobei sie ihren besorgten Unterton hervorhob. „Ich freue mich wahnsinnig auf die Berge. Erinnerst du dich an La Gomera? Der Urlaub war grandios."

Wir frischten unsere zahlreichen Urlaubserlebnisse auf, dann quatschten wir über alle möglichen Vorbereitungen, wobei wir die Zeit vergaßen. Es war spät am Nachmittag, als das Intermezzo endete, für mich mit folgender Illusion: Unsere Beziehung war gerettet, zumindest oberflächlich betrachtet.

Karla hatte mich von meinen Bedenken befreit. Dass unser Gemeinsamkeitsgefühl bald den Bach runtergehen könnte, davon wollten wir nichts wissen, denn unsere Nächte machten wieder Sinn. Die sexuelle Vereinigung klappte hervorragend. Nur das Traumhaus blieb Utopie. Sollte ich intensiv danach suchen?

12

Es war ein Freitag am Ende des Junis, und es war der letzte Schultag vor den Sommerferien. Julian saß auf seinem Platz in einer damals üblichen Schulbank im Klassenzimmer, da signalisierte das Klingelzeichen den Ferienbeginn.

Freudestrahlend sprang er auf, packte seine Schulbücher in den Ranzen und eilte zu mir.

„Ab morgen, Alter, machen wir die Toskana unsicher", jubelte er. „Ich freue mich wie ein frisch aus dem Ei geschlüpftes Küken."

Ich brachte Julian zu seiner Mutter, und beim Abschied drückte ich meiner Anna einen dicken Schmatzer auf die Wange. Ein Abstimmungstermin verlangte nach meiner Anwesenheit im Büro. Bei Julians privat stattfindender Klassenabschiedsfeier mit ein paar Freunden brauchte er mich nicht.

Julian hatte sein erstes Schuljahr mit zufrieden stellenden Leistungen vollendet. Trotz Anfangsschwierigkeiten hatte er sich im Klassenverbund schnell integriert. Allerdings musste ich ihn bei der Einschulung in den Klassenraum begleiten, denn er hatte sich geweigert, ohne mein Beisein das Zimmer zu betreten. Störrisch hatte er sich an die Wand des Schulgebäudes gedrückt und rührte sich nicht von der Stelle, doch von der Lehrerin ermuntert, gingen wir eben gemeinsam hinein.

Als er den Platz eingenommen hatte, bemerkte er mein Verschwinden nicht mal, zu sehr beschäftigte ihn seine neue Umgebung. Ich beobachtete ihn durch ein Fenster und stellte beruhigt fest, es war alles im Lot. Er hatte seine Berührungsängste abgelegt.

Von Karla verabschiedete ich mich in der Nacht, so ausführlich und unerschöpflich, wie's unseren Ansprüchen genügte. Es war die liebgewonnene Methode, für immer und ewig eins zu sein. Sie rang mir folgendes Versprechen ab: „Ruf mich bitte umgehend an, egal zu welcher Zeit, sobald ihr die Toskana erreicht habt."

Ich dachte über die räumliche Trennung von Karla nach. Zwei Wochen getrennte Wege zu gehen, das ergab auch eine gute Seite. In denen konnten wir uns unbeeinflusst durch die Nähe des anderen darüber klar werden, wie es um unsere Liebe bestellt war.

Weit vor Sonnenaufgang ließen die schemenhaft am Himmel zu erkennenden Sterne keine weitreichenden Schlüsse über das Urlaubswetter zu. Wenn Engel reisen, dann wird es schön. Das war der Lieblingsspruch meiner Mutter. Die lebte, ähnlich einem Vampir vom Blut, von ihren abgedroschenen Sprichwörtern. Typisch für Menschen in ihrem Alter.

Ausgelassen empfingen mich meine Schätze, denn es war soweit. Doch bevor wir Lebewohl sagen konnten, verstaute ich deren Klamotten, die Spielsachen und das wichtige Schlauchboot im Bus. Als wir abfuhren, winkte uns Andrea traurig nach, dann verschwanden wir hinter einer Kurve aus ihrem Blickfeld. Hätte sie sich einen gemeinsamen Urlaub gewünscht?

Ich war zu feige gewesen, Andrea danach zu fragen, denn da gab es ja ihren Freund. Außerdem wäre Karla vor Unverständnis in den Boden versunken.

Acht ermüdende Stunden Autobahnfahrt lagen hinter uns, als wir durch die Schweizer Bergwelt schlichen, prompt waren die Kinder eingeschlafen. Erst einhundert

Kilometer vor Pisa riss ich sie aus ihren Träumen. Da begannen wir mit dem allzeit bewehrten Suchspiel, wer zuerst einen Campingbus unserer Marke erspäht, auf den wartet eine Belohnung.

Es war die ideale Ablenkung auf langweiligen Autobahnstrecken, obwohl das Suchspiel intellektuell nicht gerade wertvoll war, aber es vertrieb die Zeit. Und da es uns viel Spaß bereitete, zogen wir die Spielerei bis Pisa durch.

Auf einem Parkplatz im Umfeld des schiefen Turms, legten wir eine Ruhepause ein. Andrea hatte den Kindern belegte Brote mitgegeben, und ich hatte einige Äpfel und Bananen eingepackt. Von den Nahrungsquellen futterten wir eine Menge in uns hinein.

Danach trabten die Kids allein zur Sehenswürdigkeit. Sie beabsichtigten, von ihrem Taschengeld, in einer der vielen Verkaufsbuden mit Souvenirs, ein Geschenk für ihre Mutter zu erwerben, aber gesenkten Hauptes kehrten sie zum Bus zurück.

Anna gestand mir: „Wahnsinn, was es hier alles gibt? Wofür soll ich mich da entscheiden?"

Die Masse an Souvenir-, Musiktonträger und T-Shirt Ständen mit den Verkauf fördernder Faszination hatte sie erdrückt.

„Ich warte bis Siena, oder bis Monaco. Dort gibt es hübschere Andenken", seufzte mein Töchterchen.

„Wir fahren doch nach Monaco?"

Diese Frage hatte mir Julian gestellt, denn ihm war die Urlaubsroute bei der Hektik entfallen. Und Anna meldete sich zu Wort: „Wo liegt eigentlich dieses Monaco?"

Worauf ihr Julian die Lage des Fürstentums anhand einer Karte erklärte, und seine Beschreibung stimmte. Er als Fußballfan kannte sich in Europa aus.

Nach einer zweistündigen Verschnaufpause war ich wieder topfit. Ich räkelte mich ein letztes Mal vor dem Zielort und gähnte herzhaft, danach war ich bestens auf das letzte Teilstück der Fahrt vorbereitet. Gut gelaunt spuckte ich in die Hände, dann brachte ich den Bus in Richtung Siena in Schwung.

„Auf geht's, Kinder", befahl ich. „In anderthalb Stunden betreten wir unseren Campingplatz."

Die Zeitspanne war überschaubar. Und zehn Kilometer vor Luxor, so hieß der Campingplatz, versüßte uns ein Sonnenuntergang die Ankunft.

Aber vorher machte ich mein Versprechen wahr, Karla anzurufen, die uns erleichtert alles Gute für die kommenden Tage wünschte: „Pass auf dich auf. Du wirst noch gebraucht", fand sie einfühlsame Schlussworte.

Am Anmeldehäuschen vorgefahren und unkomplizierte Formalitäten ausgefüllt, suchten die Kinder nach dem geeigneten Standplatz.

Anna schrie über den fast vollen Platz: „Hierher, Papa! Beeile dich, der Platz vom letzten Jahr ist frei."

Und Julian bestimmte: „Voll geil. Den nehmen wir, bevor ihn andere vor unserer Nase wegschnappen."

Schnurstracks fuhr ich den Bus zu der ebenen Fläche in der terrassenartigen Anlage. Ich schaltete den Motor aus, dann richteten sich die Kids häuslich ein. Sie stellten den Campingtisch, die Stühle und den Grill auf. Danach ließen sie es sich nicht nehmen, mir beim Herrichten ihrer Schlafstellen zu helfen. Und damit fertig geworden, rannten wir zum Pool.

Doch am Pool angekommen, und von der Rennerei total geschafft, staunten sie Bauklötze.

„Das ist nicht wahr", winselte Anna.

Wir waren zu spät gekommen, denn das Wasser hatte man abgelassen.

Julian verzog sein Gesicht, als habe er in eine Zitrone gebissen, doch er akzeptierte den wasserlosen Zustand.

„Okay, Alter", sagte er gefasst. „Morgen früh weckst du uns beim ersten Sonnenstrahl. Dann wollen wir ausgiebig schwimmen und tauchen."

Meine Kinder hatten die Anreise gut verdaut, kaputt fühlte allein ich mich nach der Strapaze, aber gezielte Lockerungsübungen machten mich schnell quicklebendig. Ich zauberte ein Abendessen auf den Tisch. Und woraus bestand es? Natürlich aus Annas Leibgericht und das waren Ravioli in der Dose. Wir hatten uns mit einfachen Lebensmitteln reichlich eingedeckt, was sich bald als nützlich erweisen sollte.

Urplötzlich fielen Anna die Augen zu, also legte ich sie in den Bus und deckte sie behutsam zu, das aber nicht ohne eine gute Nacht Geschichte zu erzählen, schon war sie im siebten Himmel.

Ein paar Minuten danach legte ich Julian neben Anna und versprach ihm: „Mein guter Junge. Gleich bin ich bei dir."

Ich stand auf, stieg aus dem Bus, und setzte mich mit einer Flasche Wein in meinen Campingstuhl, prompt übermannte mich ein berauschendes Glücksgefühl. Zwei Wochen gehören mir die Kinder allein, freute ich mich.

Aber Alfred stauchte mich zusammen: Hör mit deiner Gefühlsduselei auf. Die macht dich melancholisch.

Ganz in der Nähe stand ein dem Meinigen ähnelnder Campingbus. Er gehörte einem Pärchen, aber irgendwas gefiel mir an der Situation. Lag es daran, dass sich deren Kids im Alter meines Nachwuchses befanden?

Die Frau blinzelte neugierig zu mir rüber. Ich schätzte sie auf fünfunddreißig Jahre. Der Mann lag auf seiner Liege und las im Licht einer Taschenlampe in einem Taschenbuch. Die Kinder waren nicht zu sehen. Ihre Eltern hatten sie anscheinend auf ihre Matratzen verfrachtet und auf denen schliefen sie wohlbehütet, so wie Julian und Anna. Auch mir fielen laufend die Augendeckel zu.

Dennoch beobachtete ich, wie sich die Frau aufreizend in die Brust warf, was sie hübsch aussehen ließ. Ich goss mir einen Schluck Wein ins Glas, mit dem prostete ich ihr verwegen zu.

Sie lachte verlegen, doch geschmeichelt, dabei zwinkerte sie mit den Augen. Dann zog sie es vor, sich in den eigenen Bus zurückzuziehen.

Nun saß ich mutterseelenallein vor meinem Bus und steckte mir als Tagesausklang eine Zigarette an, die ich bis kurz vor den Filter aufsog, dann kuschelte ich mich an meinen Sohn, dabei grummelte ich wie das Murmeltier: „Morgen ist auch noch ein Tag."

Wir schnarchten durch bis in die Puppen, dann frühstückten wir. Waren die Nachbarn auf Tour?

Halt, das konnte nicht sein. Nicht ohne den Vater. Der lag im Schatten des Busses und las. Aber wo steckten seine Frau und die Kinder?

Erbarmungslos knallte die Sonne der Toskana auf uns herab. Nicht die kleinste Wolke verdeckte die tiefblaue Farbe des Himmels. Da erinnerte mich Anna an mein Versprechen, weswegen sie bellte: „Potz Blitz, Papa! Du wolltest mit uns ins Schwimmbad."

Sie hatte mich regelrecht aufgeschreckt, deshalb reagierte ich schnell, indem ich kommandierte: „Na dann macht hin. Wo sind die Handtücher?"

Andrea hatte mir kuschelige Badehandtücher für die Kinder mitgegeben. Mit denen schlenderten wir zum Schwimmbecken, die Kinder in ihren Badeklamotten, ich trug meine Badehose unter dem Arm.

Als wir am Pool ankamen, wartete eine Überraschung auf uns, denn obwohl der Campingplatz randvoll war, planschte nur unsere Nachbarin mit ihren Kindern im Chlorwasser herum. Alle anderen Bewohner des Campingplatzes waren auf Besichtigungstour.

Ich legte die Handtücher nahe den ihrigen am Beckenrand aus, dann brachte ich ein zwangloses Gespräch in Gang.

„Meine Kinder heißen Anna und Julian, ich bin der Georg", stellte ich uns vor, worauf mir die Frau antwortete: „Meine heißen Sara und Thomas, und ich bin die Constanze."

Puh. Der Anfang war gemacht. Danach bestaunte ich, wie schnell die Kinder Freundschaft schlossen. Wir Eltern konnten uns anderen Interessen zuwenden, wobei ich mich spöttisch beklagte: „Wir sind überflüssig. Machen wir ein Schwätzchen. Hast du Lust?"

Constanze hatte Lust und ließ sich aufreizend breitbeinig auf meinem angebotenen Handtuch nieder. Aber Ei der Daus, was sah ich da?

Wild und ungezügelt zwängten sich ihre Schamhaare am knapp sitzenden Bikinihöschen vorbei ins Freie, was mich geil machte. Liebend gern hätte ich jedes Haar unter die Lupe genommen, stattdessen streifte ich mir meine Jeans und die Unterhose über die Füße. Dann zog ich mir die Badehose an, wobei die Gesprächspartnerin meine Erektion bewunderte. Sie sah aus wie eine Kuh, wenn's donnert.

Sofort begann der Plausch. Bei dem tauschten wir positive, sowie negative Erfahrungen über die Kinder aus.

Aber war's dann Zufall?

Constanze streute abfällige Bemerkungen über ihren Mann in ihren Redefluss ein. Mir fiel deren angespanntes Verhältnis auf, dabei musterte sie mich unentwegt.

Sie erzählte: „Wir bleiben vier Tage auf Luxor. Mein Mann Werner ist Gymnasiallehrer und wir stehen den Grünen nahe."

„Das freut mich, denn ich bin Fraktionschef der Grünen in einer mittelgroßen Stadt. Kennst du Würselen?"
Constanze schüttelte den Kopf.

Und in einem nicht zu bremsenden Tempo berichtete sie: „Wir kommen aus Ulm und bewohnen ein umgebautes Bauernhaus."

Auch über Werners Starrsinn klärte sie mich auf. Bald wusste ich alles über sie und ihren Mann. Doch hinter ihrer Offenheit steckte Absicht. Ihre Gefühle zu Werner wirkten abgestumpft. Ihre Beziehung befand sich in der Auflösungsphase, was nach der Geburt der Kinder oft vorkommt. Ich konnte das beurteilen, denn meine Trennungsphase war taufrisch. Außerdem hatte gerade ich in der Vergangenheit genug Erfahrungen auf dem Gebiet des Auseinandergehens gesammelt.

Später gesellte sich dieser Werner zu uns, das Gegenteil Constanzes. Er wirkte zugeknöpft und wortkarg. Nach seinem Auftreten beurteilt, war er ein brummiger Geselle. Er wollte seine Lieben abholen, denn er hatte einen Ausflug nach Volterra ausgeheckt. Ahnte er nicht, welche Proteste er heraufbeschwor?

„Fahr allein", protestierten seine Kleinen. „Wir haben keine Lust auf deine Besichtigungstour. Endlich haben wir mit Julian und Anna echte Spielgefährten gefunden, da wollen wir nicht weg."

Werner schnauzte brutal: „Keine Widerrede! Wir fahren zusammen!"

An Werner war ihr Murren abgeprallt. Er setzte sich über ihre Widerstände hinweg, so hieß es Abschied nehmen, doch seine Kinder maulten weiter: „Wir bleiben hier bei Julian und Anna."

Da sie wild entschlossen waren, bei uns zu bleiben, keimte mein Mitleid mit den Kleinen auf. Zeit meines Lebens stand ich auf der Seite der Unterdrückten, deshalb fragte ich Werner: „Wie sieht eure Abendplanung aus? Habt ihr schon was vor?"

„Bis jetzt nicht", antwortete er knapp, weswegen ich den Vorschlag machte: „Dreschen wir ein paar Runden Skat, dann können sich die Kinder austoben?"

O ja, das war meine Spezialität, das sich Einmischen in innere Angelegenheiten. Durch die Verabredung hatte ich die Untergangsstimmung entschärft. Das hatte ich clever angestellt, so einfach ging das, ich hätte den Friedensnobelpreis verdient, zumindest ein Lob.

Und das verabreichten mir die Kinder, denn die jubelten, weshalb mich Constanze anhimmelte, als wolle sie mich mit Haut und Haaren verschlingen. Nur Werner knurrte wie ein Hund, dem man den Fressnapf entwendet hatte. Constanze packte ihren Krempel samt Handtücher ein, dann verschwand sie mit ihrem Mann und den Kindern aus dem Schwimmbad. Sie machten den Familienausflug und ließen Julian, Anna und mich allein am Becken zurück.

Mit den Nachbarn verbrachten wir herrliche Tage, wie eine glückliche Großfamilie. Wir erzählten uns Anekdoten, wobei sich die Kinder mit dem Ziel verbündeten, uns aus der Fassung zu bringen, und wir taten, als wäre es ihnen gelungen, dadurch wurde es turbulent. Es war ein Heidenspaß.

Gegen allen Anschein erwies sich Werner als lustig, allerdings benötigte er dazu ein gewisses Quantum an Wein. Aber war er kurzweilig eingeschlafen? Weswegen registrierte er nicht, dass mir seine Holde gehörig auf den Pelz rückte?

Constanze war in mich verknallt. Sie bemühte sich nicht mal, das zu verbergen. Nur gut, dass Karla nichts davon mitbekommen konnte.

Standhaft bleiben. Deine Flirts bringen nur Unheil, lästerte Alfred, wodurch ich mich veranlasst sah, meine innere Stimme zu verspotten: Du hörst dich wie ein aufgeblasener Besserwisser an.

Ich denke dabei an Karla, verteidigte sich mein innerer Schweinehund, doch den putzte ich runter: Du machst dich lächerlich. Es passiert doch nichts. Weshalb sollte ich schwach werden? Du weißt am besten, wie stark ich in Karla verliebt bin.

Doch kaum hatte ich das gedacht, überfiel mich der Bruder Leichtsinn: Und sollte ich den Seitensprung wage, überlegte ich, was wäre dabei. Prompt folgte dem meine Kurskorrektur. Dann aber nicht vor den Kindern. Die plappern es zuhause glatt aus.

Den Quark darfst du nicht mal denken, echovierte sich Alfred. Karla würde nicht so unvernünftig handeln.

Aber ich dachte wiederum verquer: Diese Constanze hat was. Weswegen sollte ich in Gottes Namen keine Romanze wagen? Still und heimlich, wenn alle schlafen? Ausgerechnet Karla war nie zimperlich in solchen Dingen gewesen, als Beispiel Domburg.

Ach Gott, würde mich das Weib nicht so reizen.

Doch kaum hatte ich den Seitensprung zu Ende gedacht, da überlegte ich es mir erneut andersherum. Und heraus kam: Du hast recht, Alfred. Ein verdorbenes Schwein bin ich nicht.

Ich hatte mich an Karlas traurige Worte am Telefon erinnert. Die hatten so melancholisch geklungen. Deren Inhalt nach vermisste sie mich und wartete sehnsüchtig auf meine Rückkehr. Das waren genügend Gründe, die zum

Fremdgehen tendierende Gewissensstimme kalt zu stellen.

Alfred, mein wahrer Freund, besänftige ich meine innere Stimme. Ich stehe zu Karla. Was kann mir diese ganz nette Constanze geben, was Karla nicht hat?

Nach vier ereignisreichen Tagen war der Abschiedsmoment angebrochen. An dem tauschten Constanze und ich unsere Heimatadressen aus, heimlich natürlich.

Doch durch eine verfängliche Situation war Werners Erstaunen entflammt. Constanzes Versprechen, mich irgendwann besuchen zu wollen, hatte sein Misstrauen erregt.

Und das konnte ich verstehen, denn Constanze hatte mich mit ihrem Blick aus nimmersatten Augen so heftig gedrückt, dass ich hoffte, Werners Gehirn wäre eingerostet und er würde ihr Getue falsch interpretieren.

Ich ließ mir nichts anmerken. Und bevor Constanze zu ihrer Familie in den Campingbus stieg, hauchte sie mir ins Ohr: „Ich besuche dich ganz bestimmt. Freue dich auf ein einzigartiges Wiedersehen."

Weshalb hatte sich Constanze dermaßen vergessen? Wie war ihr Gefühlsausbruch zu erklären?

Nach meinem Geschmack war sie zu weit gegangen. Das konnte ich nicht gutheißen, deshalb hatte ich mich abrupt von ihr losgerissen.

Julian und Anna standen die Tränen des Abschieds in den Augen. Sie hatten sich prächtig mit Sara und Thomas verstanden, aber ohne viel Federlesens sagten sie „Ade". So war es ein Abschied ohne Reue.

„Fahrt vorsichtig. Es ist viel Verkehr auf der Autobahn", rief ich hinterher. Und meine Kinder winkten wild hinterher, bis die Ulmer mit ihrem Fahrzeug hinter der Biegung verschwunden waren. Als Erinnerung blieb eine riesengroße Staubwolke auf der Schotterpiste zurück.

Ich drehte mich zu den Kindern um und sprach sie auf unsere Abreise an: „Morgen packen wir unseren Krempel zusammen und fahren nach Frankreich weiter."

Wir lümmelten uns auf die Campingstühle und planten die Reiseroute, schon war der Abschiedsschmerz vergessen. Die Trauer war Schnee von gestern, nur ihre Badeaktivitäten waren nun wichtig.

„Julian, hörst du? Morgen geht's ab ans Meer", juchzte Anna voller Optimismus. „Dort wird tüchtig gepaddelt."

Woraufhin Julian antwortete: „Das wurde auch Zeit. Endlich wird das Schlauchboot richtig eingesetzt. Das kleine Schwimmbad war Gift für das Boot."

Die kurvige Fahrt über Volterra ans marineblaue Mittelmeer dauerte drei Stunden. Dann stoppte ich den Bus unweit Viareggio auf einem Strandparkplatz. Wir zogen die Badeklamotten an, dann hudelten wir das Schlauchboot aus dem Stauraum des Busses, und sofort rückte ich dem luftleeren Boot mit dem Blasebalg zu Leibe.

Dann schleppten wir das Boot ans Wasser, wo wir es über die rauen Wellen der Brandung drückten. Und die mit Mühe überquert, schmetterte Julian erste Seefahrerbefehle: „Alle Matrosen an Bord! Auf geht's in die Weltmeere. Volle Fahrt voraus!"

„O ja, das macht Spaß", quietschte Anna vergnüglich. Sie paddelten hinaus und ich hielt mich an den Riemen des Bootes fest. Aber das wurde langweilig, also versuchte ich das Boot zu entern, doch meine Seeleute konterten mit ihren Paddeln und spritzten Wasserfontänen über mich.

„Ach du lieber Schreck, Ihr habt mich erwischt", prustete ich und spielte den Ertrinkenden. „Helft mir, ich saufe ab."

Demzufolge ließ sich Anna ins Wasser gleiten. Nun war sie in ihrem Element, denn mit ihrem Schwimmstil sah sie elegant aus, wie ein Delfin. Danach wechselten sie die Plätze und Julian hüpfte ins Wasser, was okay war. Doch der Frechdachs forderte ein Wettschwimmen mit mir, das er selbstverständlich gewann. Er flachste nach dem Sieg: „Du bist eine Flasche. Ich habe dich abserviert."

Julian feierte den Triumph als Heldentat, was natürlich übertrieben war, denn mein Schwimmniveau glich eher dem einer lahmen Ente.

Jedenfalls gab ich mich geschlagen und kraulte an den Strand. Von dort brüllte ich meine Kapitulation über das Wellenspektakel: „Spielt bitte ohne mich weiter, ich bin zu geschafft."

Als ich mich abgetrocknet hatte, überzog ich meine Haut mit einer Schicht Sonnenmilch, danach legte ich mich aufs Badehandtuch. Der viele Unrat störte mich, denn Urlauber können fürchterliche Dreckschweine sein.

Vor mich hinträumend, verlor ich mich in ein triefendes Selbstgespräch mit dem Tenor: Mit den Kindern habe ich das große Los gezogen. Sie sind herrlich. Warum kann mein Leben nicht wie in einem Film mit Happyend weitergehen?"

Doch Alfred meuterte: Du mit deinen saublöden Anwandlungen. Dir könnte die Welt zu Füßen liegen, hättest du deine Ehe nicht vermasselt.

Zwei Stunden später glich meine Haut einem Purpurmäntelchen, so sah ich mit der Rötung aus. Und meine bibbernden Kids überfielen mich mit einer Unterkühlung. Sie kuschelten sich an mich, mit ihrer schrumpeligen

Haut, ausgelöst durch das Salzwasser. Ihre Körper barsten vor Sehnsucht nach Wärme.

Ich brachte die Kinder mit kräftigem Abrubbeln auf Normaltemperatur. Und als ich sie eingecremt hatte, sammelten sie hübsche Steine, Muscheln, und allerlei Verwertbares, eben alles, was das Meer so hergibt. Mit dem Sammelgut wollten sie ihrer Mutter eine Freude bereiten.

Beim Verspeisen einer Pizza schmiedeten wir Zukunftspläne: „Macht Vorschläge", neckte ich die Kinder. „Bleiben wir noch einen Tag am Strand, oder wollt ihr weiter?"

„Wir fahren nach Monaco", forderte Julian, und ich streichelte mir über den Bauch.

„Spachtele ich so weiter, dann kann ich die Jeans wegwerfen, ärgerte ich mich. „Die Alte passt gerade noch."

Ich fühlte mich aufgedunsen. Die ewige Völlerei bekam mir nicht, doch meine Äußerung erzeugte wieherndes Gelächter. „Du bist doch nicht dick, Papa. Schau dir andere Männer in deinem Alter an."

Mir wurde flau im Magen. Ich hatte zu viel Sonne getankt. Deswegen brachte ich die Kids mit den Worten: „Es war ein bezaubernder Tag. Träumt süß", zu Bett und beließ das Nachtdomizil vor Ort, obwohl das Übernachten verboten war, worüber ich mich hinwegsetzte.

Die Sonnenbestrahlung hatte den Bus in einen Backofen verwandelt. Ich aber wollte nicht als Schmorbraten enden, so sprang ich mit den Kindern früh aus dem Bus, dann hüpften wir in die Brandung. Ein morgendliches Bad im Meer war uns armen Schluckern leider nur im Urlaub gegönnt.

Später zwängten wir uns durch Genuas unübersichtliches Gassengewirr, dabei übersah ich ein Hinweisschild, schon verfranzten wir uns, wodurch der Schweiß uns in Strömen aus allen Poren rann. Es war kein Vergnügen mit dem Campingbus in der Mittagssonne durch die Großstadt zu schleichen.

„Selbst Schuld. Du hast nicht aufgepasst", schimpfte Anna. Doch die bändigte ich, allerdings geständig: „Ist ja okay, aber sei nicht so frech, du kleine Motte."

In Monte Carlo bestaunten die Kinder die Masse an Luxuskarossen. „Sieh mal, Julian, ein Rolls!"

Bei dessen Anblick forderte Julian ein Erinnerungsfoto, dabei kramte er den Fotoapparat aus meinem Rucksack. Dann stellten sich die Kinder lässig neben die Luxuskarosse, als wäre die ihr Eigentum. Das Ganze wiederholte sich mehrere Male, unter anderem mit einem unbezahlbaren Ferrari und Maserati.

Wir stolzierten zum Meer, nun die Luxusjachten im Visier. Die Münder standen den Kindern vor Bewunderung für die schwimmenden Paläste sperrangelweit offen.

Danach ging's im Eilschritt zum Bus. Und was der an Tempo hergab, so schnell fuhren wir nach Nizza weiter.

Die Sonne ging über dem Meer unter, als wir in Nizza ankamen und eine Standspur entlang des Strandes fanden, mit Duschen und Toilettenhäuschen ausgestattet. Von gegenüber hörten wir die Lautsprecherdurchsagen der Pferderennbahn.

Wir waren ausgestiegen und zur Rennbahn hinübergerannt. Dort kletterten wir an der Umzäunung hinauf, dabei sammelten wir Eindrücke von zahlreichen Rennen und dem Flair der Rennbahn ein.

„Passt auf. Ich erzähle euch einen Witz", meldete ich mich zu Wort. „Den kennt Ihr nicht."

Ich grinste verwegen. „Gestern war ich auf der Rennbahn. Da bückte ich mich, um meinen Schuh zuzubinden. Schon legte mir jemand einen Sattel auf den Rücken."

„Und dann? Sag es schon." Julian hatte reagiert, denn der bebte vor Neugierde.

Trotzdem machte ich eine Pause, womit ich den Spannungsgehalt erhöhte, dann prustete es aus mir heraus: „Ich wurde Dritter."

Feixend ließ ich Julian am Zaun zurück und ging mit Anna zum Bus. Es herrschte Hochbetrieb. Manche Badende blieben bis in die Dunkelheit, an Schlaf war nicht zu denken. Ich kramte den Campingtisch und die Stühle raus, mit denen wir uns häuslich einrichteten.

Frisch und munter den Schlaf aus den Augen gerieben, trieb ich die Kinder zu Badeaktivitäten an. „Geht allein ins Wasser, aber vergesst nicht das Abduschen", sagte ich unruhig. „Ich lasse währenddessen den Bus nicht aus den Augen."

Dann wurde es lebhaft, denn die nach Sonne Hungernden, mit Sonnenschirmen und Strandliegen ausgestattet, legten sich dicht gedrängt wie die Ölsardinen an den Strand. Dabei von uns unbemerkt, verschwanden zwei finstere Gesellen unter den Sonnenden.

Nach Studium der Karte hatten wir St. Tropez als Tagesziel auserkoren, doch umsonst. Wir hatten die Stadt der Prominenten nie erreicht. Warum? Ganz einfach. Für jede Ungereimtheit gibt es eine logische Erklärung.

Ich zuckte zusammen, da waren wir gerade eine halbe Stunde unterwegs, dann bemerkte ich gallig: „Sagt mal, Kinder. Wo ist mein Rucksack?"

Vier aufgeschreckte Augen aus verdutzten Gesichtern sahen mich an.

Nach einer Vollbremsung, womit ich viel Staub aufgewirbelt hatte, stoppte ich unseren Bus am Seitenstreifen. Als er stand, wiederholte ich die Frage, jedoch hektischer: „Verdammt noch mal! Wo ist der verflixte Rucksack?"

Wir durchwühlten den Bus, aber das ergebnislos, denn mein Rucksack blieb verschollen. Ich erahnte den zu vermutenden Verlust und fluchte: „Ich drehe um. Wir fahren zum Strandplatz zurück."

Alle Wertsachen waren im Rucksack. Das Bargeld, die Scheckkarte, und der Fotoapparat mit den Bildern von Monte Carlo und aus der Toskana. Nur mein Reisepass lag dem Himmel sei Dank in der Ablage. Und dass das eine Fügung des Schicksals war, das sollte sich bald herausstellen.

Als wir am Schlafplatz eintrafen, sahen wir zahlreiche Badeurlauber, doch von den verschrobenen Typen, die ich für die Diebe hielt, fehlte jede Spur. Was nun?

Den Rucksack haben die Schweine ausgeräumt und weggeschmissen, blickte ich der Tatsache ins Auge und schlidderte in die Krise. Ohne Erfahrung mit einem Diebstahl wusste ich nicht, wie es weitergehen konnte. Außerdem hatte ich nur wenige France Kleingeld im Portmonee? Das hatte ich in der Hosentasche meiner Jeans aufbewahrt.

Drastisch führte ich mir den Ernst der Lage zu Gemüte. Ich verfluchte mich, danach das Diebesgesindel, ja ich schloss sogar die Kinder mit ein.

„Das Missgeschick ist passiert, weil ihr nicht aufgepasst habt", stellte ich sie an den Pranger. Aber folgerichtig begann ich die Suchaktion zu hinterfragen: „Haben wir den Rucksack übersehen?"

Wir suchten ein zweites Mal, dabei fiel mir das geöffnete Seitenfenster auf der Fahrerseite auf. Wie lange stand es offen, die ganze Nacht?

„Durch das offenstehende Fenster haben sie sich den Rucksack geangelt", meckerte ich, ähnlich einem ausgehungerten Ziegenbock. „So war das. Ganz bestimmt sogar. Die Mistkerle sind Profis."

Verzweiflung sprach aus den Blicken der Kinder. Sie waren einem Weinkrampf nahe.

Doch im Handumdrehen gelang es Julian, seine Abwehrkräfte zu mobilisieren: „Hör auf, Alter. Wir haben nun mal nichts mitbekommen", lautete seine passende Antwort. „Du genauso wenig."

Sein Gegenwind brachte mich zur Besinnung, so ärgerte ich mich über mich selbst. „Okay, verzeiht mir. Der Rucksack hätte nicht auf dem Fahrersitz liegen dürfen", entschuldigte ich mich und atmete tief durch.

Und nach einer Denkpause, unterbreitete ich den Vorschlag: „Wir fahren zu einem Office de Tourisme. Dort hilft man uns weiter."

Gesagt, getan. Am Meer entlang rauschten wir in die Innenstadt Nizzas, wo ich das Informationsbüro registrierte. Es lag an der Avenue de Suede. Dort, an einem Schalter, erklärte mir die liebenswürdige Frau, wie ich gebrochen Englisch sprechend, ich solle mich an eine Polizeistation wenden und den Diebstahl melden. Sie zeigte uns die Richtung und gab uns einen Stadtplan Nizzas mit.

Nach Danksagungen tippelten wir zur Polizeiwache, dort protokollierte eine Polizistin den Vorgang, dabei behielt ich das geöffnete Busfenster für mich.

Sie empfahl mir, in einer Bank ein Konto zu eröffnen und mich telefonisch mit meiner Hausbank wegen einer Überweisung in Verbindung zu setzen, wobei sie die Notwendigkeit des Reisepasses unterstrich. Wehe, der wäre verlorengegangen, übersetzte ich im Kopf ihren wichtigen Tipp.

Hinterher eröffnete ich ein Konto an einer hiesigen Bank und gab meiner Hausbank aus einer Telefonzelle die Kontonummer als Überweisungsziel für runde 3'000 France durch. Es klappte reibungslos, nur in meinem Portemonnaie herrschte Ebbe. Die letzten paar France hatte das Telefongespräch verschlungen.

Doch ich war nicht geschockt, denn in zwei Tagen erwartete ich mit dem Vorzeigen des Passes den finanziellen Nachschub aus der Heimat.

Wir knufften uns vor wiedergewonnener Urlaubsfreude. Vorbeieilende Passanten reagierten sprachlos auf uns Knäuel überschäumender Ausgelassenheit.

Doch die Hetze von Stelle zu Stelle, ob es das Informationsbüro, die Polizei oder die Bank waren, hatte mich geschafft. Trotz allem kochte ich eine Ladung Spaghetti Napoli. Und das Nudelgericht schmeckte uns armen Schluckern viel besser als ein Fünfsternemenü.

Als die zwei Tage um waren, hob ich die überwiesenen 3'000 France ab. Dann genehmigten wir uns den Überfall auf eine Pizzeria, denn kein Murren über die Schmalspurkost war den tapferen Kindern in den kargen Tagen über die Lippen gekommen. Sie hatten auch keinerlei Sehnsucht nach der Mutter gezeigt.

Doch das Diebstahlsereignis hatte eine Änderung der Reiseroute hervorgerufen. Noch heute fahren wir an die Ardeche, das war die neue Order.

Über die Autoroute du Soleil ins Tal der Ardeche abgebogen, schlängelte sich die Straße am Fluss entlang. Den Campingplatz erreichten wir vor dem Sonnenuntergang. Der Dreisterneplatz Le Provencal hatte einen Pool und einen Laden. Die Kinder strahlten vor Freude, ich dagegen weniger, denn ich hatte mir die Preisliste angesehen.

„Wir bleiben, Alter. Von der Fahrerei habe ich die Schnauze voll", fällte Julian seine Entscheidung, obwohl er meine Knitterfalten im Gesicht registriert hatte.

Auch Anna ließ keinerlei Zweifel am Verbleib aufkommen: „Papa! Ich gehe schon mal in den Pool."

„Na gut. Ich ergebe mich eurem Charme", bestätigte ich ihre Wahl, doch im Innersten ergriffen panische Ängste von mir Besitz. Nach der Rückkehr würde ich die Kids bei ihrer Mutter abliefern. Mir würde wieder die Rolle des beschissenen Gelegenheitsvaters zukommen, eine erdrückende Horrorvision.

Ich ging zur Telefonzelle und versuchte ich Karla zu erreichen, die leider nicht abhob. Hatte sie eine Verabredung? Mit wem? Wo mochte sie sich herumtreiben?

Dein Misstrauen verstehe ich nicht, räusperte sich Alfred. Karla liebt dich. Das sagt mir mein Instinkt.

Aber den Nörgler würgte ich ab: „Immerzu schlägst du dich auf Karlas Seite", murmelte ich leise vor mich hin. „Woher willst ausgerechnet du das wissen, du Neunmalkluger?

Ich schluckte meine Zweifel runter, denn selten hatte ich mich besser gefühlt, als in den Tagen an der Ardeche. Wäre ich nicht Karla verabredet, dann hätte ich mehrere Tage drangehangen.

Nach der Abfahrt waren wir an der Rhone entlang bis Lyon gefahren. Drei Uhr nachmittags erreichten wir Paris, wo wir auf dem Montmartre einen Parkplatz fanden. Von dem schleppten wir uns mit einem frischen Baguette in der Hand die steilen Gassen zur Sacre coeur hinauf.

Um die Kirche herum herrschte durch die Touristen aus aller Herren Länder ein Spektakel. Junge Leute ließen sich bunte Fäden zu Zöpfen in die Haare flechten, wobei Anna neidisch zuschaute. Mir war schnell klar, was Anna von mir erwartete.

„Georg, äh, Papa?", fragte sie prompt. „Darf ich mir Zöpfe flechten lassen?"

Oft wechselte sie bei Fragen die Anrede, besonders dann, hatte sie einen Wunsch auf dem Herzen. Mir persönlich war Georg lieber.

Ich stimmte zu und trieb zur Eile: „Die junge Frau da vorn scheint frei zu sein.

„Good afternoon, I' would like you to plait my daughter's hair, too?"

In gestammeltem Englisch hatte ich mich an die junge Amerikanerin gewendet, die sich mit ihrem Zopfflechten den Europatrip verdiente. Sie war keck. Anna begab sich gern in ihre Obhut. Nun hieß es für Anna still sitzen zu bleiben.

Danach rief der Eifelturm nach uns. Alsbald lenkte ich den Campingbus durch das mir bekannte Straßengewirr der Großstadtmetropole. So erreichten wir sehr schnell das Wahrzeichen der Stadt an der Seine.

„Woauh! Was für ein Riese", entfuhr Julian viel Anerkennung beim Anblick des Stahlmonstrums und Anna zermalmte mich wie eine Schrottpresse: „Papa? Ich will sofort da rauf."

Wir fanden eine Parklücke in einer Nebenstraße und wetzten zu den Aufzügen. Aber was war das?

Unsere Glieder wurden von ekelhaftem Unbehagen zerfleddert, denn eine lange Schlange behinderte den Zugang zu den Fahrstühlen.

Wir verspürten wenig Lust aufs Anstellen, und suchten eine adäquate Lösung. Daher beschlossen wir, die Treppengänge auf das erste Plateau hinaufzusteigen, auch von der Etage waren ergiebige Ausblicke auf Paris möglich.

Wir hechelten also hinauf, eine nicht zu unterschätzende Kraftanstrengung, und endlich oben, meldete sich Julian: „He, Alter? Ich habe Kohldampf."

Ausgerechnet auf dem Eifelturm plagte ihn das Hunger-syndrom. Doch dagegen war nichts zu machen. Dem Kind gehörte der Magen gefüllt.

Wir trabten im Schweinsgalopp hinab, wobei ich über eine Nahrungsaufnahme nachdachte. In meiner Erinne-rung tauchte ein Bistro auf, hundert Meter entfernt, wo wir die besten Hotdogs der Weltstadt kauften, lecker mit Käse überbacken. Die waren Spitze.

Zur Schafsituation fällte ich den weisen Beschluss, vor Ort am Eifelturm zu übernachten. In der geeigneten Sei-tenstraße parkten wir bereits. Somit bewahrte mich die ro-mantische Gasse mit den hohen Kastanienbäumen vor ei-ner ätzenden Sucherei. Und ehrlich gesagt, ich war froh über meine Wahl, denn ich hörte keinen Widerspruch.

In der Nacht, so gegen halb drei, rappelte Julian an mir und weckte mich aus einem Traum. „Alter, wach auf! Ich muss ganz dringend."

„Nein, Julian. Doch nicht etwa groß?"

Ich hatte von einem Unwetter über Paris geträumt, das hatte riesige Kastanienbäume entwurzelt. Mir stand der Angstschweiß im Gesicht, doch Julians Problem gehörte gelöst.

Wir stiegen aus, uns nach allen Seiten absichernd, dann nahm ich Julian an die Hand und ging mit ihm zu einem dicken Baum, der natürlich stand. Dort machte Julian sein unbemerktes Geschäft.

Erleichtert schlichen wir in den Bus zurück. Als ich ein-geschlafen war, hatte sich mein Traum verändert: Der handelte vom eben erlebten Druck. Nur wenn man ihn kennt, weiß man, wie unangenehm er ist.

Andern morgens, Julian war seine Notdurft peinlich, er-stattete ich Anna Bericht, die sich beömmelte. Dann früh-stückten wir und waren zu neuen Schandtaten aufgelegt.

„Heute gehen wir ins Quartier Latin, dann zur Notre Dame und durch die Tuilerien und über die Camps Elysee zum Arc de Triomphe. Was haltet ihr davon?"

Ich hatte das stramme Tagespensum mit dem Finger auf dem Stadtplan erläutert, folglich artete der lange Marsch zur Spaßparade aus.

Im Quartier Latin kauften die Kinder ein T-Shirt für ihre Mutter. Eins mit Aufdruck. Mit dem hatten sie ein passendes Geschenk gefunden. Und zum Abschluss des Rundgangs glich meine Tochter einer Jammergestalt.

„Ich rühre mich nicht vom Fleck", moserte sie. „Geht ruhig ohne mich weiter, ich bin zu schlapp."

Und ich hauchte: „Das war's dann wohl", und ließ mich der Länge lang ins Gras fallen. Aber mit meiner Anna huckepack auf dem Rücken, erreichten wir vor Einbruch der Dunkelheit den Eifelturm, ich als Wrack. Die letzten Meter hatten dem Marsch in den Heldentod geglichen.

Nur Julian hatte sich gut verkauft, ich aber wimmerte: „Mensch, Anna. Du bist so jung und schon schwer wie ein Bierfass."

Doch wohin in der letzten Nacht?

In der Gasse wollten wir nicht bleiben, denn Julian dachte mit Schrecken an sein unverhofftes Geschäft. So steuerte ich den Bus auf die Autobahn, bis wir auf einen Rastplatz Richtung Brüssel anhielten. Dort konnte sich das Malheur nicht wiederholen.

Vom Rastplatz telefonierte ich mit Karla und fragte sie im Flüsterton, obwohl jeder den Inhalt des Gesprächs mithören konnte.

„Bist du allein?"

Worauf Karla antwortete: „Aber natürlich, was denkst du denn?"

„Ich habe vermutet, dass ein Mann bei dir ist."

„Quatsch, was du so denkst. Aber es ist schön, deine Stimme zu hören. Ist alles okay bei euch? Wo bist du eigentlich?"

„In Paris. Und uns geht es hervorragend, wäre da nicht die Sehnsucht."

„O ja, die ist fürchterlich. Auch mich frisst sie auf. Wann kommt ihr zurück?"

„Morgen gegen Mittag. Allerdings werde ich die letzte Nacht aus Abschiedsgründen bei Andrea und den Kindern verbringen."

„Bei Andrea?"

„Wo sonst? Ich wüsste nicht, was ......"

Karla unterbrach mich: „Schon gut. Meine Frage war Quatsch. Aber pass auf. Ich schnappe mir meine Siebensachen und frische Klamotten von dir, dann komme ich morgen zu dir. Alles weitere, wenn wir uns sehen. Ich liebe dich."

Und auch ich säuselte verliebte Wortfetzen: „Du hast mir gefehlt, denn ich sterbe vor Sehnsucht. Mach alles, wie wir's besprochen haben. Bis bald."

„Ja, bis bald, Georg."

Meine Lenden rasten vor Freude. Doch es dauerte nicht lange, da übermannte mich die Traurigkeit. Schon morgen werde ich die Kinder an Andrea übergeben, dachte ich betrübt. Hatte ich das verdient?

Meine noch Angetraute bereitete uns einen hocherfreuten Empfang. Für allgemeine Belustigung sorgte das Geschenk der Kids, das war das lustige T-Shirt aus Paris.

Auf der Vorderseite prangte ein Aufdruck mit einer Schlampe mit Lockenwicklern in den Haaren, und das sah scheußlich aus.

Als sich Andrea die Hässlichkeit übergestreift hatte, sprudelte der Urlaubsbericht der Kinder mit seiner Vielfalt aus ihnen heraus.

Und die Erzählungen endete mit der Feststellung: „Und nächstes Jahr fahren wir wieder an die Ardeche. Stimmt's Papa? Aber weißt du was, Mama? Dann kommst du einfach mit."

Für mich blieb die guttuende Beobachtung übrig, dass Andreas wohlwollende Blicke an mir hängenblieben.

„Ich weiß nicht, ob das möglich ist", sagte sie. „Aber anscheinend war der Urlaub wundervoll. Gern wäre ich dabei gewesen."

Das vernahm ich gern, aber leider war ich für meine Kleinen nur noch Luft. Ich hörte nur noch Andreas Namen, alles drehte sich immerzu um Andrea. Ich war eifersüchtig, aber ich fand ihr Verhalten verständlich. Sie hatten ihre Mutter schließlich zwei Wochen nicht mehr gesehen.

Die Eifersucht verdrängt wurde ich mutig und fragte meine Verflossene: „Kann ich heute Nacht bei dir schlafen?"

„Bei mir?"

„Ja, bei dir."

„Und warum?"

„Ich meine natürlich in irgendeinem Bett. Vielleicht bei den Kindern? Dann muss ich mich nicht zu abrupt von ihnen lösen."

„Ach so meinst du das."

Andrea willigte ein.

„Kein Problem. Aber musst du schon morgen wieder auf Jück?"

„Natürlich", beantwortete ich ihre Frage. „Der Abreisetermin steht fest. Ich habe Karla den Urlaub versprochen."

„Na dann."

„Morgen in aller Herrgottsfrühe kommt Karla vorbei und bringt frische Klamotten mit", machte ich Nägel mit Köpfen.

„Und dann geht's ab in die Provence."

Wir einigten uns auf eine Matratze für mich im Kinderzimmer. So verbrachte ich einen wunderbaren Abend bei den Kindern, bis sie eingeschlafen waren.

Vom Nebenzimmer hörte ich Andrea laut atmen. Mir wurde mulmig und ich überlegte: Soll ich sie mit einer Attacke überraschen? Ich lege mich neben sie und warte, was passiert. Aber wie nimmt sie meine körperliche Nähe auf? Wird sie fuchsteufelswild werden und mich aus ihrem Bett schmeißen?

Diese Frage verwirrte meinen Kopf, doch in mir siegte die Vernunft. Ich gestand mir ein, dass ich einer dummen Idee auf den Leim gegangen war, schließlich war Andrea in einen anderen verliebt. Außerdem würden fragwürdige Attacken die Trennungsphase verschlimmern.

Und als Alfred theatralisch behauptete, dass mir nur die Kinder gelungen wären, tröste ich mich damit, dass ich mit Karla meine große Liebe gefunden hatte, die mich vor meinem Untergang bewahrt hatte. Es nützte nichts mehr, sich gegen das Scheitern der Ehe aufzulehnen.

13

„Wie erholt und braun du bist. Du siehst umwerfend aus."

Das Kompliment jubelte mir Karla unter, als sie eintraf, dabei strahlte sie mich an. „Lass dich umarmen. Ich habe dich sehnsüchtig vermisst."

Ich war von Karlas Wärme so überwältigt, dass ich gar nicht erst versuchte, ihre Gefühlsausbrüche abzuwehren. Durch unser sexuelles Entsagen verwandelten wir uns in einen Vulkan, der bereit war, seine feurige Glut in den Morgenhimmel zu speien, mit minutenlangen Ausbrüchen zur Folge. Die Welt um mich herum wurde zu einem verschwommen Liebesgeflecht und die Zeit war stehengeblieben.

Erst als wir voneinander abließen, riss ich mich zusammen, denn der Abschied von den Kindern verlangte unmenschliche Kräfte.

„Tschüs, Julian, tschüs, Anna", stotterte ich. „Sobald wir in Südfrankreich sind, rufe ich euch an. Okay?"

Begräbnistrauer verwandelte unsere Umarmungen in ein Jammertal höllischer Vollendung. Den Kindern zuliebe hatte ich das Abschiednehmen zu lernen, es galt meine Niedergeschlagenheit zu besiegen. Danach begleiteten taubeneigroße Tränen die Abreise.

Ich schluckte kurz und schnaufte kräftig durch, dann war ich bereit für die einzigartige Alpentour.

Unsere Räder wollten wir nicht mitnehmen. Nach einem Reisebericht im GEO lud die Berglandschaft hauptsächlich zum Wandern und Klettern ein. Um meine Stubentiger Tyron und Tyson will sich Rosa kümmern. Sie ist die Malerin, die in der Parterrewohnung haust. Auch die Kinder wollen die Katzen oft besuchen, darauf hatte ich ihr Wort.

Wir waren kaum losgefahren, schon war ich wie ausgewechselt. Mit dem Satz: „Machen wir das Beste aus der Reise", stimmte ich mich auf den Urlaubstrip ein. „Südfrankreich, wir kommen."

Und mit einem Spruch ergänzte ich meine Freudenbekundung. „Auf geht's Karla. Die Provence liegt dir zu Füßen."

Im Rückspiegel sah ich, dass die Kinder uns traurig nachwinkten. Ich würde sie vermissen. Zu schön war der Urlaub mit ihnen gewesen. Aber ab jetzt zählte nur das Abenteuer mit Karla.

Mautgebühren sparend nahmen wir die deutsche Autobahn bis ins Land der Eidgenossen, danach erreichten wir französischen Boden, wo unser erster Besuch Grenoble galt, der Stadt der Winterolympiade. Dann fuhren wir an Gap und am Lac de Serre Poncon vorbei, bis Digne. Und über eine schwierige Bergpassage kamen wir nach Castellane.

Optisch war's eine Wahnsinnsstrecke, aber auch eine gewaltige Tortur. Selten war ich ausgelaugter nach einer Autofahrt. Allerdings erhaschten wir einen Blick auf den Montblanc. Das war für mich der Hauptgrund, weshalb ich diese Strecke ausgewählt hatte. Der wunderbare Anblick des in Schnee gehüllten Gipfels war eine Augenweide und nur möglich bei glasklarem Himmel.

Wir verweilten wie versteinert.

„Heute ist dein Glückstag, Karla", sagte ich geheimnisvoll. „Du solltest dir was wünschen."

In Castellane, einer hübschen Kleinstadt, hielten wir aus Müdigkeit nicht lange an, denn meine Ausdauer war futsch. Daher bog ich umgehend in den Grand Canyon du Verdon ab, und bei Clue de Chasteuil fuhr ich auf den erstbesten Campingplatz.

Die Strapaze hatte sich gelohnt. Die französischen Alpen waren der erhoffte Hit. Wir bestaunten eine bizarre Berglandschaft. Die wirkte bombastischer, als in der Reisebeschreibung umschrieben. Dazu lag der Platz naturnah in einer Flussniederung und schmiegte sich romantisch in die Wahrnehmung ein, außerdem war er angenehm schattig.

Leider bevölkerte auffällig gutaussehendes Mannsvolk den Platz, allesamt junge Naturburschen. Und es verging kaum Zeit, da nahm das Unvermeidliche seinen Lauf, denn Karla war es gelungen, die Aufmerksamkeit einer Männergruppe auf sich zu lenken, deren Aussehen nach handelte es sich um Kletterspezis oder Bergsteiger. Jede noch so unwichtige Bewegung Karlas wurde von aufdringlichen Blicken begleitet. Mir fiel es schwer, diese Anzüglichkeiten zu ignorieren.

Um mich abzulenken, ergriff ich den Wasserkanister, dabei sagte ich zu Karla: „Ich rufe die Kinder von einer Telefonzelle an, dabei und bringe ich einen vollen Wasserkanister aus der Waschanlage mit."

Ich tat das Beabsichtigte, und die Stimmen der Kinder verinnerlicht, beobachtete ich das Schauspiel: Eine hübsche Frau und die Wölfe. Karla suhlte sich in der dargebotenen Huldigung.

Was soll's, dachte ich, und kehrte mit dem gefüllten Kanister in der Hand zu Karla zurück, dann kochte ich eine

Portion Spaghetti Napoli für uns. Das Nudelgericht aßen wir ungestört. War es die berühmte Ruhe vor dem Sturm? Später gesellte sich einer der Burschen zu uns, ein Lothar aus Hamburg. Mit mehreren Flaschen Wein bewaffnet setzte er sich zu uns an den Tisch. Doch trotz seines regen Redeflusses blieb er zurückhaltend, daher beklagte ich mich nicht.

Auch die dritte Flasche änderte nichts an seiner schüchternen Haltung, also feierten wir am Abend der Ankunft eine Fete zu dritt.

Später akzeptierte Lothar unseren Rückzug, den nicht der Wein eingeleitet hatte, sondern pure Erschöpfung. Wir nahmen den im Hintergrund rauschenden Verdon kaum wahr, denn sein monotones Plätschern wiegte uns in einen wohligen Schlaf.

„Schlaf gut, Süße", brachte ich leblos hervor, dem ließ Karla eine schwache Berührung als beruhigende Antwort folgen. Ein unendlich langer Tag versank unter dem Mantel berauschender Träume.

Ich war erstaunt, wie schnell mich die traumhafte Morgenröte in Euphorie versetzt hatte. Schon zwängten sich vereinzelte Sonnenstrahlen durch die Fenstergardinen, die ich blinzelnd aufsaugte. Ein blauer Himmel mit viel Sonnenschein, das sind wichtige Bedingungen zum sich wohlfühlen in der rauen Alpenregion.

Die Voraussetzungen waren demnach wunderbar, und die gestalteten das Aufwachen vergnüglich. In der berauschenden Urlaubsstimmung turtelte ich mit Karla, dann neckte ich sie unverschämt aufreizend.

Danach riss ich kraftstrotzend die Busseitentür auf, durch dessen Öffnung ich hinaussprang, doch prompt fuhr mir der Schreck in die Gliedmaßen. Weshalb das? Es war beileibe nicht der Heilige Geist, o nein, denn nur dieser Lothar saß ungeduldig wartend an unserem Campingtisch.

„Guten Morgen", grüßte er freundlich und strahlte die nach mir ausgestiegen Karla mit seinem Zahnpasta Lächeln an.

„Morgen, Lothar", grüßte ich mürrisch zurück. „Was machst du hier?"

Ich hatte mich zurückhaltend verhalten, Karla dagegen kümmerte sich einen Dreck um ihn. Sie würdigte Lothar keines Blickes und stolperte an dem vorbei, was ihn wenig beeindruckte. Trotz der Nichtbeachtung hatte er nur Augen für Karla. Mir war unverständlich, warum er ihre Abneigung nicht bemerken wollte.

Immerzu den Blickkontakt zu Karla suchend, setzte dieser Lothar zum Angriff an. „Ihr schlaft zu lange", sagte er beschwingt. „Ich warte eine geschlagene Stunde auf euch. Was haltet Ihr von einer Wanderung zum Pont de Artuby?"

Auweia. Auf diese Attacke war ich nicht gefasst.

Ich wollte sie nicht wahrhaben, aber Lothar meinte es aufrichtig. Er war allein unterwegs, so tat er mir leid. Aber warum? Wir waren nicht für sein Wohlergehen verantwortlich?

Mitleid hin, Bedauern her. Ich sah in ihm eine schleichende Gefahr für unsere von geplanten Liebesaktivitäten geprägten Tage. Auf keinen Fall durfte ich zulassen, dass er sich zwischen Karla und mich drängt, dazu empfand ich sein Verhalten zu aufdringlich, daher verwies ich ihn in die Schranken.

„Tut mir leid, aber das mit der Wanderung wird nichts. Wir brauchen uns erst einmal einen faulen Tag. Verstehst du das?"

Lothar hatte meine Abfuhr als Donnergrollen empfunden, obwohl ich sie freundlich verpackt hatte. Und das war mir nicht leicht über die Lippen gegangen, aber mein Zurückweisen war unvermeidbar. Durch Lothars Aufdrängen waren Konsequenzen gefordert.

Und der hatte mich verstanden, entsprechend geknickt verfiel er in Resignation und wendete sich ab, als hätte ihn ein Felsbrocken niedergeschmettert. Erst aus größerer Entfernung drehte er sich zaghaft um, noch einen verstohlenen Blick auf Karla werfend, doch die blieb abweisend. Karlas auffällig zur Schau getragenes Desinteresse gab ihm vollends den Rest und er machte eine Fliege.

Karla atmete kräftig durch. „Du warst gut", nuschelte sie. „Was bin ich froh, dass er's kapiert hat. Lothar geht mir gewaltig auf den Geist."

Soviel Lob am frühen Morgen aus Karlas Mund war ungewöhnlich, aber sie konnte sich wahrlich nicht beschweren, denn sie war glimpflich davongekommen. Ich hatte Lothar den Kelch des Zurückweisens verabreicht, ich hielt den Schwarzen Peter in Händen. Das hatte sie geschickt eingefädelt.

Doch insgesamt gesehen war es die richtige Lösung gewesen, denn durch die begann ein gemütlicher Tag der unerschöpflichen Muße.

Zuerst badeten wir im eiskalten Verdon, anschließend sonnten wir uns, wobei ich in einem herrlichen Buch las. DER TOD DES MÄRCHENPRINZEN, so heißt der umstrittene Frauenroman.

Das brisante Buch hatte kurz nach seinem Erscheinen für Aufruhr unter den Alternativen gesorgt. Es spaltete sie in zerstrittene Lager. In empörte, aber auch begeisterte Feministinnen, und in betroffene Männer, dazu in die cool abwinkenden Chauvis.

Als Lothar spät nachmittags auf dem Platz auftauchte, ging er uns aus dem Weg. Er ließ sich sogar abends nicht wieder bei uns blicken. Und am nächsten Morgen war er abgereist. Der Platz mit seinem Zelt war leer.

Ich spürte Karlas Verlegenheit, als sie mich fragte: „Du findest doch auch, dass Lothar seltsam war?"

Die bewegende Frage verunsicherte mich. Sie erzeugte Gewissensbisse. Wegen der ich eine positive Ansichtsweise anregte: „Leider war Lothar problematisch, nehmen wir seine Aufdringlichkeit. Trotz allem hätten wir ihn in unsere beabsichtigten Bergwanderungen einplanen können."

„Hm", sagte Karla skeptisch.

„Wahrscheinlich brauchte er Aufmerksamkeit", setzte ich mein Plädoyer für Lothar fort. „Er wollte akzeptiert werden."

Noch lange dachte ich an Lothar, in manchen Problemstellungen war ich zart wie Seide, dennoch riss ich mich aus den unschönen Gedanken.

Furios sagte ich: „Schluss mit dem Lamentieren, denn Lothar nützt es nichts. Um sein Wesen zu begreifen, war unsere Bekanntschaft zu kurz. Höchste Zeit zum Aufbruch."

Frisch und ausgeruht, nur mit einer Flasche Wasser und Obst im Rucksack, alles andere wäre zu viel Ballast gewesen, erklommen wir auf einem stetig ansteigenden Pfad einen Bergkamm, und das bei unerwarteten Hitzegraden, dazu war es schwül.

Jetzt lag sie vor uns, die einzigartige Welt der Kletterer in einem beliebten Kletterparadies. Wir bewunderten von einem Aussichtspunkt deren waghalsigen Mut, und die Menge an vergossenem Schweiß. Wir genossen die atemberaubenden Bilder einiger Seilschaften. Die Gruppen führten akrobatische Klettereinlagen vor, und das in dramatisch überstehenden Bergwänden.

„Die Klettermaxe sind die letzten Außenseiter einer ver-rückten Zeit", äußerte ich mein Befremden, dem Karla mit dem Kopf nickend beipflichtete, worauf sie ihre Argumente dranhängte: „Deren Kraftaufwand geht über meine Vorstellungskraft. Du darfst dir keinen Fehler erlauben. Diese Sportart reizt mich nicht. Für mich besteht keine Suchtgefahr."

In der Thematik stimmten wir überein, aber nicht nur aus Höflichkeit, denn wir beide liebten das Abenteuer, doch das nur, würde es am sicheren Boden stattfinden.

Darüber und mit unsinnigen Diskussionen um die richtige Wegstrecke, vertrödelten wir kostbare Zeit. Zu viel Zeit, worüber ich mich ärgerte, denn sie würde uns hinterher fehlen.

Als Karla den vermeidbaren Fehler einsah, da waren wir bereits stundenlang weitergewandert, der Sonne schutzlos ausgeliefert. Die quetschte die letzten Schweißtropfen aus uns heraus.

Aber unser Wanderziel lag nicht um die Ecke und ich haderte: „Wo führst du mich hin, Karla? Das Wasser ist aufgebraucht, und weit und breit ist kein Lokal in Sicht. Nicht mal ein winzig kleines Rinnsal. Verflucht! Mein Durst bringt mich um."

„Geduld, Georg. Der Karte nach ist es nicht weit. Schau, das sind höchstens fünfhundert Meter."

Karla beruhigte mich mit Blick und Finger auf einer Eintragung in der Karte. Doch Pech gehabt, denn das Ziel erwies sich als ein anno dazu mal geschlossenes Restaurant.

Die Lage wurde prekär. Sie ließ mich verzweifeln. Womit sollte ich das Kratzen in meiner ausgedörrten Kehle bekämpfen?

Durstig schleppten wir uns durch die verlassene Bergwelt, Karla ruhig vor sich hin stapfend, ich ständig nach Wasser röchelnd. Ich war ein ausgetrockneter Haufen

Elend, dazu schweißgebadet. Zehn Kilometer waren es bis zur nächsten Ortschaft, und auf der ließ sich keine Menschenseele blicken. Eine bedauernswerte Situation. Irgendwie war es ein Tag zum Mäuse melken.

„Verfluchte Scheiße", brüllte ich in die Bergkämme, meiner Verzweiflung Luft verschaffend. Doch wen erschreckte ich damit? Doch wohl höchstens die sich versteckenden Tiere.

„Wahrscheinlich ist die gesamte Tierwelt zum Tod durch Verdursten verurteilt", prophezeite ich ihnen eine düstere Zukunft, die ich auch für uns anmerkte. Anstatt eine gigantische Landschaft zu genießen, malte ich die Perspektive als unvollendetes Gemälde. Als ein abstraktes Meisterwerk in vertrockneten Farben.

Einfach schaurig.

„Wasser! Ich brauche Wasser!"

Doch auch der verzweifelte Aufschrei verhallte ungehört und brachte wenig Linderung. Eher das Gegenteil war der Fall. Meine Niedergeschlagenheit brach alle Rekorde.

Karla redete selten. Clever ersparte sie sich vermeidbare Wortgefechte. Sie stapfte in sich gekehrt vor sich hin. Ihre Konzentration galt nur dem einen Ziel, unbeschadet in das nächste Bergdorf zu gelangen und der eigenen Ausgewogenheit.

So vergingen schleppende Stunden. Der Fahrer mit einem VW-Bulli fuhr rücksichtslos an uns vorbei. Doch kurz danach tauchte er auf, der vage Hoffnungsschimmer. Zwar noch weit in der Ferne wie eine Fata Morgana, doch sehr gut erkennbar, der Ort La Palud sur Verdon, das Bergsteigermekka der französischen Alpen.

Durch das näher rückende Zwischenziel wuchs unser Mut. Die Ortsnähe setzte ungeahnte Kräfte frei. So betraten wir kurze Zeit später eine Bergsteigerschenke, da war mein Mumm aufgebraucht. Karla dagegen fühlte sich besser. Wieder einmal hatte sie mir die benötigte Frische voraus.

Ich schleppte mich an einen Tisch und ließ mich auf die Bank fallen, die erstaunliche Stabilität bewies. Dann bestellte ich mit der gebotenen Dringlichkeit zwei Flaschen Mineralwasser. Das war das angemessene Getränk in der dazu passenden Verfassung.

Und die Flasche Wasser bekommen und einen großen Schluck inhaliert, prustete ich Lobbekundungen: „Huh, schmeckt das gut. Das ist das hervorragendste Wasser meines Lebens."

Ich berauschte mich an dem Mineralwasser mit Eis und bestellte eine weitere Flasche. Dann eine Dritte, bis sich das T-Shirt über meinem Bauch mächtig spannte.

„Pass auf, Georg. Du platzt gleich", lachte Karla.

Sie hatte ihre Stärke zurückgewonnenen, wogegen ich mich schlapp fühlte. Doch meine Schwäche überspielte ich mit weiteren Lobeshymnen auf das Wasser.

„Ich wusste gar nicht, wie köstlich Wasser schmeckt. Für ein Glas Wasser lasse ich jedes andere Gesöff stehen", redete ich geschwollenes Zeug, worin ich keine Konkurrenz kannte.

„Du übertreibst", frotzelte Karla. „Sonst trinkst du nur Cola. Früher hast du gesünder gelebt."

Karla machte die typisch wegwerfende Handbewegung. Aber womit hatte ich die erzeugt? Warum war sie so aggressiv? Fühlte sie sich von mir genervt?

Okay, sie hatte mein übliches Verhalten richtiggestellt. Aber wie? Und warum so höhnisch und abwertend oder gar beleidigend?

Natürlich stimmte die Andeutung, schließlich war hinlänglich bekannt, welche Zuneigung ich für ein Glas Cola empfand. Aber musste sie mir das so derb unter die Nase reiben?

Von ihrer Herabwürdigung lenkte mich die Gastschenke ab, denn die war angenehm kühl, dazu international. Ich fühlte mich wie in den Rocky Mountains. Die Sprache zur Verständigung war Englisch, mit unüberhörbar amerikanischem Slang, unverkennbar bei Amerikanern unter sich. Gerade die waren vernarrt in das Klettern. Ansonsten trafen wir auf Franzosen, aber auch einige Italiener hatten sich hierher verirrt.

Gut gestärkt verließen wir die Herberge. Uns blieb wenig Zeit für die Rückkehr, denn die Heimkehrstrecke betrug lange fünfzehn Kilometer. Auf der Hälfte des zurücklegenden Weges setzte ein unbändiges Hungergefühl bei mir ein, doch unsere Obstration war verspeist. Da half kein Jammern, also weiter und den Hunger ignorieren.

„Der Verdrängungseffekt ist hilfreich." Mit dem Satz vertraute mir Karla ihre altbewehrte Verhaltensregel in Hungersituationen an. „Zumindest zeitweise.

„Du kennst keinen Hunger", nahm ich Karla auf die Schippe, „ein paar Reserven hast du dir ja angefuttert", dabei war sie nur geringfügig draller als ich.

Doch der Versuch scheiterte, sie auf den Arm zu nehmen, denn Karla vermied das Lachen. Ihr Blick glich einer Bestrafung. Na ja, besonders gut war mein Scherz wirklich nicht.

Was hatte Karla so negativ gestimmt? War sie noch das Wesen, mit dem ich La Gomera in vollen Zügen genossen hatte?

Auf meiner Lieblingsinsel hatte sie zwar meinen Geburtstag vergessen, trotzdem war sie mir nie von der Seite gewichen. Doch hier, in den Alpen, gab sich Karla besserwisserisch und unbelehrbar, eben wie ein scheußliches Biest.

Missmutig stolperte ich neben der Frau her, die mich mit Geringschätzigkeit bestrafte. Realistisch betrachtet, liebte mich dieses gefühlskalte Fabelwesen nicht mehr, denn aus ihrer Liebe war Gleichgültigkeit geworden. Mir hätte von Anfang an bewusst sein müssen, dass mir mit Karla viel Leid und eine Menge Verdruss ins Haus stehen würden, doch das Gefahrenpotenzial hatte ich nicht ernstgenommen.

Als Erleuchtung schossen mir die Auseinandersetzungen um meine Sterilisation, sowie der Aufenthalt in Holland, aber auch die Silvesterfete durch den Kopf. Bei den Anlässen waren die Schwierigkeiten offen zu Tage getreten. Und wie so mancher Marsch der Vergangenheit, so war der in den Alpen zu keinem Spaziergang, sondern zu einem Canossagang ausgeartet.

Aber glücklicherweise erreichen auch Strapazen irgendwann ihr Ende. Es war Mitternacht, als wir mit qualmenden Sandalen und knurrendem Magen auf dem Campingplatz eintrafen.

Und ob Sie es mir glauben oder nicht: Karla war mit dem Ablauf des Bergmarsches zufrieden, womit sie mich überraschte. Ich dagegen war verunsichert und am Boden zerstört.

Wir setzten uns auf die Campingstühle und aßen ein belegtes Baguette, dazu tranken wir unseren säuerlichen Wein. Dann rauchten wir als Belohnung für die Bewältigung eines unvergesslichen Tages eine Zigarette, wenn man bei dem Kraut von einer Belohnung sprechen kann. Kein Nachtschwärmer war noch wach, wie auf der Kanareninsel mussten wir die Heimkehrfeier zu zweit bestreiten, ich dabei von zwiespältigen Gefühlen bis ins Mark gepeinigt.

Immerhin war Karla gut drauf, denn sie sonnte sich in ihren Glücksgefühlen: „Der Marsch war hart an der Grenze, das gebe ich zu. Du jedoch hast dich außerordentlich gut geschlagen."

Sie hatte mich über den grünen Klee gelobt und mir war die Kinnlade verrutscht. „Aha, ich habe mich gut geschlagen", quetschte ich aus mir raus.

„Ja, Georg. Deine Kämpfernatur muss man lieben."

„So, so, mich lieben."

Meine Gesichtszüge bemühten sich um eine Entkrampfung. War Karla dabei, mich zu verarschen?

Ich ahnte nicht die Spur von dem, was in Karla vorging, somit war meine Lage verkorkst. Meine Zweifel knabberten mich ab, bis auf die Knochen, wodurch sich meine Zwickmühle bestätigte.

„Unsere Gefühlswelt ist mit Würmern durchsetzt, die uns auffressen", seufzte ich. „Meine Gefühle für dich sind in eine Maulwurfshöhle verschüttet."

Doch Karla sah das total entgegengesetzt. „Hör auf mit deinem Argwohn", konterte sie und setzte sich mir auf den Schoß.

„Bitte schau mich an", forderte sie mich auf. „Na, was siehst du? Du siehst eine Frau, die dich liebt. Meine Gefühle für dich blühen in den schillerndsten Farben."

Am darauffolgenden Tag besuchten wir Castellane, wobei dicke Regenwolken am Himmel aufzogen. Es setzte ein Dauerregen ein.

„Scheiße! Der erste Regen, und ausgerechnet in den Bergen", schimpfte ich, dabei trommelte ich wütend auf das Lenkrad. „Machen wir aus der Not eine Tugend. Wir fahren zurück zum Campingplatz, dort vertiefen wir uns in unsere Lektüren."

Ich hatte angefangen im Märchenprinzen zu lesen, als sich Karla mit geschlossenen Augen neben mich schob. Dann versank sie, im Zustand der Ratlosigkeit, in eine Art Abgeschiedenheit.

Doch unverhofft stieß sie mir den Ellenbogen in die Rippen und sagte: „Du, Georg? An der Ardeche soll's doch wunderschön sein. Du hast mir sehr viel von den Vorzügen vorgeschwärmt. Warum fahren wir nicht hin?"

Karlas Frage hatte skeptisch geklungen, ja missmutig, so hielt sich meine Bereitschaft auf eine Diskussion bedeckt. Trotzdem ließ ich meine Schwarte sinken und dachte über die Vor- und Nachteile nach.

Nach einer Denkpause zu einem Ergebnis gekommen, sah ich sie durchdringend an und antwortete: „Natürlich ist die Ardeche eine Alternative. Aber ob es dort sonnig ist, das kann ich dir nicht versprechen."

Doch als ich andere Möglichkeiten gegeneinander abgewogen hatte, die sich auf eine Schönwetterfront bezogen, überzeugte ich Karla vom Aufbruch.

„Okay. An sich hat die Idee Pfiff. Sollte es morgen früh noch regnen, dann brechen wir auf. Ich hoffe nur, du bereust den Vorschlag nicht?"

Am nächsten Morgen regnete es weiter, also verließen wir das Tal des Verdon. Und eine gute Stunde unterwegs, lockerte sich die Wolkendecke tatsächlich auf. So hatte sich der Endschluss als stimmig erwiesen, denn bei nun strahlender Sonne kämpften wir uns über Riez, Manosque und Apt, bis nach Cavaillon durch.

Es war eine beeindruckende Strecke, fast siebzig Kilometer von Ost nach West, mit Zedern, Kiefern und viel Eigengebüsch übersät. Das hielt die Berge steht's grün und bot Wildschweinen, Kaninchen und Vögeln ausreichende Deckung. Wilde Blumen wuchsen hier, Thymian und Lavendel. An klaren Tagen konnte man von den Gipfeln die Küste des Mittelmeers erkennen. Erst ab Cavaillon begann die unbeschwerte Fahrt.

Damals, im Jahr 1979, es war meine Aussteigerphase, hatte ich mit Andrea die Provence besucht. Unsere Absicht war, eine Landkommune aufzusuchen. Inspiriert von dem Roman des Autors Stephen Diamond mit dem klangvollen Namen: WAS DIE BÄUME SAGEN, über eine Landkommune in den USA, wollten wir ähnliche Erfahrungen sammeln.

Seinerzeit fanden wir die Kommune nicht, aber deren Lebensform blieb unser unerfüllter Traum. Der Traum vom autarken Leben auf dem Lande. Gott sei Dank blieb es eine Wunschvorstellung, denn heute weiß ich, dass ich der geborene Stadtmensch bin.

Als wir Avignon erreichten, drängte die Zeit, so fuhren wir noch am selben Tag über Orange bis nach Pont St. Esprit. So war am späten Abend der Weg zu unserem Ziel geebnet. Aber war durch den Wechsel des Standorts die Freude in unsere Gemüter zurückgekehrt?

Weit gefehlt, denn die abschließende Campingplatzsuche endete im Fiasko. Alle Plätze waren ausgebucht, und das für die komplette Hochsaison, das versicherte man uns glaubhaft, weshalb ich fluchte: „Mein Gott, ist das ärgerlich."

Ich dachte an Karlas Schlafprobleme, und erahnte das Grauen, das über uns hereinbrechen würde. Dennoch hielt ich aus Verlegenheit an einem abgelegenen Parkplatz, und erklärte den anheimelnden Ort zum Nachtdomizil. Doch meine Wahl trieb Karla die Zornesröte ins Gesicht.

Sie muckte auf: „Hier soll ich schlafen? Das ist nicht dein Ernst. Unter den unzumutbaren Bedingungen mache ich kein Auge zu."

Zack, da hatte ich den Salat. Karla verweigerte sich in Abscheu. Für sie war ich der Schuldige am Dilemma, was natürlich Schwachsinn war. Seit wann konnte ich zaubern? Woher sollte ich den für sie geeigneten Schlafplatz nehmen?

Ich war angefressen und reagierte angesäuert.

„Aber Karla", versuchte ich sie umzustimmen. „Es ist doch nur für eine Nacht. Meinst du nicht, dass du übertreibst?"

Doch Karla brauste auf: „Was bist du naiv. Eins verspreche ich dir, hier bekommst du mich nicht ins Bett."

Karlas Reaktion trieb mich zur Weißglut, worauf ich unterschwellig schimpfte: „Hör auf mit dem Rumgenöle. Du bist doch nicht bei Trost."

Und Karla brüllte zurück: „Du selten dämliches Arschloch. Wie redest du mit mir? Ach, leck mich!"

Jeder Mensch hat eine Toleranzschwelle und die meinige war für Karla sehr hoch angesetzt, aber das war zu viel, denn ich gab ihr Zunder: „Du dämliche Kuh! Nur wenn du mich beschimpfen kannst, dann fühlst du dich anscheinend wohl."

Worauf sie noch ekelhafter zischte: „So springst du nicht mit mir um, du mickriges Würstchen. Es hat lange gedauert, aber jetzt durchschaue ich dich. Warum willst du meine Ängste nicht akzeptieren?"

Die Auseinandersetzung tobte hin und her. Sie drohte zu eskalieren. Ja, was stimmte noch zwischen Karla und mir?

Wie's momentan aussah, gar nichts, daher reichte es mir. Bisher war ich zuvorkommend mit Karla umgegangen, aber lange war ihre geringschätzige Behandlung nicht mehr auszuhalten.

Nichts, aber auch gar nichts, machte ich in ihren Augen gut genug, nichts gefiel ihr an mir. Der Urlaub war auf

Gleichgültigkeit aufgebaut. Die Tage auf La Gomera waren wunderschön, aber das war passee, denn in den Alpen hatte von Anfang an Funkstille geherrscht. Wann hatten wir uns letztmals verstanden, wann sogar Zärtlichkeiten ausgetauscht?

Unsere Verliebtheit war verflogen, die erschütternden Gewohnheiten hatten gesiegt. Unser Umgang war unter aller Kanone. Warum davor die Augen verschließen?

Mit berechtigter Wut im Bauch verspürte ich keine Lust, mich laufend von Karla schikanieren zu lassen. Ihre Scharmützel ekelten mich an. Daher zog ich mich in den Schlafbereich zurück, dabei schnaufte ich die bedeutsamen Sätze: „Mach was du willst, Karla, aber geh mir in Zukunft aus dem Weg. Ich verabscheue deine Querelen."

Nun herrschte Klarheit. Hoffentlich erkannte Karla ihre Schranken?

Doch es sah nicht so aus, denn Karla legte sich kurz danach zu mir ins Bett und blickte mich vernichtend an, ohne ein Wort zu verlieren. Sie lag wie ein Eisblock neben mir.

Auch gut, dachte ich. Wer nicht will, der hat. Trotzdem war Karlas Verhalten eine Zumutung, und ich wendete mich gewaltsam von ihr ab. Ich wollte nur noch einschlafen, aber ihre Vorwürfe verhinderten den Versuch, weswegen ich ins Grübeln verfiel: Was für ein Unwetter zog da über uns hinweg?

Diese Streitereien waren unnötig. Oder hatte Karla das Recht bei ihren Schuldzuweisungen auf ihrer Seite?

Früh am Morgen, ich hatte immerhin ein paar Stunden geschlafen, stieg ich düster dreinblickend aus dem Bus, was auch die wie versteinert wirkende Karla tat. Leider schwieg die Verbockte weiter. Weder zeigte sie ein gesteigertes Interesse an einer Kommunikation, noch ihre Bereitschaft, Grundlegendes zu ändern.

Meine Lippen formten den unverblümten Satz: „Bitte sei nicht so stur."

Ihre Abgebrühtheit schwächte mich, aber ich durfte nicht nachgeben. Alles andere ja, nur das nicht. Doch wie ich Karla kannte, würden ihre Lippen mit einem symbolischen Vorhängeschloss versehen bleiben. Einen Beitrag zur Beendigung der Krise traute ich ihr nicht zu. Wollte ich den Urlaub retten, blieb mir nur die Chance, und die hieß: Unternimm, wie in Holland, den auflockernden Anfangsschritt.

Also gab ich nach, wofür ich mich noch heute in den Arsch beißen könnte, und unterbreitete ihr den brauchbaren Vorschlag: „Ich kenne da einen Campingplatz in St. Remeze, sieben Kilometer abseits des Flusses. Lass uns hinfahren. Wäre das okay?"

Ich hasste mein frühzeitiges Nachgeben, aber so war ich nun mal. Mit dem Vorschlag wollte ich Karla eine goldene Brücke bauen. Würde sie die Chance nutzen, um mit mir gemeinsam in die gewohnte Urlaubsstimmung zurückzukehren?

Ob Karla geahnt hatte, wie es um mich stand, das weiß ich nicht. Jedenfalls nahm sie das Signal dankbar auf.

„Okay", knurrte sie. „Wenn du ihn gut findest, dann fahr halt hin."

Das klang nicht überschwänglich, eher nach ihren harten Bandagen, aber die Hauptsache war, sie war aufgetaut. Zwangsläufig trat eine verbesserte Grundstimmung in Erscheinung, worauf sich in St. Remeze die Wogen geglättet hatten, denn da hatten wir uns ins versöhnliche Fahrwasser manövriert.

„Der Platz hat Klasse, Georg", rief Karla erregt aus. „Hättest du uns doch sofort hierher gelotst."

Tags drauf stand ein neuerlicher Gewaltmarsch an. Ich betrachtete das Wanderunterfangen skeptisch, weil ich nicht auf das Mitnehmen der Räder gedrängt hatte, denn die von Karla ausgewählte Marathonstrecke am Pont d' Arc vorbei bis nach Vallon, und von da die gleiche Streckenführung retour, empfand ich als Gift für eine Wanderung. Es wäre die ideale Radtour geworden, stattdessen wollte Karla den Kladderadatsch zu Fuß zurücklegen.

Früh im Morgengrauen begannen wir die Pein, und das ohne meine gute Laune, denn die hatte ich wegen des Krachs mit Karla im Flusswasser versenkt.

So wanderten wir sieben Kilometer an einer schwach befahrenen Straße entlang, die durch landwirtschaftlich genutzte Flächen führte. Ab und an lockerte ein Obstbaum die Monotonie etwas auf, aber keine Wolke trübte den in einem cyanblau gehaltenen Himmel. Der Wettergott war uns wohlgesonnen, sollte es ihn überhaupt geben. Bis auf die Regentage war er ein treuer Verbündeter.

Am Fluss angekommen, wandelte sich das Bild. Der Autoverkehr nahm drastisch zu. Im Gegensatz dazu entwickelte sich die Landschaft melodisch. Atemberaubend schön waren die Abschnitte mit den Ausblicken auf die Ardeche, aber da oft versperrt durch starken Bewuchs und Bergzacken. Mit urwüchsiger Naturgewalt zwängte sich das Flussbett durch die anspruchsvolle Vielfalt. Wir widmeten uns der beneidenswerten Betrachtungsaufgabe allzu gern.

Auf den zehn Kilometern bis zum Pont d' Arc lebten wir gefährlich. Beängstigend nah rauschten die Wohnwagengespanne an uns vorüber. Uns störten die einem Haus ähnelnden Gebilde auf fahrbarem Untersatz, vor allem ekelte es uns, deren Abgase einatmen zu müssen, doch dem Mief konnten wir nur in kurzen Teilstücken entkommen. Schrammte ein Gespann ganz knapp an uns vorbei, ruderte Karla wild mit den Armen.

„Verdammtes Verbrecherpack", fluchte sie weit vernehmbar. „Wo bleibt die Rücksicht auf uns Wanderer? Heutzutage zählt nur der Autofahrer."

„Jawohl! Zeig es der Bande."

Ich schloss mich Karlas Ausbrüchen an: „Man sollte Reißnägel auf die Fahrbahn streuen."

Enthusiastisch hatte ich Karla unterstützt, und drohte einem rücksichtslosen Draufgänger mit der erhobenen Faust, woran Karla Gefallen fand, denn sie drückte mich verliebt an sich.

Dass sich am obersten Level bewegen zu müssen war furchtbar anstrengend, doch nur mit ungestümer Power besaß ich bei Karla reelle Chancen auf Zuneigung. Nicht als Weichei, sondern als Kraftpaket winkte mir bei Karla das Liebesglück.

Aber war diese Härte notwendig oder gar empfehlenswert? Schon sehr lange suchte ich nach der passenden Antwort auf die Frage, denn die entwickelte sich zur existenziellen Bedrohung.

Wir erreichten den Pont d' Arc, der bedauerlicherweise zum Rummelplatz verkommen war. Kein Wunder, bei dem vorherrschenden Trubel. Also verweilten wir nur kurz, und auf dem letzten Stück des Weges nach Vallon, reihte sich ein Bootsverleiher an den anderen. Fünf Kilometer waren mit Anlegestellen für die Boote gespickt. Ich hatte den Abschnitt in betulicher Erinnerung.

Mittags erreichten wir Vallon, ich total ausgezehrt. Eine Verschnaufpause tat Not. Den geeigneten Platz fanden wir an einem Aussichtspunkt mit Imbisswagen. An dem besorgte ich zwei Baguette, die lecker belegt waren, und das mit Schinken, Salat und einem in Scheiben geschnittenen, hartgekochten Ei. Dazu tranken wir kaltes Mineralwasser, schon besserte sich mein Befinden, nur meine

Fußsohlen waren wund und die Knöchel dick ange-
schwollen. Ein vermeidbarer Mist.

Ich fläzte mich ins Gras, dabei hockte sich Karla zu mir
auf den Boden und begutachtete meine Fußsohlen. Dann
richtete sie sich auf und zog ein ernüchterndes Fazit: „An
einigen Stellen schimmert das rohe Fleisch durch, was natürlich an deinen Scheißlatschen liegt."

Bereits am Verdon war mir aufgefallen, dass meine Sandalen einer Erneuerung bedurften. Nun wurde ich für
meine seltsame Gabe bestraft, alles bis zum Auseinander-
fallen auftragen zu wollen, seien es Schuhe oder Klamotten.

„Ich hätte mir am Verdon ein Paar gescheite Sandalen
kaufen sollen", gab ich kleinlaut zu bedenken, doch diese
Weisheit nützte nun nichts mehr.

Im Schneckentempo machten wir uns auf den beschwer-
lichen Rückmarsch, meine Füße schonend, schon brach
die Dämmerung herein. In der verschwamm die Periphe-
rie um den Fluss zu einer grauschimmernden Masse, nicht
schön anzuschauen. Außerdem lagen noch sieben langweilige Kilometer vor uns.

Irgendwann wurde ich Karla lästig, denn die keifte: „Mir
geht das zu langsam. Mit dir bin ich erst im Morgengrauen am Campingplatz."

Damit drückte sie mein Stimmungsbarometer auf den
Tiefstand.

Ich blieb stehen und setzte mich an den Straßenrand, dabei verwünschte ich meine Fußsohlen. So zog ich die Sandalen aus und schmiss sie im hohen Bogen in ein Korn-
feld, was für ein Frevel. Danach ging ich mit von Schmerz
verzerrten Gesichtszügen barfuß weiter.

Doch Karla kannte kein Mitleid. Mit böse funkelnden
Augen ließ sie mich wutschnaubend stehen.

„Dein Tempo geht auf keine Kuhhaut." Nur der Satz hatte sich aus ihrem Mund gelöst.

Ohne sich ein einziges Mal umzusehen, trabte sie in Richtung St. Remeze weiter. Doch bevor sie in die Dunkelheit entschwand, rief sie mir die Gehässigkeit zu: „Stell dich nicht so an und zeig mir, dass du Eier in der Hose hast."

Nun ja, gelegentlich sollte man unüberlegte Äußerungen nicht auf die Goldwaage legen, trotzdem brüllte ich ihr aufgebracht nach: „Mach nur so weiter mit deinen Gemeinheiten, du Trotzkopf! Irgendwann gehst du daran kaputt."

Karlas Niederträchtigkeiten konnten abartig ausfallen, obwohl sie bisher immer fair war, bis auf die bekannten Ausnahmen. Aber jetzt hatte Karla ihre Boshaftigkeit übertrieben, daher ließ ich meinen Unmutsbekundungen freien Lauf.

„Verschwinde, du Aas", zischte ich. „Du bist kalt wie eine Hundeschnauze. Ich laufe dir nicht nach wie ein Dackel."

Betrübt saß ich im hohen Gras, von wo ich ihrer Silhouette nachblickte und dabei brummte: „Wie kann man so gemein sein. Den unschönen Zug hätte ich dir nicht zugetraut."

St. Remeze erreichte ich eine Stunde später, und das mit blutverschmierten Füßen. Die Gaudi-Musik, die mich am Ortseingang empfing, gehörte zu einem Schützenfest. Es war Blasmusik zum Weglaufen.

Den schrecklichen Klängen nachgehend, kam ich auf den Dorfplatz, auf dem glotzten die wenigen Besucher mitleidig auf meine blutenden Beinenden. Wofür hielten sie mich? Für einen gottverdammten Trottel?

Ich sah Karla mit einigen Männern an einem Biergartentisch sitzen. Sie schien sich zu amüsieren, obwohl sie nur ein paar Brocken französisch spricht. Ich hörte sie kichern und gackern.

Demonstrativ ging ich an einen weit von ihr entfernten Tisch und setzte mich. Karlas heftiges Zuwinken ignorierte ich. So erhob sich Karla von ihrer Sitzbank und setzte sich zu mir, dabei legte sie einen Arm um mich.

Schmunzelnd sagte sie: „Na, Georg. Hast du's auch endlich geschafft?"

Ich jedoch wies sie mürrisch ab: „Das siehst du doch, du herzlose Ziege. Lass mich in Ruhe."

Karla war verblüfft. „Okay, ich verstehe deine Wut", sülzte sie. „Mein Verhalten tut mir leid. Versöhnen wir uns wieder mit einem Bier."

Sie bestellte zwei große Gläser. Dann kippte ich meins gierig hinunter, um meinen in mir bohrenden Jähzorn zu lähmen. Dann bezahlte Karla, worauf wir schwankend zum Schlafplatz gingen, dabei gab sie sich besorgt, doch sie hatte nur schwer zu reparierenden Schaden in mir angerichtet. Mein Vertrauen in Karla lag unter blutenden Fußsohlen begraben. Mit denen hätte ich gern auf ihrer Hartherzigkeit herumgetrampelt. Dass das nur sinnbildlich gemeint ist, versteht sich von selbst.

Und kaum am Bus eingetroffen, legten wir uns auf die Matratze, und Karla war sofort eingeschlafen, ich dagegen lag lange wach, denn mich durchwühlten richtungsweisende Gedanken. Breche ich den Urlaub unverrichteter Dinge ab? Das war der beherrschende Gedankenvorgang. Und wenn ich das tue, erfüllt es seinen Zweck?

„Guten Morgen, Georg. Wie geht es deinen Füßen?" Von der freundlichen Frage war ich aufgewacht. Karla war bereits hellwach und blickte mit ihrem einfühlsamen Reklamelächeln auf meine kaputten Fußsohlen.

„Ich fahre nach Vallon und kaufe dir neue Sandalen", erklärte sie mir ihr Anliegen. „Du ruhst dich in meiner Abwesenheit aus und schonst deine Füße."

Na so was. War das tatsächlich Karla? Ich war immer noch böse auf sie und antwortete: „Ich komme schon klar. Mach dir wegen mir keine Umstände."

„Quatsch. Das ist das Mindeste, was ich für dich tun kann", befahl Karla. „Ich bringe dich wieder auf Vordermann. Verlass dich da ganz auf mich."

Welcher Tag ist heute? Meine ungläubigen Blicke streiften Karlas sanftes Gesicht, dabei rieb ich mir die Nacht aus den Augen. Ist das ein Tag, an dem Gelähmte wie durch ein Wunder wieder mit dem Gehen anfangen?

Ich glaubte weder an Wunder, noch war ich Masochist, aber Karlas Sätze waren kein Traum. Was sie da von sich gab, grenzte an Zauberei. Das war nicht die Karla des gestrigen Abends, die so niederträchtig sein konnte. Aber nein, sie bearbeitete mich, wie eine Sirene in der Antike: „Hast du einen Wunsch? Ich erfülle ihn dir."

Ja, so vertrackt war Karla. In ihr bildeten Chaos und Sinnlichkeit eine Einheit. Sie war über jeden Zweifel erhaben. So fürsorglich, wie sich Karla jetzt darstellte, war sie die Traumfrau. Und ich war nur allzu schnell bereit, das Kriegsbeil zu begraben. Mir wurde sonnenklar, dass das Reiseerlebnis mit dieser wunderbaren Frau niemals tragisch enden durfte.

Karla kehrte mit neuen und vor allem bequemen Sandalen von einem Schuster zurück, schon war die Frage nach der verfrühten Abreise in der Rumpelkammer meiner Seele verschwunden, denn es trat die ersehnte Beschaulichkeit ein.

Da der Abend angenehm warm war, breiteten wir eine weiche Decke unter einem Mandelbaum aus, danach

streifte mir Karla vorsichtig die Shorts und meine Unterhose über die verbundenen Füße, und legte damit meine
wild zuckende Männlichkeit frei. Unter ihren geübten
Händen erblühte mein Freudenspender zur wunderschönen Schwertlilie.

Auch ich ließ mich nicht lumpen, denn meine Finger
fuhren Karla in ihr feuchtes Höschen. Ihr Körper duftete
atemberaubend, so vergaß ich meinen Schmerz.

Und uns unsterblich ineinander verlierend, verbrachten
wir einen beispiellosen Abend, wonach wir die schönste
Zeit in einem fast abgehakten Urlaub erlebten.

Karla trieb meine Genesung mit den für sie typischen
Liebesspielen voran. Mir war, als hätte nie etwas zwi-
schen uns gestanden. So fuhren wir bestgelaunt auf die
Autobahn nach Paris und besuchten die Stadt der Liebe.

In der Gasse am Eifelturm, in der sich Julian seines Ge-
schäfts entledigt hatte, fällte ich den risikofreudigen Beschluss, ebenfalls dort zu übernachten. Nach den passab-
len Erfahrungen mit den Kids schien mir der Platz vernünftig zu sein, trotz des Streits in der umstrittenen Nacht
an der Ardeche.

Und was trat ein? Lässig legte Karla das Phänomen: Sie
stirbt auf unbewachten Plätzen vor Angst, zu den Akten.
Auf diese krasse Kehrtwende hätte ich selbst in kühnen
Träumen nicht zu hoffen gewagt

Als der Bus abgeschlossen und mit verschlossenen Fens-
tergardienen unter den Kastanienbäumen stand, jagten
wir im Eiltempo durch die Stadt, und das selbstverständlich zur Sacre coeur hinauf. Dort war die junge Frau abgereist, die Anna solch wunderschöne Zöpfe in ihre Haare
geflochten hatte.

Einerseits herrschte ähnlicher Trubel wie beim Besuch
mit den Kindern, andererseits machte man uns auf dem

Montmartre vor den Nachtbars aufdringlich an. Mit Gewalt wollten uns scheußliche Aufreißer in irgendwelche Schuppen mit Stripperinnen zerren. Doch den Schikanen ungeschoren entronnen, bummelten wir gemütlich an der Seine entlang.

Wir besuchten die Notre Dame und gingen ins Quartier Latin, und von dort zurück zum Eifelturm. Ein imponierender Fußmarsch durch eine schwer zu überbietende Stadt.

Der Abend in einem hübschen Restaurant, verlief ganz nach Karlas Geschmack. Der wurde gekrönt durch ein wohlschmeckendes Essen, dabei lauschten wir den Pariser Gesängen. Die schmalzigen Lieder erwärmten unsere Verliebtheit. Wir fanden deren Klänge ausgesprochen nett. In unserer Wein-Seligkeit artete die Nacht zu einer Orgie der Zärtlichkeit aus.

Am nächsten Morgen setzten wir uns zum Frühstücken in das Bistro, aus dem ich die leckeren Hot Dog's für mich und die Kinder besorgt hatte. Wir stärkten uns mit leckeren Croissant und zwei Tassen Milchkaffee.

Und anschließend stand die Eroberung des Louvre auf dem Programm. Bombastisch würde der Eintritt zwar ausfallen, aber die Besucher würden scharenweise hineinströmen, um die Mona Lisa zu bestaunen. Nun gut, die Menschenmassen sollten uns nicht von dem Schmankerl abhalten.

Über den Place de la Concorde, weiter durch den Jardin des Tuileries, bis hin zum Louvre, eilten wir strammen Fußes dem Museum entgegen. Und den Eingang erreicht, herrschte mordsmäßiges Gedränge, ähnlich dem Jahrmarkt in Kornelimünster, einem Vorort Aachens.

Schlimmer fand ich nur die Schlangen an den Aufzügen des Eifelturms. Doch das hielt uns nicht davon ab, uns ins

Museum einzuschleusen, prompt drängte sich die Frage auf: Wo hängt die Mona Lisa?

Doch das Gemälde war schnell gefunden, denn alle Suchenden kannten nur ein Ziel, den Zuschauermagnet im Louvre.

Wir kamen schlecht an das Bild heran, denn das wurde permanent von einer riesigen Menschentraube verdeckt. Dennoch wie die Indianer herangepirscht, und die Mona Lisa dicht vor Augen, war Bitterkeit angesagt.

Das Bild wirkte unscheinbar, merkwürdig blass. Das lag wohl an der Anordnung, denn die Mona Lisa ging, neben den Monumentalschinken eines Rembrandt oder Rubens, die an allen Ecken und Enden den Louvre schmückten, regelrecht unter.

„Wie sollten uns verdrücken. Bist du einverstanden?" Diese Frage hatte ich leise an Karla gerichtet.

„Die Art der Malerei spricht mich nicht an", ergänzte ich. „Ich stehe mehr auf die zeitgenössische Kunst."

„Sehr gut, das denke ich auch", signalisierte Karla ihre Zustimmung.

War unsere Übereinstimmung im Kunstgeschmack ein Zufallsprodukt? Jedenfalls ähnelten wir uns darin wie eineiige Zwillinge.

„Siehst du, Georg, auch was die Malerei betrifft passen wir hervorragend zusammen", erklärte mir Karla sehr feierlich.

Ich war vor Verblüffung leichenblass geworden. Was war in mich gefahren? Hatte ich eben richtig gehört? Hatte Karla eben behauptet, wir würden mit unseren Ansichten zu Kunstgegenständen und in der Malerei ein Paar bilden?

Das stimmte zwar, nichtsdestotrotz hatte mich Karla auf dem falschen Fuß erwischt. Ich erkannte mich nicht wieder, als ich meine Fäuste ballte und den Spieß herumdrehte. Heraus kam ein Aufschrei des Protestes, in den ich meinen Unmut gebündelt hatte.

„Herrgott noch mal!"

Der Fluch hallte wie ein Pistolenschuss durch den Louvre. Doch mein Wutausbruch war nicht rückgängig zu machen und das wollte ich auch nicht. Denn jetzt, wo ich mein Unverständnis vom Stapel gelassen hatte, gehörten alle Missstände auf den Tisch.

„Schön fände ich es in der Tat, wenn alles so einfach wäre", konkretisierte ich meine Unzufriedenheit. „Aber das ist es nicht, denn was erlebe ich mit dir?"

„Das Schlaraffenland", sagte Karla, dabei strich sie mir durch die Haare.

„O nein, Karla", begehrte ich weiterhin auf. „Leider wandele ich mit dir nicht durch den Garten Eden, stattdessen erlebe ich die Hölle auf Erden."

Bedrücktes Schweigen, dann abgrundtiefe Abneigung. Mich hatte quälende Auflösung ergriffen, da sich meine Gehirnströme quergestellten, ausgelöst durch endlose Tage im Zoff. Suchte ich ein ausgefülltes Leben, dann bitte nicht mit Karla, oder ich war lebensmüde.

Derlei düstere Aussichten für die Zukunft suggerierte mir mein nimmermüder Denkapparat. Anderseits hatte Karla unser Zusammengehörigkeitsgefühl hervorragend herausgequetscht. Besser wäre es mir die Formulierung auch nicht gelungen, obwohl ich mich für einen verhinderten Schriftsteller hielt. Sie hatte Sätze verwendet, die ich mir unbedingt merken wollte.

Aber erst im Alltagsleben würde sich bestätigen, ob und wie harmonisch unser Zusammenleben funktioniert. Zurück in der Heimat taucht der Kinderwunsch aus der Versenkung auf, diese Problematik war nicht aus der Welt, sondern vorprogrammiert.

Noch allerdings waren wir in der Stadt der Liebe. Von der war unsere mehrstündige Rückfahrt erst für den kommenden Tag geplant. Also setzte ich mich an die Seine und ließ ich meine Füße nachdenklich ins lauwarme Wasser baumeln.

Der Bereich meines Gehirns war heiß gelaufen, der an einer schnellen Lösung unserer Problematik arbeitete, daher entwickelte sich in meiner Denkstruktur eine verworrene Theorie, die sich um den Urlaub mit Karla drehte.

Warum waren unsere Unternehmungen so durchwachsen abgelaufen?

Anfangs war die Reise als Untergangsszenario über die Bühne gegangen. Die ersten Tage, vor allem die Nächte, waren eine fade und aschgraue Inszenierung, in den unterschiedlichsten Schattierungen.

Erst die letzten vier Tage, umso mehr die wilden Nächte, hatten sich kunterbunt verfärbt. Aber reichte diese Entwicklung aus, um von einem Traumurlaub sprechen zu können?

Nein, und nochmals nein, denn meine Erwartungen wurden nicht erfüllt. Zurecht hatte mich Karlas Streitkultur enttäuscht. Anstatt sich an mich zu schmiegen, hatte sich Missachtung breitgemacht. Die hin und wieder aufgeloderten Beischlaferfolge taugten nicht viel. Unter bedingungsloser Liebe hatte ich etwas anderes verstanden. Ich war jedes Mal der Dumme, der den Karren aus dem Dreck ziehen musste.

Illusionslos machte ich mir nichts mehr vor: Unsere Beziehung war gescheitert. Die gute Karla hatte mir das liebenswerte Wesen nur vorgespielt. Immerhin spielte im Sprachgebrauch des modernen Zeitalters das positive Denken eine Rolle. War ich dieser Denkstruktur auf den Grund gekommen, ja hatte ich deren Umsetzung überhaupt versucht?

Dagegen sprach, dass ich mich viel zu oft eifersüchtig gebärdet hatte, dabei hatte ich mich als Paradebeispiel herausgeschält, das Karlas Verhaltensweisen immer nur negativ ausgelegt hatte. Ich war den Realitäten mit Argwohn begegnet. Beruhte mein Frust auf dem Wurzelwerk einer kritischen Anschauung? Oder lag's an meiner hohen Anspruchshaltung an eine Beziehung?

Ich gestattete mir eine gründliche Aufarbeitung meines Gefühlszustandes und hinterfragte Karlas Äußerungen, vor allem aber die Streitereien der Vergangenheit. War es mir gelungen, mein Problemfeld einzukreisen?

Mein nach einer Lösung Bohren hatte nicht den Durchbruch zur Rettung unserer Liebesbeziehung gebracht, denn für eine wünschenswerte Gemeinsamkeit brauchte ich ein Konzept, doch woher sollte ich das nehmen?

Vielleicht konnte ein schlauer Beziehungsratgeber helfen? Der Büchermarkt wurde überschwemmt mit Ratgeberliteratur, denn die Ideen für irgendwelche Allheilmittel lagen nicht gerade auf der Straße.

Während ich nach einer Lösung suchte, zeigte mir Karla die kalte Schulter und wechselte kein Wort mit mir. Doch ihr Schweigen lieferte mir das Gegenteil eines Heftpflasters. Nicht mal mit einer Wundsalbe wollte Karla einen Beitrag zur Problemlösung leisten. Karla fühlte sich wie immer im Recht.

Mit der ernüchternden Grundtendenz glich unsere Heimfahrt einem altertümlichen Stummfilm. Sie verlief wortlos und in sich gekehrt, jeder in seine Gedankenwelt versunken, dazu ungewöhnlich abweisend.

14

Enthusiastisch überhäuften mich meine Kinder mit Liebesbekundungen, als ich sie zu mir nachhause geholt hatte. Mir blieb vor Freude die Spucke weg. Während der Reise hatte ich sie vermisst, aber das merkt man erst, sobald man wieder mit ihnen vereint ist.

Jedenfalls ging es ihnen gut, und auch meine Raubtiere waren während meiner Abwesenheit nicht verhungert. Im Gegenteil. Sie schnurrten verfressen um meine Beine herum. Zusätzlich hatten sie sich angewöhnt, bei den Essensvorbereitungen auf die Arbeitsplatte zu springen. „Julian, Anna, ihr habt sie total verwöhnt", schimpfte ich mit meinen Kindern, allerdings gut gelaunt.

Doch die Mutmaßung tat mir hinterher leid, denn beide wuschen ihre Hände in Unschuld. Rosa muss den Fehler begangen haben.

An Karla war mir keine erfreuliche Veränderung aufgefallen. Sie verhielt sich weiterhin auffällig reserviert. Unsere überfällige Versöhnung wurde zum Ding der Unmöglichkeit, und damit die Rückkehr in ein Leben im besinnlichen Einklang.

Für meine Gemütslage brach eine karge Zeit an, denn Karla leierte ihr Pflichtprogramm emotionslos runter. Früher hatte sie gern mit den Kids herumgetobt, ich denke dabei an die verrücktesten Rollenspiele, doch das war vorbei. Zwischen Karla und mir, das hatte sich bereits im Urlaub abgezeichnet, herrschte Sendepause. Sie hegte keine Gefühle mehr für mich. Die waren abgestorben. Hatte sie mich zwei Jahre an der Nase herumgeführt?

Jedenfalls hatte Karla unsere Beziehung in eine vorsintflutliche Epoche verlagert. Die erwärmenden Jahre des Zusammenseins hatten ausgedient, denn der Frühling, der Sommer, der Herbst und der Winter waren einer gefährlichen Jahreszeit gewichen, nämlich der gefühllosen und unmenschlichen Eiszeit. Die bestimmte die weiteren Abläufe.

Alle Worte tausendmal gesagt, alle Fragen tausendmal gefragt, alle Gefühle tausendmal gefühlt, tief gefroren, tiefgekühlt. Eiszeit, mit mir beginnt die Eiszeit, im Labyrinth der Eiszeit, minus neunzig Grad

Ideal

Meine große Liebe ging mir gekonnt aus dem Weg. Karla mied mich, wie es Paketzusteller mit dem 4. Stockwerk eines Hauses zu tun pflegen. Doch wie sie es geschafft hatte, ein Aufeinandertreffen im Haus zu vermeiden, das blieb ihr Geheimnis.

Trafen wir uns dennoch rein zufällig im Treppenhaus, dann war sie der Frage nach den Ursachen ihrer Gefühlskälte ausgewichen, sich undurchschaubar abwendend. Nur das verlegene Seufzen: „Ich weiß selbst nicht genau, was sich in mir abspielt", blieb für mich übrig.

Sie ist meiner überdrüssig, dachte ich. Sie hat mich auf die Reserveliste gesetzt.

Karla hatte die Trennungsphase unwiderruflich eingeläutet, und das wohlwissend, dass sie mir meine geschundenen Rückenwirbel bricht.

Ich versuchte es aus Ratlosigkeit mit der Verständnisschiene, dabei ignorierte ich mein sich aufbäumendes Herz. Und was hatte ich davon? Mein Puls raste wie eine Nähmaschine.

In dieser Trostlosigkeit spürte ich schmerzlich, dass ich zu Karla viel mehr Liebe empfand, als ich mir aus Trotz bisher eingestanden hatte.

Doch noch gab es ihn, den Hoffnungsschimmer. Wir fingen an, uns gemeinsam gegen die Trennung mit dem Auswerfen eines Rettungsankers zu wehren, denn der Ausweg sollte aus einem dreitägigen Ausflug in die Lüneburger Heide bestehen.

Und dort angekommen, startete Karla eine ihrer obligatorischen Radtouren, die erneut zur Extremtour ausartete. Wir strampelten einhundertsiebzig Kilometer, sodass mir hinterher mein Sitzfleisch brannte. Seither verbirgt sich hinter den Ortsnamen Bispingen, Soltau, Fallingbostel und Uelzen der Inbegriff für Schmerz. Noch heute verkrampfen sich meine Arschbacken, fällt einer der Namen. Was aber brachte uns der gutgemeinte Annäherungsversuch?

Nicht viel, denn kaum waren wir aus der Lüneburger Heide heimgekehrt, entbrannte die Diskussion um eigene Kinder wie eine Feuersbrunst.

Karla erklärte mir, warum es für sie nur die Trennung als Lösung geben konnte: „Verstehe mich bitte nicht falsch, aber in dem Punkt Auseinandergehen denke ich ausnahmsweise an mich, schließlich bin ich fünfunddreißig Jahre alt. Mir bleibt nicht mehr viel Zeit für eigene Kinder."

„Du veräppelst mich doch", antwortete ich ungläubig. „Das sind Ausflüchte."

„Nein, Georg. Ich werde dich gewaltsam aus dem Herzen reißen müssen, obwohl ich dich wahnsinnig liebe. Bitte hilf mir, sonst strauchele ich. Versuchen wir die Trennung gemeinsam."

Ich war wegen Karlas Erklärung verbittert, weshalb ich sie fragte: „Ausgerechnet ich soll dir bei der Trennung und das war's helfen? Bei einem Todesstoß, den ich unbedingt vermeiden wollte?"

„Ja, Georg. Es gibt nur diesen Weg."

„Hast du dir reiflich überlegt, was du da von mir verlangst? Warum nach zwei wundervollen Jahren? Bisher waren wir immer aufrichtig zueinander."

was ich weiterhin tat: „Vor kurzem und auch eben hast du noch betont, wie sehr du mich liebst."

Nach allen Regeln der Kunst versuchte ich, Karla meine Ausweglosigkeit zu vermitteln, doch alles bitten und betteln erwies sich als zwecklos. Karla beabsichtigte, die Trennungslinie durchzuziehen. Dazu war sie entschlossen, bis zum letzten Schritt.

Immerhin forderte mich Karla zur Mithilfe auf, wobei sie Klartext redete: „Jeder Mensch geht seinen vorgegebenen Weg. Du, Georg, hast zwei wunderbare Kinder, dazu deine Politik. Und was habe ich? Wir dürfen uns nicht mehr sehen. Auch für mich wird das ein steiniger Marsch."

Und bevor sie mich wie einen begossenen Pudel stehen ließ, schob sie die Frage nach: „Kennst du einen anderen Ausweg?"

Nach dem Gespräch zuckelte ich in meine Mansarde hinauf und warf mich auf mein Ledersofa. Grenzenloser Trübsinn hatte mich befallen. Die Zimmerlinde hatte Blumendünger nötig.

Welcher unverbesserliche Schwachsinn treibt Karla an? Das hatte ich mich gefragt und unentwegt meine Gehirnwindungen gemartert. Ein Vermächtnis hatten wir uns in der Silvesternacht geschworen, das da lautete: Wir gehören zusammen bis ans Ende unserer Tage, und dazu gehören Liebe und Vertrauen. War dieser Schwur Heuchelei gewesen?

Ich mutmaßte in meinem unverbesserlichen Wahn: „Wie in einer Liebesschnulze findet der Spuk bald ein freundliches Ende. Ich sehe es vor mir, ein mit üppigen Heckenrosen verziertes Happyend."

Als wir uns auf der Straße vor unserer Haustür trafen, da redete ich mir meinen Mund fusselig und raufte mir die Haare, aber Karla blieb knallhart.

Sie strebte den geordneten Brexit an, keinen harten oder gar chaotischen. Und da Karla aufrichtig war, würden wir den gemeinsamen Weg verlassen müssen. Für sie war unsere Trennung kein Irrtum.

Ich suhlte mich in meinem Trennungsschmerz, denn es gab nichts schlimmeres, als sich alleingelassen zu fühlen. Wie beim Strangulieren drohte ich an der Einsamkeit zu ersticken. Zwar wohnte Karla ein Stockwerk unter mir, doch das Wissen um ihre Nähe nährte meine Verzweiflung. Nur meine Kinder und die Katzen, lockerten meine Erstarrung gelegentlich auf. Ansonsten hatte ich die unmöglichsten Halluzinationen.

Bei einer der von den besseren Halluzinationen kam Karla auf einer Wolke der Zuversicht zu mir ins Bett geschwebt, prompt waren wir wieder eins.

Und was fällt daran auf? Ich war ein Traumtänzer, dem es an Einsicht fehlte, denn ich wollte das Ende der verrückten Verbindung nicht wahrhaben, obwohl es sich ständig verdichtete. Für mich war unsere Liebe eine Hängepartie mit ungewissem Ausgang.

Lief mir Karla nach einem Einkauf über den Weg, dann wurde ich sentimental: „Bist du krank?", fragte ich sie sorgenvoll, denn ich hatte in ihrem Gesicht Veränderungen bemerkt. Sie sah schrecklich mitgenommen aus.

Karla aber drängte mich in die Defensive: „Es geht schon. Mach dir um mich keine Gedanken."

Wie im Zeitlupentempo verstrichen die Tage, in denen war mein Lebensmut kontinuierlich aus mir gewichen. Alles um mich herum war mir gleichgültig geworden, sodass ich mich phlegmatisch durch die nicht verschiebbaren Verpflichtungen bewegte. Meine mich verzehrenden Gesichtszüge standen mir verheerend. Mit denen sah ich aus wie ein einbalsamierter Leichnam.

Auf mein mieses Aussehen von allen möglichen Leuten angesprochen, und auf die Frage, warum man mich nicht mehr mit Karla trifft, schüttelte ich verzagend den Kopf. „Welche Beziehung meint ihr? Etwa meine zu der wunderbaren Frau? Ach Gott, das war einmal."

Aber warum das so war, das erwähnte ich nicht. Über die Trennungsgründe warf ich den Mantel des Schweigens, und das sogar gegenüber den engsten Freunden.

Doch eines Nachts, meine Wohnungstür war nicht abgeschlossen, stand Karla am Bett und flehte: „Bitte, Georg? Ich brauche deine Hilfe. Lass mich zu dir."

Dann würgte sie mühsame Leidensbekundungen hervor: „Mich quälen fürchterliche Magenkrämpfe. Manchmal hört mein Herz auf zu schlagen. Geht's dir auch so?"

Fluchs hatte sie sich unter meine Bettdecke geschoben und mich behutsam gestreichelt, um sich umgehend an meinen Körper zu pressen.

„Bitte versteh das nicht als Liebesbeweis", hauchte sie kaum verständliche Wortfetzen. „Ein letztes Mal lass mich deine Nähe spüren. Das ändert aber nichts am Ausklang unseres Zweierbündnisses."

Wir verlebten eine anschmiegsame Nacht. Doch leider nur den Abklatsch zum ersten Jahr unserer wollüstigen und ekstatischen Fleischeslust, denn Karla wollte keinen neuen Sturm der Leidenschaft entfachen.

Am hereinbrechenden Morgen lud mich Karla zu einer Salsafete in den Jacobshof ein. Es war Karlas Wunsch und der ihrer Schwester, die mich schätzte, dass wir mit Karlas Freundin Marion die Fete besuchen.

Und ich Dummkopf feierte ihre Einladung als Neuanfang.

An dem besagten Samstag fuhren wir mit den Rädern zu dem Musikschuppen, dort trafen wir auf Gabi und Marion. Aber die Hoffnungen weckende Einladung war ein Flop und endete in einer riesigen Endtäuschung.

Ich hockte zwar neben Karla am Tisch, doch sie wies meine Annäherungsversuche schon im Ansatz ab. Mir die kalte Schulter zeigend, hielt sie mich auf Distanz, und ich krümmte mich wegen der Herabwürdigung.

„Lass Karla Zeit", flüsterte mir Gabi ins Ohr. Sie hatte sich, unbemerkt von Karla, an meine Seite geschoben. „Sie mag dich noch", fügte sie an.

Daraufhin erhob ich mich brummig und stakste an die Theke, wo ich mir ein Bier bestellte.

Auf dem Barhocker neben mir saß eine traurig dreinblickende Frau mit halblangen, blonden Haaren, genau mein Typ, etwa fünfunddreißig Jahre alt und in meiner Größe. Und obwohl ich sie bewunderte, sie beachtete mich nicht.

Vielleicht besser so, stutzte mich Alfred zurecht. Er versprühte wenig Hoffnung. Ähnlich meinem Herzeleid litt er unter Karlas Geringschätzigkeit. Er hatte große Stücke von seiner Karla gehalten, und nun das.

Ich ignorierte Alfred und dachte an die schönen Seiten eines Flirts, doch ich verwarf den Gedanken daran sofort wieder und dachte an die Realität. Gerade erst hatte ich mir an einer Beziehung die Finger verbrannt, das reicht. Frisch verwundet, wie ich es war, und ohne Verstand, sollte ich keine Frauen anmachen. Was ich jetzt brauchte, das war eine besinnliche Trauerphase.

Trotz allem war die Bekanntschaft richtungsweisend, denn das Leben spielt manchmal seltsame Streiche. Diese

Frau, die ich eben als traurig dreinblickend beschrieben hatte, wird später meinen Lebensweg entscheidend kreuzen.

Hätte ich damals an der Theke hellseherische Fähigkeiten besessen, dann wäre ich bei der Frau hartnäckig geblieben, und ich hätte mir das Drama mit Karla erspart. Doch nun wieder zurück zum Konstrukt meines unzufriedenen Zustandes.

Ich verließ meinen Barhocker und setzte mich zu Karla an den Tisch, wonach sich der Abend ganz passabel entwickelt hatte, denn Karla lockerte ihre abweisende Haltung. Sie ließ sich sogar dazu herab, mit mir auf die Tanzfläche zu gehen.

Spät in der Nacht, und als seien wir wieder ein Herz und eine Seele, schlenderten wir Arm in Arm zu den Rädern. Mit denen fuhren wir heim in unser Wohnrefugium. Doch vor ihrer Wohnungstür, und für mich total unerwartet und abrupt, endete die von mir erwünschte Seelenverwandtschaft.

Karla drückte mich oberflächlich, dann ging sie allein in ihre Wohnung. So schliefen wir weiterhin getrennt in unseren Wohnungen, sie unten und ich oben, und jeder in seinem Bett.

Mühsam ernährt sich das Eichhörnchen.

An solch einen blöden Spruch hatte ich gedacht, bevor ich eingeschlafen war. Aber zumindest hatte ich mich in Karlas Nähe aufhalten dürfen und durfte schmachtende Blicke auf sie werfen. Wenigstens diese Möglichkeit hatte mir der Abend geschenkt.

Zwei Tage waren in permanentem Notstand dahingeplätschert, ich mich grämend, weil mich Karla erneut gemieden hatte.

Doch zum zweiten Mal, nach der Fete im Jakobshof, brach Karla die verhärtete Seelenkruste auf. Dieses Mal lud sie mich zu einem Besuch ins Apollo-Kino ein.

Nach dem abschreckenden Filmerlebnis, der Rosenkrieg hieß der Film, dazu ein völlig unpassendes Thema in unserer verqueren Situation, setzten wir uns zum Austausch über das Gesehene in die Studentenkneipe unseres Wohnviertels. Was heißt setzten? Wir quetschten uns ins Exil, das immer überfüllt war und für meinen Geschmack zu laut.

Bis dahin war alles in Ordnung. Doch bei der Diskussion über den Rosenkrieg kamen wir uns heftig in die Haare, sodass Karla zu dem von ihr allzu oft bevorzugten Mittel griff.

Erbost und bockig schob sie ihr Glas beiseite. Danach sprang auf, wobei sie mehrere Stühle umschmiss. Dann zischte sie, einer Gazelle ähnelnd, an den peinlich gerührten Gästen vorbei aus dem Lokal.

Hoppla, der von mir unbeabsichtigte Schnellschuss bei den Argumenten war nach hinten losgegangen. Doch ich war bescheuert, denn ich brüllte ihrem davonhaschenden Schatten hinterher: „Nein, Karla! Bitte nicht schon wieder das blöde Weglaufen."

Aber mit dem selbstgefälligen Abgang hätte ich rechnen müssen, denn ich war die Bockigkeiten Karlas gewöhnt, nichtsdestotrotz befand ich mich in der Bredouille.

Ich zögerte kurz, aber nicht lange, denn auch ich erhob mich von meinem Stuhl und stürmte Karla hinterher. Das Bezahlen konnte warten.

Nach etwa hundert Metern hatte ich Karla eingeholt und hielt sie an den Armen fest, danach schüttelte ich sie mit einem derben Griff an die Schulterblätter kräftig durch.

„Ich werde nicht schlau aus dir", schimpfte ich. Mit der Feststellung versuchte ich sie zur Rede zu stellen. „Dein

Verhalten ist kindisch. Keine normale Frau wirft bei kleinen Unstimmigkeiten die Flinte ins Korn."

Und was tat Karla?

Die machte mir den schon auf La Gomera erwähnten
Vorwurf. „Schäme dich. Du Memme hängst mir wie ein
Schoßhündchen am Rockzipfel. Ich brauche einen starken Mann, der mir ein Kind macht und mir zeigt, wo's
lang geht."

Peng. Karlas sprichwörtlicher Tiefschlag hatte gesessen.
Mit ihrem linken Haken hatte sie meine Schwachstelle er-
wischt und mich auf die Bretter geschmettert. Das Wort
Weichei hatte sie Gott sei Dank vermieden.

Doch die Auseinandersetzung verlief anders als sonst,
denn ich ließ weder beschämt die Augenlieder sinken,
noch verwandelte ich mich in ein verängstigtes Kirchen-
mäuschen, stattdessen brachte ich es fertig, mich mit dem
passenden Gegenvorwurf zu revanchieren.

„Was bildest du verwöhnte Tucke dir ein?", maulte ich
vorwurfsvoll. „Du suchst einen Mann, den es gar nicht
gibt."

Es wäre wohl besser gewesen, ich hätte mir auf die Lippen gebissen, dann hätte ich den Begriff Tucke nicht verwendet, und beleidigen wollte ich Karla auf keinen Fall,
aber das Miststück hatte mich regelrecht dazu angesta-
chelt.

Karla war perplex. Sie glotzte belämmert, doch dann
sprudelte es aus ihr heraus: „Hast du eben Tucke gesagt?"

„Ja, du bist ein saublödes Rindvieh. Von solch einem
missratenen Miststück lasse ich mir nichts mehr gefallen.
Ich soll eine Memme sein, nur weil ich dich liebe?"

Oje, oje. Ich war wie von Sinnen, denn mit meiner Be-
schimpfung hatte ich mein Aggressionspotenzial mächtig
gesteigert.

Und das führte zu dem Ergebnis, dass sich Karla vor mir aufbaute und knurrte: „Du liebst nur dich selbst."

„Nein, Karla. Ich liebe dich mehr denn je."

„Dann beweise es."

„Wie soll ich das tun? Du denkst doch, du kannst mit an dir hängenden Menschen abscheulich umspringen. Aber das ist endgültig vorbei. Einen Hanswurst machst du nicht aus mir." ur

Ich fühlte mich von Zentnerlasten befreit und wendete mich von Karla ab, wie der Teufel von einer gutartigen Seele. Sollte sie über mich denken, was sie wollte. Der Wutanfall war aus mir herausgerutscht und nicht mehr zu reparieren.

Halbwegs zufrieden schlurfte ich ins Exil zurück, wo dieser Peter wartend an der Theke saß, wie erwähnt, der große Verehrer Karlas.

Der hatte ihren Abgang verfolgt und fragte mich nach den Gründen des für ihn erfreulichen Vorfalls: „Hast du Probleme mit Karla?"

„Nein", antwortete ich ihr barsch. „Wie kommst du darauf?"

„Na, das eben... ", stotterte er.

„Das war nichts. Mach dir keine falschen Hoffnungen. Karlas Abgang hat für dich nur nach einer Trennung ausgesehen", kanzelte ich ihn ab. „Aber die steht momentan nur etwas neben sich."

Ich beachtete Peter nicht mehr und stellte mich ans andere Ende der Theke. Dort bestellte ich ein Glas Bier, das ich auf ex und hopp hinunterschüttete, danach trank ich zwei weitere.

Und die Gläser ausgetrunken, bezahlte ich den Spaß und ging heimwärts. Es war schon sehr spät und ein langer Arbeitstag stand mir bevor.

Als ich unser Haus betreten hatte und an Karlas Wohnungstür vorbeikam, blieb ich stehen und lauschte, doch es war kein Pieps zu vernehmen.

So ging ich weiter und murmelte: „Keine Sorge, Karla. Ich belästige dich nicht. Von mir aus verrotte in deiner Bude."

Und vier Treppenstufen höher ließ ich meiner Endtäuschung einen letzten Aufschrei folgen: „Für mich bist du gestorben. Du hast es so gewollt."

15

Noch vor Wochen hatte ich das Liebesleben mit Karla als ein Geschenk des Himmels betrachtet, aber jetzt war ich mit dem Latein am Ende, ja ich hatte sogar angefangen, alle vorherigen Aktivitäten als Nebensächlichkeit einzustufen.

Hervorgerufen wurde meine Passivität durch Karlas spürbare Abneigung, denn ihre Nichtbeachtung drückte der Trennung den Stempel der Endgültigkeit auf. Karla hatte meinem seelischen Gleichgewicht den Boden unter den Füßen entzogen. Und als ob ihr das nicht reichte, wollte sie auch noch einen Narren aus mir machen.

Aus Frust entschied ich mich für meine Teilnahme an einem Abstecher mit den Grünen nach Berlin. Der sollte meinem Wiederaufbauprogramm dienen, das in etwa war mein Wunsch. Dermaßen kurzsichtig war ich seinerzeit unterwegs.

Unserer Christa, gewähltes Mitglied des Bundestages, war den Berlincoup gelungen. Sie hatte den beim Bund für Bildungsreisen zur Verfügung stehenden Finanztopf angezapft und betrachtete unsere Berlinreise als eine Belohnung für die harte Arbeit in den Ortsparlamenten. Dieser Vorgang wurde übrigens auch von den Großparteien seit vielen Jahren praktiziert.

Wir reisten, im Kontrast zu den Mitgliedern anderer Parteien, mit der umweltfreundlichen Bahn an, während die anderen Banausen das umweltschädigende Flugzeug für ihren Abstecher benutzten. Aber die Bahnfahrt hatte auch

einen weiteren, positiven Aspekt, denn mit der Gruppen-
fahrt im Zug ersparten wir dem Staat wertvolle Steuergro-
schen.

Die Einwände gegen die verschwenderische Unterbringung im Steigenberger Hof waren dagegen ergebnislos
verlaufen, weil rechtmäßig abgeschlossene Verträge ein-
gehalten werden mussten. Das galt auch für uns Grüne.

Okay. Weiterer Widerstand war zwecklos.

Wir verbrachten geruhsame Stunden im Zugabteil, und
kaum hatten wir die durch die Mauer geteilte Metropole
erreicht, wartete ein Bus am Bahnhof, der uns umgehend
in das Nobelhotel transportierte.

Dort, am Eingangsportal, herrschte helle Aufregung bei
den dem Bus zugeteilten Boys. Die rannten hilflos umher,
denn unser Gepäck bestand nicht etwa aus den üblichen
Koffern, sondern aus abgewetzten Rucksäcken, Gitarren
und Schlafsäcken. Den Kram trugen wir selbst in die Ein-
gangshalle.

„Macht das Ignorieren der Hotelbediensteten Schule,
dann müssten die Boys um ihren Job fürchten, besonders
um den Verlust des Trinkgeldes", machte ich mich über
die Situation lustig. Dann trieb ich es auf die Spitze:

„Mein Gott, wie grausam", hatte ich polemisch dazu bemerkt.

Auch das arrogante Empfangskomitee des Hotels war
auf eine Horde Grüner Parlamentarier nicht eingerichtet.
Die Blödmänner echauffierten sich. Aber warum?

Wir waren nicht für den Aufenthalt in ihrer Luxuska-
schemme verantwortlich. Uns wäre die Unterbringung in
einem billigen Hotel lieber gewesen, doch die leidigen
Übernachtungsverträge hatten uns zur teuren Grausamkeit gezwungen.

Ein Vertreter des Senats hieß uns willkommen, dann begann das Besuchsprogramm. Und das war gespickt mit

diversen Stadtrundfahrten, mit Mauerbesichtigungen, mit dem Besuch einiger Museen und dem Mehrringer Hof.

Als Alternative stand eine Wohnanlage mit der neusten Technik an Wassereinsparung auf der Agenda. In der wurde das Brauchwasser in einem Biotop gereinigt und durch die Toilettenspülung in den Wasserkreislauf zurückgeführt, auf rein biologischer Basis natürlich.

Tags drauf besuchten wir ein besonderes Stück Lebensqualität, denn so lange ich zu denken in der Lage war, schwärmte ich vom UFA-Gelände, mit seiner Vollkornbäckerei und dem angeschlossenen Bioladen. Und das war nicht verwunderlich, denn ich selbst war einmal Bioladeninhaber.

Ebenso versetzte mich der Bauernhof für Kinder mit artgerechter Tierhaltung und manches Wiesendach in Hochstimmung, ebenso die Sattlerei und Lederwarenreparatur. Auch mehrere Workshops fand ich toll. Mir gefielen das Kaffee Ole und der Ufer Palast, und folgerichtig die preiswerte Unterbringung im Gästehaus. In dem fand ich die Atmosphäre vorbildlich. Ich wäre am liebsten dageblieben.

Am dritten Abend wurden bei einem Treffen im Gemeinschaftsraum des Hotels geheime Kontaktadressen von Bürgerbewegungsgruppen und Friedensinitiativen im Ostteil der Stadt unter uns Teilnehmern aufgeteilt. Der Besuch verschiedenster Protestbewegungen war als Beitrag der moralischen Unterstützung der geschlauchten Mitglieder vorgesehen, wenn auch im bescheidenen Rahmen.

Nach langem hin- und her hatten sich kleine Gruppen gebildet, und die legten fest, wer sich um welche Ortsgruppe hinter der Mauer kümmern wollte und sie aufsuchen würde. Meine Parteifreunde aus Würselen begeisterten sich für die Initiative um Bärbel Bouley, eine andere

Gruppe wollte Martin Böttger besuchen, und eine weitere plante den Austausch mit Gerd Poppe.

Noch am gleichen Abend hatte ich eine Monika angerufen, die war zuständig für die Koordination. Und mit der stimmte ich ab, wann und wo das Treffen stattfindet. Unsere Teilnehmer aus Würselen waren bereit für den Besuch. Die Gruppe bestand aus Erika, aus meiner Schwester und meinem Fraktionskollege Malle, dazu aus zwei weiteren Grünen.

Am Nachmittag brachen wir zum Ostteil Berlins mit der U-Bahn auf. Dort fanden wir ohne Schwierigkeiten die Tucholsky Straße am Prenzlauer Berg.

Durchweg entsetzt waren wir über den grauenhaften Zustand des Stadtteils. Die Häuser und das Drumherum waren zu einem tristen DDR-Grau verkommen. Es war nicht ein erfreulicher Farbklecks auf einer Hausfassade oder auf anderen Wänden zu erkennen, und viel zu wenig Grün. Nichts von alldem verschönte das Erscheinungsbild der Straßen. Für uns war das ein erschütternder Anblick.

Wir bewegten wir uns so unauffällig, wie es möglich war, durch die Tucholsky Straße, nach der Hausnummer suchend. Vor den Überwachungsmaßnahmen der Stasispitzel hatte man uns im Vorfeld gewarnt. Das war ein Grund, weshalb Malle schimpfte: „Großer Gott! Derart abartig hatte ich mir die Situation im Osten nicht vorgestellt."

Zehn Minuten waren verstrichen, da standen wir vor der Hausnummer 31 und betraten den Hausflur des abgewrackten Altbaus, uns nach allen Seiten absichernd.

Wir bemerkten sofort, dass es das richtige Haus war, denn mit zahlreichen Wahlplakaten der Grünen war das verkommene Treppenhaus verziert. Es war ein mutiges

Zeichen an den Bespitzelungsstaat und ein zusätzlicher Beweis, dass wir uns bei Grünsympathisanten befanden.

Als man uns eine Tür öffnete, betraten wir mit gemischten Gefühlen die Wohnung der Gastgeber, prompt wurde uns mulmig. Erstmalig spürten wir, trotz der Freundlichkeit der Bewohner, die allgegenwärtige Angst, die über der Situation lag. Mir wurde bewusst, dass ich auf uns unbekanntem Terrain wandelte. Im heimischen Umfeld waren mir politischen Ängste fremd.

Aber auch in der fremden Wohnung, und im Angesicht der totalen Beklemmung, begleiteten mich die Gedanken an Karla auf Schritt und Tritt. Nicht mal in der Ausnahmesituation konnte ich Karla ausblenden. Sie war als Bestandteil meines Daseins an mich gekettet, ob ich das wollte oder nicht.

Nachdem ich Bärbel, Monika und Wolfgang freundschaftlich umarmt hatte, wuchs die Vertrautheit rasant an. Ein mit brandheißen Diskussionen gefüllter Abend nahm seinen Lauf, wobei uns der Gesprächsstoff über die von Aufopferung geprägte Arbeit der Protestbewegung vor Ort kolossal beeindruckte. Wir hatten sofort verstanden, welcher Existenzbedrohung die Gruppe permanent ausgesetzt war.

„Eure Friedensarbeit ist beeindruckend", sagte ich zu allen Beteiligten. „Mich würden die nervenaufreibenden Zustände kaputtmachen. Meine Kommunalarbeit im heimischen Rathaus kommt mir gegenüber eurem Einsatz beschämend nebensächlich vor."

Bärbel sah leichenblass aus. Sie fuhr sich nervös mit den Händen durch die Haare, dann bestritt sie meine Behauptung: „Sei nicht zu bescheiden. Ihr leistet wunderbare Basisarbeit. Ehrlich."

„Ach Gott, es geht so", ging ich darauf ein, um es danach gerade zu rücken. „Was wir erreichen wollen, das wird uns weiter verwehrt."

„Immerhin akzeptiert man euch Grüne inzwischen, uns dagegen behandelt der Schurkenstaat wie Schwerverbrecher. Außerdem ist eure Problematik, im Vergleich zur Ostdeutschen, einfacher gestrickt. Euch geht es um den Erhalt der Umwelt, uns um fundamentale Bedürfnisse in dieser Scheißdiktatur, da bleibt für die Umwelt zu wenig Spielraum."

Bärbel hatte ihre Anerkennung charmant ausgedrückt, aber hatten wir das Kompliment verdient?

Das bezweifelte ich in aller Deutlichkeit: „Nein, Bärbel. Eure Leistung verdient mehr Anerkennung. Nicht wir, sondern Ihr setzt euch einem permanenten Stress durch die drohende Gefahr einer Verhaftung aus."

„Nun ja, so sehen wir das auch", bestätigt mich Wolfgang.

„Mein Nervenkostüm würde unter euren Bedingungen verrücktspielen", ergänze ich mein Statement. „Eure Arbeit erfordert Mut, Kraft und eine Menge Fingerspitzengefühl. Ich wette mit euch, euer Wirken wird erfolgreich sein."

Schlau hatte ich meine Ansichten dargelegt, denn ich betrachtete das Gespräch als ein Herantasten an die Ostproblematik. Aber diese Sprüche gibt man halt von sich, befindet man sich in der Gesellschaft gleichgesinnter Zeitgenossen.

Und mein Schachzug ebnete mir den Weg, in meine Vergangenheit abzuschweifen. „Ich weiß, wovon ich rede", streute ich ein. „Wie ihr an meinem Dialekt erkennt, stamme ich aus Bernburg an der Saale. Ich bin demnach ein Flüchtlingskind. Bei der Flucht mit der Mutter war ich acht Jahre jung, und wir hatten unser Heim mit leichtem

Handgepäck verlassen."

Doch das war Schnee von gestern und bedeutungslos gegenüber dem angegriffenen Zustand der Freunde. Die rechneten täglich mit ihrer Festnahme durch die Stasischergen, da sie unter deren Beobachtung standen. Diese Schweinebande machte regelrecht Jagd auf sie.

„Wie kannst du den Druck aushalten, stetig mit einem Bein im Gefängnis?"

Diese Frage hatte ich an Bärbel gerichtet, die auf mich einen jämmerlichen Eindruck machte.

Doch für Bärbel sprang Wolfgang ein, der mir bedächtig antwortete: „Bärbel ist fix und fertig. Die vielen Verhaftungen haben Kraft gekostet."

„Natürlich. Die Spitzelmethoden sind hart", zeigte ich Mitgefühl.

„Nur ein Funke eisernem Willen verhindert Bärbels physischen Zusammenbruch. Die Überwachungsmaßnahmen der Stasi haben sie mürbe gemacht. Sie steht kurz davor aufzugeben."

Ich war ergriffen, ja bestürzt. Das waren nicht die Voraussetzungen für unser Vorhaben, den Gesprächsverlauf aufmunternd zu gestalten. Dennoch tra dabei ein Wunsch in meinem Innersten zu Tage: Ach wäre Karla doch solch ein engagiertes Frauenzimmer wie diese Bärbel.

Schau an, ich hatte mich ein bisschen in die zarte Kämpferin für die Freiheit verguckt.

Durch manches Glas Bier oder Wein war eine gewisse Lässigkeit in die Gesprächsrunde eingezogen. Auch makabre Scherze hatten die Runde gemacht. Jedenfalls war die Harmonie mit den Ostberliner Freunden perfekt, daher wurde es ein langer Abend.

Als wir aufstanden, um unseren Besuch zu beenden, sagte ich zum Abschied: „Ihr steht kurz vor dem Durchbruch. Hoffentlich haben wir ein Stück weit zur Stärkung eures Kampfeswillens beigetragen und unser Besuch war ein Beitrag zu gelebter Lebensfreude?"

Hinterher ärgerte ich mich über meine geschwollene Ausdrucksweise, doch auch Malle gab ein ähnliches Vokabular zum Besten: „Macht's gut, liebe Mitstreiter. Bitte aufrecht bleiben. Euer Wille kann Berge versetzen. Und keine Macht dem Feind."

Die Sprüche meines Kollegen hatten Wolfgang dazu verleitet, seinerseits einen Wunsch auszudrücken: „Eure Arbeitsbedingungen würden uns genügen. In diesem Sinne. Grün ist die Hoffnung."

Nach einer ausgiebigen Verabschiedungsprozedur, bei der wir uns heftig drückten, eilten wir durch die Ostberliner Gassen, um rechtzeitig durch die Grenzmauer zu schlüpfen, denn bis Mitternacht mussten wir die Deutsche Demokratische Republik verlassen haben. Und es beruhte wahrscheinlich auf Einbildung, als ich mich von staatstragenden Augen beobachtet fühlte.

Doch trotz der Eile war ich während des Heimwegs in Gedanken bei Karla, die ich mit der begehrenswerten Bärbel verglich. Es müsste wunderbar sein, schwirrte mir durch die für die Liebe zuständige Gehirnhälfte, würde in Karla ein ähnlich blutendes Herz schlummern, welches mich in die Arme schließen möchte.

Jahre später hatte ich Wolfgang auf einer Wahlveranstaltung zur Europawahl wiedergetroffen. Er hatte von mir eine persönliche Einladung erhalten. Er als Europakandidat war mein Wunschgastredner, mit dem ich nach der Veranstaltung noch lange an der Theke saß, in gemeinsamen Erinnerungen stöbernd und verbunden, wie vor vielen Jahren.

Der letzte Abend des Berlinaufenthaltes war unseren eigenen Wünschen überlassen. Wir hatten sozusagen Freigang, und den verbrachten wir in Kreuzberg.

Beim alkoholreichen Kneipenbummel imponierte uns das Miteinander der Urberliner mit den Zugezogenen, zuzüglich den ausländischen Zeitgenossen. Wir erlebten Multikulti pur, und verinnerlichten mit Freude das Zusammenwachsen der Kulturen. Für mich war der Berliner Stadtteil die gelebte Demonstration gegen Ausländerhass, denn in der kunterbunten Szene war kein Platz für Nazischweine.

Als wir besoffen in einer gemütlichen Kneipe saßen, ratschte ich mit Erika. Der beichtete ich meine Probleme mit Karla und dementsprechend auch meine Hoffnungslosigkeit. Und wie gute Freunde so sind, redete mich die vertraute Gefährtin stark.

„Mache nie den zweiten Schritt vor dem Ersten, und im ersten Schritt musst du Karla sausenlassen", empfahl sie mir schonungslos. Du wirst sehen, dann verliert dein Beziehungsgeflecht seinen Schrecken."

„Das meinst du doch nicht so?"

„Doch, doch. Aber nur dann, wenn du den Rat beherzigst."

So gut, so schlecht, jedenfalls hatte es der Rat in sich. Der gehörte erst einmal runtergeschluckt, doch war er auch der Weisheit letzter Schluss?

Mitnichten, denn Erika hatte meine Sucht nach Karla unterschätzt. Gegen das Sausenlassen bäumte sich alles in mir vehement auf, in etwa so, wie sich eine Bärenmutter vor ihr Junges stellt.

„Der Schritt ist unmöglich", stellte ich klar. „Ich kann mir Karla nicht aus dem Herz reißen, denn ich liebe sie viel zu sehr. Was soll ich da machen?"

Doch Erika setzte konsequent nach: „Jetzt lass endlich deine Gefühlsduselei, schließlich habe auch ich das Scheitern einer Beziehung erlebt. Auch der Schmerz geht vorbei. Bitte konzentriere dich von jetzt an nur auf dich selbst."

Recht hatte sie, denn ihre Ratschläge beruhten auf reichhaltige Erfahrungen, die sie durch ihre gescheiterte Ehe gemacht hatte. Und ich hätte meine Trennung von Karla innerlich längst umsetzen müssen, anstatt mich von ihr um den Finger wickeln zu lassen.

Aber mit dem Einwickeln war's vorbei. Ich würde meine Eigeninteressen nicht weiter vernachlässigen, denn ich hatte wichtige Pflichten, da meine Kinder ihren Vater brauchten.

Endlich war die Wichtigkeit meiner Kinder wieder in den Vordergrund gerückt, und ich nahm mir vor, Karla zukünftig links liegen zu lassen. Aber wie sollte mir das gelingen? Karla und ich wohnten im selben Haus, sozusagen Tür an Tür. Das war nicht der Idealzustand von beglückendem Ausmaß.

Dennoch stimmte mich meine Perspektive zuversichtlich, denn ich hatte aufgehört, mein Herz in die Waagschale zu werfen und weiter auf das Miststück Karla zu setzen. Sie hatte mich nicht verdient, denn im Umgang mit mir hatte sie jämmerlich versagt. Aber wie konnte man die große Liebe so mir nichts dir nichts aus seinem Leben herausreißen?

16

Der anstehende Scheidungstermin hatte mich schon früh aus dem Bett getrieben. Den hatte das Gericht auf zehn Uhr terminiert. Im Bad machte ich meinen Körper und die Zähne frisch, dann gönnte ich mir ein karges Frühstück. Das verlief trist und langweilig ohne Karlas Anwesenheit. Danach hüllte ich mich in einen Regenumhang und schwang mich auf mein Fahrrad.

Da es Bindfäden regnete, spritzten mich vorbeifahrende Autos nass, was hoffentlich nicht die Spur einer Ähnlichkeit zum Scheidungsurteil haben würde.

Vor dem Gerichtsgebäude angekommen, kettete ich das Rad an einen Ständer und faltete den Regenumhang zusammen, dann ging ich hinein. Und im Gebäude war das Verhandlungszimmer schnell gefunden, daher stapfte ich Minuten vor dem Termin nervös im Gang auf und ab, dabei wartete ich auf Andrea und die Kinder.

Doch Andrea war es nicht gewohnt, im Schweiß ihres Angesichts zu leben. Sie lebte nach der Devise: Komme ich nicht heute, komme ich eben morgen. Sie war die sprichwörtliche Ruhe in Person. Es war daher klar, dass sie auf den letzten Drücker erscheinen würde.

Ich setzte mich auf die Bank gegenüber dem Verhandlungsraum, dann spulte ich in Gedanken den Ablauf der bisherigen Scheidungsaktivitäten vor meinem inneren Auge ab.

Das Unheil hatte mit der vorgezogenen Unterhaltsklage begonnen. Schon bei der war das Hickhack in einen kriegsähnlichen Zustand ausgeartet, denn es wurde das befürchtete Hauen und Stechen. Andreas Anwalt, ein fettleibiger Mann mit dem Nachnamen Damen, hatte sich zu einem echten Schlitzohr entwickelt.

Er war anmaßend und selbstgefällig, so wie es nach Angelikas Beschreibung zu befürchten war, also ein knallharter Hund. Dazu war er kein Robert Redford, eher die Kopie des Bullen von Bad Tölz, nur mit böse funkelnden Augen ausgestattet. Es bestand keine Gefahr, dass sich meine Frau in ihn verlieben könnte.

Meine Anwältin Angelika war ein zurückhaltendes Persönchen. Gegenüber dem Anwalt meiner Frau wirkte sie lammfromm, keinesfalls anmaßend. Doch leider war sie von einer Portion Unsicherheit umgeben, denn ihr Metier das Asylrecht war, nicht das Scheidungsrecht. Diesen Umstand hatte sie ausdrücklich betont.

Jedenfalls gedachte Andrea mit der Ausgeburt an Skrupellosigkeit aufzutrumpfen, wogegen ich sie mit meiner braven Asylexpertin aushebeln wollte. Was hatte ich mir bloß dabei gedacht? Wie sollte unter den Umständen die Unterhaltsklage gut für mich ausgehen?

Dieser Damen setzte auf die Einschüchterungstaktik. Das war sein Erfolgsrezept, mit dem wollte er mich madig machen, um mich zu Fehlern zu verleiten. Mit aggressiver Kriegsführung beseitigte er alle Zweifel an seiner harten Linie, und stellte mit übertrieben zur Schau getragener Entrüstung meine Glaubwürdigkeit infrage. Wer weiß, wie viele Mandanten der Gegenseite er damit erfolgreich abgefertigt hatte?

Nicht mit mir, Herr Damen, dachte ich schmunzelnd. Ich bin als Politiker auch nicht gerade auf den Mund gefallen. Doch in meiner Selbstüberschätzung hatte ich mein durch Karla in Mitleidenschaft gezogenes Nervenkostüm übersehen. Und wie es der Teufel will, gerieten wir uns beim

Offenlegen meiner Einkommensverhältnisse heftig in die Wolle.

Seine Taktik ging auf, sodass ich das Wegschwimmen meiner Felle befürchtete, doch anstatt mich zurückzunehmen, ließ ich mich zu einer Unbeherrschtheit hinreißen. Zornig brüllte ich ihn an: „Ich verbitte mir den flegelhaften Ton und unterlassen Sie die unverschämten Unterstellungen!"

Doch prompt hatte Andreas Anwalt einen Kracher parat: „Na, na, Herr Blume. Mäßigen Sie sich. Legen sie lieber ihr wahres Einkommen vor."

Und damit war ich wieder am Zug, aber Mäßigung war nicht mein Ding, weswegen ich wütete: „Das liegt auf dem Tisch. Sind Sie schwer von Begriff?"

„Meinen Sie Ihre Milchmädchenrechnung? Mehr ist der Quatsch doch nicht."

Mit viel Selbstbewusstsein hatte mich Andreas Anwalt wie ein ausgefuchster Kartenhai ausgekontert, doch ich hatte nachgelegt: „Ich bin Freiberufler. Wann verstehen Sie das endlich? Nur Festangestellte können Verdienstbescheinigungen vorlegen. Sie müssten das wissen, dafür sind sie lange genug im Geschäft."

„Werden sie nicht frech! Sie sind verpflichtet, haargenaue Unterlagen vorzulegen, die auch der Prüfung des Finanzamtes standhalten."

Mit solchen Schachzügen hatte der Anwalt sein verlogenes Spiel vorangetrieben. Und ich hatte mich unnachgiebig gewehrt: „Vor Minuten habe ich erklärt, dass meine Einkünfte Schwankungen unterliegen. Mal sind sie ordentlich, manchmal liegen sie unter dem Existenzminimum, je nach der Projektlage meines Auftraggebers. Bin ich erkrankt oder mit den Kindern im Urlaub, fällt mein Einkommen gen Null."

„Dann beweisen Sie's:"

„Fragen Sie meine Frau. Sie wird es bestätigen."

„Ich bitte sie, Herr Blume. Ihr Vortrag ist nichts anderes als Lügengeschwätz."

Derart geschmacklos war das unsensible Geplänkel abgelaufen. Seine Anschuldigungen hatten sich tief unter der Gürtellinie bewegt, wodurch er meine Anwältin zum Eingreifen zwang.

Und die bediente sich eines freundlichen Tons, doch auch dadurch kam im Endeffekt wenig dabei heraus, da ich bei meinen Verdienstangaben blieb, die ich mit den Tatsachen entsprechenden Kopien untermauert hatte.

Doch leider stand dem Richter seine Voreingenommenheit gut leserlich ins Gesicht geschrieben. Lag das an meiner unkonventionellen Aufmachung? Hatte er Probleme mit meinen Haaren?

Ach, Quatsch. Lange Haare dürfen die Neutralität eines Richters nicht beeindrucken. Niemals würde er sich von Äußerlichkeiten beeinflussen lassen. Den Gedankenansatz hatte ich verfolgt. Und wenn doch?

Meine noch Angetraute hatte sich aus dem Scharmützel herausgehalten. Ihr Bemühen, die Benachteiligte darzustellen, war zu einer verfilmungsreifen Glanznummer geraten. Diese Rolle beherrschte sie in Perfektion.

Im Namen des Volkes. Der Spruch stand über dem Urteil, in dem wurde ich zu einer Unterhaltszahlung von Tausendzweihundert Deutsche Mark monatlich verdonnert. Und wer war mit dem Ergebnis zufrieden? So richtig wohl keiner von uns.

Die letzte Instanz hatte über das gemeinsame oder alleinige Sorgerecht zu entscheiden. Nur die Sorgerechtsklage stand der Scheidung im Wege, denn die Höhe meiner Unterhaltszahlung hatte sich als vernünftig und praktikabel herausgestellt.

Es war ein fieser Donnerstag und den werde ich nie vergessen. Ich saß schon vor dem Verhandlungszimmer, als mir Andrea mit den Kindern an den Händen zaudernd entgegen kam. Die rissen sich los, stürmten auf mich zu und herzten mich. Ich schloss sie in die Arme, obwohl mir ihr Erscheinen mehrere Herzstiche versetzt hatte.

„Herr im Himmel, was war das?"

Ich rieb mir die Brust, wodurch das Stechen nachließ. Danach spürte ich einen viel schlimmeren Schmerz, denn in dem Moment war mir mit einer vollen Breitseite bewusst geworden, dass ich meine Frau immer noch verehrte.

Die Endtäuschungen und Erniedrigungen in unserer Ehe hatte ich verdrängt oder sie waren nebensächlich geworden. Durch die Trennungen von Karla lebte ich vor mich hin, daher litt ich unter dem Zustand des Alleinseins, aber ich sah keinen Ausweg aus der Misere. Der erschien mir durch symbolische Gefängnismauern verbaut. War ich blind gewesen für die zweifelsfrei noch vorhandenen Gefühle? Hatte sich ein Teil meines Gehirns nie mit der Trennung von Andrea abgefunden?

Anscheinend nicht. Oder etwa doch?

Was hatte der gute Beuys, wie ich Mitglied der Grünen, einmal gesagt? Alles kehrt zurück. Alle Flüsse münden ins Meer. Die Zeit ist ein Kreis. Wir glauben, weiter voranzuschreiten, aber wir bewegen uns darin, bis er sich schließt. Wir müssen an den Anfang zurückkehren, erst dann dürfen wir eine große Enddeckung machen? Sich an seine Sätze zu erinnern ist einfach wunderbar.

Es war mein Alfred, der unentwegt in meinem Hoffnungsbrei gewühlt hatte: Rüttele Andrea wach, forderte er von mir. Du solltest ihr einen kräftigen Aufweckstoß versetzen.

Doch später besann er sich eines Besseren. Er überwand das Trauma und schimpfte: Pfui, Spinne. Mit Unterwürfigkeit gibst du dich der Lächerlichkeit preis. Bitte erspare dir eine Abfuhr.

Mir langten seine Störfeuer. Die wollte ich nicht mehr hören, denn die Scheidung war so gut wie ausgesprochen. Es wäre sowieso richtig gewesen, ich hätte mich weichgespült verhalten, denn den Richterspruch hatte ich zu akzeptieren, ob er nun für mich oder gegen mich ausfallen würde.

Kurz nach Andrea und den Kindern schlenderte meine Anwältin auf dem Gang herbei, danach der furchteinflößend aussehende Anwalt meiner Frau. Wie die dickste Kugel auf einer Kegelbahn, so rollte er über den Flur heran. Und überpünktlich rief uns ein Gerichtdiener in den Verhandlungsraum, damit war die brutalste Stunde meines Lebens nicht mehr aufzuhalten.

Beim Gang ins Zimmer rumorte mein Alfred. Mit dem Rumoren wollte er an eine Rückkehr zu Andrea ins Spiel bringen.

Verdammt noch mal, schimpfte er. Bäume dich gegen dein Unglück auf und drehe das Rad zurück. Noch ist es möglich. Denke an Beuys.

Ich stellte mein inneres Ekel ruhig, denn gerade Alfred hatte mir meine Frau ausgeredet. Karla war für ihn eine Schöpfung Gottes gewesen. Er hatte sie angehimmelt in seiner Götzenverehrung.

Sei's wie es ist. Das sich den Kopf martern hatte an Bedeutung verloren, denn die Liebe meiner Frau für mich war erloschen. An der Tatsache war nicht zu rütteln. Und für das Zurückkehren an den Anfang fehlte es mir an den nötigen Kraftreserven. Die Liebesquerelen hatten mich meines Kraftspeichers beraubt. Mein Mumm war verbraucht. Karla hatte meine Liebesfähigkeit problemlos ausgepustet.

Die Verhandlung begann vehement. Angelika, sie war selbst Mutter, drängte auf das gemeinsame Sorgerecht, jegliche Zurückhaltung ablegend. Ihren Fight führte sie mit Entschlossenheit. Mit aller Deutlichkeit verwies sie auf meine wertvolle Vaterrolle.

„Herr Richter? Wissen Sie überhaupt, wie unvorstellbar liebevoll Herr Blume seine Vaterpflichten wahrnimmt? Mein Mandant ist ein wunderbarer Vater."

Trotzdem erdreistete sich Damen, meine Liebe zu den Kindern ad absurdum zu führen.

„Herr Richter", sagte er aalglatt, dabei schaute er den Mann in der Robe übertrieben ernst an. „Der skandalöse Auftritt des Herrn Blume im Rathaus ist Ihnen sicher bekannt? Der hat seine Durchtriebenheit verdeutlicht und stellt seine Glaubwürdigkeit infrage. Für mich ist Blume eine Gefahr für die Kinder."

Woraufhin mich der Richter todernst angeblickt hatte, was dazu führte, dass mit mir der Gaul durchging.

„Was hat der Rathausstreit mit der Scheidung zu tun?", schimpfte ich. „Sie Paragrafenreiter sind ein mieser Verleumder."

Ich war so erbost, dass ich keine weiteren Worte der Schießbudenfigur zulassen wollte. Mein Selbstbeherrschungspotenzial hatte die Witzfigur weit über Gebühr strapaziert. Ich war schließlich kein Hanswurst.

Dennoch riss ich mich zusammen und richtete einen Vorwurf an meine Frau: „Warum bleibst du so hart? Du kennst die Bedeutung der Kinder für mein Leben. Worin siehst du die Nachteile des gemeinsamen Sorgerechts? Erkläre es dem Richter. Du weißt, wie verrückt sie nach mir sind."

Andrea senkte den Kopf, dann antwortete sie zaghaft: „Hör auf, Georg. Mach mir vor den Kindern keine Vorwürfe. Außerdem rücke ich nicht einen Zentimeter von meiner Einstellung ab. Gib dich damit zufrieden, dass die Kinder so oft bei dir sein können wie bisher."

Doch das war mir zu wenig, deshalb begehrte ich auf: „Nein, Andrea. Ich flehe dich an. Denke in Ruhe über deine Ablehnung nach."

„Das brauche ich nicht mehr."

„Aber was passiert, sollte dir etwas zustoßen?"

„Wie bist du denn drauf?"

„Das wollen wir zwar nicht hoffen, aber mein Anspruch auf die Kinder sähe miserabel aus. Berücksichtige das. Was meinst du, wie hart ich um sie kämpfen müsste?"

„Und was würde passieren, wenn zwingende Gründe eintreten würden, durch die ich unsere Umgebung verlassen müsste? Du könntest es blockieren, und genau das will ich nicht."

Andreas Widerrede hatte meine Erregung verschlimmert. Ich brüllte laute Forderungen an die Vernunft in ihre Richtung: „Du denkst nur an dich! Aber heute geht es allein um das Wohl der Kinder."

Ich war wohl zu radikal gewesen, denn der Richter drohte mir mit dem Zeigefinger und sprach quasi ein Redeverbot für mich aus, was sich so anhörte: „Bitte, Herr Blume. Bleiben Sie bei der Sache."

Mich unter Kontrolle zu bekommen, kostete mir Mühe, denn das Wellental der Gefühle war eine ernüchternde Tortur. Letztendlich mutierte der Poltergeist zum Leisetreter, zu einer Art Light-Version. Die Hektik war raus. Angelika und Damen hielten ihre Plädoyers, dann war alles gesagt.

Aber nicht so für den Richter, denn der hatte sich eine Überraschung aufgespart. Als er uns bat hinauszugehen, behielt er die Kinder bei sich.

„Ich lege Wert auf ein vertrauliches Gespräch mit Julian und Anne." Diese Vertraulichkeit missbrauchte er als Begründung.

Wir taten das Geheißene und gingen verunsichert hinaus, dort setzten wir uns auf die Wartebank, womit viel Zeit verstrich, denn es dauerte und dauerte.

Schließlich fragte ich meine Anwältin: „Was will der Richter von den Kindern?"

Und die antwortete: „Keine Ahnung. Ein Hearing mit Scheidungskindern ist mir neu. Das muss eine Variante sein, die ich nicht an ihm kenne."

Kaum hatte Angelika ihre Sätze ausgesprochen, bat uns der Gerichtsdiener herein, worauf wir staunten. Zu unserer Verblüffung sahen wir, dass Julian und Anna bei dem Richter auf dem Schoß saßen.

Es war ein merkwürdiger Anblick, kaum nachvollziehbar. Dass die Kleinen das mitmachen, hatte ich insgeheim gedacht. So übel scheint der Mann gar nicht zu sein. Aber was hatte er mit Julian und Anna besprochen?

Der Richter schickte die Kinder zur Mutter, doch es folgte kein Argumentationsschwall, denn er ließ seine Beweggründe unerörtert. Darüber verschwendete er keine Silbe, stattdessen forderte er uns auf, unsere Plätze einzunehmen.

Als wie saßen, erklärte er den weiteren Ablauf: „Nach eingehender Befragung, deshalb das Gespräch mit ihren Kindern, wird Ihnen das Urteil als Schriftstück in einem unbestimmten Zeitraum zugesandt."

Er stand auf. „Noch irgendwelche Fragen?"

Anhaltende Stille.

So verkündete er: „Ich höre keine Einwände? Dann ist die Scheidung rechtskräftig. Die Entscheidung über das Sorgerecht und die dementsprechende Begründung entnehmen Sie dem Urteil. Die Sitzung ist beendet."

Kladderadatsch, das war's.

Als geschiedener Mann verlor ich den Boden unter den Füßen. Ich stürzte in einen gähnenden Abgrund. Vor mir baute sich der gröbste Schutt auf, den das Beben in mir hinterlassen hatte.

Betrübt sah ich mich vor den Fassetten meiner Leidensgeschichte stehen, die mich in eine finstere Gefängniszelle gestoßen hatte, und das mit irrationalen Auswirkungen. Das war wahrlich ein martialischer Vergleich, doch ich war voll von derlei groben Sprüchen. Die gehörten zu mir, wie ein randvoller Teller Suppe.

Mit stockender Stimme, aber höflich, verabschiedete ich mich vom Richter, danach von seiner Schriftführerin und anschließend von Angelika, von dem Ekelpaket Damen nur äußerst widerwillig.

„Tschüs, Angelika! Wir sehen uns nächste Woche in der Friedensinitiative. Auf Wiedersehen Herr Damen. Na ja, das wollen wir nicht hoffen."

Der beleidigte Anwalt rollte wie die eben erwähnte Kugel über den Gang davon, und dem schloss sich Angelika an. Dann war ich mit meiner von mir geschiedenen Frau und den Kindern allein. Wir waren ein Scherbenhaufen, der den Namen Familie nicht verdiente, am Ende mit den Nerven vom unnötigen Ringen um das Sorgerecht. Hoffentlich war das niederträchtige Gezänk nicht an den Kindern hängen geblieben?

Ich krächzte: „So, Andrea, das Spektakel ist ausgestanden. Bist du mit dem Ergebnis zufrieden? Und was machen wir jetzt?"

Andrea zog die Schultern hoch.

Und da sie nicht antwortete, streute ich Asche auf mein Haupt, obwohl ich mich offensichtlich hintergangen fühlte. Zumindest das Sorgerecht für die Kinder hätte ich verdient gehabt.

Aber das Ergebnis war meine eigene Schuld, denn ich hatte mich allzu oft aufgeführt wie ein wilder Christ. Dadurch lag der Eindruck nicht fern, dass ich ein Hans Dampf in allen Gassen sein könnte.

Nichtsdestotrotz bekam ich fürchterlichen Hunger. Mein Magen knurrte. Ich hatte am Frühstückstisch nur wenige Bissen herunterbekommen.

Ergo fragte ich die Kids: „Habt Ihr auch solch einen Bärenhunger? Was haltet Ihr von einem gemeinsamen Essen?"

„Echt Spitze, Alter. Ich will zum Chinesen", krähte mein Sohn.

Julian war hellwach, trotz der herben Nackenschläge. Er hatte uns den denkbar brauchbarsten Vorschlag unterbreitet, mit dem auch Andrea und Anna einverstanden waren.

Wir stolzierten um ein paar Straßenecken zu unserem chinesischen Stammrestaurant seit dem Umzug aus Wuppertal in die Heimat. In dem war ein Tisch frei.

Als die Wirtin zu uns kam, bestellten die Kinder ihr Lieblingsmenü M12, und ich mir das hervorragende Reisgericht mit Morcheln, die Entscheidung meiner Ex-Frau fiel auf die Ente süß sauer. Dann palaverten wir frisch von der Leber weg.

Ich streckte mich nach der Decke. Gegen den Zustand der Ernüchterung unternahm ich alles erdenkliche, was uns aufheiterte, schließlich hatte eine Scheidung nichts mit dem Weltuntergang zu tun. Meinen Schmerz ließ ich den Kindern nicht anmerken, doch wie's tief drin in mir aussah, das war allein meine Sache. Das ging nur mich

etwas an. Noch immer war mir die Bedeutung der taufri-
schen Scheidung nicht bewusst.

Wir trennten uns mit rührigen Umarmungen, worauf ich
mir das Rad schnappte und nachhause fuhr, denn ich war
fix und fertig. Mir ging's wie einem Köter, dem man mutwillig auf den Schwanz getreten hatte.

„Boah", brummte ich. „Bei mir sieht es aus, als hätte
eine Bombe eingeschlagen."

Total weggetreten betrachtete ich den Wäschehaufen neben der Badewanne und dann die Bedienungsknöpfe meines Waschvollautomaten. Der strahlte eine ähnlich ge-
störte Lebensfreude wie ich aus. Nur eine saubere Jeans
und zwei T-Shirts waren mir geblieben.

Wo gehörte das Waschpulver hinein? Welchen Wasch-
gang hatte ich für die Buntwäsche einzuschalten? Ich
wusste nicht mehr, wo mir der Kopf stand.

Um das zu ändern, sollte ich handeln, bevor ich in den
Problemen untergehen würde, aber wie? Wie konnte ich
mein Leben umkrempeln?

Meine große Liebe wollte ich nicht damit belästigen,
und mit der Scheidung von Andrea hatte ich mich abzufinden. Ich sah nur eine Lösung und die lautete: Geh unter
Menschen.

Als die Waschmaschine lief, schwang ich mich abermals
auf das Fahrrad und radelte mit der Beschaffenheit eines
Sozialfalls in die Aachener Innenstadt. Dort stellte ich das
Rad in einen Fahrradständer und kettete es an, dann
schlenderte ich über den Katschhof und um den Dom
herum.

Ich mochte Aachens Altstadt. Für mich war sie ein Stück
Heimat. Als ich am Rathausbrunnen vor der Figur Karls
des Großen verharrte, dachte ich an Karla. Mit ihr hatte
ich oft vor der Skulptur gestanden und zusammen hatten

wir uns an Aachen erfreut. Karla war einfach nicht aus meinen Herzen zu bekommen.

Nach zwanzig Minuten ging ich weiter und kam über den Elisenbrunnen zum Glaskubus, wo ich innehielt. Die Innenstadt mochte Schwachstellen haben, trotz allem konnte sie sich mit anderen Zentren des Landes messen, was mich freute. Sollte ich mir in einer Kneipe ein leckeres Bierchen zwitschern?

Ich verzichtete auf das Bierchen, denn Alkohol war ein verabscheuungswürdiger Problemlöser. Das hatte ich in Krisenzeiten am eigenen Leib erfahren. Dennoch horchte ich, wegen des Schmerzes über die Scheidung, tief in mich hinein. In mein Leben würde nie wieder Freude einziehen, kam heraus. Noch dazu würde kein Hahn nach mir krähen.

War das so? Dachte die oft wankelmütige Karla eventuell doch an mich?

Meine Beschaffenheit quakte: Mit Trübsal blasen ist keinem geholfen. Ich schere mich besser nachhause und lenke mich mit einem Fernsehfilm ab.

Doch auch das würde mich nicht aus meiner Appetitlosigkeit heraushelfen. Mittlerweile war ich zu einem Strich in der Landschaft abgemagert. Mein Aussehen ähnelte einem skelettartigen Gestell mit schlaffen Hautfetzen daran.

In dem Zustand würde Karla keinen Spaß an mir haben. Sie würde mich abstoßend finden, dachte ich. Mit meinen Trauerrändern unter den Augen glich ich einer verkratzten Schallplatte der Beatles aus den sechziger Jahren. Das bildete ich mir zumindest ein. Aber das war auch egal, denn Karla hatte in letzter Zeit eh einen Bogen um mich gemacht.

Nach der ausgiebigen Besinnungsphase in der Stadt, radelte ich in meine vier Wände zurück und tröstete mich mit den Katzen. Und prompt war ich gedanklich bei meiner Frau. Warum hatte sie mich so abgrundtief ins Verderben gestürzt?

Ich könnte wetten, irgendwann bereut sie den Schritt, denn auf sie warteten harsche Rückschläge. Eine intakte Familie ist unersetzbar.

Leider hatte es zwischen Andrea und mir irrsinnig viele Unstimmigkeiten gegeben. Wir hatten in den gemeinsamen zwölf Jahren zu viel falsch gemacht, woran ich nicht allein die Schuld trug. Auch Andrea war ein unverzeihlicher Schnitzer nach dem anderen unterlaufen.

Aber Schluss mit dem Nachkarten. Die raue Wirklichkeit akzeptierend, stellte ich mich minutenlang in die Dusche, danach fühlte ich mich freier. Eine wichtige Erkenntnis wurde mir beim Abrubbeln mit einem harten Handtuch bewusst: Den Abend verbringe ich keinesfalls allein, nicht in meinem Zustand.

Das war ein vernünftiger Geistesblitz. Mit dem wollte ich vermeiden, dass ich weiter an Karla und an meine frisch von mir Geschiedene dachte, denn das war nicht gut für mich.

Ich telefonierte mit Vera.

Die freute sich, also verabredete ich mich mit ihr. Wir wollten uns nach Herzenslust besaufen. Das entsprach zwar nicht der Vernunft, aber einige Flaschen Portwein hineingestürzt, dann konnte ich ungeniert aus den Latschen kippen. Die Auswirkungen waren mir total egal nach dem verhunzten Tag. Ich brauchte ein zünftiges Saufgelage. Was konnte mir nach dem Elend vielversprechenderes passieren?

Und da stand ich nun, noch den Telefonhörer in der Hand. Trotz der Verabredung war ich eine verhunzte Hülle, die aufgerichtet werden musste. Durch die Ungerechtigkeit des mir verweigerten Sorgerechts hatte man mich meiner Handlungsfähigkeit bezüglich der Kinder beraubt. Daher wollte ich nicht kapieren, dass die einseitige Entscheidung gerecht sein sollte.

„Zum Teufel mit den Geschiedenen", beschimpfte ich alle, die eine Scheidung hinter sich hatten. Wenigstens einer der Gescheiterten hätte mich vor dem Ausmaß einer Scheidung warnen können."

Eins hätte ich wegen den Turbulenzen fast vergessen zu erwähnen. Einen langen Brief, den ich während des Scheidungszwistes erhalten hatte. Nun raten Sie mal von wem?

Na, von wem wohl. Dreimal dürfen Sie raten. Kommen Sie drauf?

Von Constanze aus Ulm natürlich. Ja, ohne Jeckerei. Die hatte mir einen Brief in Romanform gesendet, worin mir die Toskana-Bekanntschaft in dramatischen Zeilen ihre Leidensgeschichte beichtete.

Im Brief ging es um ihren Trennungsstress, der in eine Katastrophe auszuarten drohte. Und um die zu mildern, kündete sie ihren Besuch an, oder sie fragte an, ob mir der recht sei. Wir hätten uns so viel zu sagen.

Warum nicht? Von mir aus sollte sie kommen, dachte ich ohne Emotionen. Interessant wird sein, wie Karla auf die Konkurrentin reagiert. Der hatte ich nichts von der Existenz Constanzes erzählt.

Als ich Karla traf, berichtete ich ihr von dem Besuch, da machte die einen mordsmäßigen Aufstand: „Wer ist diese Constance? Ich kenne sie nicht."

Sie schüttelte aufgebracht den Kopf. „Du hast mich betrogen mit der Schnepfe. Hast du immer noch was mit ihr? Geht das mit euch schon lange?"

„Sie ist nur eine Urlaubsbekanntschaft, mehr nicht", antwortete ich wahrheitsgemäß.

„Lass die Lüge stecken, Georg. Du hast mir die Frau bewusst verheimlicht. Und ich Trottel bin mit dir in die Alpen gefahren."

War Karla eifersüchtig?

Das konnte nicht sein.

Unsere Trennung war beschlossene Sache, und an der wollte sie nicht rütteln. Und folgerichtig hatte das eingegangene Scheidungsurteil meine Vorahnungen bestätigt. Nur mein Optimismus hatte auf ein besseres Ergebnis gehofft.

Aber an der Tatsache führte kein Weg vorbei, trotzdem wog es schwer sich damit abzufinden. Andrea hatte das alleinige Sorgerecht erhalten. Ich glotzte in die Röhre.

Und war das gerecht?

Darüber konnte man verschiedener Meinungen sein. Mein Inneres bezog eindeutig gegen das Urteil Partei, immerhin hatte ich es mit dem Schriftstück schwarz auf weiß.

Ich sah mir den Beschluss kopfschüttelnd an. Im Namen des Volkes ergeht folgendes Urteil, stand über dem Vollstreckungsurteil.

So ähnlich würde das Dokument auch bei einem zum Tode Verurteilten aussehen, schweiften meine Gedanken ab.

Dann las ich weiter. Die Ehe zwischen Andrea und Georg Blume wird geschieden. Das Scheitern der Ehe ist als unwiderlegbar anzusehen, da die Parteien mehr als drei Jahre getrennt leben. Das Sorgerecht für die Kinder Julian und Anna wird der Kindesmutter übertragen.

Revolutionär war die Urteilsbegründung nicht, dachte ich. Es war zwar kein Todesurteil, aber es hatte Ähnlichkeit mit der Einberufung zu einem langjährigen Knastaufenthalt.

Nun gut, ich hatte mich damit abzufinden. Die Hauptsache war, dass die Kinder damit zurechtkommen würden. Denen wollte ich das Heranwachsen so leicht wie nur möglich machen, denn sie waren fürwahr schuldlos an der Scheidung.

So war ich nach dem Gesetz wieder der Junggesellenzunft zuzuordnen, allerdings als ein Alleinlebender mit zwei Kindern. Es gibt Schlimmeres, dachte ich, obwohl ich mich in der Zweierbeziehung und dazu die Kinder meistens wohlgefühlt hatte.

Aber was bedeutete ich den Kindern, und wie würden sie sich verhalten?

Bestimmt würden sie sich aus Liebe zur Mutter von mir abwenden, vermutete ich. Für sie war ich ein Unmensch, ein mieser Schurke, der ihre Mutter im Stich gelassen hatte.

So bescheuert dachte ich, sobald mich das Gefühl des Kummers übermannte.

Doch Alfred stemmte sich mit Macht gegen mein Unken: Du mit deinem Dachschaden, opponierte er. Deine Kinder lieben dich und werden dich für nicht auf dem Planeten verlassen.

Und darüber kam ich zurecht ins Grübeln: Hatte er recht? Hängen meine Kinder an mir wie die Kletten, obwohl ich nicht mehr mit ihrer Mutter zusammenlebe? Hat der Trennungszustand an ihrer Liebe zu mir nicht das Geringste geändert?

Auf diese Fragen gab es nur eine Antwort: Sie liebten mich. Es war geradezu verboten auch nur im Geringsten zu zweifeln.

Aber was machte Karla in der schwierigen Zeit? Das Luder hatte schließlich einen Großteil zum Scheidungsgedöns beigetragen.

Nun gut. Meine große Liebe hatte mich in meiner prekären Lage nicht mehr zu interessieren. Sie war für mich passe', gestorben, abgekratzt, und was nicht sonst noch alles.

Oder waren ihre Gefühle für mich wieder aufgeblüht, und hinter ihrem eifersüchtigen Getue steckte der Weg zu mir zurück?

Vergiss Karla schleunigst, stöhnte Alfred. Das Biest ahnt nicht mal, in welchen Abwärtsstrudel sie dich manövriert hat.

17

Hopfen und Malz ist nicht verloren, sogar die Hölle kennt ihre Rechte. Das ging mir bedächtig durch den Kopf, als ich an der Tür Veras klingelte. Es war neun Uhr abends und ich glich einem Haufen Kotze. Aber wo war ich mit meinen Gedanken?

Natürlich bei dem verbliebenen Hoffnungsschimmer, mit dem mir Karla einen Floh in den Kopf gesetzt hatte, doch der war nichts wert, denn sie war mal wieder untergetaucht.

Auf Veras Erscheinen wartend, sah ich mich bei schummriger Beleuchtung in ihrem riesigen Garten um. Der war mit stattlichen Beeten der verschiedensten Gemüsesorten bestückt. Er beherbergte aber auch Sträucher mit Stachelbeeren und Himbeeren. Besonders sehenswert waren die vielen Obstbäume, zudem gab es einen kuscheligen Wintergarten. Typisch für eine Grüne ernährte sich Vera vegetarisch.

Ich befand mich in einer Art Verzweiflungszustand, wogegen mich Vera gut gelaunt empfing. Und die war Manna für meine Seele, denn sie drückte mir einen dicken Kuss auf den Mund. Ihre Kinder wurden von ihr in weiser Voraussicht in ihre Bettchen verfrachtet.

„Schön, dass du da bist", sagte Vera potent. Danach hauchte sie mir, während einer engen Umarmung, zwei lächerlich klingende Fragen ins linke Ohr: „Du armer Kerl, war's so schlimm? Hat dich der Scheidungskram dermaßen geschlaucht?"

Ich wiegelte ab: „Halb so wild. Angenehme Tage stelle ich mir allerdings anders vor."

Ich versuchte ein Lächeln, aber Vera hatte mich und meinen Zustand durchschaut. „Na ja, dann komm erst mal rein", sagte sie vielsagend.

In ihrer Rolle als Hausherrin übernahm sie die Initiative: „Setz dich in die Küche. Ich hole ein paar Flaschen Frascati aus dem Keller. Wie ich dich kenne, bist du gegen einen guten Tropfen nicht abgeneigt."

Den Alkohol vor Augen, straffte ich mich und hauchte zustimmende Worte: „Sicher nicht. Ein gutes Tröpfchen werde ich nicht verwehren."

Trinkfreudige Abende hatten wir in der Vergangenheit reichlich verbracht, natürlich mit politischem Hintergrund. Zielgerichtet hatten wir uns auf die Kommunalwahl vorbereitet, wobei die Diskussion über eine Zusammenarbeit mit den Roten zu Ungereimtheiten geführt hatten, oftmals sogar zu Differenzen, dabei war die Fundamentalistin auf den Realo geprallt. Keine gute Ausgangslage für eventuelle Koalitionsverhandlungen.

Aber über den Wahlausgang würden die Wählerinnen und Wähler entscheiden, freilich könnten Vera und ich uns in der Oppositionsrolle hervorragend ergänzen. Deshalb machte ich inzwischen keinen Hehl mehr daraus, dass ich eine tiefe Zuneigung zu der Frau entwickelt hatte. Veras Scheidungstermin hatte man in gut drei Wochen angesetzt. Das war eine weitere Gemeinsamkeit, die uns neben dem Weingenuss verband. Zwar liebte ich Vera nicht, aber ich war gern in ihrer Nähe. Wir waren quasi Verbündete, zum einen in der Politik, zum anderen in unseren verworrenen Beziehungskisten.

Mit drei Flaschen der erlesenen Weinsorte in einer Tragetasche kehrte Vera aus dem Keller zurück. Sie entkorkte eine der Flaschen und knallte zwei Gläser auf den

Tisch, worauf sie die füllte, schon tranken wir das Zeug wie Wasser.

Bei dem beginnenden Gespräch machten wir es uns auf der Eckbank in ihrer riesigen Wohnküche gemütlich, das heißt aneinander gekuschelt. Es war Herbst und eine Kältewelle schwappte durch das Land. Nur ein alter Kohleherd trotzte der klirrenden Kälte. Der und Veras hingebungsvolles Kuscheln erzeugte die gewünschte, wohlige Wärme.

„Ein Prosit, ein Prosit, ein Prosit auf die Gemütlichkeit", gurrte Vera.

"Und auf die Liebe."

Sie gab mir mit verführerischem Augenaufschlag einen freundschaftlichen Klaps und spendete mir Trost: „Mit meiner Hilfe bekommst du das Trennungsproblem in den Griff. Von einer Scheidung lassen wir uns nicht ins Bockshorn jagen."

„Wohl kaum, Vera. In ein paar Wochen hast auch du den lästigen Scheidungskram hinter dich gebracht. Aber warum wird mir erst jetzt bewusst, wie gut mir deine Nähe tut?"

„Tja. Bisher hattest du nur Augen für Karla."

Die Gläser klirrten beim Anstoßen.

„Mensch, Vera, du zuckersüße Maus. Das in deinen Armen liegen verwirrt mich."

„Wie schön für mich."

Wir tranken Glas auf Glas. Für uns gewohnheitsmäßige Trinker waren drei Flaschen eine Kleinigkeit. Wir putzten sie radikal weg. Meine Unzufriedenheit war chancenlos gegen Veras Albernheiten. Nur wie gut wir es miteinander konnten, bestimmte den frechen Schabernack.

Nach zwei Stunden und stark angeheitert, war ich zu Clownerien aufgelegt, dabei imitierte ich Udo Jürgens. Das Lied vom griechischen Wein trällerte ich mit viel

Elan, worauf nur ich in meiner Ausgelassenheit kommen konnte.

Letztendlich, weit nach Mitternacht, gedachte ich aufzubrechen, aber in meinem Kopf drehte sich alles.

Als ich trotzdem aufstehen wollte, hielt mich Vera zurück, reich an Gesten.

„Du bist verrückt. In dem Zustand fährst du nicht mit dem Rad", schimpfte sie wutentbrannt. „Warum bleibst du nicht? Du kannst bei mir schlafen."

Ich schüttelte mich, was meinem Tun eine ironische Note verlieh, aber innerlich gefiel mir ihr Vorschlag. So stimmte ich ihm nicht gleich zu, sondern sträubte mich erst einmal, doch das tat ich mit kaum ernstzunehmendem Phlegma.

„Das geht nicht, so granatenvoll wie wir sind", meuterte ich gespielt. „In nüchternem Zustand wäre dir das bestimmt nicht recht."

„Sei kein Idiot", bestimmte Vera. „Was sollte ich dagegen haben?"

Ich kratzte mich nachdenklich am Kopf. „Und wenn ich dir zu nahe trete?"

Längst hatte ich den ominösen Punkt erreicht, an dem mein Verstand streikte. Ich wusste kaum noch, welchen Gaul ich ritt, doch diese Irrealität schob ich auf meinen besoffenen Kopf. War meine wiedergewonnene Freiheit dafür verantwortlich? Hatte ich Karla und Andrea vergessen?

Ach Gott, die beiden verwirrten mich zwar weiterhin, aber sie waren weit weg von meinen steigenden Sexualgelüsten, was sollte das Nachtrauern.

Stattdessen wurde ich draufgängerisch und entwickelte mich zum Schwerenöter: „Um Himmels willen, du Satansweib", schäkerte ich keck. „Du holst dir einen reißenden Wolf ins Bett. Dass ich dir nicht wiederstehen kann, das muss an deinem unwiderstehlichen Charme liegen."

„Natürlich, Georg. Woran denn sonst", sagte Vera und schmunzelte.

Mein Widerstand war gebrochen, denn lächelnd willigte ich ein: „Okay, mein Schatz, du hast es gewollt. In welchem Bett verführst du mich?"

„Aber Georg? Das weißt du doch. Ich besitze nur ein französisches Bett."

Vera fuhr mir mit ihren Händen durch mein Haar und flachste: „Du siehst reizend aus mit zerzausten Haaren. So wild und ungezügelt."

Dann verschwand sie ins Schlafzimmer, wohin ich ihr wie ein braver Dackel folgte und mich abwartend auf ihr Bett setzte, dabei beobachtete ich Vera, die sich ohne Eile auszog.

Zuerst ihren weiten Norwegerpullover, danach fiel ihre schlabberige Latzhose zu Boden, worunter sie ihre Reize versteckt hatte. Dann ließ sie der Latzhose ein dünnes Unterhemd und ein knappsitzendes Unterhöschen folgen. Letztendlich stand Vera nackt vor mir und kicherte erregt: „Zieh dich aus, Georg."

Vera hatte mich in unermessliches Erstaunen versetzt, deshalb stellte ich mit geilen Augen fest: Sie war superschlank, meilenweit entfernt von rubensscher Fülle. Ihre Titten ragten weit aus ihrer knackigen Figur heraus. Aber besonders verführte mich ihr süßes Lächeln. Mit dem putschte sie mich auf.

Längst in Trance versetzt, streifte auch ich mir meine Sachen ab, wobei mich Vera beobachtete. Ich verspürte einen leichten Schweißfilm zwischen den Schultern, so heiß war mir geworden, aber es gab kein zurück. Und als hätten wir uns zustimmend zugenickt, schlüpften wir gemeinsam ins Bett.

Unsere Gesichter waren sich nah. Ich erkannte eine große Aufrichtigkeit in ihren Augäpfeln, ja, eine von mir gewünschte Vertrautheit, ähnlich der Karlas und der Andreas.

Vorsichtig erfühlten sich Veras Hände den Weg zu unserem Glück. Vom Nacken abwärts, dann über die Schultern. Sie machten erst an der Taille eine Rast, bei der tastete sie zärtlich meine Hüften ab. Dort fand sie den Halt und das genau an der Stelle, wo meine Haut erblühte.

„Lass mich spüren, wie du mich brauchst", flüsterte sie sanft, um nach einer Pause noch erregter fortzufahren: „Verwöhne mich. O ja, so ist es schön. Viel zu lange hatte ich keinen Mann im Bett."

Nach drei Stunden Schlaf wachte ich auf und registrierte erschrocken, dass ich die Zeit verschlafen hatte. Hastig sprang ich aus dem Bett und duschte mich.

Beim Abschied küsste ich Vera flüchtig auf die Stirn wobei ich wehmütig flüsterte: „Mach's gut, mich ruft die Pflicht. Herbert erwartet mich pünktlich zu einem Termin im Büro. Der ist dringend. Meine Anwesenheit ist von Nöten."

„Lass mich schlafen, bis die Kinder aufwachen. Ich bin noch so müde." Nur zwei knappe Sätze waren Veras Lippen entsprungen.

Auf dem Weg ins Büro beschäftigte ich mich mit der Liebesnacht. In der war eingetroffen, wovon ich in abwegigen Gedanken geträumt hatte. Eine Feuersbrunst hatte uns überrollt, wie ein Orkan.

Und das Feuer kaum gelöscht, hatten wir eine Weile dagelegen, gelassen und eng aneinander gedrückt, nur um zu hören, wie der entfesselte Sturm abzog. Einfach wunderbar.

Übers Wochenende war Vera auf Elternbesuch. Von dort rief sie mich an und säuselte betörende Worte durch die Leitung: „Es ist jammerschade, doch ich bleibe über Nacht bei den Eltern. Stattdessen wäre ich lieber mit dir in der Horizontalen. Aber das Eine versprichst du mir. Ganz fest, ja?"

„Was soll ich dir versprechen?"

„Kann ich mich darauf verlassen?"

„Ja, Vera."

„Erst versprechen. Es ist mir wichtig."

„Aber ja doch. Ich verspreche es. Mittlerweile solltest du wissen, dass du dich voll und ganz auf mich verlassen kannst."

„Na schön. Aber wie erkläre ich es dir? Mir geht es in erster Linie um unser Verhältnis, denn das bleibt unter uns. Ich möchte nicht, dass du es in der Gruppe herumposaunst. Denke an das Gerede. Das bringt nur unnötige Unruhe in die Gruppe. Siehst du das ein?"

„Warum so dramatisch?"

„Jetzt nicht. Meine Eltern verlangen nach mir. Wir sehen uns am Montag. Okay?"

Ergo tanzte unsere Beziehung klammheimlich übers politische Parkett. Nur Erika roch den Braten, weil sie eine verräterische Geste Veras aufgeschnappt hatte, deshalb umschmeichelte sie uns wohlwollend. Doch das tat sie unauffällig, denn niemand im politischen Umfeld sollte von dem Liebesverhältnis im grünen Spektrum Wind bekommen.

„Ich gratuliere euch. Einfach toll, eure Verliebtheit", flüsterte sie, natürlich hinter vorgehaltener Hand. „Ihr seid füreinander gemacht. Euch hätte nichts Besseres widerfahren können."

Hol mich der Teufel! War ich jetzt total bekloppt? Das Unerwartete war eingetreten, denn ich hatte mich frisch verliebt. War das normal?

Erikas Aussage in Gottes Ohr, aber nicht in die Ohren meiner Kinder. Die streikten. Bei der neuen Beziehung gingen sie auf Tauchstation, denn die Begeisterung über das Verhältnis hielt sich in Grenzen, was aber nicht an Vera lag. Sie verabscheuten ihre Kinder.

Das eine oder andere Mal versuchte ich auf die Kinder einzureden: „Ihr könnt wunderbar mit Veras Kindern spielen", war meine Intension.

Doch alles Gutzureden blieb erfolglos. Sie verhielten sich wie Feuer und Wasser, denn in den Augen meiner Kinder war Rainer, Veras älterer Sprössling, ein ungezügelter Rabauke. Er war grob und ungestüm, und das waren unvereinbare Eigenschaften.

Auch auf mich machte Rainer den Eindruck, er könnte verhaltensgestört sein. Er war hyperaktiv, daher besaß er keinerlei Anpassungsfähigkeit. Kurz und knapp, er war die sprichwörtliche Herausforderung für jeden Verhaltensforscher.

An einem Wochenende, ich war nun drei Wochen mit Vera zusammen, und ebenso lange hatte ich Karla nicht mehr gesehen, renovierte ich bei Vera das Kinderzimmer. Ich malte üppige Wolkengebilde an die Decke.

Bei der Aktion von Vera auf Rainer angesprochen, was sich nicht vermeiden ließ, kam es zum ernsten Wortgefecht.

Wir saßen am Küchentisch, als ich meinen Erklärungsversuch gewichtig begann: „Bitte bekomm mein Argument nicht in den falschen Hals."

Dann legte ich sofort nach. „Geh mit Rainer zu einem Therapeuten. Das ist wichtig für seine Entwicklung. Mich beschäftigt seit längerem der nicht unberechtigte Verdacht, er ist dir entglitten."

Vera sperrte Mund und Augen auf und zog ihre Augenbrauen hoch, wobei ihre Gehirnzellen arbeiteten und sich ihr Gesicht verfinsterte. Danach wischte sie mit einer Hand über die Tischplatte, als ob sie irgendwelche Krümel wegwischen wollte.

„Rede kein dummes Zeug", antwortete sie. „Findest du den Quatsch etwa klug? Leg Fakten auf den Tisch. Wie stellst du dir das mit dem Therapeuten vor? Was mache ich deiner Meinung nach falsch?"

Ich hustete verlegen. Der Vorgang behagte mir nicht. Dann bekräftige ich meine Meinung: „Mehr Strenge und Konsequenz deinerseits würden Rainer nicht schaden. Er braucht Führung. Ihm fehlt die Orientierungsperson. Sprich mit seinem Vater."

„Ach du lieber Heiland. Hast du noch mehr von den unbrauchbareren Vorschlägen auf Lager? Du bist mir wahrlich keine Hilfe. Und ich hatte gedacht, du könntest in die Vaterrolle schlüpfen?"

„Was......? Weshalb ich? Und warum bitte schön? Du überforderst mich."

Vera zögerte, dann lachte sie verächtlich. „Wieso nicht du? Gerade du als Vater bringst einen ganzen Haufen an Erfahrung in der Kindererziehung mit."

Der Gesprächsfaden war gerissen. So waren, neben den Schäfchenwolken an der Decke, dunkle Gewitterwolken am Beziehungshimmel aufgezogen, obwohl ich meinen Erklärungsversuch zurückhaltend begonnen hatte.

Trotz allem hätte ich Vera nicht so salopp zurückweisen dürfen. Mein Einwand war plump gewesen, immerhin war er ehrlich.

Aber freilich ging's von da an mit der Beziehung zu Vera rapide bergab. Rainer stand wie eine stabile Bretterwand zwischen unseren Erwartungen.

Und den Leidenschaftsverlust hatte Erika gespürt, doch sie konnte es nicht verstehen. „Verdammt noch mal", griff sie mich barsch an. „Vera ist die Frau deines Lebens. Reiß dich am Riemen."

Doch darüber war ich anderer Meinung, weswegen ich mich energisch verteidigte: „Du denkst, die Zwietracht ist meine Saat, aber du täuschst dich. Vera ist diejenige, die mit mir den Vaterersatz für ihre Kinder sucht. Der wahre Vater, und stell dir vor, der ist Arzt, kümmert sich einen Scheißdreck um seine Kinder."

„Dann solltest du das machen", regte Erika an.

„Nein, auf keinen Fall", lehnte ich rustikal ab. „Ich kann und will nicht in die Vaterrolle für Veras Kinder schlüpfen."

Über unser Gespräch muss Erika mit Vera gesprochen haben, denn von da an prägten meine Zusammenkünfte mit Vera endlose Streitereien. Veras Uneinsichtigkeit machte mich reserviert, deshalb schnarrte ich: „Halte mich ruhig für einen Feigling, aber der bin ich nicht. Ich überschätze mich nur nicht."

Woraufhin sich Vera zögerlich zurücklehnte und dann konterte: „Vielleicht bist du nicht feige, aber du hast Angst vor der Verantwortung."

„Nein, Vera, das stimmt nun wirklich nicht", fertigte ich sie ab. „Könntest du die Situation objektiv betrachten, dann sähst du ein, dass ich als Vater für deine Blagen ausscheide."

„Das tust du nicht."

„Oh doch. Das solltest du einsehen. Und du bist eine verdammt nette Frau, aber auf der momentanen Ebene haut es nicht zwischen uns hin."

So begruben wir unsere Erwartungen, bevor die Zweisamkeit richtig begonnen hatte.

Aber es gab immerhin noch Alfred, der den Durchblick behielt, denn der bemerkte: Leider war der Beziehungsversuch ein Luftballon, doch was soll's. In einigen Wochen besucht dich Constanze, und dann geht's mächtig bei dir rund.

* * *

Die Kommunalwahl war überstanden. Und die war ohne Sensationen über die Bühne gegangen. Wir Grüne hatten ordentliche Stimmengewinne erzielt, und ich war in den Stadtrat eingezogen. Und das mit Vera an der Seite. Aber der Fraktionsvorsitz blieb fest in meiner Hand.

Vera und ich hatten uns versöhnt, so sonnten wir uns im tatsächlich Eingetroffenen. Vera war jetzt die hübscheste Frau im Rat und hatte gejubelt: „Na, was sagst du? Die Ratsrolle ist mir wie auf den Leib geschneidert."

Vera an der Seite zu wissen, das machte Spaß. Trotzdem blieb unsere weiterlodernde Beziehung der Öffentlichkeit verborgen. Alles verlief in gewohntem Trott. Ich übernachtete einmal pro Woche bei ihr.

Und diese verhaltenen Beischlafergebnisse stellten uns zufrieden. Wir hatten nicht vor, größere Änderungen vorzunehmen, dazu bestand keinerlei Anlass. Irgendwie war unser freiwillig getroffenes Arrangement bequem, so wie das von Mimosen geliebt wird.

Eine Veränderung hatte sich allerdings ergeben, denn mein Job hatte ungeahnte Dimensionen angenommen. Unser Büro war auf dreißig Angestellte angewachsen und wir waren vor wenigen Tagen in ein Bürohaus nahe dem

Zentrum umgezogen. Doch das hervorragende Betriebsklima veränderte sich nur unwesentlich. Weiterhin bereiteten mir die Projekte große Freude.

Gäbe es nicht die Trennung von Karla, dann hätte eine ausgeglichene Phase in mein aufreibendes Leben Einzug gehalten, doch das Biest lag mir unverdaulich im Magen. Karla hatte sich wie eine Made in einen Apfel in mich hineingefressen. Dieser Satan in Frauengestalt gab mir weiterhin unlösbare Rätsel auf, denn je weiter sie sich von mir entfernt hatte, umso mehr hatte sich meine Liebe zu ihr verdichtet.

Gegen den unerträglichen Zustand musste ich handeln. Ich brauchte eine Strategie, um das Problemfeld Karla aus meinem Kopf zu streichen. Würde eventuell eine Gedankensperre die gewünschten Früchte tragen? Was wäre, wenn ich alle Erinnerungsgegenstände, die mich mit Karla verbinden, zum Sperrmüll stellen würde? Könnte die Aktion Wunderdinge vollbringen? Und wäre das Beseitigen des Abfalls der Einstieg in die Normalität?

Und wie sähe die Beziehungssituation aus, wenn mich Karla nicht vergessen kann, ja, wenn sie mich sogar noch lieben würde? Hätte das Schicksal ein Einsehen und die Messe mit Karla war noch nicht gelesen? Und was würde das dann für mein Liebesleben bedeuten?

Meine Wunschantwort darauf war klar: Karla täte reumütig zu mir zurückkehren.

Es war wiederum mein Alfred, der sich zynisch äußerte: Du bist ein fauler Sack. Unternimm endlich was, und bleib nicht auf der faulen Haut liegen.

18

Während meines fünftägigen Berlintrips hatte Karla die Katzen versorgt. Zu derartigen Gefälligkeiten reichte ihre erloschene Liebe gerade noch aus. Doch nach meiner Rückkehr blieb sie unsichtbar.

Auch in den Wochen der Scheidungsstrapaze hatte sich Karla nicht bei mir blicken lassen. Dennoch war ich noch Feuer und Flamme für meine Verflossene, trotz des Quarks mit Vera.

Andere hätte sich mit meinem Zustand zufrieden gegeben, ich aber konnte wegen Karlas Lieblosigkeit nur mittelprächtig existieren. In meinen Augen führte ich das Leben eines ins Tierheim weggeschlossenen Kläffers, weshalb ich Mitleid mit jedem Straßenköter hatte.

Diese Ausweglosigkeit setzte sich unter den miserabelsten Begleitumständen fort. Mir wiederfuhr keine Seelenmassage. Von wem auch? Der Lebensabschnitt mit Karla bestrafte mich knochenhart. Und da ich kein gottesfürchtiger Mann war, glaubte ich nicht an Wunder, aber ich hoffte weiter auf die Rückkehr Karlas an meine Seite.

Doch man soll den Glauben an die Hoffnung nie aufgeben, denn von mir nicht vorhersehbar, befleißigte sich Karla eines gesteigerten Interesses an mir. War das die hundertachtziggrad Wende?

Karlas klopfte unsicher an meine Wohnungstür, doch auf mein Herein drückte sie entschlossen auf die Klinke und öffnete die Tür. Sie schlüpfte in meine Wohnung, um sich zu mir an den Küchentisch zu setzen. Dort sprach sie mich mit herunterhängenden Schultern an.

„Ich bin der Verzweiflung nahe", grummelt sie. „Das Trennungsproblem bekomme ich nicht unter Kontrolle. Du doch auch nicht, oder?"

„Mir geht es ebenso", antwortete ich.

Ich angelte mir Karlas auf dem Tisch liegende Hand, aber sie zog sie zurück.

„Genau das habe ich mir gedacht", sagte sie. „Deshalb habe ich eine praktikable Idee."

Ich gab mich souverän: „Dann schieß mal los."

„Wenn du sie hören willst, dann lausche. Wir sollten eine Therapie machen. Mit der könnten wir gegen unsere Trennungsschwierigkeiten ankämpfen."

So wie ich dasaß, ähnelte ich einem durch eine Messerattacke Verwundeten. Anstatt mich in ihre aufnahmebereiten Arme zu schließen, hatte mir Karla einen Vorschlag unterbreitet, der mir in meinem Hoffen auf eine Liebeserneuerung nicht weiterhalf, da er negative Möglichkeiten nicht ausschloss.

Anderseits könnte der Vorschlag die Wende bedeuten, aber dann müsste klar sein, was Karla mit der Therapie bezweckt. War sie unsicher geworden, ob ich eventuell doch der Richtige für sie war? War mein inniges Flehen vom Schöpfer im letzten Moment erhört worden?

Ich ging auf sie ein: „Meinst du wirklich, dass uns das Therapiegedöns weiterhilft?"

„Aber natürlich", bekräftigte Karla. „Nur eine fachfrauliche Beratung wird uns die Nebelschleier aus dem Gehirn pusten."

Wie sie das Problem ausgedrückt hatte? Das aus dem Gehirn pusten klang grässlich. Aber konnte es der Beweis dafür sein, dass sie an eine erneute Widervereinigung glaubte?

Das ganz sicher nicht. Dann wäre sie längst zu mir zurückgekehrt, stattdessen hatte sie alle bisherigen Rückkehrmöglichkeiten mit einem rauen Putzlumpen weggewischt, trotz meines aufopfernden Zuredens. Sie hatte jeden in mir aufkeimenden Hoffnungsschimmer brutal erstickt, denn Karla fühlte sich hygienisch sauber. Aber war sie so porentief rein?

Ihren Reinheitsgrad konnte ich nicht beurteilen, trotzdem willigte ich sanftmütig ein: „Na gut. Versuchen können wir's ja."

Selbstverständlich war ich weiterhin verrückt nach der Wahnsinnsfrau. Meine Liebe zu Karla war unerschütterlich, sonst hätte ich die Tretmühle mit einer Therapeutin nicht zugelassen. Doch hilft uns die Therapie über unsere Probleme tatsächlich hinweg? Und das jeder für sich, und bei derselben Therapeutin?

Karla kannte eine Beratungsexpertin, eine Frau Krämer, deren Telefonnummer suchte sie umgehend heraus. Und etwas zögerlich, aber mutig, hatte ich Frau Krämer angerufen und einen Gesprächstermin für den nächsten Abend verabredet, wozu mich Karla leidenschaftlich beglückwünscht hatte.

Ich stand mit großen Erwartungen zum vereinbarten Zeitpunkt vor dem Haus der Therapeutin und klingelte. Nach einer kurzen Wartezeit öffnete mir eine ältere, mit freundlichem Drive ausgestattete Dame, die Tür.

„Guten Abend", begrüßte sie mich zurückhaltend und reichte mir ihre Hand.

Woraufhin auch ich mich vorstellte: „Ich bin Georg Blume. Wir sind verabredet."

„Aber natürlich", sagte Frau Krämer und fasste sich aus Vergesslichkeit an den Kopf. „Bitte kommen Sie herein."

Durch ihre dicken Brillengläser schaute sie mich neugierig an. Dann fragte sie: „Ich habe Ihr Bild in der Zeitung gesehen. Sind Sie nicht der Grüne, der was weiß ich für eine Auseinandersetzung hatte?"

„Ja, Frau Krämer, der bin ich. Leider ging's um eine unangenehme Geschichte."

„Ja, richtig. War da nicht der Streit im Rathaus?"

„Gewiss doch. Aber es war halb so wild. Das schon mal vorweg. Inzwischen haben sich die Wogen geglättet."

„Erzählen Sie mir mehr darüber. Das klingt irre spannend. Worum ging's eigentlich?"

„Später. Frau Krämer. Ich bin wegen was anderem hier."

Sie war eine offenherzige, zugängliche Dame, außerdem war sie eine Katzennärrin. Das machte sie sympathisch. Aber irgendwie war die Frau ein seltsamer Kauz, warum weiß ich nicht mal so genau, allerdings war sie der perfekte Zuhörer, und sie neigte zu keinerlei Berührungsängsten.

Das kleine Haus der Therapeutin am Stadtrand hatte Ähnlichkeit mit einem Hexenhäuschen. Nach meinen Vorstellungen kam es dem von Karla und mir gesuchten Traumhaus sehr nahe. Der verwilderte Garten erinnerte mich an das südamerikanische Amazonasgebiet. Wäre ich mit Karla zusammengeblieben, dann hätten wir nach einem ähnlichen Objekt gesucht. Frau Krämer zeigte mir ihre Wohnung.

Oh, la, la, sie war eigenwillig eingerichtet. Weit weg vom missratenen Ruhrpott-Barock, eher extravagant und modern. In vielen Details lag sie auf meiner Linie, denn der ganze Schnickschnack entsprach meinem ausgefallenen Geschmack.

Wir begaben uns in ihre gemütliche Wohnküche, wo Frau Krämer Teewasser aufsetzte. Auch auf einen ansprechenden Preis einigten wir uns in Sekundenschnelle. Auf mickrige vierzig Mark pro Sitzung, das hatte ich kaum zu hoffen gewagt.

Danach hatte sie mich auf eine gemütliche Eckbank verfrachtet und mir eine Tasse Tee serviert, schon begann unsere zwanglose Unterhaltung.

Ich schilderte ihr die Tragik um meine Scheidung und die Situation mit den Kindern. Und das Kapitel abgeschlossen, berichtete ich über meine unglückliche Liebe zu Karla. Vera erwähnte ich mit keiner Silbe.

Frau Krämer ließ mich erzählen und hörte aufmerksam zu. Nur in einzelnen Punkten, die sie von der Bedeutung her nachdenklich stimmten, mischte sie sich ein oder stoppte mich rigoros.

Bei meiner Abrechnung mit der Welt voller Kälte und Hektik, gelegentlich von Momenten des Glücks unterbrochen, war es mein familiäres Strickmuster, das sich für Frau Krämer als Problem herauskristallisiert hatte. Insbesondere meine starke Bindung zu meiner Mutter brachte sie mit Karla in Verbindung. Dagegen tat sie meine Niedergeschlagenheit als nebensächlich ab. Die wäre eine vorübergehende, eher harmlose Depression.

Ich hatte ihre Aussagen milde belächelt, denn die waren nicht das Gelbe vom Ei, trotz allem hatten sie Befreiungscharakter. So war die Therapiestunde wie im Flug vergangen, denn das Gespräch hatte einem kurzen, aber angenehmen Spaziergang geglichen. Und dessen Wert war, dass ich hinterher vor Selbstvertrauen strotzte.

Zu guter Letzt begleitete mich Frau Krämer in ihren Garten, wo wir einen neuen Termin abstimmten, dabei gab sie mir den Tipp:

„Führen Sie Tagebuch", sagte sie gewichtig. „Schreiben Sie alles auf, auch jede Kleinigkeit, und sei sie noch so unwichtig. Diese Strategie wird Ihnen von Nutzen bei der frischgewonnenen Selbsterfahrung sein."

Auf dem Heimweg fühlte ich mich beschwingt. Die Anstrengungen durch das Radeln setzten Lusthormone in mir frei. Mutig strampelte ich mir die Zweifel an meiner Person wie ein personifizierter Langstreckenläufer aus den Rippen.

Und daheim angekommen, hörte ich vom mittleren Treppenpodest laute Musik durch meine Wohnungstür dringen.

Was ist in unserer Bude los? Alfred hatte sich die Frage gestellt. Das hört sich an, als hätten wir die Hottentotten im Haus, rumorte er heftig in mir.

Worauf ich verwundert dem Kopf schüttelte und in mich hineinknurrte: Wie du dich wieder ausdrückst? Was soll das für eine Mischpoke sein, deine Hottentotten? Ich wette mit dir, es ist Karla.

Ich öffnete die Tür einen Spalt und schielte in meinen Wohnraum.

Und siehe da, es war Karla, die wie selbstverständlich auf dem Ledersofa saß und in die Röhre glotzte, aus der mir eine unbekannte Rockgruppe verschrobene Töne zum Besten gab.

Als Karla mich bemerkt hatte, sprang sie Hals über Kopf auf, doch weil sie das als Fehler einstufte, nahm sie sich sofort wieder zurück und kam schlurfend auf mich zugeschritten, dabei rieb sie sich die Hände, als wären die kalt. Dann stand sie vor mir und fragte aufgekratzt: „Na, wie war's? Komm, setz dich zu mir und erzähle."

„Tja", druckste ich herum.

„Was heißt tja? Bitte spann mich nicht auf die Folter. Ich brenne vor Neugierde."

„Tja heißt gut. Wirklich sehr gut. Frau Krämer ist eine Kanone", erläuterte ich wortkarg.

„Und? Das ist doch nicht alles."

„Was heißt und?"

„Mensch, Georg. Muss ich dir denn jeden Brocken aus der Nase ziehen."

„Ich habe mich selten so erleichtert gefühlt", fuhr ich fort. „Mit etwas Geschick ist es Frau Krämer gelungen, meine innere Blockade aufzubrechen."

„Inwiefern?"

„Sie war so zutraulich, so wunderbar einfühlsam. Ich denke, sie wird mir bei den Problemstellungen weiterhelfen. Freue dich auf sie, denn bald wirst du sie live erleben."

Von der Therapeutin aufgemuntert, hatte ich meine Beklemmung abgelegt und war das Gegenteil einer Mimose geworden. Unbeeindruckt hatte ich jede Frage Karlas gemeistert. Erstmalig war mir bewusst, wie ich mit ihr umzuspringen hatte. Ich war genauso unterkühlt geblieben, wie mich Karla in meinen bitteren Wochen behandelt hatte, kein bisschen anders.

Von dem Tag an hatte ich es satt, mir irgendwelche abstruse Hoffnungen zu machen, stattdessen demonstrierte ich Gleichgültigkeit gegenüber Karla.

Von da an führte ich mich nicht mehr wie ein willenloses Herdentier auf, vor allem wollte ich von dem lästigen Klammern nichts mehr wissen. Das hatte endlich ausgedient und gehörte zu den Akten gelegt. Diese Handlungsweise nahm ich mir Karla betreffend für die weitere Zukunft fest vor.

Und wie war das Resultat? Es war hervorragend. Meine wiedergewonnene Ausstrahlung bewirkte eine wundersame Wandlung, denn Karla schloss mich behutsam in ihre Arme.

Wir versuchten gar nicht erst, einen innig gehegten Wunsch zu unterdrücken, als sie mich an der Hand hinter sich her zog und sagte: „Schnell, Liebster. Komm mit mir ins Hochbett."

Und in das Bett hinaufgeklettert, hauchte mir Karla mit verlangender Lüsternheit eine weitere Aufforderung zu: „Wir müssen unbedingt miteinander schlafen."

Den darauffolgenden Nachmittag verbrachte Karla bei der Therapeutin. Um mich abzulenken, beschäftigte ich mich mit meinen Katzen, aber innerlich war ich bei ihrer Therapiesitzung anwesend. Mich auf meinem Ledersofa zurücklehnend, dachte ich über Karla nach, denn ihre Sehnsucht nach meiner Nähe war neu aufgeflammt. Lag in ihrem Beischlafbesuch die letzte, große Chance zu unserem Happyend?

Spät am Abend kam Karla die Treppe herauf und besuchte mich mit verschlossenem Gesichtsausdruck, und dementsprechend abweisend behandelte sie mich. Nur den Katzen gehörte ihre Aufmerksamkeit, aber zwischen uns hatte sie eine Barriere aufgebaut. Nicht mal über den von mir gewünschten Austausch über einen Therapieerfolg, wollte sie mit mir reden.

Futsch, aus und vorbei.

Von dem Liebesgeplänkel der vergangenen Nacht war nichts übrig geblieben. Und ich vom Teufel Besessener hatte meine Vorsätze ohne Rückversicherung über Bord geworfen, denn ich Phantast hatte auf neuerliche Liebesschwüre gehofft.

Aber da war nichts mehr. Karlas Liebe konnte ich mir abschminken. Meinen Optimismus hatte sie mit großer Hartherzigkeit auf die Bretter einer grausamen Realität geschickt. Hatte ich vorher noch an die Wiedervereinigung geglaubt, dann wurde ich eines anderen belehrt, denn ohne mit der Wimper zu zucken zog Karla den Schlussstrich. Aber war der auch endgültig?

Vernichtend zogen die nachfolgenden Tage zwischen Hoffen und Bangen ins Land. Je nach Gefühlslage bewegten sie sich mal rauf und mal runter. Ich spielte bei Karla eine untergeordnete Rolle, wenngleich ihre Anschmiegsamkeit von Knall auf Fall aufblitze. Dann legte sie sich ohne eine Vorwarnung zu mir ins Bett. Doch es blieb beim Schmusen, denn sexuell lief gar nichts mehr. Robust wehrte sie diesbezügliche Annäherungsversuche ab.

Zieh dich schleunigst zurück, hatte der bestürzte Alfred gebettelt. Machst du so weiter, verlierst du den letzten Rest an Verstand.

Nach einer politischen Veranstaltung, es war weit nach Mitternacht, betrat ich meine Dachwohnung, in der Karla wartete. Sie saß mit versteinerter Mimik vor dem Fernseher. Und schon ihre ersten Worte erschütterten mich bis ins Knochenmark.

„Sei mir nicht böse, Georg", sagte Karla, und das klang sehr sanft. „Bitte versprich es mir?"

O nein. Nicht schon wieder der Schmus. Die düstere und verhaltene Wortwahl kannte ich. Ich hatte ähnliche Verklausulierungen damals von Vera gehört.

Doch da ich nicht sofort antwortete, ließ Karla umgehend die Katze aus dem Sack, wobei sie merkwürdig verkrampft wirkte.

„Es fällt mir schwer, aber ich muss es sagen", schnaufte sie schwer atmend. „Aus gutem Grund habe ich mich auf eine Stelle in Bonn beworben. Dort nehme ich mir ein Zimmer, doch die Wochenenden verbringe ich mit dir."

Mein Körper litt an Zuckungen.

„Nein, das glaube ich jetzt nicht", stöhnte ich entsetzt. „Denkst du bei deinen Planungen gar nicht mehr an unsere Zukunft?"

Allein die Vorstellung, ich verliere Karla aus dem Blickfeld, schnürte mir die Luftröhre ab. So widerwärtig hatte mich eine Frau bisher noch nie aufs Abstellgleis gestellt. Von wegen, Karla verbringt die Wochenenden bei mir, diese Verhöhnung konnte sie sonst wem aufs Butterbrot schmieren, mir aber nicht.

Warum habe immer ich Pech in der Liebe? Was mache ich falsch? Muss ich meinen Umgang mit den Frauen überdenken?

Ich krümmte mich wie ein in den Matsch getretener Regenwurm. War das noch meine Karla? Ach was, dieses rücksichtslose Frauenzimmer war alles andere als das Wesen, das ich verehrte. Der eiskalte, berechnende Satan war gerade dabei, einen Mord auf Raten zu begehen. Und ich total Verblendeter hatte gedacht, Karla würde zu mir zurückkehren.

Doch davon war keine Rede mehr. Karla ließ mich in meinem Unglück allein. Mir erging es wie dem in der Kneipe mutwillig vergessenen Regenschirm.

Aus Verzweiflung schmiss ich mich resignierend auf mein Bett und begrub meinen Kopf unter einem Kissen, dabei weinte ich bitterlich.

Nach der vierten und letzten Therapiesitzung, verabschiedete ich mich im Garten von Frau Krämer, wobei ich die beachtliche Blumenvielfalt bewunderte.

Die Therapeutin blickte mich besorgt an, als sie mir die ihr längst klar gewordene Erkenntnis anvertraute: „Bitte lassen Sie die Finger von dieser Karla. So wie ich sie beide inzwischen kenne, beruht ihre Verbindung auf Irrtümern."

„Aber wir hatten eine sehr schöne Zeit?"

„Das mag schon sein, Herr Blume. Einerseits darf ich meine Erkenntnisse nicht weitergeben, andererseits bin ich Ihnen die Auskunft schuldig. Behandeln Sie meine Offenheit vertraulich. Der Tipp bleibt unter uns."

Ich reagierte schockiert, doch der Negativschlag verhallte. Er wich dem Dankbarkeitsgefühl. Und das mit dem Ergebnis, dass ich mich zur Gruppentherapie bei ihr und einem Kollegen anmeldete.

„Sie sind reif für den nächsten Schritt", sagte Frau Krämer mit einem weichen Händedruck.

Waren meine geliebten Kinder bei mir, versuchte ich sie von dem unerfreulichen Melodram konsequent abzuschotten. So bekamen sie nur wenig von der sich dahinschleppenden Trennung mit. Trotzdem äußerten sie dann und wann ihr Befremden.

„Was hat Karla bloß? Warum sehen wir sie nur noch so selten?"

Irgendwann mochte ich den Süßen nichts mehr vormachen. Gerade sie verdienten eine offene und ehrliche Erklärung.

Schweren Herzens antwortete ich ihnen: „Ich glaube, Karla muss wichtige Dinge erledigen. Außerdem verstehen wir uns nicht mehr gut. Es könnte passieren, dass wir für immer auseinander gehen."

Beide blickten betroffen zu Boden. Sie hatten sich, nach den Problemen der Akzeptanz, an Karla als meine Partnerin gewöhnt. Sie hatten sie liebgewonnen. Meine ausweichende Antwort musste fürs erste ausreichen, denn weiterhin nagten minimale Wunschvorstellungen an meinem Unterbewusstsein, wenn auch still und heimlich.

Die Einführung der Frauengleichstellungsstelle gilt es nachzutragen. Immerhin hatte die Stellenbesetzung den

Schlachtenlärm um die mir angedichteten Handgreiflichkeiten in der Ratssitzung ausgelöst. Und man höre und staune, denn die Stelle wurde tatsächlich beschlossen.

Natürlich hatte eine Bewerberin aus den SPD-Reihen den Zuschlag bekommen, doch die war wenig effektiv, jedenfalls nicht so, wie wir Grüne uns das vorgestellt hatten. Außerdem hatte der Mut der Mehrheitsfraktion nur zu einer halben Stelle gereicht. Noch dazu hatten die Schwächlinge auf eine Fehlbesetzung gesetzt, denn die Person ihrer Wahl verdiente den Vergleich mit einer tauben Nuss. Mit wenig Selbstvertrauen ausgestattet, widersprach sie den Männern grundsätzlich nie.

Nicht mal bei Frauenverunglimpfungen in Ausschusssitzungen oder im Rat, an denen sie als Vertreterin für die Frauenrechte teilnahm, hatte sie sich reklamierend zu Wort gemeldet. Und auch bei der Neubesetzung einer Stelle in der Verwaltung mit eindeutigem Zuschnitt auf eine Frau, die man letztendlich mit einem Mann besetzte, hatte sich kein Widerspruch in ihr geregt.

Immerhin sah sie gut aus, was mich veranlasst hatte, sie darauf anzusprechen: „Besteht die Emanzipation für dich darin, dass du die Männer reihenweise umnietest?"

Danach hatte ich zynisch gesagt, und das Argument damit erweitert: „Widersprich mir, bin ich im Unrecht, aber emanzipierst du dich am besten im Bett."

Mein Vorwurf war scheußlich, okay, ich sollte mich schämen. Aber die Äußerung war meiner Endtäuschung über Karlas Verhalten geschuldet.

* * *

Beim ersten Gruppentherapieabend legte ich mir ein Kuckucksei ins Nest. Der fand in spartanisch eingerichteten

Räumlichkeiten statt, außerdem war die Atmosphäre unpersönlich. Nebenher gab es unerfreuliche Bekundungen des Missfallens einiger Teilnehmerinnen, durch die mir der Abend versaut wurde.

Und das lag daran, dass durch ein Missgeschick der Organisatoren, denn es waren mehr als die abgesprochenen zwölf Personen erschienen, stattdessen zählte ich sechzehn Teilnehmer beiderlei Geschlechts. Demzufolge hätten vier Betroffene keine Einladung erhalten dürfen, aber nun waren zehn Frauen und sechs Männer anwesend, was mir egal war, aber einige Frauen empfanden das als verwerflich.

Aus der Ungeschicklichkeit zog die Therapeutin ihren Nutzen. Sie lenkte uns überheblich von ihrem eigenen Fehler ab und machte die Teilnehmerfrage zur Diskussionsgrundlage, womit sie eine strittige Auseinandersetzung in Gang setzte. Ihre Aufforderung, dass man sich zu der erhöhten Teilnehmerzahl äußern könne, rächte sich, denn ich brachte mich mit einer Frage ein, an nichts Böses denkend.

Mutig unterbreitete ich den Vorschlag: „Ich fände es vertretbar, wenn sich beispielsweise die Personen, die oft an den Gruppentreffen teilnehmen, sich diesmal eine Besinnungspause gönnen?"

Betretenes Schweigen.

„Ausnahmsweise sollten die Neuhinzugekommenen den Vortritt erhalten", ergänzte ich meinen Vortrag, und hatte mich damit etwas tollpatschig für eine Reduzierung der Gruppe ausgesprochen.

Einigen Frauen wurden die Sitzflächen ihrer Stühle zu heiß. Sie rutschten unruhig auf ihnen herum, andere räusperten sich verlegen, aber keine von ihnen äußerte ihr Befremden.

Und da das so war, konkretisierte ich meinen Vorschlag: „Ausgenommen sind Härtefälle", schob ich ein.

„Die sollten selbstverständlich bleiben. Ich bin der Allerletzte, der Betroffene in der Entwicklung zurückwerfen will."

Doch mein Engagement rächte sich, denn mich streiften starre und bösartige Blicke. Aber weshalb?

Mir Schnarchnase war überhaupt nicht bewusst gewesen, dass ich mit meinem Vorschlag einen garstigen Eklat heraufbeschwören würde. Ich blickte fragend in die Runde, doch aus der stierten mich nur hasserfüllte Augen betroffen an.

Alsbald feuerten die Gift- und Galle spuckende Frauen, die sich von mir angesprochenen fühlten, eine Breitseite an Beschimpfungen auf mich ab, sodass ein reges Kesseltreiben gegen meine Person einsetzte.

„Das ist mal wieder typisch. Der Vorschlag stammt von einem Mann", schnauzte Laura. „Du Arsch hast wohl überhaupt kein Einfühlungsvermögen?"

Und Bettina meckerte: „Das war von einem Mann deiner Sorte kaum anders zu erwarten. Wie wär's, wenn du als Erster abhaust? Wozu brauchst du therapeutische Ratschläge, so plump wie du drauf bist."

Derartig mit Emotionen beladen hatte ich mir eine Gruppentherapie wahrlich nicht vorgestellt. Es brodelte unter den Frauen, wie in einem mit kochendem Wasser für die Nudeln gefüllten Kochtopf. Alle brüllten wir wirr durcheinander, sodass etwaige Pro- oder Kontra Reaktionen nur schwer herauszuhören waren.

Erst Minuten später kehrte Ruhe ein, da hielt eine belastende Stille Einzug, denn Frau Krämer verkündete den salomonischen und sicher schon vorher festgelegten Beschluss: „Niemand verlässt uns, dass das von vorn herein klar ist. Den heutigen Abend ziehen wir mit allen sechzehn Anwesenden durch."

Finanziell gar nicht schlecht für sie, dachte ich, aber entspricht das den gerechten Anforderungen an eine Gruppentherapie?

Na ja, fragwürdig war die Entscheidung allemal.

Am Anfang der Therapie stand die bildliche Eigendarstellung der jeweiligen Problemstruktur, dazu erhielten wir Zeichenblöcke. Ich malte einen Kreis, der sich einer laufenden Bedrohung erwehrt. Das Bild war abstrakt gehalten, durch spitze Pfeile und einige andere Symbole in Szene gesetzt, vor allem durch pralle Herzen. Es war ein kleines Meisterwerk.

An weiteren Sitzungsabenden würde eins der Bilder diskutiert, worauf durch Rollenspiele gezielte Ursachenforschung betrieben werden sollte. Das klang überzeugend, außerdem waren die Vorbehalte gegen mich abgeklungen.

Eine der Frauen, Gisela nannte sie sich, entwickelte unübersehbare Vorlieben für mich. Das bemerkte ich nach Beendigung der Sitzung, als wir gemeinsam in die Kneipe gingen, was ebenfalls zum Programm gehörte. Es sollte eine Stärkung des Zusammenhaltes bewirken. Doch dort drehte es Gisela so geschickt, dass sie neben mir saß und mich mit ihren Blicken verschlingen konnte.

O nein. Bloß das nicht, seufzte Alfred. Mach bitte einen Bogen um die Frau. Die ist viel zu kaputt. Und Alfred hatte den richtigen Riecher, denn Gisela meldete tatsächlich Besitzansprüche an. Mit versprochenen Intimitäten gedachte sie mich an sich zu binden.

Aber erstmalig hörte ich auf meinen Alfred, denn mir war nicht nach einem Betthupferl zumute. Ich blieb auf ein Bier, dann machte ich meinen Vorsatz wahr, endlich meine Mutter zu besuchen.

Und ich hatte Glück, denn meine Schwester lümmelte sich auf ihrem Sofa, wodurch der Besuch abwechslungsreich ablief und auch so endete. Daher verließ ich sie mit einem beruhigten Gewissen gegen Mitternacht.

Als ich wieder zuhause eintrudelte, wartete Karla auf mich, inzwischen konnte ich sie als meine Ex-Freundin betiteln. Trotz unserer Probleme war sie nicht ausgezogen und bewohnte weiter die Wohnung unter mir.

Karla platzte vor Neugierde, aber das ließ mich kalt. Mit undurchschaubarem Minenspiel hielt ich mich bedeckt. Ich blieb abweisend und reserviert, was mir unmenschliche Überwindung abverlangte.

Und wie reagierte Karla?

Ich weiß nicht, womit Karla gerechnet hatte, jedenfalls nicht mit meiner Abneigung, denn sie sprang beleidigt auf und ließ mit einem lauten Krachen die Tür hinter sich ins Schloss fallen.

Die zweite Sitzung vermittelte mir Einblicke in schwerwiegende Autoritätsprobleme. Zu Dietmars Bild wurde eine Bürosituation simuliert, dazu wurden zwei Teilnehmer per Abstimmung ermittelt.

Mir war die Chefrolle zugefallen, denn ich hatte einen dominanten Eindruck in der Runde hinterlassen. Zudem war die Rolle nicht neu für mich, denn sie hatte mich an ein Rollenspiel mit Karla erinnert.

Mein Bild wurde am dritten Sitzungsabend zerfleddert, mit den erwarteten Auswirkungen: Die Abhängigkeitsbeziehung zu meiner Mutter hatte sich als entscheidender Negativfaktor in meiner Persönlichkeitsstruktur herausgeschält.

Na ja, warum nicht. Trotz allem war ich nicht vor Begeisterung vom Hocker gefallen, denn die vereinfachte

Analyse war mir zu blass geblieben. Freud hätte sich vor Peinlichkeit im Grab herumgedreht.

Obwohl, so abwegig war die Mutter Sohn Bindung auch wieder nicht gewesen, denn ich liebte meine Mutter tatsächlich abgöttisch. Als Problemdarstellung war diese Liebe allerdings zu weit hergeholt.

Von da an zog mir das hin und herwiegen einer bestimmten Person den Nerv. Und das war Gisela. Fortwährenden stellten wir uns wegen ihrer Weinkrämpfe in einer Reihe auf, also paarweise gegenüber, dann fassten wir uns fest an die Hände und bildeten ein Förderband, worüber wir Gisela gleiten ließen. Sie machte regen Gebrauch davon. Und zusätzlich das unentwegte Taschentuchreichen.

Mir reichte es, denn mittlerweile konnte ich mich des Eindrucks nicht erwehren, dass es mir für die Therapie viel zu gut ging. Was um Himmelswillen sollte dann die ätzende Gehirnwäsche?

Ich hatte besseres zu tun, beispielsweise mein Verhältnis zu Karla zu überdenken, und mit den Kindern wichtige Sachen zu unternehmen. Auch die Politik und mein Arbeitsplatz verlangten nach meinem Engagement. Besonders die politischen Aktivitäten würden mich auf gesunde Pfade führen.

Ich verließ die Therapiegruppe mit dem an Menschenkenntnis höchst interessanten Stand: Von nun an kann ich im Therapiebereich mitreden.

* * *

Karla hatte vor wenigen Tagen die Stelle in Bonn angetreten, als Sozialarbeiterin in einer Privatklinik. Sie fand ein Zimmer zur Untermiete bei einem alleinstehenden Mann mit Bierbauch, so hatte sie ihn mir beschrieben.

Der hatte sofort ein Auge auf sie geworfen, worüber Karla abfällige Bemerkungen mit Kopfschütteln gemacht hatte, denn sie hatte den Dickwanst mit einem widerlichen Suffkopf verglichen. Jedenfalls wollte sie an den Wochentagen in Bonn bleiben, so vollzogen wir unseren Abschied auf Raten.

Auch in ihrer Bekleidung vollbrachte Karla den Spagat von leger auf todschick. Es war nicht zu übersehen, dass sich Karla auf Männerfang befand. So kam es, wie es kommen musste.

An einem späten Abend, es war mein Kindersamstag und die Kinder lagen in ihren Betten, schlich Karla geräuschlos mit einem Mann durchs Treppenhaus bis zu ihrer Wohnung herauf. Das war durch die knarrenden Holzdielen der Treppenstufen gut zu vernehmen.

Dann wurde es still, weil Karla mit ihm in ihre Wohnung verschwunden war. Ich hatte den Vorgang mit Abscheu registriert.

Wer war der Mann? War es dieser Peter aus dem Exil? Und wenn nicht, wo und wann hatte sie den Kerl aufgerissen?

Es war bereits Mitternacht, als mich die Geräusche des Lattenrostes in Karlas Hochbett alarmierten. Es war ein Quietschen, das sich laut vernehmbar durch die ungenügend isolierte Holzzwischendecke bemerkbar machte.

Die rhythmische Abfolge des Knarrens und Karlas Stöhnen untermalten altbekannte Beischlafaktivitäten, die gerade mir durch die gemeinsamen Nächte mit Karla bestens vertraut waren.

„Spinnt sie? Diese Schweinerei kann sie doch nicht machen", fluchte ich. Meine sich im Notstand befindenden Atemorgane rebellierten. „Was sie treibt, das ist die Zerstörung der letzten Bastion unserer Gemeinsamkeit."

Für mich war es unmöglich, Karlas Verhalten zu akzeptieren. Wuselnd rannte ich im Zimmer über ihrem Schlafzimmer auf und ab. Ich hielt mir vor Verzweiflung die Ohren zu, aber das betäubte weder meine Wahrnehmung, noch Karlas liebestollen Beischläfer.

Um die Kinder nicht zu wecken, schimpfte ich verhalten: „Nein, Karla, du ekelhafte Sau. Was mutest du mir zu? Wie soll das mein schwaches Herzkreislaufsystem aushalten?"

Ich näherte mich dem Herzstillstand mit Stichen und Krämpfen. Mein Körper zitterte. Schauer der Entrüstung jagten über meine Haut und alarmierten die abstehenden Haare. Aber Karla wollte nicht bemerken, dass sie mir mit dem Fick das Herz bricht.

Schließlich winselte ich den Fußbodenbelag an: „Hör auf damit. Dein Stöhnen macht mich kirre. Gleich platzen mir die Herzkranzgefäße."

Danach fing ich an zu weinen. Ich weinte mir die leidende Seele aus der umklammerten Brust und schüttelte mich bis zur Bewusstlosigkeit. In dem aussichtslosen Zustand war mein Leben keinen Pfifferling wert.

Als alles nichts nutzte, köpfte ich eine Flasche Portwein und schüttete den Rebensaft aus Portugal gläserweise in mich hinein, wobei ich überlegte: Was kann ich außer dem Portwein zu mir nehmen? Vielleicht Tabletten?

Doch die hatte ich nicht im Haus. Womit dann bringt man sich todsicher um? Glücklicherweise merkten die Kinder nichts von dem Elend.

In dieser Nacht ging es um mehr als die Liebe. Mein Weiterleben war in Gefahr, und damit auch das mit Karla glücklich werden.

Nur mein tapferer Alfred wehrte sich gegen das Unheil. Er hasste das Zerfleischen meiner selbst, besonders das Hinunterspülen von großen Mengen an Portwein.

Jede Art der Selbstaufgabe war ihm ein Graus, wodurch er inbrünstig an meinen außer Kraft gesetzten Verstand appellierte: Kopf hoch, meinte er. Du Unglücksrabe hast die fatale Entwicklung nicht eingeleitet. Karla hat kräftig nachgeholfen. Hättest du die Sterilisation rückgängig gemacht, dann stündest du jetzt besser da. Aber was bedeutet dir mein Rat? Leider nichts. Eher lässt du zu, dass dich Karla brutal vernichtet.

Ich jedoch wurde weiterhin von Karlas Gestammel, mit dem sie den Beischlaf garnierte, bis ins Mark gepeinigt, daher verurteilte ich Alfreds Appell.

„Ja, ja", seufzte ich. „Du bist meine schlauere Hälfte und hast Karlas Triebhaftigkeit vorhergesehen. Trotzdem halte ich die Bumserei nicht aus. Ich träume doch? Karla ist kein Mensch, sie führt sich auf wie ein wildes Tier. Warum verhält sie sich so unmenschlich zu mir?"

Am nächsten Tag, nur die Anwesenheit meiner Kinder hatte mich die erbärmlich Nacht überleben lassen, traf ich Karla zufällig im Treppenhaus. Sie war allein und nach einem unterkühlten „Hallo", gingen wir zusammen in ihre Wohnung.

In der standen wir uns verlegen gegenüber und starrten uns an, prompt überkamen mich meine angestauten Aggressionen, denn ich stürzte mich mit einem ungezügelten Wutausbruch auf sie.

„Verschwinde aus dem Haus!", brüllte ich sie an.

Ich verlor die Kontrolle über mich. „Ich ertrage deine Anwesenheit nicht länger. Warum hast du den Mann in unser Liebesnest geschleppt? Du hättest dich in meine Lage versetzen sollen. Willst du einen Gefühlskrüppel aus mir machen?"

Karla wehrte sich nicht. Ihr Blick verriet Trauer und Erstaunen, denn meine wütende Szene hatte schwere Striemen in ihrem Gemüt erzeugt.

So schwiegen wir ein Weilchen, doch nach der Pause sagte Karla die Sätze: „Ach, Georg. Das Ganze tut mir schrecklich leid. Aber ich hatte gedacht, zwischen uns sei alles klar."

Trotz meiner Verletzungen schaute ich sie mit großer Entschlossenheit an. „Jetzt ist alles klar, Karla", murmelte ich, und das waren meine letzten Worte.

Mit versteinerter Mimik ließ ich die Königin meiner ekstatischen Nächte stehen, und das war mir weiß Gott nicht leichtgefallen, aber irgendwelche Ambitionen wären Verschwendung gewesen. Ich hatte verstanden, dass es mit unserer Verbundenheit vorbei war.

Und diese Zweisamkeit war sprichwörtlich im Eimer. Sie war von tiefen Risse übersät und die waren nicht zu kitten. Was auf ein Jahrhundertwerk ausgelegt war, das hatte keine drei Jahre überdauert, denn die Herrlichkeit wie eine Seifenblase zerplatzt.

Nachdem Andrea und ich auseinander gegangen waren, und der damit verbundenen Trennung von den Kindern, da hatte ich Stärke demonstriert.
ihre Wohnung aufgelöst, und ich Idiot hatte ihr sogar beim Umzug nach Bonn geholfen. Mir war halt nicht zu helfen.

Doch das war meine letzte Hilfsaktion. Und es mag jetzt abgedroschen klingen, aber meine Gefühle für Karla waren erloschen, oder besser ausgedrückt, sie waren einer übermenschlichen Trauer gewichen.

Am Boden zerstört strich ich Karlas Namen aus meinen Lebensaktivitäten, auch aus meinem Notizbuch und aus dem Telefonregister. Ihre in die Gedächtniswände einge-ritzten Initialen brach ich mit der Gewalt der Brechstange aus mir heraus.

Den Befreiungsakt hatte ich bitternötig, denn das Leben hatte weiterzugehen, schließlich brauchten mich meine Kinder.

Trotz allem hätte mich brennend interessiert, wer der Mistkerl war, mit dem Karla den Beischlaf vollzogen hatte. Wenn es Peter war, dann hatte er sich als ein besonders guter Liebhaber herausgeschält, den ich nie in ihm gesehen hatte. Außerdem hatte ich von dem sich anbahnenden Spektakel nicht die Bohne mitbekommen. Wie hatte es die vermeintliche Bettkanone gedeichselt, die wählerische Karla so einzuwickeln, dass sie mit ihm ins Bett gestiegen war?

Es war nicht Karlas Art, so mir nichts dir nichts mit irgendeinem Mann auf die Matratze zu hüpfen. Zu dem Kerl musste es eine Vorgeschichte geben, die ich unterschätzt hatte, oder die an mir vorbeigerauscht war.

Jedenfalls hatte ich ihr diese Schlechtigkeit nicht zugetraut, diesen Peter zu meinem Bettnachfolger zu bestimmen, doch wurde ich durch das Ereignis eines schlechten belehrt. Und das hatte sich nicht als ein Zuckerschlecken für mich angefühlt.

Allerdings hatte ich mit Karlas Suche nach einem Mann rechnen müssen, die musste ich ihr zugestehen. Sie wünschte sich einen Partner, mit dem sie ein Kind haben konnte. Durch meine Zeugungsunfähigkeit war ihre Verzweiflungsreaktion berechtigt, auch wenn der betrogene Mann das anders sehen mag. Doch warum hatte es Karla dieser Peter so überraschend angetan, wenn er's war? Bisher hatte sie den Thekenrumhänger eher als Versager angesehen

Nun gut, die Zeiten hatten sich geändert. Ich sollte mich auf keinen Fall beschweren, denn ich hatte mich in der Zwischenzeit auch nicht wie ein Kind von Traurigkeit aufgeführt, sondern hatte mich rasend schnell mit meiner Ratskollegin Vera über den Verlust Karlas hinweggetröstet.

Und mein Urlaubsflirt mit Constanze war zwar harmlos geblieben, aber im Endeffekt war allein schon der Versuch ein Vertrauensbruch. Er war verwerflich und mit den Regeln der unerschütterlich Liebe zu Karla eigentlich nicht vereinbar.

Jetzt vor Freunden so zu tun, als sei nur das Verhalten Karlas eine Schweinerei, damit würde ich das berechtigte Unverständnis der Freunde ernten, und das verdientermaßen.

Okay, meine Argumente waren gut und schön, doch was machte man mit dieser misslichen Lage? In die war ich ohne großes Fingerspitzengefühl hineingeraten und die hing wie ein Mühlrad um meinen Hals.

Nachdem Andrea und ich auseinander gegangen waren, und der damit verbundenen Trennung von den Kindern, da hatte ich Stärke demonstriert. Und auf die sollte ich mich besinnen, anstatt mich aufs Jammern verlegen, alles andere wäre fatal. Nach vorne schauen wäre ein erfolgversprechender Weg. Die Ärmel hochkrempeln und die persönliche Niederlage abhaken, das könnte ich tun.

Also tat ich das Sinnvollste und unterdrückte meinen Aufschrei der Verzweiflung. Er wäre unredlich gewesen, außerdem von aussichtsloser Natur. Mein Aufbegehren sollte ich lieber bündeln und zu meiner Runderneuerung nutzen.

Es war eine unbestreitbare Tatsache, dass die nervenzehrende Liebesbeziehung zu Karla keiner Rettung zugeführt werden konnte. Dafür war der Zug abgefahren, denn diese Liebe war sang und klanglos in die Binsen gegangen.

In meiner Erinnerung war nur das traurige Fragment einer einzigartigen Lebenslüge zurückgeblieben, das mir wie ein Klotz am Bein hängt.

19

Die Ungeduld ist ein Hemd aus einem Meer an Brenn-nesseln, beklagt ein altes, polnisches Sprichwort. Wie wahr, wie wahr, denn mir brannte die Ungeduld sprich-wörtlich unter der Haut.

Es war ein Freitag, und das spät abends, als Constanze aus dem letzten Waggon des Zuges aus München stieg. Die schleifte ihre Umhängetasche über den Boden hinter sich her und kam auf dem Bahnsteig auf mich zu. Ich hatte sie sofort erkannt und war erfreut, denn sie sah besser aus, als ich sie in Erinnerung hatte.

Uns gegenseitig taxierend, standen wir uns unschlüssig gegenüber, von unverständlicher Unsicherheit befallen.

„Hallo", sagte die Frau aus Ulm mit herzerwärmender Stimme.

Es war Constanze, die mutig die Initiative an sich geris-sen hatte, indem sie fragte: „Stört dich was an meinem Aussehen? Ich hatte dir schon in der Toskana verspro-chen, dass wir uns wiedersehen."

„Tag, Constanze", antwortete ich wie verzaubert. „Du siehst phantastisch aus.

„Danke", erwiderte sie, dabei zeigte sie keine Spur von Verlegenheit.

„Reiche mir deine Tasche, die scheint schwer zu sein", setzte ich das Begonnene fort. „In zwanzig Minuten sind wir in meiner Mansarde."

Constanze stellte die Reisetasche ab, dann umarmte sie mich feurig, dabei presste sie ihren Körper mit aller Wucht an meine Männlichkeit.

Ich hatte mein durch Karla verursachtes Selbstbewusstseinsdefizit überwunden, also verließen wir ohne das Trauma den Bahnsteig und den Hauptbahnhof.

Draußen schwangen wir uns in den Campingbus, und als wir unterwegs waren, erzählte ich ihr Slapsticks aus meiner kommunalpolitischen Tätigkeit im Rathaus.

Zehn Minuten nach der Abfahrt hatten wir das Haus mit meiner Mansarde erreicht, was von der Zeit her rekordverdächtig war. Dann parkten wir den Bus direkt vor der Haustür. Karlas leere Wohnung hatte inzwischen eine sehr junge Frau bezogen, doch die war mir fremd geblieben.

Und oben in der Mansarde angekommen, lümmelten wir uns auf mein Ledersofa, woraufhin sich meine Kater verkrümelten. Sie bewiesen ihren Respekt vor unbekannten Personen. Doch sie legten ihre Scheu ab, als die Musterung meines Gastes zufriedenstellend ausgefallen war. Tyron sprang zu Constanze auf den Schoß und Tysen kuschelte sich an mich.

Ich hatte in einem Anfall von Unsicherheit gedacht, Constanze würde ausgebrannt bei mir aufkreuzen, aber das Gegenteil trat ein, denn sie wirkte aufgekratzt und wollte zügig mit mir ins Bett. Um diese Attacke abzuwehren, warum auch immer, raffte ich mich zu einem Kneipenbummel mit ihr auf.

Der führte uns in meine Stammkneipe, wo wir keine Bekannten antrafen. Ich wechselte ein paar Worte mit dem Wirt, dann setzte ich mich mit Constanze an einen Tisch. An dem lauschte ich ihrer verbitterten Erzählung über den Trennungskrieg.

Ein anheimelndes Bauernhaus, mit Werner erworben, und unter großen Anstrengungen instandgesetzt, nach Constanzes Beschreibungen ein Schmuckkästchen, hatte sich als ausgefuchster Zankapfel erwiesen. Keiner dachte auch nur daran, es aufgeben. Sie gönnen sich nicht das Schwarze unter den Fingernägeln.

Und zusätzlich das Problem mit den Kindern. Darin ging Werner bei seinem Antrag auf das Sorgerecht sogar noch weiter als ich, denn der hatte das alleinige Sorgerecht beantragt.

„O je, o je", raunte ich bestürzt. „Das hört sich nach Gemetzel an."

Aber in einem Punkt konnte ich Constanze beruhigen.

„Glaube mir, das Sorgerecht bekommt Werner nie. Nach meinen Erfahrungen am eigenen Leib wird das ausschließlich der Mutter zugesprochen. Bei mir und meiner Ex-Frau war es jedenfalls so."

Constanzes Mimik hellte sich auf, schon waren Liebesbeweise in Form von betörenden Augenaufschlägen aus ihr herausgebrochen. Von ihren Gefühlen hatte sie nicht ein Fitzelchen eingebüßt. Das bewies der Austausch unserer gemeinsamen Urlaubserlebnisse, der eine Stunde verschlang, dann schnappte sich Constanze meine Hände und begann sie zu streicheln.

„Nur noch ein letztes Bier", seufzte sie, „dann gehen wir zu dir. Okay, Georg?"

„Meinetwegen", seufzte ich ebenfalls. „Heute fesselt mich hier sowieso nichts."

Wir tranken in hastigen Zügen und ich bezahlte, dann schlenderten wir Hand in Hand in meine Trutzburg, die noch geprägt war von meiner geplatzten Liebesarie mit Karla. Dort gab Constanze jegliche Zurückhaltung auf.

Kaum saßen wir auf dem Sofa, knöpfte sie mir das Hemd auf, dabei flüsterte sie: „Mir ist entsetzlich warm geworden. Zieh mir meine Bluse aus."

Mit einer Hand streichelte mir Constanze gefühlvoll über die Brustbehaarung, mit der anderen Hand öffnete sie meine Gürtelschnalle. Elegant glitt sie vom Sofa und kniete sich vor mir hin, dann zog sie mir die Jeans herunter, die sie mir an den Beinen entlang über die Füße zog. Ich trug nur noch mein Unterhöschen, das oberhalb der mächtigen Schwellung feucht geworden war.

„Mach was, Georg", flüsterte sie. „Du willst mich doch. Ich spüre das."

Ihre heißblütige Stimme lenkte meine Gedanken in die verheerende Nacht des Seitensprungs. Sofort drehte sich alles bei mir um Karla. Um ihren Fick mit dem mir unbekannten Mann. Hatte ich mir wenigstens mit Constanze ein goldenes Ei ins Nest gelegt?

Es war meine Zuversicht, die mich darin bestärkte, meine Passivität aufzugeben und in Aktionismus umzuwandeln, denn mit tausendmal ausgeführter Zärtlichkeit schälte ich Constanze aus ihrer Hose, und unbeschreiblich geil zog es uns zum Bett... .

Der Liebesakt war vorbei und ich fühlte mich erschlagen. Nur schwerfällig begriff, dass Constanze in ihrer prallen Nacktheit neben mir lag.

Die richtete sich in einer Art Dämmerzustand auf und blickte verträumt auf mich herab, dabei schnurrte sie:

„Liebend gern würde ich dich wie eine Eiswaffel ablutschen, nach diesem zauberhaften Fick."

Constanzes Hände glitten streichelnd an den Seiten meines Körpers entlang. Die waren feucht von der Hitze der Leidenschaft. Sie berührte mich überall gleichzeitig, sodass sich mein Sack spannte. Er war meinen Empfindungen hilflos ausgeliefert, daher plätscherte der Rest meines Mannessaftes wie ein kleiner Wasserfall in Constanzes aufnahmebereite Scheide hinein.

Das Plätschern hatte einem Lavastrom nach einer kurzen Eruption geglichen, danach trat das Erschlaffen meiner Beinmuskulatur in Kraft, welches sich als eine wohlige Ermattung über meinen Körper ausbreitete und mich einschlafen ließ.

Als die Morgensonne ihre Boten ins Zimmer schickte, stand ich auf. Und die Unterhose angezogen, betätigte ich die Kaffeemaschine. Als ich den Tisch deckte, räkelte sich Constanze breitbeinig auf dem Bett, sich die Schamhaare streichelnd.

Ich schaute ihrem geilen Treiben mit Vergnügen zu, doch bei mir rührte sich nichts in der Hose.

Nachdem der Kaffee durchgelaufen war, frühstückten wir in vertrauter Einmütigkeit, ausgebrannt von den Nachwehen der verklungenen Nacht.

Und da es sich um einen Samstag handelte, zeigte mir mein Gast, dass er vor Unternehmergeist strotzte. Auf einen Einkaufsbummel hatte Constanze Bock, doch bald würden die Geschäfte schließen, also blieb dafür wenig Zeit.

Wir rauschten zu Fuß in die Innenstadt Aachens, dann galoppierten wir durch die Ladenlokallandschaft, wobei Constanze meinte: „Ich will dir einen silbernen Ohrring schenken."

Und ihn gekauft, bat sie mich inständig, ihn von nun an wegen der innigen Verbundenheit zu tragen. Er wäre ein Brandzeichen, immer an sie zu denken.

O ha! Das ging ja wohl zu weit. Zwar hatten wir eine phantastische Nacht verbracht, aber die hielt keinem Vergleich zu den Liebesnächten mit meiner Verflossenen stand. Karla hatte von meiner und ich von ihrer Vitalität profitiert, und bis auf Ausnahmesituationen war unser Zusammenleben glücklich und harmonisch verlaufen.

Immer wenn ich an Karla dachte, dann hatte ich Schmetterlinge im Bauch. Wie alle Verliebten war ich dazu geneigt, die erloschene Liebe schönzufärben.

Und das tat ich insbesondere dann, dachte ich an eine typische Äußerung Karlas, die sie mir in einem Anfall von Übermut zugeflüstert hatte: „Du bist ein selten lieber Mann. Etwas zu lieb für die Liebe."

Doch die Medaille hatte einen Haken. Was konnte ich mir für ihre Lobeshymne kaufen? Wenn das mit dem lieb sein so stimmte, warum war sie dann nicht bei mir geblieben? Darauf wusste ich keine Antwort.

Doch ohne meine Wunschfrau an der Seite, verstand ich mich passabel mit Constanze, trotzdem war es absurd, die große Liebe von einer Nacht abzuleiten, das würde wohl kaum für eine dauerhafte Beziehung reichen.

Am Sonntag besuchten uns meine Kinder, die ihren Ärger nicht verbargen, schließlich war Constanze ohne ihre Kids auf Besuch, und meine Kinder hätten gern mit ihren Plagen ein Wiedersehen gefeiert. Als blassen Ersatz dafür konnte man das Ansehen vieler Bilder aus dem Urlaub und der Austausch an Erinnerungen bezeichnen.

Nach einem gemeinsamen Essen war die Zeit ihres Blitzbesuches abgelaufen und ich brachte Constanze in Begleitung meiner Kinder zum Hauptbahnhof, wo der Abschied tränenreich endete. Ganz nebenbei drängte sie auf mein Versprechen, dass ich das nächste Wochenende bei ihr verbringe.

Sie ermahnte mich eindringlich: „Du kommst? Ich warte auf jeden Fall am Bahnhof auf dich."

Erst als ich mit den Kindern allein auf dem Bahnsteig stand, fand ich den Spielraum, in Ruhe über mein Versprechen nachzudenken.

* * *

Nach einer hitzigen Fraktionssitzung unterlief mir ein folgenschwerer Fehler, denn beiläufig erwähnte ich gegenüber Vera den Besuch Constanzes, da machte mir Vera glatt eine Szene.

„Wie soll ich das verstehen?", giftete sie. „Betrügst du deine Gefühle immer so rasant? Sind die für mich total erloschen?"

Ich war ernüchtert und antwortete: „Das ist nicht fair. Du hast keine Beziehung aufkommen lassen. Mit Heimlichkeiten gedeiht nun mal nichts Fruchtbares, das solltest du dir ins Herz schreiben."

Mein Herz schwankte zwischen vier ungewöhnlichen Frauen hin und her. Zwischen der vor Ort, dann der in weiter Ferne in Ulm, und schlussendlich zu Karla und Andrea aus wunderschönen Vergangenheitstagen.

Die Situation war aufregend, gar keine Frage. Es war daher kein Wunder, dass ich mich total überfordert fühlte, denn eine Mehrpersonenbeziehung hatte ich wahrlich nicht gewollt.

Durch stundenwährendem Telefonsex mit Constanze, sowie mit zwei von Streit geprägten Nächten bei Vera, lenkte ich mich von der Endscheidung ab: Wen von den Auserwählten liebe ich wirklich?

Der süße Lockenkopf stand außer Frage, aber wie stark war mein Empfinden zu dem anhänglichen Wesen in Ulm? Konnte ich das beurteilen?

Und dann war da meine Ratspartnerin Vera. Auch zwischen ihr und mir knisterte das Feuer weiter. Auch da war das letzte Wort noch nicht gesprochen.

So hatte mein Gehirn unter einer Vollbeschäftigung gelitten, es hatte also eine Menge zu tun, um die Beziehungsverwicklungen zu entwirren. Doch bis zur Besuchsrevanche bei Constanze brachte ich die Tage ohne Zwischenfälle über die Runden.

Am Freitag rollte ich holterdiepolter mit dem ICE aus Köln im Ulmer Hauptbahnhof ein. Als ich mit leichtem Gepäck ausgestiegen war, überfiel mich Constanze mit ihrem überschwänglichen Begrüßungsritual. Sie hatte Zweifel gehegt, ob ich tatsächlich eintreffen würde. Doch nun, da ich da war, erdrückte sie mich in ihrer Freude. Ich begann mich zu fragen: Woher nimmt diese zarte Person ihre Kräfte?

Werner war mit den Kindern zu einer Wanderung in die Berge gefahren, dementsprechend frei war der Weg in das Bauernhaus am Ulmer Ortsrand. Und uns vergewissert, dass uns niemand beobachtete, besetzten wir das Traumhaus.

Das hergerichtete Bauernhaus bewundernd, verstand ich Werners beharrliche Hartnäckigkeit, denn auch ich hätte mich von dem Gehöft nur in einer Zwangssituation getrennt.

Doch nicht so Constanze, denn da sie mich liebte und Abwanderungsgedanken in sich trug, war das Streitobjekt für sie eine Belastung. Das Gebälk barg zu viele unangenehme Erinnerungen, deshalb drängte sie auf den Verkauf der Schmuckschatulle. Statt auf dem Hof wohnen zu wollen, suchte sie nach einer Wohnung mit vier Zimmern.

Sollte sie doch suchen, dachte ich emotionslos, aber ich mochte nicht der Auslöser für eine Kurzschlusshandlung sein.

Wir hatten es uns auf dem Bett gemütlich gemacht, da rückte Constanze mit einer Unannehmlichkeit heraus. Kichernd erklärte sie mir: „Mein Werner legt dich um, erwischt er dich in seinem Haus."

Worauf ich leichtfertig antwortete: „Soll er's versuchen. Ich wette mit dir, ich mache den Kerl platt."

Aber betrachtete ich den Sachstand ehrlich, dann war seine Drohung verständlich, schließlich war ich in sein Allerheiligstes eingedrungen. Es war mein Fehler, mich in seinen Privaträumen auszubreiten. So war mir nicht wohl bei dem, was ich tat. Noch dazu hatte ich kein Interesse an einem Duell, egal mit welcher Waffengattung es beabsichtigt war.

Das Wochenende ähnelte dem vor einer Woche. Ich blieb für die Nachbarn der Umgebung unsichtbar. Wir verbrachten, bis auf die Provianteinnahme, die Stunden ausnahmslos im Bett.

„Bei deinem nächsten Besuch sind wir in der Wohnung", meinte Constanze in einem Anfall an Zuversicht, so wie eine Frau reagiert, die sich der Liebe eines Mannes sicher wähnt.

Ich aber kämpfte mit den berechtigten Zweifeln, als ich trocken erwidert: „Schon möglich, Constanze. Ich lasse mich überraschen."

Beim wieder einmal tränenreichen Abschied auf dem Ulmer Bahnsteig lud ich Constanze zu meiner Genesungsparty nach Aachen ein. Bei der beabsichtigte ich, die heilsame Trennung von dem treulosen Luder Karla und meiner geschiedenen Frau zu feiern, schließlich hatten mir die zwei schmerzhafte Wunden zugefügt.

Die Party sollte mir die nötige Stabilität für zukünftig zu erwartende Ereignis verleihen. Außerdem durfte getanzt werden, selbstverständlich gehörte auch Alkohol dazu. Als der Eilzug in Ulm mit mir abfuhr, da nahm ich mit Erleichterung zur Kenntnis: Der blöde Werner hatte mich nicht erwischt, und das durfte in Zukunft auch so bleiben.

* * *

Auf meinem rauschenden Fest beehrten mich meine von mir Geschiedene mit den Kindern, ebenso Constanze, dann Erika, Wolfgang und die gesamte Klicke der Grünen. Natürlich war auch Vera gekommen, allerdings in Begleitung ihres Ex-Mannes Franz.

Doch zum unerwarteten Höhepunkt geriet das, was man eine Wahnsinnsüberraschung nennt, denn Karla schneite als Kronjuwel herein. Sie wurde begleitet von ihrer Schwester Gabi und der Malerin Rosa.

Karla als Leibhaftige vor mir zu sehen, das zog mir glatt die Socken aus, deshalb stöhnte ich, an Alfred gewandt: Jetzt verrate mir bitte, wie soll ich mit all den Frauen diese Nacht durchstehen?

Meine Kollegin Vera war mit ihrem Ex-Fuzzi aufgetaucht, inzwischen waren sie frisch geschieden. Die schlawienerte mit aufdringlichen Gesten um mich herum.

„Reich mir bitte ein Glas Frascati, mein Schatz", flötete sie, ihren Blick ständig auf Constanze gerichtet. „Du kommst doch am Montag zu mir?"

Vera hatte die Situation gewollt bis auf den Siedepunkt hochgekocht. Und sie wurde sogar melodramatisch, indem sie Constanze schwer verdauliche Brocken hinwarf.

„Sag, Georg. Die Eule dahinten. Ist das deine neuste Errungenschaft?"

Es war offensichtlich, dass Vera die arme Constanze in den Wahnsinn treiben wollte, und deren Verunsicherung sah man an feuchtverklebten Augen.

Andrea und Karla hielten sich diskret im Hintergrund. Anscheinend vergnügte sie die Dramaturgie: Wie mache ich eine Konkurrentin fertig. Sie beobachteten das Spektakel mit großem Interesse, soweit ich die Zusammenhänge aus meinem Blickwinkel mitbekam.

Ich hatte Karla nicht eingeladen. Weshalb hatte sie sich aus Bonn herbemüht? Von wem hatte sie von der Fete erfahren?

Dafür könnten entweder Rosa oder Gabi verantwortlich sein. Wahrscheinlich hatte eine von beiden meine Traumfrau zu ihrem Erscheinen überredet. Und Karla empfand ihre Anwesenheit keineswegs als zu heikel.

„Mir geht es gut in Bonn", erklärte sie mir in einer ruhigen Minute, in der ich mich aus der Umklammerung Veras lösen konnte. „Hast du Lust, mich zu besuchen?"

Was war das jetzt? Hatte Karla mich eingeladen oder mich sogar angemacht?

„Ich würde mich wahnsinnig freuen", schnurrte Karla mit rollenden Augen, und hatte damit die Szene auf die Spitze getrieben.

Damit hatte mich Karla, wie so oft, in eine Ausnahmesituation versetzt. Mir wurde heiß, danach liefen mir kalte Schauer den Rücken herunter. Das passiert immer dann, hat man eine Frau nicht endgültig abgehakt.

So endete das Fest mit dem schmeichelhaften Erfolg, dass ich hinterher nicht mehr wusste, wo mir der Kopf stand. Der brummte, als wäre er ein altersschwacher Kühlschrank. Dazu fühlte sich meine Gehirnmasse wie ein Sandsack an, auf den ein Boxer in Ekstase eingehämmert hatte.

Karlas Anwesenheit und die meiner Geschiedenen, dazu Vera und Constanze, das war zu viel für mein seelisches Gleichgewicht gewesen. Hatte diese Konstellation irgendeine Bedeutung für die Zukunft?

Mich hatte die Verwicklung überfordert, denn vom Wesen her war ich das Gegenteil eines Casanovas. Ich war kein mutwilliger Herzensbrecher, noch weniger ein Gigolo, auch wenn es für Unbeteiligte anders ausschauen mag.

Wahr ist doch eher, dass ich nach meinem Wissen völlig unbedarft in die Verwicklungsspirale hineinschliddert war. Das Verhältnis zu Vera war aus unserer politischen Zusammenarbeit entstanden, und die Urlaubsbekanntschaft Constanze hatte mich mit ihrem Besuch überrannt. Was sollte ich als Mann machen?

Beide Frauen waren Notlösungen, die ich aus Frust, vielleicht auch mit Freude akzeptiert hatte, aber ihnen war es nicht gelungen, Karla aus meinem Herzen zu verdrängen, außerdem waren die fatalen Verwicklungen nicht auf meinem Mist gediehen.

Schweigsam saß ich mit Constanze zu vorgerückter Stunde auf dem Sofa. Die Gäste hatten sich verabschiedet und die Kinder schlummerten schon seit Stunden in ihre Betten.

Constanze schluchzte heftig. „Hast du noch was mit der Schlange? Das spürt eine Frau."

Diese Feststellung hatte sie mit Tränen in den Augen hervorgewürgt, so auch die nächste Äußerung: „Und ich hatte gedacht, es wäre aus zwischen euch."

„Wir arbeiten halt politisch zusammen und schätzen uns. Da ergeben sich Gemeinsamkeiten."

Die Belanglosigkeit der Sätze war ein Versuch, mich herauszureden, doch meine Beziehung zu Vera in die

Nähe der Harmlosigkeit zu rücken, den Blödsinn nahm mir Constanze nicht ab, denn die war untröstlich.

„Du liebst das Biest immer noch mit Herz und Seele", klagte sie mich an. „Ist das so? Bitte, Georg, lüg mich nicht an."

Ich schwieg, denn ich wollte keine Kohlen ins Feuer werfen und ihre Glut neu entfachen. Trotz allem war es an der Zeit, den gordischen Knoten zu entflechten und reinen Tisch zu machen. Für mich war Constanze ein Urlaubsflirt, mehr nicht, aber sie hatte es nicht verdient, dass ich sie veralberte.

„Also ist es so", fuhr Constanze fort. „Und für solch einen eitlen Gockel habe ich Dussel mein Bauernhaus aufgegeben."

Damit hatte Constanze den Nagel auf den Kopf getroffen, denn sie hatte das Beziehungsgefecht verloren. Auch ein Glas Sekt konnte die Verzweifelte nicht aufheitern. So verlief der Beischlaf miserabel, denn wir waren gedanklich in unterschiedlichen Welten.

* * *

Nach Ulm fuhr ich am Wochenende darauf, obwohl ich mir über das Ende meine Beziehung zu Constanze im Klaren war, allerdings wichen wir zu einer Freundin nach Konstanz am Bodensee aus.

Werners Spürnase hatte spitzgekriegt, dass ich es in seinem Bett mit seiner Frau getrieben hatte. Er drohte mir Konsequenzen an, sollte ich ihm über den Weg laufen, und das war sein gutes Recht. Ich akzeptierte seine Rachegelüste.

Bei der Freundin herrschten beengte Verhältnisse, wodurch wir uns bei unseren Sexeskapaden zurücknahmen, was mir gelegen kam, denn der Liebesstrang war gerissen, der Constanze und mich verbunden hatte. Mein Drang nach heißen Bettszenen war verpufft.

Das lag unter anderem am Stress durch die Fahrerei, dazu an Vera, die mich nicht aufgeben wollte, aber auch an der Büroarbeit. Vor allem hatte die Politik Spuren hinterlassen. Nichts hatte sich von allein erledigt. Ja, wann sollte ich mich bei dem Lebenswandel erholen?

Vor der Beziehung zu Constanze hatten die Wochenenden mit den Kindern als Stressabbau gedient. Ihre wohltuende Nähe hatte mich aus meiner Schwermut herausgeholfen und ihr Spielwitz in Hochstimmung versetzt, und nun funkten die Besuche bei Constanze dazwischen, und das seit mehreren Wochen.

Die hatte die gewünschte Vierzimmerwohnung bezogen, die ich als letzten Schritt vor der Trennung inspizieren wollte.

Oft hatte ich meinen Abgang vor dem Spiegel durchgespielt, doch den geeigneten Zeitpunkt zur Umsetzung hatte ich verpasst. Dass das Trennungsspektakel schlimm enden würde, das war mir bewusst. Und es musste bald geschehen, bevor sich Constanze zu sehr in mich verbissen hatte, allerdings war ihre Einzugsfete ein schlechtgewählter Moment.

Auf ihrer Party fühlte ich mich hundsmiserabel, denn ihr Freundeskreis missfiel mir, bis auf Ausnahmen. Ehrlich gesagt fand ich die Leute grauenhaft. Lag's an der furchtbaren Aussprache, am schwäbischen Dialekt?

Diese Aussprache war stark gewöhnungsbedürftig. Ich konnte sie nicht sonderlich gut ertragen, so zog ich mich unauffällig in die Abgeschiedenheit meines Campingbusses zurück. Die Bedingungen auf der Party hatten es unmöglich gemacht, den längst überfälligen Schlussstrich anzugehen.

Leider war mein Totalrückzug der Gastgeberin gegen den Strich gegangen, prompt hatte sie mich auf ihre Fete zurückbefördert, und mich den Gästen abermals als ihre große Liebe präsentiert. Doch für den Verlauf der Fete war ich mit meiner miesepetrigen Laune keine bahnbrechende Bereicherung.

Am nächsten Tag hatte ich mich unverrichteter Dinge vom Acker gemacht, ohne mich groß zu verabschieden. Und auch das war keine Meisterleistung.

* * *

Mit den Gefühlen verhält es sich wie mit dem lieben Gott, denn weder auf das Gefühl, noch auf den Herrgott kann man sich verlassen. Beide kommen und gehen.

Wie erwähnt lagen meine Gefühle zu Constanze am Boden, immerhin hatte ich es beim nächsten Treffen zum Krach kommen lassen, denn ihr Sohn Thomas hatte sich als kleiner Schläger entpuppt.

Hinterhältig hatte er Julian eine Kopfnuss verpasst, und das mit einem Schuh und ohne Vorwarnung. Ich hatte den Vorgang beobachtet, dementsprechend aufgebracht war ich, also völlig aus dem Häuschen.

Natürlich hatte Constanze ihren Sprössling verteidigt, wodurch es Zoff gab. Daraufhin hatte mir Constanze ein Buch mit dem vielsagenden Titel geschenkt: Deine, meine, unsere Kinder. Der zweite Anlauf zum Glück. Hoppla, Constanze, hatte mein Alfred gefrotzelt. Das geht über deinen Ermessensspielraum hinaus.

Trotz der anhaltenden Differenzen war es Constanze gelungen, mich von einem Italientrip zu überzeugen. Zu dem holte ich sie an einem Herbsttag in Ulm ab, natürlich mit meinem Campingbus. Ihre Kinder waren beim Vater geblieben, meine bei Andrea. Somit waren die Voraussetzungen geebnet, unsere angeschlagene Beziehung zu beenden, oder sie neu zu ordnen.

Wir tuckerten wortkarg durch die Schweizer Berge, doch irgendetwas am Campingbus missfiel mir. Wollte ich beschleunigen, kam er nicht auf Touren. Ich wurde unsicher und fragte meine Mitfahrerin: „Hörst du das stotternde Motorgeräusch?"

Das unregelmäßige Stoßen der Kolben störte mich, alsbald konnte der Bus nicht mal die für ihn normale Geschwindigkeit halten und wir bildeten ein Hindernis auf der rechten Autobahnspur.

„Ich kann mir beim besten Willen nicht vorstellen, was die Kiste hat", spekulierte ich. „Vor der Fahrt habe ich sie extra durchchecken lassen."

Da ich kein Experte für Motorprobleme war, erreichten wir erst nach stundenlanger Schleichfahrt Rapallo, wo ich den Motor kontrollieren ließ, dabei kristallisierten sich Zündkerzenprobleme heraus, die schnell behoben waren. Der Schaden war also nicht von ernster Natur.

Und das war gut, denn aus Geldmangel mussten wir die Nächte im Campingbus verbringen, wozu besitzt man solch ein praktisches Schlafgefährt. Der Aufenthalt in einer Werkstatt hätte mir durch eine teure Hotelunterbringung das Genick gebrochen. Nun gut, das Thema Campingbusproblem war abgehakt.

Nach einigen Kilometern erreichten wir das Cinque Terre nahe La Spezias. Der Küstenstreifen in Ligurien besteht aus fünf Fischerdörfern, die sich über den Klippen zum Mittelmeer und oberhalb beeindruckender Felswände angesiedelt hatten. Die dienten einst den Piraten als Rückzugsnester. Nun lag die begeisternde Landschaft wie eine Fototapete vor uns.

Wir schlängelten uns eine steil abwärts führende Serpentinenstraße nach Monterosso hinunter, in das einzige Dorf mit einem Strand, und nur diese Ansiedlung war mit dem Auto erreichbar. Dort übernachteten wir, doch ich ließ die Finger von Constanze, stattdessen hatte ich den müden Krieger gespielt.

Außerdem stand der Bus in krasser Schräglage, so hatten wir eine schlaflose Nacht verbracht.

Nach dem Frühstück begaben wir uns auf die Wanderschaft. Von Monterosso nach Varnazza, dem Dorf mit seiner malerischen Festung hoch über den Klippen, dann über Corniglia nach Manarola und weiter hinüber nach Riomaggiore. Die beliebte Wanderroute zwischen den Weinberghängen glich den Bildern, wie man sie aus Hochglanzbroschüren kennt.

Es war phantastisch, trotz der zu vielen wandernden Gleichgesinnten. Doch das Wichtigste war, die Route war autofrei. Und weil es so schön war und wir irgendwie zum Bus zurückkehren mussten, wanderten wir die Strecke am selben Tag mutig zurück.

Aber leider hatten wir unsere Wanderqualitäten überschätzt, denn völlig entkräftet waren wir erst in der Nacht an unserem Bus eingetroffen. Dennoch war es ein wundervoller Wanderspaß gewesen, trotz der mitternächtlichen Ankunft.

Ich hatte nach dem Erfolgserlebnis gejubelt: „Bellissimo, Constanze! Deine Wandervorschläge sind nicht zu überbieten."

Mir hatte das Cinque Terre ausgezeichnet gefallen, deshalb wäre ich gern einen Tag länger geblieben, aber meine Begleiterin wollte partout nach Venedig. In ihr tobte ein Anflug an Romantik, von wegen endloser Liebe und so weiter, wovon bei mir nicht die Rede war. Aber

Constanze war abgrundtief in mich verliebt, somit wollte sie meine abweisende Haltung nicht wahrhaben.

Und wieder schoss mir das Ende der Beziehung durch mein Hirn: Wie mache ich der Hartnäckigen das Tief meiner Liebe verständlich?

Ich verschob mein Anliegen, denn Constanze hatte sich mit ihrem Reiseziel Venedig stoisch durchgesetzt. Für mich stand fest: Ich habe ihre Engstirnigkeit zum allerletzten Mal hingenommen.

Also begannen wir unseren Trip am frühen Morgen. Zuerst kamen wir nach Genua, danach an den Flanken der Großstadt Mailand vorbei, und anschließend ließen wir die Festspielstadt Verona links liegen. Und am späten Nachmittag war es dann soweit, denn da trafen wir in der Stadt der Kanäle mit der schier unzählbaren Menge an Gondeln ein.

Constanze war hochzufrieden. Und weil sie verstärkt meine Nähe suchte, unternahmen wir eine Bootsfahrt auf dem Canale Grande.

Wie die Pauschalurlauber fuhren wir in einer Gondel durch die schönsten Wasserstraßen der Welt, vorbei an wunderbaren Palastfassaden, bei deren Gotik, Renaissance- oder Barockarchitektur das ganz eigene filigranorientalische Flair der Dogenstadt Venedig zum Vorschein kam. Danach wanderten wir durch romantische Gassen und kamen über die Rialto-Brücke zum Markusplatz.

Auf dem Markus-Platz war uns nach einer Pause zumute, daher setzten wir es uns vor einem Großrestaurant in superbequeme Sessel. Ein Taubenschwarm schwirrte um unsere Köpfe herum. Dazu erlebt Constanze eine bitterböse Überraschung, denn sie wurde vom Kellner fürchterlich geschröpft. Der erlaubte sich die Frechheit, für einen popeligen Eiskaffee umgerechnet satte Fünfzehn Deutsche Mark zu verlangen.

Constanze schimpfte aufgebracht: „Das ist eine Unverschämtheit. Die lasse ich mir nicht bieten.".

Ich aber konnte mir das Lachen nicht verkneifen. Die Komik der Situation und Constanzes lächerlicher Gesichtsausdruck, beides hatte mein Gelächter herausgefordert.

„Deine Schimpfkanonade klingt wie ein Rohrkrepierer", foppte ich sie, was hundsgemein war, aber ich konnte nicht anders. Dann schob ich nach: „Ich habe dich ausdrücklich gewarnt."

Doch dass mir Constanze gleichgültig war, diese Bestätigung wog immer schwerer. Das lag aber nicht an dem Flop mit dem Abstecher nach Venedig. O nein, so einfach machte ich es mir nicht. Es war ihre Aufdringlichkeit, die mir endgültig meine Augen geöffnet hatten. Besonders ihr Anbiedern war mir ein Graus, aber aus Feigheit hatte ich mir das Blaue vom Himmel gelogen. Wie bringe ich Constanze meinen Gefühlsnotstand bei? Damit marterte ich mein Gehirn. Nur der Gedanke an eine Trennung beschäftigte mich während des restlichen Aufenthaltes in Venedig.

Es war später Abend, als ich auf der Heimfahrt nach Ulm an einer Raststätte in der Nähe Bergamos anhielt. Auf dem Parkstreifen war ich endlich soweit, mich am Schopf zu packen und die Aussprache zu suchen. Ich saß noch am Lenkrad, und Constanze neben mir, als ich mich an sie gelehnt hatte, von Resignationsschüben geplagt.

„Das mit uns hat keinen Zweck mehr", sagte ich zu ihr, dabei klopfte ich bestätigend auf das Lenkrad. „Meine Liebe zu dir ist aufgebracht. Leider hatte mir der Mut gefehlt, es dir einzugestehen."

„Nein, Georg! Sag nicht so was."

Constanze fing fürchterlich an zu schreien: „Weshalb? Und warum so plötzlich?"

„Ich weiß es nicht. Jedenfalls ist es so", antwortete ich kleinlaut.

Dann legte ich all meine Überzeugungskraft in meine Stimme, um ihr zu erklären: „Schon viel zu lange ähnele ich dem Baum im Herbstwind, von seinem Blattschmuck beraubt. Sobald wir in Ulm sind, beenden wir unsere Beziehung."

„Du bist verrückt", wimmerte Constanze.

Und ich versuchte sie zu trösten: „Das mag ja sein, trotzdem tut es mir leid. Es ist aus und vorbei."

Doch Constanze blieb hartnäckig: „Dein Denken muss eine Macke haben. Ich bin kein ausgefranster Filzpantoffel, den man auf den Müll wirft."

Ohrenbetäubend laut hatte sie ihren Frust durch das geöffnete Seitenfenster über den Rastplatz gebrüllt. Mir war die Peinlichkeit anzusehen.

Danach sprang sie mit fassungslosem Gesicht aus dem Bus und rannte davon. Irgendwohin, nur weg von mir Verrückten, war ihr wohl durch den Kopf gegangen. Mir blieb nichts anderes übrig, als ihr hinterher zu hetzen.

Als ich sie eingeholt und gebändigt hatte, drängte ich sie mit sanfter Gewalt in den Campingbus zurück, dort versuchte ich durch beruhigendes auf sie Einreden eine Art Normalität herzustellen.

„Beherrsche dich. Verliere nicht die Fassung", sagte ich zwei Sätze, um Constanze zu beschwichtigen.

„Durch dein Weglaufen änderst du keine Tatsachen", ergänzte ich. „Womöglich ist mein Leerlauf ein vorübergehendes Erscheinungsbild?"

Constanze blickte auf: „Meinst du?"

Sie hatte Hoffnung geschöpft, blieb aber unduldsam. Doch nach einer geraumen Weile bekam sie ihr Nervengewand in ihre Gewalt, sodass sich ein besänftigter Zustand in ihr durchgesetzt hatte.

Ich war erleichtert, deshalb ließ ich sie vorübergehend allein. In der Zeit holte ich zwei sündhaft teure Flaschen Rotwein aus der Raststätte.

Die erste Flasche kippten wir hastig in uns hinein, und während der zweiten Flasche fiel Constanze erbarmungslos über mich her.

„Ich liebe dich. Nur du machst mich glücklich", presste sie rasend vor Gier heraus. Ihre Liebe zu mir lag immer noch voll im Trend.

Dann riss sie mir das T-Shirt vom Leib und peitschte mich an. „Schnell, Georg. Zieh deine Hose aus."

Ich war perplex und stöhnte: „Was soll ich tun? Mich nackt ausziehen?"

„Ja, Georg. Das will ich. Treiben wir es noch einmal so richtig."

Und ehe ich noch einen Pieps machen konnte, waren wir nackt wie Gott uns schuf. Ich war wehrlos gegen ihre wilde Fleischeslust, die sie in eine rasende Ekstase versetzt hatte. Mein Glied wurde steif, wodurch ich einem strammen Rammler ähnelte.

So trieb ich die sich mir hingebende Constanze von vorn und von hinten zu langanhaltenden Orgasmen an. Die Stoßdämpfer des Busses drohten auseinander zu brechen. Wie bei einem Echo hallten Constanzes Lustschreie von den Bergwänden zurück. Sie drangen wie in einem Pornoschuppen in meine Ohren.

In dieser Nacht erlebte ich den wildesten Sex meines reichhaltig ausgefüllten Liebeslebens, der erst endete, als Constanze in einen todesähnlichen Schlaf gefallen war, oder träumte sie nur, sich meiner Gefühle voll und ganz sicher. Ihrem gleichmäßigen Atmen nach zu urteilen, war sie wohl eingeschlafen.

Trotzdem war der Faden gerissen, an dem die Liebe zu Constanze hing, aber mir nicht mal ein Halbschlaf gelungen, denn ich watete in Gedanken wie ein Geschlechtskranker durch den Beziehungssumpf.

Außerdem hatte ich unentwegt mit Alfred zu kämpfen, der mich mit Beifall und Lob überschüttete: Du hemmungsloser Hund bist sagenhaft, lästerte er. Deine sagenhafte Abschiedsvorstellung war beeindruckend. Du solltest den Vulkan nicht verlassen.

Ich war keineswegs erbost, trotzdem hatte ich gebrabbelt: Das Schicksal neigt zu grausamen Spielen, denke an Shaw. Ich habe die Grausamkeit am eigenen Leib erfahren. Hast du das vergessen?

Leider war Alfred im Eifer des Gefechts entgangen, dass ich nur wegen der drei Liter Rotwein meine Hemmungen eingebüßt hatte.

Das Kapitel Constanze gehörte in das Archiv für abgeschlossene Fälle, denn ich hatte mich aus meiner Zwickmühle befreit. Ich würde Constanze verlassen. Hoffentlich sieht sie es ein, nach der feurigen Nacht, waberte mir durchs Gehirn. Ihren gewünschten Sommerurlaub am Plattensee mit mir, zu dem Zeitpunkt ein fester Bestandteil ihrer Planung, hatte ich längst gestrichen.

Ohne viel Brimborium setzte ich Constanze vor ihrer Wohnung ab und begab mich auf die Heimfahrt nach Aachen. Während der schwebte ich durch den Ausklang der Beziehung auf einer Wolke aus Watte. Anderseits fühlte ich mich wie ein verlottertes Schwein.

Ich hatte meine Schwächephase erfolgreich bekämpft, wahrscheinlich auch meine Schwankungen in der Liebe, dafür war ich dankbar. Allerdings war mir das Übermitteln der Trennung nicht in den Schoss gefallen. Niemand sollte sich zu einer Liebe zwingen, die nicht von Herzen kommt, so steht es in Beziehungsratgebern. Ein selbstauferlegter Zwang führt zu Trauer und Resignation.

Meine Zuneigung zu Constanze war eine Geistesverirrung. So was passiert in Phasen fehlender Liebe, deshalb verachtete ich mich nicht. Zudem war das hartnäckige Werben um meine Gunst allein von ihr ausgegangen. Die hatte meinen Schmerz ausgenutzt, an dem ich durch den Verlust Karlas wie ein angeschossenes Wildtier gelitten hatte, und mich mit einem Husarenritt überrannt.

Sei's drum. Doch den mich einlullenden Gedanken hatte ich für mich behalten, bis der Tag kam, an dem mich ein herzzerreißender Anruf erschütterte.

Von Weinkrämpfen geschüttelt hatte Constanze von der Sinnlosigkeit ihres Lebens und von einen Suizid gesprochen. War sie drauf und dran, ihren Selbstmord zu planen? Wollte sie mir ihr Ableben mitteilen?

Dieses Vorhaben galt es zu unterbinden, denn ich wollte nicht mit der Schuld an ihrem Tod weiterleben.

Nach kurzem Überlegen hatte ich Erika zu Rate gezogen. Und die hatte mir empfohlen: „Schreib Constanze einen ausführlichen und ehrlichen Brief."

Der Vorschlag gefiel mir, denn mein Brief sollte sie in die Lage versetzen, ein unbeschwertes Leben mit einem besseren Partner zu beginnen. Sie hätte noch viele schöne Jahre vor sich, schrieb ich ihr, und wollte damit ihren Glauben an eine freudvolle Zukunft neu entfachen. Es gäbe in ihrer Umgebung ernstzunehmende Männer, die ihre Attraktivität zu schätzen wüssten. Aber die Hoffnung auf ein Wiederaufleben der Liebesaktivitäten mit mir, die hatte ich klugerweise vermieden. Leider hatte sie auf mein Schreiben nicht geantwortet, daher steckte mir ihr Anruf noch wochenlang in den Knochen. In jeder freien Minute dachte ich an einen Ausweg aus der Misere.

Ach, wäre ich in der Toskana zurückhaltend geblieben und wäre Constanze aus dem Weg gegangen, dann würde ich mich jetzt nicht als todbringender Scheißkerl fühlen.

Und was hatte mir Alfred geraten? Der erdreistete sich, mich zu ermahnen: Zieh aus dem Dilemma deine Lehren. Frauen sind wunderbare Geschöpfe, also behandele sie demnächst wie eine Wundertüte.

Als ich noch mit Constanze zusammen war, da hatte ich ohne Rücksichtnahme auf ihren Gemützszustand reagiert. Ich hatte mich wie ein Tollpatsch aufgeführt. Schlimmer kann ich es nicht ausdrücken. Mit meiner Gefühlslosigkeit hatte ich die Bemitleidenswerte mit barbarischer Dreistigkeit in den Boden gestampft, daher verbietet es sich, in irgendeiner Weise stolz auf mich zu sein.

Aber ein Umstand sprach für mich: Ich hatte mich nicht mit faulen Tricks durch die Beziehung gemogelt und mit offenen Karten gespielt, außerdem hatte ich nie um den heißen Brei herumgeredet. Basta, Schluss und aus.

Trotz allem brannten mir meine Vergehen bezüglich Constanze, und natürlich die Trauer um ihren Gemützszustand wie ein Lagerfeuer unter den Nägeln. Deshalb lag viel daran, den schwarzen Fleck auf meiner Weste auszuradieren. Ich würde viel darum geben, würde mir die Gedemütigte noch ein einziges Mal gegenüber treten. Das wäre eine große Möglichkeit, die Missverständnisse zwischen Constanze und mir geradezurücken.

Ich sollte den Genossen Zufall in Anspruch nehmen. Vielleicht könnte der ein Treffen arrangieren, bei dem ich mich mit Constanze aussprechen könnte?

20

Inzwischen waren mehrere Monate ohne erwähnenswerte Veränderungen verstrichen, und eigentlich hatte ich einen recht ordentlichen Tag im Büro verlebt. Das dachte ich hochzufrieden, als ich die Treppe zur Mansarde hinaufstapfte. Ich drückte auf die Türklinke und drückte die Tür auf, denn ich hatte eingekauft und beide Hände voll. Dann stapfte ich gutgelaunt hinein und wollte die Lebensmittel in der Küche abladen, prompt traf mich ein keulenartiger Schlag.

„Hey, Georg", sagte eine mir aus schönen Zeiten wohlvertraute Person. Wie dieser Aladin aus dem Morgenland saß Karla mit übereinander gekreuzten Beinen auf dem Ledersofa.

Ich hatte vor Schreck die vollen Einkaufstüten fallengelassen, und vor Sprachlosigkeit war mir die Spucke weggeblieben, denn die Überraschung war Karla gelungen. Mir saß der Schock metertief in den Gliedern, daher fiel es mir schwer, mich von der Schockwirkung zu erholen.

„Mensch, Karla. Bist du verrückt? Du hast mich total erschreckt", sagte ich skeptisch.

Dann fragte ich sie mit echtem Erstaunen in der Stimme: „Seit wann sitzt du hier?"

„Noch nicht lange. Ich bin gerade erst gekommen", antwortet Karla, wobei sie mich von oben bis unten musterte. Heraus kam folgende Begutachtung: „Dir scheint's gut zu gehen, Georg. Du siehst entspannt aus. Besser, als bei deiner Überraschungsfete."

„Das stimmt", bestätigte ich ihre Beobachtung. „Ich bin aus meiner Talsohle heraus und über den Berg."

„Oh, wie mich das für dich freut", juchzte Karla. „Du hattest dir viel zu viele Probleme aufgehalst."

„O ja, die Missverständnisse bei den Weibergeschichten sind ausgestanden", erklärte ich Karla meine verbesserte Situation. „Du hast den Beziehungsstress ja mitbekommen. Inzwischen habe ich mich ohne Reue von Constanze getrennt."

„Und was ist mit dieser Vera?"

„Mit der läuft es so lala. Mehr oder weniger auf Sparflamme. Endlich habe ich wieder Zeit für mich und die Kinder."

Karla nickte wohlwollend.

Sie sah sehr gut aus, irgendwie aufgeräumt. Mit ihrem Paradelächeln strahlte sie mich an. So war ich nach etwas Smalltalk über Geschichten aus der gemeinsamen Vergangenheit erneut verwirrt. Ich bekam Herzrasen, denn mein Herz war dabei Purzelbäume zu schlagen.

Und das spürte Karla.

Prompt stellte sie mir die brenzlige Frage: „Antworte mir nicht sofort, Georg. Lass dir ruhig Zeit. Aber pass auf. Hättest du Lust mit mir eine einwöchige Reise zu machen?"

„Puh", stöhnte ich. „Eine Reise....? Ich mit dir?"

„Ja, Georg. Wir könnten mit deinem Campingbus an die Ostsee fahren? So gut, wie du dich fühlst, wird das eine famose Tour. Ich habe es mir gut überlegt, und du solltest das auch tun."

„Oh Mann, das ist nicht so einfach."

Es war ein Teufelskreis, denn Karla hatte mich in arge Bedrängnis gebracht.

Dennoch stimmte sie mir zu, dabei kratzte sie sich am Hinterkopf. „Das verstehe ich. Ich hätte mich viel früher melden müssen."

Doch Karlas Einsicht war unnötig, denn ihr Vorschlag hatte Begeisterungsstürme bei mir ausgelöst, allerdings durfte ich ihr meine Freude um nichts in der Welt anmerken lassen.

Also ließ ich sie zappeln, wobei ich über die Ostseereise nachdachte, zu der mein Verstand nein sagte. Aber das ist so eine Sache mit dem Verstand, da mir meine Gefühle das Entgegengesetzte suggerierten. Mein Seelenheil bettelte: Du gewinnst Karla nur zurück, wenn du dich ihr gegenüber öffnest.

Ich stellte mir Karla und mich allein in meinem Campingbus vor. Wie wir unsere Körper aneinander rieben. War das realistisch und konnte das gut gehen? Und war die Reise an die Ostseeküste überhaupt machbar?

Darüber hegte ich berechtigte Zweifel, obwohl ich die schmerzhafte Trennung inzwischen verarbeitet hatte. Vom Gefühl her befürchtete ich keinen Rückfall in eine neue Abhängigkeit. Meine Wunden waren verheilt. Ich saß fest im Sattel. Warum sollte ich mich nicht auf die Reise mit Karla einlassen?

Juhu! Einen solchen Schub an Freude hatte ich seit Ewigkeiten nicht mehr empfunden. Ich fühlte mich wie der Spieler, der auf seinem Lottoschein die sechs Richtigen angekreuzt hatte.

Meine Emotionen vollzogen Triumphmärsche für Karla. Diese Wahnsinnsfrau berühren zu können, das war mein größter Wunsch, und den hatte ich nie aufgegeben. Nach der Erfüllung dieses Wunsches hatte ich jeder Nacht geschmachtet. In meinen Träumen wollte ich Karla an mich pressen, denn mein Verlangen nach ihrer Nähe und der sexuellen Vereinigung war existentiell geworden.

O ja, alle Argumente für die Reise mit Karla waren genial. In mir tobte eine vorgezogene Weltrevolution. Ihr Vorschlag war mir wie einen Hurrikan vorgekommen, der mit garstiger Sturmstärke über mich Wehrlosen hinwegzuziehen drohte. Geradezu willenlos hatte ich mich übertölpeln lassen. In Karlas Nähe hatte ich jedes Gespür für die Realität eingebüßt.

Bei so viel Unvernunft, fing der Himmel an zu weinen. Schwere Regentropfen prasselten auf die mit Ziegeln belegte Dachschräge, als wollten sie mich vor der Dummheit warnen.

Aber die erneute Gemeinsamkeit war Fakt, denn in meinem Wunschdenken hatte sich der Trieb nach einer Wiedervereinigung durchgesetzt. Abermals hatte ich mich wie ein Volltrottel in Karlas Spinnennetz verheddert. Ich war von allen guten Geistern verlassen und wollte nichts mehr davon wissen, dass ich durch Karlas Auswüchse, die sie meinen Ohren mit dem Fremdgehen zugemutet hatte, fast im Elend gelandet wäre. Der Begriff Vorsicht war noch nie zu mir vorgedrungen.

Dann sollte es so sein. Ich blendete Karlas Gefahrenpotenzial aus und machte Nägel mit Köpfen. „Dass mit der Ostseereise ist nicht übel", antwortete ich. „Ich denke, ein paar Tage kann ich abzwacken."

Und genau diese Antwort war von Karla gewünscht, denn mit der setzte sie mich sofort unter Druck: „Mein Urlaub ist genehmigt. Wenn wir fahren, dann muss es in zwei Wochen sein."

„Schon so schnell?"

„Ja, Georg. Daher checke bald, ob du die Woche frei bekommst. Bitte versuche es. Obwohl es jetzt regnet, wäre es doch wunderschön, nicht wahr?"

Wie Frischverliebte hockten wir zwei geschlagene Stunden zusammen, als hätte es Karlas Entgleisung nie gegeben. Wir alberten wie verwöhnte Schoßkinder herum, dabei hauten wir uns eine Lobhudelei nach der anderen über erfolgreich durchgestandene Abenteuer um die Ohren.

Als wir aufstanden, schlang Karla ihre Arme um meinen Nacken. Kräftig, wie sie war, presste sie mich an ihre Brüste. Mir blieb gar nichts anderes übrig, als von dem Unternehmen Ostseereise überzeugt zu sein, denn dass ich die Reise wollte, dazu brauchte ich keinen weiteren Anstoß. Aber war ich wirklich so stark, das Wagnis mit Karla zu versuchen?

Bevor Karla zur Tür ging, drückte sie mir ihre Telefonnummer in die Hand, dann ermahnte sie mich: „Ruf mich bitte an, sobald du Gewissheit hast. Warum hast du das nie versucht? Ich hatte dich darum gebeten und hätte mich riesig über deine Stimme gefreut, egal wann."

„Okay, von jetzt an telefonieren wir so oft es geht miteinander", antwortete ich ihr. „Und unsere Fahrt ist so gut wie gebongt."

Mit der Antwort hatte ich Karlas Wunsch entsprochen, denn ich setzte voll auf den Urlaubstrip. „Die eine Woche ringe ich Herbert ab", ging ich gezielt ins Detail. „Erzähle ich ihm, wofür die Urlaubsfahrt gedacht ist und mit wem ich wegfahre, dann haut ihn das glatt um."

Karla lachte.

Danach sagte sie ernst: „Er wird es überleben. Und du solltest keine Liebesbeweise von mir erwarten. So weit bin ich noch nicht. Was aus uns wird, das muss die Zeit bringen."

Doch ihren Hinweis auf eventuelle Schwierigkeiten bei Liebesbeweisen wollte ich nicht wahrnehmen, stattdessen versprühte ich eine Menge Zuversicht.

„Herbert bringt sicher Verständnis auf", tönte ich mit Überzeugungspotenzial. „Allerdings liegt viel Arbeit auf dem Schreibtisch, doch die wird kein Hindernis sein. Und in menschlichen Belangen ist Herbert ein verflixt anständiger Bursche."

Karla verschwand durch die Wohnungstür ins Treppenhaus, und ich ähnelte einem Glückskeks, als ich die geschlossene Tür anstarrte. Selbst die Katzen wirkten überrascht. Sie maunzten Karla hinterher und rieben sich an der Ausgangstür.

War ich tatsächlich wach, oder befand ich mich in einem Herbsttraum?

Ich kniff mir in den Arm.

„Aua!"

Ich war hellwach und hatte Karlas Einladung nicht geträumt, denn sie war mir als Leibhaftige in Fleisch und Blut erschienen. Aber bei einer Frage war ich immer noch unsicher. Konnte ich mich auf das Abenteuer mit Karla einzulassen? Und war Herbert bereit, uns seine Absolution zu erteilen?

Doch die Fragen waren unnötig wie ein Kropf. Durch meine Verliebtheit war ich jenseits von berechtigten Zweifeln. Ich würde Karlas Liebe zurückgewinnen und meine Abwesenheit vom Arbeitsplatz durchsetzen, egal wie heftig die Gegenwehr ausfällt.

Ich summte die Melodie meines Lieblingsliedes der Marianne Rosenberg vor mich hin, dabei fielen mir mehrere Textpassagen ein. Und die sang ich so, wie sie mir in den Kopf kamen.

„Du gehörst zu mir, wie mein Name an der Tür."

Mit dieser Textstrophe hatte ich das Lied begonnen, dann zauberte ich weitere Strophen hervor: *„Ist es die wahre Liebe, die nie vergeht, oder wird die Liebe, vom Winde verweht."*

Trotz einer gewissen Traurigkeit mochte ich das Lied, denn aus Mariannes Mund hatte es zuckersüß und herzzerreißend geklungen. Aber diesen Zauber konnte ich mit meiner kratzigen Stimme nicht annähernd erreichen. Nichtsdestotrotz ließ ich mich nicht entmutigen und sang weiter: *„Steht es in den Sternen, uh, uh, uh, was die Zukunft bringt, uh, uh, uh, oder muss ich lernen, dass alles zerrinnt?"*

Ich war in meinem Element und ließ die Abschlussstrophe folgen, und die passte perfekt zu meiner Situation, deshalb schmetterte ich ihren Text besonders intensiv: *„Und ich weiß, du bleibst bei mir, denn du gehörst zu mir."*

Am drauffolgenden Morgen sprach ich Herbert auf mein Anliegen an.

Und den quälten Magenkrämpfe, als er unwirsch wurde: „Hm", knurrte er skeptisch. „Über deine Auszeit entscheidest du selbst, schließlich bist du freier Mitarbeiter. Außerdem will ich dich nicht zwingen, die Sache mit Karla abzublasen. Hast du dir den Wahnsinn reiflich überlegt?"

„Da gibt's nichts zu überlegen."

„Dann fahr in Gottes Namen, aber nur eine Woche. Dir ist bewusst, dass sich die Genehmigungsplanung für den Recyclinghof Asdonkshof in der Abgabephase befindet?"

„O ja, das ist mir bewusst."

Ich hatte während meiner Antwort daran gedacht, wie ich Herbert bei einer Absage den Wind aus den Segeln nehmen könnte, und dieses Wissen spielte ich aus.

„Ich klotze vor der Fahrt kräftig rein", redete ich überzeugend auf ihn ein. „Du kennst mich doch."

Herbert grinste, denn er wusste aus Erfahrung, was er an mir hatte. Bei engen Projekten hatte ich die Kohlen aus dem Feuer geholt. Nicht umsonst war ich sein bestes

Pferd im Stall, auf das er nicht verzichten konnte. Ich gehörte zum festen Inventar, denn ich war der Motor einer nie erlahmenden Planungsabteilung.

Durch die Aussprache erleichtert, tätigte ich am Nachmittag den fälligen Anruf: „Es klappt", posaunte ich freudestrahlend heraus. „Wir fahren an die Ostsee."

„Ehrlich, du machst es?"

„Natürlich. Hast du etwa gezweifelt?"

„Eigentlich nicht."

„Dann soll es so sein, aber lass dich bitte vorher bei mir blicken."

„Gewiss doch", bekräftigt Karla ihre Absicht. „Am Wochenende komme ich zu dir. Dann besprechen wir die notwendigen Einzelheiten."

Das Traumziel belebte meine Stimmung. Ich pfiff auf die Politik, und ackerte im Büro wie ein Pferd. Abends klopfte ich Überstunden, und das mehr als gut gelaunt. Für mich zählte nur das Eine, für den Trip musste Geld her, möglichst viel Geld, denn meine Finanzlage war alles andere als rosig.

Doch über die Finanzierung des Trips machte ich mir wenig Sorgen. Das nötige Kleingeld würde ich zusammenraffen. In vorherigen Jahren hatte es in ähnlichen Situationen hingehauen. Warum sollte es ausgerechnet für die Traumwoche mit Karla anders sein?

Als ich Vera während der Fraktionssitzung über das Unvermeidliche unterrichtete, reagierte die mit Endsetzen.

„Was hast du da gesagt?" Sie war außer sich. „Habe ich einen Gehörschaden? Mit der dummen Kuh fährst du weg?"

„Nun hör endlich damit auf, Karla als dumme Kuh zu beschimpfen", verteidigte ich meinen Endschluss. „Sie ist eine phantastische Frau. Warum sollte ich nicht mit ihr verreisen?"

„Du bist verrückt", stellte Vera mit Abneigung in der Stimme fest. „Die Tusse hatte dich fast umgebracht."

„Jetzt übertreibst du", wiegelte ich ab.

„Nein Georg. Aber die Weisheit hast du wahrlich nicht mit Schöpflöffeln gefressen. Dann fahr ruhig, nur lass dich nie wieder bei mir blicken."

* * *

Am Morgen der Abreise verglich ich Karlas Klingeln mit dem Rasseln einer Schiffsglocke bei einem Orkan in der Südsee, denn tatsächlich hatten wir die Fahrt an die Ostsee in die Realität umgesetzt.

Obwohl ich gelegentlich ein Langschläfer bin, war ich abreisefertig und eilte im Sturzflug die Treppenstufen hinunter, denn meine Urlaubsutensilien hatte ich bereits am Vorabend im Bus verstaut.

Wir verabschiedeten uns von Rosa, die sich wie immer um die Katzen kümmern wollte und uns viel Glück wünschte, danach sprang ich voller Vorfreude auf den Fahrersitz des Busses und Karla setzte sich neben mich. Wir strahlten, als wir den Europaplatz mit der Autobahnauffahrt nach Köln hinter uns ließen.

Meinen Kindern hatte ich das Unternehmen „Urlaub mit Karla" aus gutem Grund verschwiegen, da ich befürchtet hatte, sie würden die Übereinkunft mit Karla überbewerten. Für die war ich in dringenden Planungsangelegenheiten auf Reisen.

Als wir eine halbe Stunde unterwegs waren, betätigte ich den Blinker nach rechts, und verließ die Autobahn. Ich fuhr auf einen Rastplatz bei Düren, auf dem ich die urplötzlich aufgeflammten Zweifel an unserem Vorhaben ausräumen wollte.

„Ich erwarte keine Wunderdinge von dir", sagte ich so aufgeräumt wie möglich. Noch war ich von meiner Standhaftigkeit überzeugt. „Deshalb brauchst du keine Angst zu haben, dass ich dich bedränge."

„Gut so", erwiderte Karla. „Es wäre schlimm für mich, sollte ich dich abweisen müssen. Lass mir Zeit. Ist das zwischen uns klar, dann werden wir wundervolle Tage an der Ostsee verbringen."

Unseren Zielort Travemünde, nördlich der wunderschönen Stadt Lübeck gelegen, hatten wir am späten Nachmittag erreicht. Dort hatte ich eine Ruhepause nötig, denn ich war die ganze Strecke durchgefahren. Danach richteten wir uns an der Hafenausfahrt häuslich ein. Die Sonne lachte schelmisch vom Himmel und die Temperatur war annehmbar. Für die Jahreszeit milde dreizehn oder vierzehn Grad.

Als wir uns unseren Schlummertrunk in einer Kneipe gönnten, versuchten wir den Ablauf des nächsten Tages zu planen.

Karla erörterte mir ihren Vorschlag: „Ich weiß, was wir morgen unternehmen."

„Na, was?"

„Wir machen eine Tageswanderung an der Küste zum Timmendorfer Strand. Dann ein gutes Stück hinein ins Hinterland, dort um einen kleinen See in einem Naturschutzgebiet herum, und gemächlich zurück. Was sagst du dazu?"

Ich ließ mir nichts anmerken, aber ich hatte es mit Grausen vernommen, denn sie war wieder aufgetaucht, meine berechtigte Angst vor einer Strapaze. Die Strecke würde schätzungsweise dreißig Kilometer betragen, außerdem kannte ich Karlas Wandertourenzinnober aus früheren Zeiten zur Genüge.

Trotz allem willigte ich ein, denn ich war mit erstaunlich guten Wanderschuhen ausgerüstet.

„Okay, Karla", sicherte ich ihr mein Einverständnis zu. „Wenn du's dir wünschst, dann soll's so sein. Ganz wie früher in herrlich verliebten Zeiten."

Karlas dunkle Augen taxierten mich skeptisch. Oder war es mehr fragend?

Jedenfalls hatte sie mein Wunsch nach verliebten Zeiten verunsichert, aber sie sagte kein Wort. Die tief in ihr bohrende Kritik verkniff sie sich. Vielleicht hatte ich mir ihren skeptischen Blick auch nur eingebildet?

Die Wanderung wurde das erwartete Martyrium. Zwar eine landschaftlich reizvolle, doch von ungeheuren Anstrengungen geprägte Tortur. Bei der kam es an einem einsamen Bootssteg, wir fütterten Schwäne und Enten, zu kleineren, jedoch harmlosen Berührungen.

„Es ist schön mit dir", sagte Karla in einem Anflug an Berührungsnähe. „Aber tue mir bitte einen Gefallen. Ja? Belass es so wie es ist."

Diese Ablehnung ausstrahlende Äußerung untergrub meine Sehnsucht nach ihrer Zärtlichkeit, denn bei der Feststellung blieb es, weil sich Karla ihrer Gefühle für mich nicht sicher genug war.

Nichtsdestotrotz drückte mich Karla in ihre vertrauenerweckenden Arme. Wie früher an der holländischen Küste spießte sie mich mit ihren spitzen Brüsten fast auf.

„Sei nicht traurig", sagte Karla etwas gedämpft. „Ich weiß nicht, ob ich dich wieder so lieben kann, wie du's dir wünschst. Aber das kann kommen."

„Ich habe Zeit", antwortete ich geknickt. „Das Warten bin ich gewöhnt."

Beim Kauf der Wanderschuhe hatte ich am falschen Fleck gespart. Wie an der Ardeche hatten mich die für gut befundenen Schuhe kläglich im Stich gelassen. Nein, das stimmte nicht ganz, im Südfrankreichurlaub hatte ich abgewetzte Latschen getragen.

Aber ob es damals Schuhe oder Latschen waren, das war egal, denn der Schmerz an meinen Füßen nahm unerträgliche Formen an, doch ich spielte den starken Mann, der nicht als Memme dastehen wollte, und ließ Karla meine Pein um nichts in der Welt anmerken.

Unser Abendmahl nahmen wir in einem Lokal der gehobenen Spitzenklasse zu uns, was es leider nicht war. Meiner Karla wurde von einem Kellner, das von ihr bestellte Zigeunerschnitzel an den Tisch gebracht, doch dabei knallte er es ihr so ungalant vor die Nase, dass sie sich die Augen rieb. Mir servierte derselbe Kellner ein Jägerschnitzel auf die ähnliche Art und Weise.

Mein Jägerschnitzel hatte so lala geschmeckt, doch mit Karlas Verdauung stimmte irgendwas nicht, denn nach dem Essen quälte sie der Magen. Die Probleme waren schrecklich. Ihr war speiübel geworden, ja sie musste sich sogar übergeben. So lag die berechtigte Vermutung nahe, dass ihr Schnitzel nicht in Ordnung war.

„Das Fleisch war verdorben", schimpfte sie, sodass es jeder hören konnte.

Ich versuchte Karla zu beschwichtigen, indem ich verständnisvoll auf sie einging: „Das mag sein, aber dann müssten mich ähnliche Symptome quälen. Es könnte auch eine Magenverstimmung sein."

Karla winkte erbost ab. Sie wollte umgehend weg und weiterfahren, und das unbedingt. Ihr war das Vertrauen in diese Gegend restlos abhandengekommen, doch mit Einfühlungsvermögen brachte ich sie von dem Unfug ab. Allerdings benötigten wir einen akzeptablen Schlafplatz, doch wie den finden?

Ich überlegte beim Blättern im Campingführer hin und her, und heraus kam ein in unmittelbarer Nähe liegender

Übernachtungsplatz. So hatte Karla zumindest eine Toilette in Reichweite, obwohl es ihr nach dem Entleeren besser ging. Doch die Rückkehr neuer Brechanfälle war nicht auszuschließen.

Ohne Hektik fuhr ich zu dem Campingplatz, an dessen Namen ich mich nicht mehr erinnere, doch leider war der Platz nicht in Betrieb.

„Und jetzt?", fragte Karla. „Was hast du vor?"

„Dass mit dem geschlossenen Campingplatz sehe ich nicht so eng", strotzte ich vor Selbstsicherheit, womit ich Karlas Pessimismus weggewischt hatte.

Rotzfrech war dann die Behauptung: „Schließlich gibt es einen Parkplatz, auf dem man ohne Waschanlage übernachten kann."

Zu Karlas Glück verrichtete eine frei zugängliche und passabel ausgestattete Nottoilette mit einer Dusche ihren Dienst.

Der Einschlafvorgang verlief ereignislos. Dabei waren ein paar nette Worte gefallen, aber es gab keinen Sex, denn ich ließ meine Finger brav unter meiner Decke, wofür mich Karla lobte. Und das Lob hatte ich verdient, denn ich hatte Karlas begehrenswerte Rundungen dicht neben mir deutlich gespürt.

Am Frühstückstisch war ich derjenige, der das Tagesprogramm einleitete. „Heute machen wir einen gemütlichen Strandspaziergang, bis die Sonne am Horizont verschwindet", regte ich an.

„Einverstanden, Georg."

Meine Anregung hatte Anklang bei Karla gefunden. So spazierten wir los, uns an den Händen haltend, und mit den nackten Füßen durch die Wellen tapsend. Uns war es selten so gut gegangen, sodass wir den Marsch bis in die Abendstunden ausgedehnt hatten.

Es war fast dunkel, als wir auf ein stark vergammeltes Strandrestaurant stießen. Aber das Etablissement war gar kein Restaurant, denn das fragwürdige Lokal glich einer heruntergewirtschafteten Kneipe.

Trotzdem öffnete ich die Tür zum Schankraum und schaute hinein. Nun ja, die Ausstattung war mir nicht sonderlich geheuer.

Als wir zu einem abseits liegenden Tisch gingen, fielen uns drei Gäste negativ auf. Die waren nicht auf unserem Niveau, außerdem sturzbetrunken. Sie gehörten eher zu den unangenehmen Gesellen der uns wenig vertrauten Region.

Wir setzen uns, dann studierten wir die Speisekarte. Und siehe da, wir bewunderten acht gutklingende Gerichte mit vielversprechenden Formulierungen. Aber was für ein Schwachsinn, denn es gab nur Bockwurst mit Brot.

„Meine Fresse", fluchte ich. Was Karla allerdings nicht davon abhielt, bei dem übelriechenden Wirt zu bestellen.

„In Herrgottsnamen, dann bringen sie uns ihre Würstchen mit Brot."

„Und bitte zwei Flaschen Limonade", rief sie ihm hinterher.

Es vergingen Minuten, dann setzten sich die besoffenen Scheißkerle, eben noch hatten sie an der Theke herumgelümmelt, saublöde grinsend an den Nebentisch. Wir ahnten, dass es schlimm enden könnte, daher beeilten wir uns beim Kauen der lauwarmen Wurst, die uns der Wirt an den Tisch gebracht hatte.

Leider musste sich die angewiderte Karla anzügliche Pöbeleien der Arschlöcher vom Nebentisch anhören. Deren Gelaber war unter aller Sau, doch was danach geschah, das war der reinste Schweinkram.

Einer der Wichser stand auf, dabei kippte er seinen Stuhl um, denn er schwankte fürchterlich, dann stellte er sich hinter Karla. Als ihm das nicht genügte, fing er an sie zu betatschen. Und die Dreckskerle feuerten ihn auch noch dabei an.

Ich, längst nervös geworden, konnte die Zuschauerrolle nicht aushalten, daher blaffte ich den Mistkerl an: „Du ekelhaftes Schwein! Nimm deine Drecksgriffel von meiner Frau."

Mit Schmackes erhoben wir uns von unseren Stühlen, dabei schubste Karla den Suffkopf weg, um sich danach bei mir einzuhaken.

„Gehen wir", machte ich auf Eile. „Dazubleiben hat keinen Zweck."

Wir verschmähten die halbangeknabberte Bockwurst und verschwanden aus der Würstchenbude, womit wir einen noch schlimmeren Albtraum vermieden.

Karla war auf dem Weg zu unserem Bus untröstlich, aber mein Verhalten hatte ihr imponiert. Sie tippte sich andauernd an die Stirn, wobei ihre Frage boshaft klang.

„Was geht in solch entarteten Mistkerlen vor?"

„Was meinst du damit?", fragte ich zurück. „Was begreifst du nicht daran?"

„Na, deren erniedrigendes Grabschen", zischte sie. „Besonders das speichelleckende Getue nehme ich nicht mehr hin. Diese Arschgeigen sehen in den Frauen nur das Lustobjekt."

Ich atmete verständnisvoll aus, denn von dem endwürdigenden Verhalten der Männer wäre auch mir fast die Halsschlagader geplatzt.

Danach stöhnte ich: „Ach, Schätzchen, leider ist das nicht zu ändern. Solchen Saufsäcken fehlt der Anstand gegenüber hübschen Frauen, deshalb gehen sie schlecht mit ihnen um. Aber Abartige gibt es auch haufenweise bei uns in Aachen."

Mein Kommentar hatte Karla zwar nicht zufrieden gestellt, dennoch beendeten wir das Thema. Daher trafen wir mit Erleichterung am Campingbus ein. Und ohne langes Brimborium legten wir uns in die Horizontale, dabei lag ich mit sprudelnden Hoffnungen neben Karla, aber ich blieb sittsam. Und das war meine von mir Angebetete leider auch geblieben.

Stattdessen begab sie sich, anstatt sich an mich zu schmiegen, auf einen ätzenden Esoteriktrip, bei dem sie mir die Fragen stellte: „Siehst du die Engel? Ja, warum siehst du sie denn nicht?"

In Karlas Stimme überwog die Monotonie, unterstrichen durch ihren weichen Summton. Mit geschlossenen Augen schaukelte sie sich in einen Trancezustand.

„Schau doch nur. Wohlig durchschwärmen sie den gesamten Bus."

„Ich sehe nichts, Karla."

Ich hatte keine Böcke auf Karlas Engel, deshalb versuchte ich ihren Trancezustand zu beenden.

„Wo denn? Da oben ist nur die Dachluke."

„Doch, sie sind da", fieberte Karla weiter. „Direkt über deinem Kopf."

„Lass den Quatsch", kritisierte ich sie. „Außerdem sind mir deine Engel schnuppe, solange sie mir nicht auf den Wanst pinkeln."

Karla richtete sich auf, dann glotzte sie mich aus überraschten Augen an, und sofort prustete es aus ihr heraus: „Ich fasse es nicht. Dass mit dem auf den Wanst pinkeln ist nicht dein Ernst?"

„Natürlich. Warum denn nicht."

Karla machte sich vor Lachen fast ins Höschen.

„O Gott", krächzte sie laut lachend. „Du bist ein herrlicher Spinner."

Als Karlas Lachanfall abgeebbt war, drückte sie mich unverhofft und überschwänglich an sich. Wir knutschten sogar mit großer Leidenschaft, aber als ich ihr den Slip abstreifen wollte, reagierte sie mit Verärgerung.

„Bitte nicht", sagte sie matt. „Ich kann noch nicht mit dir schlafen. Noch bin ich nicht so weit."

„Wann, Karla, wann?"

„Du wolltest mich nicht bedrängen. Bitte, Georg, du hast es mir versprochen."

Ich fühlte mich wie vor meiner Hinrichtung auf dem Weg zum Schafott. Meine Endtäuschung übertraf die Höhe des Zugspitzgipfels, dementsprechend krümmte ich mich unter der Bitte.

Meinen Wunsch nach großartiger Sexualität, den hatte Karla mit ihrer Ablehnung zunichte gemacht. Sie hatte mich meines Verlangens beraubt. Um meine abermals aufkeimenden Hoffnungen hatte sie mich schändlich betrogen. Warum sollte ich meinen Schmerz vor ihr verbergen?

Ich begann zu verzagen: „Ach, Karla", stöhnte ich betrüblich. „Warum nur schaffen wir nicht den Sprung ins Glück? Und wohin nun mit dem angestauten Mannessaft?"

Wir verbrachten drei sonnige Tage in Travemünde, doch an die Schönheit des Ortes und die der Ostseeküste, verschwendete ich keinen Blick. Viel mehr ergötzte ich mich an Karlas wunderschönem Anblick.

Aber leider befand sich unsere Liebe im Stadium der untergehenden Sonne, deshalb wäre es besser gewesen, ich hätte mein Bemühen um Karlas Gunst aufgegeben. Doch in mir schlummerte ein anhänglicher Typ, und der betrachtete jede Strandwanderung mit Karla als Training für die geschundene Seele.

Hätte mich das Verschmähen meiner Zuneigung nicht aufgefressen, wäre es mir recht ordentlich gegangen.

Wen wundert es da, dass ich einen neuerlichen Versuchsballon startete: „Schade, Karla."

Mein Bewerbungsersuchen hatte ich vorsichtig begonnen. „Eigentlich verstehen wir uns prächtig. Warum wird es nicht wie in früheren Glanzzeiten?"

„Hör auf damit, Georg."

Karla hatte barsch reagiert und mir einen Stoß in die Rippen versetzt. Dann hatte sie geantwortet: „Denke an dein Versprechen. Ich sage nur das Wort bedrängen."

Also sah ich unsere Beziehung wie die Zuneigung zu einem Kuchen, bei dem für mich kein Stück übriggeblieben war, ja, Karla beabsichtigte nicht einmal, die letzten Krümelreste mit mir zu teilen.

Gezwungenermaßen hatte ich mich mit den Gegebenheiten zu arrangieren, so vergingen die Tage ohne spektakuläre Zwischenfälle.

Als wir unsere Zelte abbrachen, war unsere Zeit an der Ostsee abgelaufen, also fuhren wir auf dem Heimweg in die Hansestadt Lübeck.

Dort zog es mich unverzüglich nach Blankensee, wo wir das Auffanglager für Flüchtlinge aufsuchten. Das wollte ich mir unbedingt aus der Nähe ansehen, denn in dem hatte ich ein Jahr meiner Kindheit nach der Flucht aus der DDR verbracht.

Ich erkannte das Lager nicht wieder, da man es inzwischen zu einer Polizeischule umgebaut hatte.

Anschließend fuhren wir zurück in die Stadt, speziell zum Holstentor. Dort fanden wir sogar einen Parkplatz und stellten den Bus ab. Wir stiegen aus und knöpften uns die schnuckelige Altstadt vor, wobei uns der Bummel an einem Juweliergeschäft vorbeiführte. Vor dem forderte mich Karla zum Verweilen auf.

„Du, Georg", säuselte sie beim Blick auf die Schaufens-
terauslage. „Geh bitte mit mir hinein. Ich möchte dir etwas schenken."

„Du mir? Und was?"

Was sollte ihre Geheimniskrämerei?

„Einen kleinen, goldenen Ohrring", sagte Karla, als wäre
es der normalste Vorgang der Welt.

„Einen Ohrring?"

Ich hatte ungläubig nachgehakt, da ich Karlas Anliegen
nicht zuordnen konnte.

Doch dann funkte es kurz in meinem Gehirn und mir
wurde bewusst, worauf sie hinauswollte.

Ich stammelte kleinlaut: „Das ist nicht nötig. Ich habe
schon solch ein Ding."

„Doch, doch, Georg, das muss sein. Dann schmeißt du
endlich den dämlichen Ring deiner verschrobenen Italienliebe weg."

Du gute Güte. Ich war nicht begriffsstutzig, immerhin
hatte ich Ohrring, Italienliebe und wegschmeißen verstanden. Diese Begriffe schwirrten mir wie lästige Mücken um die Ohren. Was hatten sie zu bedeuten?

O ja, natürlich, jetzt wurde es mir klar. Mit leichter Verspätung hatte ich Karlas Ziel begriffen, daher fasste ich
mir an den Kopf, denn in dem hatte sich Erschütterung
breitgemacht. Ich war schließlich mit reichlich Verstand
ausgestattet. Mein Kopf hatte den Sinn des makabren
Vorhabens problemlos entschlüsselt.

Der Ohrring sollte ein vernichtendes Abschiedsge-
schenk für mich werden, das vermutete ich folgerichtig.
Aber wenn mich Amor mit einem Giftpfeil verletzen will,
wie bekam ich den Pfeil in seinen Köcher zurück?

Meine Liebe zu Karla war ungebrochen. Ich liebte sie
mehr als mich selbst, doch für die von mir herbeigesehnte
Umkehr in ein rosarot gefärbtes Liebesgewässer war es

zu spät. Längst hatte sich das Gift der Trennung in meinen Eingeweiden ausgebreitet. Wie bei langsam wirkenden Giftstoffen üblich, hatte mich das Serum Lieblosigkeit handlungsunfähig gemacht. Gegen das schleichende Gift war ich hilflos.

Ich brachte keinen großen Aufschrei über die Lippen, auch nicht das händeringende Aufbäumen, stattdessen fühlte ich mich zu einer patzigen Reaktion verleitet.

„Lassen wir den Spuk. Ich will dich zurückgewinnen, was soll ich mit einer Abfindung."

Die beste Medizin gegen die Traurigkeit ist ein Lächeln. Und Karla lächelte milde, worauf sie einräumte: „Du verstehst das falsch. Durch den Ring wirst du ewig an mich denken."

„Das tue ich auch ohne den Ring", antwortete ich mit in die Ferne gerichteten Blicken.

„Aber es soll eine von Freude getragene Erinnerung sein", betonte Karla, wobei sie sich die Tränen von der Backe wischte. „Unsere Zeit war einzigartig."

„O nein, Karla. Dem kann ich nicht zustimmen", widersprach ich, dabei entstellten hartaussehende Mundwinkel meine Mimik. „Unsere Zeit war das pure Elend, denn du hast mich nicht geliebt, sondern zerstört. Ich verzichte zugunsten meines Nachfolgers."

Meine stählerne Härte kam nicht von Herzen und war die falsche Reaktion. Mit schroffen Zurechtweisungen gewinnt man keinen Blumentopf, noch weniger kann man seine Traumfrau von ihrem Abgang abhalten.

Immerhin hatte ich den Beweis geliefert, dass ich keine Mimose war, und damit auch nicht zu lieb für die Liebe. Aber das erfüllte mich nicht mit Stolz, denn ich hatte den Kampf um die Zuneigung meiner Herzdame verloren, denn das Aufflackern ihrer Gefühle hatte sich als riesengroßer Irrtum herausgestellt.

Anderseits war Karla bei ihrem Kinderwunsch ehrlich mit mir umgegangen, obwohl sie mir den Vorwurf der Zeugungsunfähigkeit nicht gerade sanft, sondern mit voller Wucht vor die Füße geknallt hatte.

Dass ich für sie ein Spielzeug war, das man wegwirft, sobald es unbrauchbar ist, war sicher nicht ihre Absicht. Hatte sie das Drehbuch mit katastrophalem Inhalt, ähnlich einer Liebesschnulze auf Heimatfilmniveau, selbst verfasst? Aber warum dann ohne ein berauschendes Happyend?

Der Abnutzungsspuk war vermeidbar, denn bevor sich Karla zu mir in die Mansarde bemüht hatte, war mein Befinden zufriedenstellend. Aus Gründen der Vernunft hätte mich Karla in dem Zustand belassen sollen, denn für unsere Zusammenführung hätte es meines intakteren Immunsystems bedurft, dabei wäre es keiner Herkulestat gewesen, das Unheil zu erahnen. Das hätte sogar ein Kleinkind geschafft. Stattdessen hatte ich mein Nervengewand mit meinem vergeblichen Hoffen überstrapaziert,

Trug Karla wirklich die Alleinschuld an meiner jämmerlichen Daseinsberechtigung?

Das sicher nicht, berücksichtige ich meine Sterilisation. Die hatte Karlas Liebesschwund verursacht, obwohl ich mir einbildete, dass sie in der Mutterrolle nicht glücklich geworden wäre. Leider konnte ich Karlas Erziehungsunfähigkeit, ohne die Geburt ihres Kindes, nicht beweisen.

Aber auch Karlas Warnungen hätte ich nicht ignorieren dürfen, immerhin hatte sie mir reinen Wein über ihre Schwankungen in der Liebesfähigkeit eingeschenkt. Damit hatte sie mir genug Hinweise auf ihre eingebüßte Liebe geliefert.

Anderseits konnte Karla ekelhaft ungemütlich sein. Mit der Gabe hatte sie mich wie eine Zecke zerquetscht, so wie es einem alten Auto in der Schrottpresse ergeht. Sie hatte mich zur willenlosen Masse degradiert. Mit ihr war ich durch ein Minenfeld aus Angst und Schrecken gestolpert. Und das bis zum negativen Höhepunkt ihrer Liebesaufkündigung. Daher schmeckte Karlas Abgang wie Bittermandel, und die Aufarbeitung bedeutete Schwerstarbeit.

Doch das damit Umzugehen war schwer, aber noch schlimmer war, dass ich das Heft des Handelns aus der Hand gegeben hatte. Von da an benutzte ich das Vokabular eines Verlierers, und erklärte den Begriff Lebensmut zum unerwünschten Fremdwort. Im Zustand der Resignation warf ich meine positiven Erinnerungen auf den Misthaufen der Vergangenheit. Und da lag mein Liebesleben nun und moderte vor sich hin.

Um das Trauerspiel zu beenden, eilten wir unverzüglich zu meinem Campingbus. Und als wir eingestiegen waren, traten wir die Heimfahrt ins heimische Nordrhein Westfalen an.

Während der sich dahinschleppenden Autobahnfahrt saßen wir schweigsam nebeneinander, Diese Ruhe hatte ich immer geliebt, doch durch Karlas Bedrängen war es ganz anders gekommen. War Karlas Extremverhalten für sie ein Kick? Hatte sie den Hang zum Sadismus?

Über Karlas geheimste Winkel des Herzens hätte ich gern alles gewusst, aber sie hatte mir nicht den Gefallen getan, mir ihre Geheimnisse offenzulegen. Daher glich die Heimfahrt einer Art Totenmesse, aber ohne Trauergesang.

Als wir vor Karlas Haustür in Bonn anhielten, an der ich Karla absetzte, war mein Augenlicht in einem Meer an Tränen ertrunken. Mit ihrem Abliefern war das Liebesmelodram ausgestanden und meine Leidensfähigkeit ins Grundwasser versickert.

Karla schnappte sich ihren Koffer, dann ging sie zum Haus, ohne sich umzuschauen. In der Ferne ging die Sonne unter und es wurde dunkel.

Auch ich war ausgestiegen, so standen wir uns sozusagen zwischen Tür und Angel gegenüber, dabei hieß es die richtigen Abschiedsworte zu finden.

„Mach's gut, mein Lieber. Die Zeit mit dir war wunderschön", orakelte Karla. Danach stammelte sie unverdauliche Sätze, wobei mir die Worte Stiche versetzten.

„Und obwohl ich dich liebe, können wir nicht zusammenbleiben", sagte sie. „Nein, das geht nicht. Ich versündige mich an mir."

„Ja, ja, dein verdammter Kinderwunsch, ich weiß", antwortete ich, wonach ich die Zähne in meine Unterlippe rammte, bis die blutete.

„Also machen wir's nicht zu spannend und sagen Lebewohl", ergänzte ich. „Es ist das Beste für uns beide."

„Das ist es, Georg."

Ich drückte Karla an mich, dabei verlieh ich meiner Stimme eine wachrüttelnde Note: „Glaube mir eins. Dir wird nie wieder ein Mann begegnen, der dich so verehrt, wie ich dich."

Als ich sie losließ, zitterten meine Knie, außerdem liefen mir faustdicke Tränen die Wangen hinunter.

„In Gedanken werde ich sehr oft bei die sein", sagte ich abschließend. „Ist ein dritter Versuch möglich?"

„Vielleicht, Georg? Vielleicht?"

Karla hatte heftig mit den Schultern gezuckt und sich ruckartig abgewendet, dann verschwand sie schnellen Schrittes im Hauseingang.

Und auch ich fackelte nicht lange und schwang mich in mein Campinggefährt. Ich hatte schleunigst aus Karlas Umgebung zu verschwinden, zu bitter schmeckte der traurige Abgang. Hingen die Fahnen an den Häusern auf halbmast? Ohne Annäherungsversuche brach der Kontakt gänzlich ab. Von der Liebe war, so traurig es klingt, nur ein Zerrbild in meiner Seele übriggeblieben.

Viele Monate später traf ich Karlas Schwester zufällig auf der Straße. Gabi erzählte mir, dass sich Karla wieder in meiner Umgebung aufhalten würde.

„Wegen persönlicher Differenzen hat Karla den Job in Bonn geschmissen", sagte Gabi und grinste dabei. Aber warum hatte sie gegrinst?

Auf mein Drängen auf eine ehrliche Antwort, die auf die Beziehungsbeendigung zwischen Karla und mir hinaus-wollte, hörte Gabi auf zu grinsen.

„Sag es mir, Gabi", versuchte ich sie festzunageln. „An was ist die Liebe zwischen Karla und mir gescheitert?" Nur diese Frage hatte ich Gabi gestellt, aber sie hatte mir nicht geantwortet.

Dann hatte ich mein Selbstvertrauen in beide Hände ge-nommen und gebohrt: „Könntest du dir eine Neuausgabe zwischen Karla und mich vorstellen?"

Gabi überlegte lange, dann antwortete sie: „Du bist viel zu lieb. Karla brauchte einen harten Hund, der ihr zeigt, wo der Hammer hängt."

Es war Gabi an ihrer Gesichtsverfärbung anzumerken, dass sie mir nicht weiter antworten wollte. Stattdessen gab sie mir einen freundschaftlichen Klaps, verabschie-dete sich und ging ihres Weges.

Da erst meldete sich Alfred nach seinem Schweigevor-satz zu Wort. Der hatte sich in Abschiebehaft gewähnt. Ich erwürge dich mit deinen Gedärmen, äußerst du noch einmal diesen dämlichen Wunsch.

21

Dass das Alter nicht vor Torheiten schützt, das ist ein ungeschriebenes Gesetz. Und es ist wahr?

Inzwischen sind fünfundzwanzig Jahre seit dem Liebesdebakel vergangen, und meine Traumfrau habe ich nicht wiedergesehen. Anscheinend lebt sie sonst wo, nur nicht bei mir in der Stadt, sonst würde man sich dann und wann über den Weg laufen. Anderseits löst ihre Abwesenheit keinerlei Bedauern bei mir aus.

Zwei Jahre nach dem Abschied von Karla hatte ich die wunderbare Lena geheiratet, mit der ich blendend harmoniere, ohne dass wir uns Mühe geben müssen. Als Beweis für unsere Harmonie haben wir eine unvergessliche Weltreise hingelegt. Sie als Lehrerin hatte sich ein Sabbatjahr genommen, und das diente als Sprungbrett in eine schillernde Welt voller Geheimnisse.

An einem Frühsommertag befinde ich mich mit Lena auf unserer üblichen Shoppingtour vor einer langen Urlaubsfahrt, dabei schlendern wir durch die Aachener Altstadt und landen in der größten Buchhandlung vor Ort.

Lena geht in die Krimiabteilung, ich bevorzuge die Reiseecke.

Wie ich so mir nichts dir nichts in einem Reiseführer über Südamerika blättere, wird mir mulmig. Ich blicke auf und habe eine unerwartete Erscheinung, denn ich sehe eine Frau, die mir bekannt vorkommt.

Das ist doch?

Mein Kopf explodiert.

Wegen der Überraschung ist mir die Spucke weggeblieben, was zur Sprachlosigkeit führt.

Was für ein atemberaubender Lockenkopf? Verdammt noch mal. Das kann nicht wahr sein, oder ist sie es wirklich?

Als sei Karla aus den Katakomben meines Unterbewusstseins auferstanden, so steht sie vor mir und strahlt mich an.

In Karlas Gesicht sieht man keinen fortschreitenden Alterungsprozess. Ihre Augen leuchten wie am Tag unserer ersten Begegnung, dazu ist sie graziös und schlank wie ein Stamm des wunderschön geformten Nadelgehölzes.

„Hallo, Georg", sagt sie. Ihre Stimme hat weiter den verführerischen Klang.

Hallo, Karla", stammele auch ich. „Du siehst wahnsinnig gut aus. So schön wie ein Schneeglöckchen in der Morgensonne."

Karla lacht herzhaft.

Dann antwortet sie, dabei ist sie puterrot im Gesicht geworden: „O Georg, du bist immer noch ein verflixt guter Schmeichler."

Sie knufft mich fast zärtlich, und ergänzt: „Und du siehst hervorragend aus. Wie machst du das? Anscheinend gehen die Schattenseiten des Lebens ohne Spuren an dir vorüber."

Wir werfen uns in die ausgebreiteten Arme und drücken uns wie zwei Frischverliebte. Ich will Karla gar nicht mehr loslassen, denn in mir regt sich ein unstillbares Verlangen. Zwischen meinen Beinen spüre ich das herausfordernde Kribbeln.

Mein Gott, durch Karlas Umarmung habe ich schon wieder diese Schmetterlinge im Bauch, sodass mir meine vor Liebe überquellende Bauchspeicheldrüse suggeriert: Es ist soweit. Karla sucht die Herausforderung, und du, Georg, bist das geeignete Objekt für sie.

Viele Jahre hatte ich die Frau meines Lebens verdräng, obwohl ich innerlich auf die Chance des Zusammentreffens gehofft hatte. Aber als das nicht stattfand, hatte ich mich mit Karlas Abwesenheit abgefunden.

Und nun halte ich das Geschöpf meiner Träume sogar in den Armen, und das drückt mich fest an sich. Bin ich mir der Auswirkungen auf meine Ehe mit Lena und vor allem auf mein Wohlbefinden bewusst?

Gabis Andeutung, Karla halte sich wieder in meinem Umfeld auf, hatte ich für ein Verhohnepiepeln gehalten, doch das zu Unrecht, weil mich Gabi nicht auf den Arm genommen hatte.

Da sie Karlas Schwester ist, hatte sie zwangsläufig an der Informationsquelle gesessen. So hatte sie das Wunder eines Wiedersehens vorhersehen können. Und dass mich Karla gesucht und gefunden hat, das entspricht den Tatsachen, auf keinen Fall einem Trugbild.

Tja, was mache ich jetzt mit der Frau, die mich vor Jahrzehnten bis aufs Blut gepeinigt hatte? Versuche ich eine bösartige Fee in ihr zu sehen, und schicke sie in das Land, indem weder Milch und Honig fließen, sondern der Pfeffer wächst? Oder jage ich sie über ein Stoppelfeld, das zusätzlich von spitzen Dornen übersät ist?

Das werde ich weiß Gott nicht tun, denn meine Gefühle sind weit davon entfernt, meine Traumfrau auf ein Abstellgleis zu schieben.

Zu sehr freue ich mich darüber, dass die wunderschöne Lichtgestalt zu Fleisch und Blut erweckt wurde. Und Karla strotzt vor Kraft, denn sie steht voll im Saft. Außerdem hat sie die Ausstrahlung einer frisch aufgeblühten Orchidee.

Da ich vom Naturell her neugierig bin, unterziehe ich Karla meinem Frageritual, wobei ich indiskret werde: „Wo ist dein Mann oder dein Liebhaber? Lebst du in einer festen Verbindung?"

Durch meine persönlichen Fragen ist Karla das Blut in den Kopf gestiegen, was das Erröten zufolge hat, welches sich bei den nächsten Fragen verstärkt: „Hast du dein Wunschkind bekommen? Ist dessen Geburt Wirklichkeit geworden?"

„Leider nicht", antwortet Karla, dabei zieht sie ihre Stirn in Falten. „Ich habe damals zwar diesen Peter geheiratet, aber der ist zwei Jahre nach der Hochzeit verstorben, und von da an bin ich allein geblieben."

„Das ist schrecklich", erwidere ich und setze meine Niedergeschlagenheit vortäuschende Maske auf, die ich allerdings nicht ehrlich meine.

Doch weil das Gespräch gut verläuft, unternehme ich den in seiner Tragweite leicht zu durchschauenden Vorstoß: „Das Glück war dir nicht hold. Aber dieser Peter war auch unter deinem Niveau. Entschuldige, wenn ich das oberflächlich ausdrücke."

„Kein Problem. Du hast ja recht."

„Dann hätten wir uns anscheinend gar nicht trennen müssen?"

„Du sagst es."

Karla schaut mir ganz tief in die Augen, dann fragt sie mich: „Und was ist mit dir? Bist du glücklich mit deiner Frau?"

Ihre Frage nach meinem Glück mit Lena bringt mich in die Bredouille. Aus Verlegenheit verlagere ich mein Gewicht von einem Bein auf das andere. Was soll ich Karla antworten?

Sage ich, dass Lena ein Fehlgriff ist, so wäre das eine glatte Lüge. Seit den Trennungsstrapazen von Karla habe ich wunderbare Jahre mit ihr verbracht. Ich wäre ohne Lenas Einwirken auf meine Stärken kaum auf die Füße gekommen, demnach hätte ich einen Vogel, würde ich schlecht über sie reden. Sie ist die Frau, von der ich mich niemals trennen darf, noch weniger darf ich sie wegwerfen.

Diese Umschreibung stimmt, sehe ich es von der Seite der Vernunft. Doch durch Karlas überraschende Wiederauferstehung mache ich mir Sorgen um meinen Seelenfrieden.

Und der geht mir mit Sicherheit abhanden, wenn ich mich auf das Spiel mit dem unberechenbaren Feuer einlasse. Ist Karla das Opfer des Verbrennens wert? Ist sie die berühmte Ausnahme, mit der ich durch dick und dünn gehen sollte?

Ich muss klaren Kopf behalten. Und das bedeutet, dass ich die Wichtigkeit der berechtigten Frage nach der Ausnahmeregelung für Karla nicht unterschätzen darf.

Aber was passiert, wenn ich Karla erzähle, dass meine Ehe vor dem Aus steht? Das tut sie zwar nicht, doch lasse ich meinen unterdrückten Gefühlen für Karla seinen Lauf, dann würde es zwangsläufig zum bitteren Ende der Ehe führen.

Aber im Moment befinde ich mich im freien Fall. Wäre es daher gut, wenn ich Karla meine Verbundenheit zu Lena eingestehe, und damit vermeide, dass sich Karla in den Himmel gehievt fühlt und sie sich falsche Hoffnungen macht? Wird mich Karla von sich stoßen und die Reiseabteilung verlassen, wenn ich das sie Anhimmeln verweigere?

Was hat das vielbeschäftigte Schicksal mit mir vor? Und weshalb kommt mir Karla völlig unvorbereitet in die Quere?

Verflixte Scheiße, ich bin nicht normal.

Warum beschäftige ich mich damit, was Karla will, tut, lässt, oder sich wünscht? Das muss ich doch gar nicht. Ich sollte besser darüber nachdenken, was für mich wichtig ist?

Ich kann nicht leugnen, dass sich meine Gemütslage im hochgradig gefährdeten Bereich befindet. Und das durch die Frau, deren Existenz ich aus Eigenschutzgründen verdrängt hatte. Als ich noch mit Karla leiert war, hatte ich durch ihre Unberechenbarkeiten Versagensängste entwickelt, aus denen mich Lena mit Einfühlgabe herausgeholfen hatte. Das sind ausreichende Gründe, das Satansweib Karla zu meiden. Was aus ihr wird, das interessiert mich nicht mehr. Aber denke ich tatsächlich in solch vernünftigen Bahnen und handele danach?

Das wohl kaum, denn wenn ich meine Gedanken prüfe, dann habe ich meiner großen Liebe die begangenen Fehler längst verziehen.

Folgerichtig beginne ich Karla zu hinterfragen, wie es sich für mich als verliebten Gockel geziemt:

Bei unserer schmerzhaften Trennung war Karla dem Instinkt ihres Kinderwunsches gefolgt. Dafür verdient sie mein Verständnis. Hätte ich meine Sterilisation rückgängig gemacht, und das ist die Krux an der Geschichte, dann wären aus unserer Liebesbeziehung zumindest ein Kind hervorgegangen und Karla hätte mich bis an ihr Lebensende geliebt.

Bla, bla, bla. Für mich hat das Hätte, Wenn und Aber mit den Aufgaben einer Wahrsagerin zu tun, die in einer Glaskugel liest. Doch an den Firlefanz glaube ich nicht. Solche Mätzchen bleiben Wunschdenken.

Schon eher gehört das Verdrehen von Tatsachen zu einer Vorgehensweise, mit der ich versuche, schwierigen Situationen von mir abzuwenden, und in einer solchen Zwickmühle befinde ich mich.

Aber der springende Punkt ist doch der, dass ich mit Karla ein unberechenbares Risiko eingehe, denn auf den Feger zu setzen, das wäre eine Riesendummheit. Bei Karla habe ich es mit einem bockigen Rennpferd zu tun, aber auch meine Frau Lena ist alles andere als eine Schindmähre.

Wichtig muss es sein, dass ich in der Ehe mit Lena vor einem sorgenfreien Lebensabend stehe, dafür ist sie mein Garantieschein. Und dieses Leben hat Vorrang zu genießen. Mit ihr an meiner Seite habe ich mich zu einem Mann mit Weitsicht entwickelt, deshalb darf ich nicht an der Höchststrafe rütteln, und das wäre die Katastrophe einer Scheidung.

Will ich diese Scheidung? Und das nur, weil ich mit Karla meine große Lebensliebe in den Armen halte?

Mit Augenwischerei komme ich in Sachen Entscheidungsfindung nicht weiter. Falsche Überlegungen sind fehl am Platze. Nur ein Narr trennt sich von seiner Frau und springt zu einer unberechenbaren Geliebten ins eiskalte Wasser. Noch dazu hinkt der Vergleich zwischen den zur Wahl Stehenden, denn ich kann nicht eine süße Apfelsine mit einem soliden Apfel vergleichen, wobei Karla die Apfelsine wäre.

Und unterwerfe ich beide Frauen tatsächlich einem intensiven Vergleich, dann liegt die Messlatte sehr hoch. Beide haben die unbeschreibliche Anziehungskraft, gegen die ich machtlos bin.

Wie bleibe ich Herr meiner Sinne, um einen unreparierbaren Fehler zu vermeiden?

Das wird eine Riesenaufgabe, denn dieser Fehler steht leibhaftig vor mir, und der heißt Karla.

Es heißt also auf der Hut zu sein, und das beinhaltet: Ich werfe meine Vorsichtsmaßnahmen nicht über Bord, denn hinter Karlas Wärme und ihrem Lächeln könnten sich Unberechenbarkeiten verbergen.

Doch winde ich mich aus Karlas Umarmung heraus, und stoße sie achselzuckend von mir, dann wären die Folgeschäden gravierend. Das wäre gleichbedeutend mit dem Hinabgleiten in das Fegefeuer des Teufels. Aber wer will darin bis ans Ende seiner Tage schmoren?

Diese unsägliche Pein erspare ich mir um alles in der Welt, denn Karla ist präsenter denn je. Als Bestätigung drückt mich das Vollblutweib noch fester an sich, womit sie meinen Gemütszustand in allergrößte Alarmbereitschaft versetzt.

Gott o Gott, was mache ich nur?

Fakt ist: Mit Karla werde ich das Schöne am Leben bis in die kleinste Ader meines Körpers spüren. Mit ihr halte ich ein Bündel Lebenslust in den Armen.

Als ich sie ansehe, kommt es mir vor, als betrachte ich eine Sternschnuppe, dennoch begreife ich, dass das Leben mit Karla von immensen Schwierigkeiten übersät sein wird. Wie will ich die meistern?

Das schaffe ich, darin bin ich hundertprozentig sicher. Die Probleme sind zu meistern, und zwar zusammen mit Karla, denn sie wird es vermeiden, mich noch einmal aufs spiegelblanke Parkett zu führen. An unserer Verbundenheit kann keine Macht der Welt rütteln, trotz des Risikos, das ihre verführerische Werbekampagne für unsere Liebeserneuerung in sich birgt. Eine Entscheidung muss her. Karla oder Lena, mit wem will ich leben?

Innerlich weiß ich längst, dass ich Lena aufgeben werde. Meine Gefühle für sie haben aufgehört zu zweifeln. Die sind mit wehenden Fahnen zu Karla übergelaufen. Und die lauernde Gefahr, dass mir mit ihr das Leben am Rande der Ausweglosigkeit ins Haus steht, die nehme ich billigend in Kauf, oder sie ist mir egal. Ein Leben ohne genussvolle Überraschungsmomente würde mich nicht froh stimmen.

Karla küsst mich begehrend auf den Mund, dann entlässt sie mich aus ihren Armen, wobei sie mit den Augen zwinkert und sagt: „Ich gebe dir meine Telefonnummer und du meldest dich. Machen wir's so?"

Sie gibt mir eine Visitenkarte und ich stecke sie in meine Hosentasche.

„So machen wir es", antworte ich, dabei fahre ich ihr mit der rechten Hand durch die Locken. „Aber nur, wenn du es ehrlich meinst. Eine weitere Katastrophe sollten wir uns nicht antun."

„Der Mist wird sich nicht wiederholen, das verspreche ich dir, denn von nun an gehöre ich dir voll und ganz", seufzt Karla.

Sie schiebt mich von sich weg und zischt: „Da kommt Lena." Sie versetzt mir einen leichten Stoß auf die Brust. „Ich verschwinde und du meldest dich."

„Okay, Karla. Ich denke an dich. Wir werden wieder eins, aber diesmal wird es für immer sein."

Karla hat mit ihrer unwiderstehlichen Art eine betörende Selbstverständlichkeit ausgestrahlt, so bin ich ihr zum wiederholten Male verfallen.

Anderseits macht mich stutzig, dass sie Lena aus dem Weg gegangen ist, denn die steht misstrauisch vor mir und fragt: „Wer war die Frau? Sie hatte Ähnlichkeit mit deiner Karla."

„O ja, das war sie", antworte ich, ohne ihr in die Augen sehen zu können, woraufhin die mich mit grimmigem Gesichtsausdruck ansieht.

„Und?", fragt sie weiter. „Was will sie von dir?

Lenas Augen verengen sich. Sie schnieft leise durch die Nase und kramt ein Tempotaschentuch aus ihrer Jackentasche, mit dem sie sich schnäuzt. Dann packt sie mich resolut an den Schultern, wobei sie mich schüttelt und mir die Fragen stellt: „Liebst du sie noch? Muss ich mir Sorgen machen?"

Ich befreie mich aus der verzwickten Lage und gehe mit Lana zur Rolltreppe, doch die lästert: „Nun renn deiner Karla schon hinterher. Das willst du doch, oder?"

„Sei nicht albern."

Mehr sage ich nicht dazu, denn wenn Lena gereizt ist, dann halte ich besser den Mund.

Auf unserem Heimweg mit dem Rad peinigen mich unerwartete Zweifel, denn Lena und mich verbindet eine riesige Schnittmenge. Da wäre unsere zweigeschossige Eigentumswohnung mit Garten in der schönsten Wohnlage Aachens, um dessen materiellen Wert mich ein großer Freundeskreis beneidet.

Außerdem liebt Lena die Harmonie zwischen ihr und den Mitgliedern meiner Familie, und vor allem wird sie von meinen erwachsenen Kindern wie eine Göttin verehrt. Wie soll ich da eine Trennung von Lena in die Tat umsetzen?

Anscheinend ist mein Geisteszustand nicht zu retten, weil ich einen Wohlstand missachte, den ich mit Lena mühsam erstritten hatte.

Jedes nur halbwegs durchblickende Mannsbild würde sich nach einer Frau wie Lena die Finger lecken und das Wesen an sich ketten. Lena ist eine Bank. Ja, das ist so, doch was tue ich?

Bei vollem Bewusstsein setze ich mich an den Computer und schreibe den Abschiedsbrief, der mein Leben auf den Kopf stellen wird.

Liebe, allerliebste Lena!

Du hast mir die wundervollsten Jahre meines Lebens geschenkt, deshalb wirst du meinen Abschied von der Ehe mit dir nicht verstehen, und der ist auch nicht vermittelbar. Ich denke, wir können Freunde bleiben, deshalb verachte mich nicht. Aber bitte lass mich gehen. Es ist für mich der Ausweg, der hoffentlich funktioniert.

Dein hilfloser Mann.

Nachdem ich mein Machwerk fertiggeschrieben habe, jage ich es mit einem Mausklick durch meinen Tintenstrahldrucker, und nehme es anschließend aus der Ablage. Dann halte ich das ausgedruckte DIN A 4 Blatt mit dem Text in meinen zitternden Händen, und lese ihn mir mit gerunzelter Stirn Wort für Wort durch.

Bin ich mir hundertprozentig sicher, dass Lena den Brief bekommen darf?

Eine warnende Stimme in mir sträubt sich gegen meine unvernünftige Verhaltensweise. Gib ihr den Brief nicht, versucht sie mich davon abzuhalten. Und wenn ich den Schlussstrich wirklich in die Tat umsetze, dann muss ich raus aus unserer Traumwohnung.

Aber wohin dann mit mir?

Um mir Klarheit zu verschaffen, gehe ich ins Detail: Besitzt Karla eine Wohnung für zwei Personen, sodass ich zu ihr ziehen kann? Und wenn ja, kann ich damit umgehen, dass ich dem Objekt meiner Begierde mit Haut und Haaren ausgeliefert bin? Mir muss klar sein, dass ich dem Schicksal ins Handwerk pfusche, darin gibt es keine zwei Meinungen.

Aber das ist in Ordnung, daher stehen meine Weichen auf Vorfahrt, und die gilt für Karla und mich. Nur so können wir wieder miteinander verschmelzen, denn unsere Wahnsinnsverbindung darf nicht ungenutzt verstreichen.

Wenn wir erst einmal als harmonisches Paar zusammenleben, dann hieven uns die Engel in den Himmel der Glückseligkeit.

Und wie denkt Karla darüber?

Der feurigen Umarmung nach beurteilt, wünscht sie sich eine Erneuerung unserer Liebe, und dieser Wunsch soll keine Eintagsfliege bleiben, sondern auf die Ewigkeit ausgelegt sein, allerdings war ihre Vorgehensweise bisher selten vorhersehbar.

Doch diesmal täusche ich mich nicht. Ich bin mir ihrer Gefühle tausendprozentig sicher. Aber reicht meine Zuversicht für das alles entscheidende Erfolgserlebnis aus, oder lande ich als geschlagener Verlierer der Länge nach in der Gosse?

So wird es nicht kommen. An ein Scheitern glaube ich nicht. Und wenn doch, dann habe ich das Gefecht, das in mir um eine Liebesverwirklichung mit Karla tobt, endgültig verloren.

Aber dazu lässt es Karla nicht kommen. Oder hat sie es kurz vor Toresschluss geschafft, mich in Watte zu packen, um mich ein drittes Mal um den Finger zu wickeln?

Ausgang ungewiss.